在薄情的世界里深情地活着

雪小禅 ○ 著

中国出版集团
中译出版社

图书在版编目（CIP）数据

在薄情的世界里深情地活着 / 雪小禅著 . -- 北京：中译出版社，2024.4（2024.5 重印）
ISBN 978-7-5001-7508-7

Ⅰ . ①在… Ⅱ . ①雪… Ⅲ . ①散文集－中国－当代 Ⅳ . ① I267

中国国家版本馆 CIP 数据核字（2023）第 161718 号

在薄情的世界里深情地活着
ZAI BOQING DE SHIJIE LI SHENQING DE HUOZHE

著　　　者：	雪小禅
策划编辑：	刘　钰
责任编辑：	刘　钰
营销编辑：	刘　畅　赵　铎　魏菲彤

出版发行：	中译出版社
地　　址：	北京市西城区新街口外大街 28 号普天德胜大厦主楼 4 层
电　　话：	（010）68002494（编辑部）
邮　　编：	100088
电子邮箱：	book@ctph.com.cn
网　　址：	http://www.ctph.com.cn

印　　刷：	山东临沂新华印刷物流集团有限责任公司
经　　销：	新华书店
规　　格：	710 mm×1000 mm　1/16
印　　张：	23.5
字　　数：	240 千字
版　　次：	2024 年 4 月第 1 版
印　　次：	2024 年 5 月第 2 次印刷

ISBN 978-7-5001-7508-7　　　　　　　定价：79.00 元

版权所有　　侵权必究
中　译　出　版　社

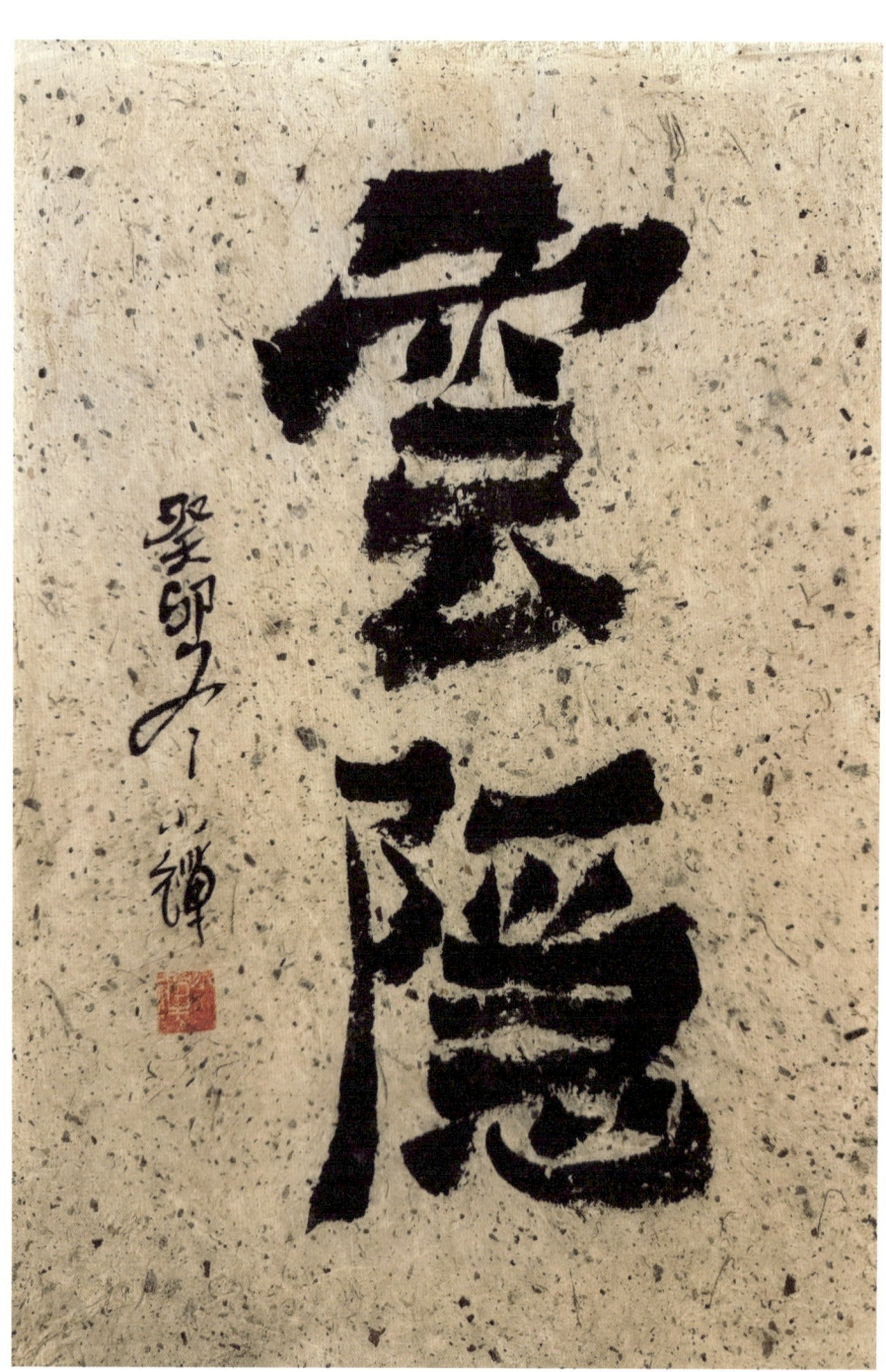

素年小欢喜

在薄情的世界里深情地活着。又要再版了。掐指一算，正毋十年。众人善逮书名，尽觉山河远阔人间值得。我起初也喜，十年过去，觉得尔尔。十年，物也旧了，人也旧了，但旧有旧的好与美。

你架过的轻舟已过万重山。
圆觉不及成中医，还衣无忧衬倪桃花源，逍遥游。2024年九月我自驾去看了她，她天人合一，大我，不定期孕来大米、車苦。那大米大香了呀。
元杰似乎仁杰先生仙逝，再到泉州，波人陪我
去老帅馆子撸了。元俭人黄少华先生仙逝。
张艺丁拍了新戏与苇上别无比。前几年与管辉
萍老师有一期艺术对话—如活成了自己的仙
戏拟。山河映西间游戏，行知、写书法、画画，唱
戏，披隆⋯字丽戎为自己。陪把仙人。
下个十年，愿戎们都更好呀。是为再版序。

癸卯中秋 小禅子禅园

自在，听松风，嗅野猪，喝酸……寒玉依旧在碧山开
猎棍酒吧，屈陌两三年我们见一次——她更像山
林间一朵云，我看不出她容颜有何变化，反而
一次比一次更生动迷人。

书林嫁了个德国人，活得更姿意，成都的店铺
依旧又美又敢，以上过去大网红，亲和热投一家
飞花钓鱼看下个院子讨生活，人生从来不可测像。
亲爱的素莲依旧过着素年欢喜的生活，她和
武眠有都有了皱纹，这年女生日都然心最祝颜龄

生命中沉重的背弃,
救赎,
认知,
皈依,
觉悟的每一幕都慈悲,
都贴人心……

淡淡的光阴黄,
挑染了平俗的日子,
此时,
煮茗汲泉松子落,
不知门外有风尘……
也许一开门,
一千年已经过去了。

而你不忘记的,
是那贴人心的人。

所以,
在薄情的世界里,
深情地活着。

自序

素年小欢喜

《在薄情的世界里深情地活着》又要再版了。掐指一算,正好十年。众人喜这书名,甚觉山河远阔人间值得。我起初也喜,十年过去,觉得尔尔。十年,物也旧了,人也旧了,但旧有旧的好与美。

你知道的,轻舟已过万重山。

圆光不仅成了中医,还在无忧村侃桃花源、逍遥游。

2022年9月,我自驾去看了他,他天人合一、大自在,听松风、喂野猪、唱山歌……寒玉依旧在碧山开猪栏酒吧,每隔两三年我们见一次——她更像山野间的那朵云,我看不出她容颜有何变化,反而一次比一次更生动、迷人。

书林嫁了一个德国人,活得更恣意,成都的店铺依旧又美又妖。M卜过各大网站的头条和热搜——家暴、离婚带着三个孩子讨生活,人生从来不可想象。亲爱的素莲依旧过着素年欢喜的生活,她和我眼角都有了皱纹,每年我生日都贴心录视频给我。不定期寄来大米、草莓。那大米太香了呀。

老狐仙王仁杰先生仙逝。再到泉州,没人陪我去苍蝇馆子抽烟了。老伶人黄少华先生仙逝。

张火丁排了新戏《霸王别姬》。前几年我与曾静萍老师有一场艺术对话——她活成了自己的仙和妖。

而我，山河映画间游走、行散。写书法、画画、唱戏、摄影、当厨子、看春花爱万物……我争取活成自己的陆地仙人。

下个十年，愿我们都更好呀。更天真、更自在、更平凡。

老来多天真，老来大自在。

是为老书《在薄情的世界里深情地活着》再版序。

癸卯中秋小禅于禅园

壹 霜雪前村

- 002 隐士
- 018 觉悟
- 026 在薄情的世界里深情地活着
- 039 小镇姑娘
- 047 山僧
- 055 琴人
- 064 松风停云
- 068 植物女子

花間一壺酒

贰

林深见鹿

072 当与君相见
079 素心以莲
109 睡在风里
115 花姐
118 她们
128 小乔
132 少女小渔

叁 江海不渡

157 老树画的画
154 旷日持久的深情与孤独
150 郑师傅
147 老郭
144 二喜
140 俱是东坡意
136 自渡彼岸

肆 春去犹清

164 不是她,而是风
173 我行我素
177 裴氏艳玲
183 张氏火丁
186 绝色坤生
191 仙妖伶

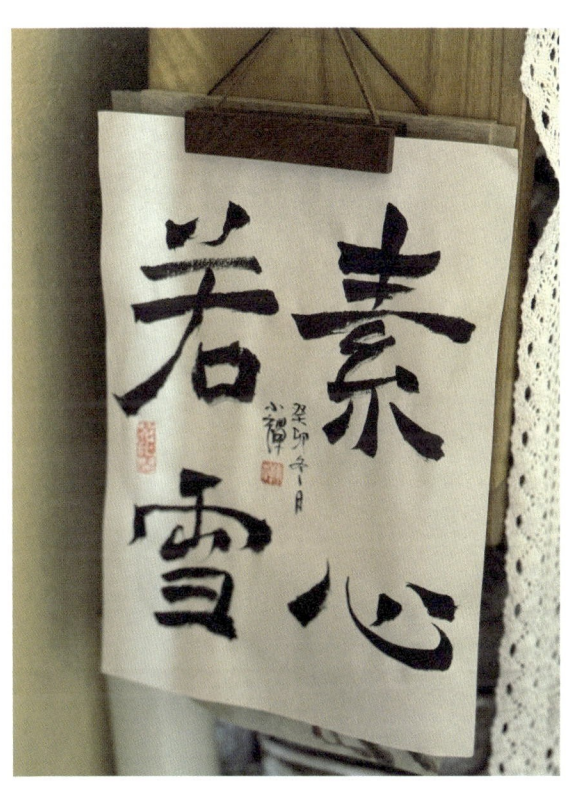

伍 墨花月白

198 裘裘
201 亲爱的仙枝
204 落落与君好
208 祖母
212 霍金
216 琴师
220 茶人
225 山河故人
229 银碗盛雪
236 刹那记
240 情怀
244 龙套

在薄情的世界里深情地活着

陆 光阴知味

248 最是日常动人处
252 无量悲欣
256 院落春秋
260 梨园戏
265 茶可道
270 册页晚
274 手卷
278 普洱

柒 多情人不老

284 底气
288 手艺人
291 孤独俨然
293 少年游
302 赶集记
306 怜香伴
309 讨年记

捌 相对月明中

316 幽兰
319 茱萸
322 枯木
325 三角梅
328 仙人掌
330 富贵竹
332 古画
335 风物

玖

春风十里柔情

338 越南记
342 广州记
347 日本记
354 冷瘦诧寂的八大

壹
霜雪前村

隐士

上篇

去年秋天，圆光对我说："禅姐，我要归隐了，去做隐士。"

他长身玉立站在我身边，穿了件灰袍子，脸上是干净如少年一般的笑，那时他的女友也在。我只是以为他说笑而已，现代人都想去当隐士，有几个真能隐得了呢？

我也只当他说说，但不久他真的走了，去安徽泾县查济山顶上做了隐士。

记得第一次见到圆光便惊讶于他身上孤寂的气场，有种出家人的气场。有些人的气场是繁华的、热烈的，有些是宁静的，还有些人是浮躁的、靡丽的气场。但圆光是孤寂的，浑身上下罩着一层雾蒙蒙的灰色温润之气——那天是他禅乐的首发式，在北京时代美术馆，我和秦万民老师都是受邀嘉宾。

满场有一种禅乐缭绕的空寂——圆光是那种一下子能让人记住的男子：颀长的身材，瘦削，空灵孤寂的眼神。他好像自带一种忧伤气质，且挥之不去。后来我们打交道多起来，他仍然是这样清淡如植物的秉性。

圆光原名赵凌松，是母亲起的名字，希望他挺拔如松吧。圆光说自己少时顽皮，简直要上房揭瓦……少年时叛逆，抽烟喝酒打架斗殴，是出了名的"坏小子"，有几次把同学打得头破血流，人家找上门来……那时他让母亲万分头疼。

但，那时有一件事情困扰他。

关于时间、宇宙、生死。

没有人相信他说的话，但我信。有些人带着前世的信息而来。他常常辗转难眠，对世界和时间充满恐惧，睡觉时不能脱衣服，有时整夜整夜想生死的问题——那时他不过是十一二岁的少年。一边打架斗殴一边想着生死、宇宙、时间。

我的朋友老黄也是这样的人。他少年时代试图用锄头去够天空，他亦想天地宇宙光阴生死，直到如今。他的归隐，是归隐于人间的俗世生活。

父亲也是这样的人，到老仍然被宇宙啊时间啊这些问题困惑着，他们注定是异于常人的人，行走于时间的边缘。

这些念头一直徘徊不去，直到音乐出现。

"是音乐搭救了我。"他说。

圆光迷上音乐，从此沉溺至今。那时他留长发、酗酒、整夜唱歌，大多是摇滚乐——后来专心做禅乐的圆光安静如树，让人如何能猜测他的摇滚时代？那时他长发飘飘且桀骜不驯。弘一法师出家前也是风流公子，歌伎青楼亦是频繁往来。涅槃之前必有雷霆劫，方能列入仙班。圆光迷上钢琴，从一无所知到迅速弹到钢琴十级，有时疯狂弹几天几夜，弹到手滴血，滴血仍然在弹，琴键上全是血迹——那个问题又来了，他从何处来，他到何处去？

久久思索、徘徊、不解，宇宙、光阴、生死。

哲学的问题如此性感迷人却又让人疯狂。

大学毕业后，他来到北京当起了北漂。

他那时在八大处卖唱。一把吉他，一副好嗓子，"每天收入一千多呢"。

我问他唱的什么，他说："南无观世音菩萨。每天唱几百遍，每次唱都心动，有时会泪流满面。"

记得去年夏天，我在隆福寺搞了一次禅园雅集。当时有品茗闻香吹箫者，圆光唱禅乐。他抱着吉他坐在草席上，闭着眼睛开始唱。很多女子跟着他一起唱，一边唱一边落泪。

那些泪水的味道是清寂的，圆光也落泪了。他接着唱了南无观世音菩萨，是流着泪唱完的，在场的人无不动容。

那是他与佛教前世的因缘。来北京之后，那个少年时困惑他的问题卷土重来——什么是时光？什么是宇宙？什么是生死？

一个很偶然的机会，他读到了《金刚经》。"当时如晴天霹雳，像被雷击到一样，这就是我找了又找，寻了又寻的答案了！"他如被棒喝，刹那禅悟。自此后，成为不二法门，剪了长发，不再喝酒抽烟，虔心礼佛，并且开始另一段音乐创作——禅乐。

也许每个人的人生都有这样一个刹那，瞬间被参透。那一个刹那，便是前世的大因缘，留下了这跌宕起伏的伏笔，等待有个刹那被开启。

这个开启的刹那，是了悟。但有的人一生不会了悟，有的人年纪轻轻就了悟了，圆光属于后者。

圆光的这个刹那，就是读到《金刚经》的刹那，那个刹那，击中了他的法门，他的前世与今生。

他有过七个月短暂出家，复又回红尘——人生有舍得，但人生更多的却是舍不得。

从一个摇滚叛逆青年到禅乐音乐人，这其中经历的山山水水圆光自己知道，去年秋天，他又做了一张专辑，在北京知音堂做首发式。那天，我和一音禅师是受邀嘉宾。

之前，因为圆光介绍，得以在乙未年四月拜访一音禅师。他的禅院就在查济古镇，回来后写下了《山僧》。那天，一音禅师吹箫，圆光唱禅乐，唱到后来情难自禁——"再过几天我就去隐居了，就要告别北京了……这么多年在北京，也是舍不得……"

圆光落泪，在场的很多人落了泪。

没过几天，圆光果然走了，毅然决然。再看他微信，已经一个人隐居在查济古镇的山上。

圆光拍照片极艺术，仅用手机都能拍出极玄妙的感觉。他常常发半山图片出来：茅草屋、泥墙、瓦舍、梅花、樱花、玉兰、鸡，还有竹，还有溪水、老铁壶、青石、木柴。他自己动手做家具，手上全起了茧子、裂了口子，自己上山砍柴，柴堆在了门口。门口有自己砌的灶台，他穿了长袍在那里烧火做饭，完全像一个没有年代的人——是宋代？是明朝？

除了那副眼镜，他已经活到了没有朝代标志——日出而作日落而息，焚香、做梦、听雨。秋天的雨声格外清寂，仿佛是蓝色的一样，像圆光一样的颜色，清幽而淡然。他分外喜欢这寂静和孤独，一个不迷恋孤独的人内心是薄的。

终日无事，看日出听溪水闻竹音，与风在一起，与小鸟儿在一起，与半开半闭的樱花在一起。这是圆光的隐居日子。

"除了日常开支，也没有太大消费。我对生活要求极低，一双布鞋能穿几年……我做音乐制作足以应付在山中的开支了，音乐制作又不用下山……山中日月长，一日是千年……"圆光过着自己的地老天荒，他隐于自己的桃花源。

乙未冬，查济大雪纷飞。他拍下那些林中雪花，还有山中堆积的雪。

有一日雪极大，他决计去拜访同在山中的一音禅师。那天他在大雪中走了几个小时，山中雪飞，一个隐居的男子去拜访一个高僧，一想起来便是佳话。

圆光到老都会记得这场大雪。

那场大雪是他的精神记忆。一个人，活成了古画，而自己，是画中那听琴煮雪的男子，这是他要的生活。

那天，他在一音禅师处吃斋喝茶，一音禅师养了一屋子兰花，琴棋书画皆是尘世外的高手。那天，一音禅师吹箫，圆光唱禅乐……那夜是知心人遇见知心人。

圆光就这样隐居在了世外。冬天过去，春天来了。查济的春天仿佛格外亲切朴素。他开始拍那些樱花、梅花。这些花成了他最亲切的陪伴——圆光带着朴素的感情拍下他们，我甚至能闻到那奇香。

在春天，他劈柴、喂狗、赏梅，他翻地，看蛙卵、浮萍……他去山中采兰，"山中兰花到处都是，香极了，但挖一百多株兰花才能挖到一株好的兰花，禅姐，我给你留一盆啊……"圆光的土屋里养了12盆兰花，一进门就一屋子的香气。

每天晚上，他去摘星星。因为住在山顶上，他用相机拍到最美的星光；因为住在山顶上，每天早晨他去湖边散步，山顶的那池湖水仿佛等了圆光千年，他与湖水相依溪水为伴，与竹香、梅香为侣。来山中之后，他制作的第一首曲子是关于《易经》的，64卦歌曲，大雪封山，冻坏了硬盘，但没有阻挠他对《易经》的热忱。

"采兰归来，遇野梅寂绽，驻足嗅其馥郁，神怡豁然，腊月拈花花非花，供养南北佛释迦。"这是圆光其中一天的日志。每一天几乎是相同的场景与心路：采兰、品茶、唱经、劈柴、湖边散步……偶尔来朋友，一起生火做饭。

春天了，他开始准备种粮种菜，墙上挂满了各种农具，猫和狗围在脚下，这是他隐居的日常，也是他一个人的世外桃源——如果有可能。

每个人都想逃离于时间之外，落后于这个时代，但大多数人只是说说而已，圆光却做到了。一个人，如一朵空谷幽兰，隐于山中，与山中老树、兰花、梅花、湖水、竹风、溪涧为伴，与禅乐、清风、明月、星辰为侣，这样一生，也是值得。

"白月风清篱下悠，桐花君不见。"

"少渐寒，日复少眠，彻夜不释卷。"

这是圆光的词，曲更空灵，"凡所有相，皆是虚妄"。他读了近10本佛经，字字句句落到了禅乐中。

这些日子我抄心经，最喜欢的是其中这句："不生不灭，不垢不净，不增不减。"这是人生。圆光的隐居，在印证着一些经书中的字句。

山顶有湖，屋后有一棵百年梨树，圆光鸟鸣即起，扫院、看花、读经、访湖……没有了时间，也没有了空间，从灿烂回归最初的朴素。"我写歌是为做药，不只为世人，多数时候，是在自度。"有时想想，自己写作又何尝不是？度人的同时，更是在度己。那是一个很大的力量，圆光不知道，我也不自知。

不禅不下山，花开不自知。一生看花相思老。返璞归真是拙朴，是此中有真意，是从此已忘言。

他自己的明月前身是什么？是太平山顶的一滴露吗？他自己落款是"劈柴人"，他劈了时光的柴，就这样，过了一天，又过一天。一天有多长？圆光不知道。

他只闻到杏花开了梨花开，所有的山花都开好了，等他。

我们约好了今年四月见。

四月，我果然去了，吃了圆光用柴火做的饭，坐在太平湖发着呆。

下篇

我们唯一拥有的是，当下，此时，此刻。

前年写过圆光之后，很多人跑来问：后来呢？后来呢？他在山上一直隐居？他下山了？他结婚没有？他难道剃度出家了？后来呢？

后来他经历了生死大难。后来他娶妻生子。后来他活出了人生的另一种姿态。后来他成了悬壶济世的中医大夫，仿佛病蚌成珠，仿佛小叶紫檀出了包浆。

后来他成了自己的宗教和神。

2015年9月，决定上山之前，他有几件事情值得记录。一是在北京知音堂搞了一场告别演唱会，那晚我是主持人。他当场落泪，哽咽着说自己要上山去了——大概也有许多不舍。二是他和痴恋两年的女友分了手，痛不欲生。三是上山之前他认识了一个女孩，这个女孩叫晗晗，和他住在同一个小区，一起喝过一次茶。

圆光再也没想到，这个偶尔认识的女孩子，会成为他的妻子，他的芸娘。

晗晗说："我们在茶馆中见面前，茶馆老板就说他喜欢佛法，特别有才华，而且出过一张专辑了。我是先听了他的歌，再见了他的人，就觉得他的歌，很空灵，见面之后就加了微信，然后来往并不多。"

那时晗晗得了皮肤病，长时间的生活不规律让她得了一种叫"玫瑰糠疹"的皮肤病，除了脸和手脚，全身都是密密麻麻的红疹子。她去医院做黑光治疗，光烤得全身脱了皮，床单上全是皮屑。圆光看了觉得可怜，做了几天饭给晗晗吃，有一次圆光还碰伤了眼角，血流如注。晗晗当时心想：坏了，我又不喜欢他，砸到手里怎么办？

那次流了很多血，圆光一直说没事没事，晗晗想，他真是个男人。

认识两个月之后，圆光上山，去安徽查济的山上隐居，那是2015年9月10日。此时的圆光，抱定隐居和不婚的态度。做派也是文艺男青年的做派。"我那时的态度非常坚决，不会结婚——我和任何人不能待在一个屋子24小时，和曾经的恋人也只能待三天。三天后就要闹脾气，要吵架，这可能是所有文艺男青年的通病。"

他在查济山上筑了自己的一个梦：泥房子、泥墙、杏花、桃花、猫、狗……还有他的钢琴音乐、湖水、飞鸟、松林、山顶……他以为这一切就够了。

但晚上和晗晗聊天，又仿佛有说不完的话。

两个月之后，晗晗说："我去山上看你吧。"

那时他一个人孤单，心想：来就来吧，反正这辈子是不要结婚的——俗人才结婚呢。他以为她只是上山来玩玩，过几天就会回北京，他们谁也没想到，她来了，再也没走。

那一天是 2015 年 11 月 10 日。

圆光并不知道，他的人生真正开始了，等待他的不仅仅是花前月下、月光、花枝、隐幽、高士、诗情的日子、佛乐、遁世……而是生死、刻骨铭心、日常、相亲、爱情、亲情，此生不分离。

住山的日子远非人们想象的浪漫，各种的不方便、孤独，无人诉说。还有，那个冬天的大雪封山。

但后来晗晗说："我倒没有觉得不适应，我适应能力非常强，像野草，不像温室的花朵。进山就过日子，没有不适应，也没有觉得无聊，我就担心圆光无聊。"

2015 年冬天的雪格外大，几乎是雪灾了。夜里零下 17 度，水缸冻裂了，水管冻裂了。圆光也被冻透了冻坏了，开始生病，仿佛永远好不了的病。大雪封山后，为接他们下山，圆光的朋友圆觉冒着生命危险开车上山，因为雪后路滑，几次差点儿跌下山崖。

"从那天起，圆觉就是我的生死之交了。"圆觉是个更有故事的人，我家里至今有他寄来的大米和宣纸，他帅气狡黠的样子一直在我眼前闪现。

他曾在山上养了一万多只鸡，后来开始杀鸡。每杀一只，他的颈椎就开始疯狂地痛，于是他把鸡全放了，满山跑满了鸡——他的脖子也不疼了（我想起那个镜头就要大笑，和他聊天时，他也大笑）。

我们一起游桃花潭，圆光说："禅姐，你一定要好好写写圆觉，他更有意思。"圆觉就回过头说："没啥可写，没啥可写。"

他们成了生死之交。

2016年春天，我见到了晗晗。

恰逢我在宏村有一场活动。圆光来助兴唱禅乐，晗晗跟来。我对她印象极深：高挑的个子、瘦、美，穿了灰色旗袍，戴了帽子，稍显丰厚的嘴唇显得格外迷人。

我当时疑问：这么漂亮的女孩子在山上住得下去吗？恐怕就是新鲜劲，过几天也就下山了，她话也不多，就安静地坐在那里。

我对她的灰色旗袍印象格外深，因为有低调的沉稳和大气，就是觉得她过于漂亮了。太漂亮能在山上待住吗？——很多人隐居或者是住山就是为了出名和炒作。

圆光脸色很灰，黯淡无光。

后来知道他生了大病，几乎丧命，遗书都写好了。

2016年，他一直挣扎在生死边缘。

如果没有晗晗，他或许已经不在人世了。晗晗说："我可能是上辈子欠他的，就来还他，还不完，走不了。"

圆光说："她是搭救我的菩萨，没有她，我一辈子也不会结婚。没有她，我可能活不过2016年……"

2015年冬天被冻坏以后，圆光开始生疾，大病。从前在京城长期不规律的生活让他陷入了一个无法挣脱的轮回：无力，虚汗，吃不下东西，心肾衰竭，走路都没力气，大部分时间躺着，听着心脏有气无力地跳着。

甚至下楼的力气都没有。

陪伴在他身边的，只有一个晗晗。

好一点儿的时候，他要发脾气："请你离开我，我忍受不了身边有别人。我没有和任何一个人在一个床上睡过觉，我不需要和任何人生活在一起，我需要孤独、孤独！我不要天天和别人在一起，我要变鬼了！变鬼了！"他咆哮着。

这个天天陪伴他的女孩子居然是别人。

对于唱摇滚又修了佛法的圆光来说，心性的灵光是孤独，是一个人，他仿佛不需要别人。

他需要的是大面积立体的孤独——他不太懂生活，他也不需要生活。

对面的女孩哭得不行了："你可以慢慢适应啊。"她哀求他。

她已经泣不成声了。从对他不了解到慢慢适应地爱上他，她不愿意离开他，怕他一个人在山上无法生活。

"我适应不了，我不会结婚，我对婚姻充满恐惧。你不走我就走，你一个人在山上住吧，我下山。"

晗晗泪流满面……"那我走，你好好一个人在山上待着。好好活着，我走了。"

晗晗收拾行李，准备下山。

圆光却又病倒，而且更厉害了，几乎没有任何力气，甚至是说话的力气。

他每天绝望地看着窗外，默默流泪。

好像死神已经来临，仿佛每一秒都是最后一秒。

晗晗没有走，她要去抓药、煎药、为他煮饭、为他按摩。

她要为他按摩前胸、后背、胳膊、腿、心脏……他吃任何东西都不消化，郁积在胃里，仿佛有一个疙瘩板结着。一天中的所有时间，她都在忙活这个男人。

即便这样，他仍然是命悬一线的状态。

一次次去医院检查，圆光怀疑自己得了癌症，但没有。

在生死相依的半年中，圆光爱上了晗晗——这个又美又坚韧、坚强又贤惠的女子，他只觉得对不起她。

他开始写遗书。

他哭着写，哭着说："为什么在我生命最后才遇到真爱？我还没有好好爱过啊……"

好像自知大限将至，他说山上的房子和所有东西都留给晗晗，这是遗书的主要内容。

还有一句：尽快把我忘了，找个好男人好好谈个恋爱，结婚生子。如果我不死，咱们马上结婚。

晗晗号啕大哭。

那时他走几步，心率马上到200，简直寸步难行，心肾几近衰竭，每天四肢冰冷心绞痛。他没事就哭一场，没事就哭一场，好像生命随时可以结束了。

"没事就哭一场……"这是圆光重复了几次的话。

失眠，整夜整夜无法入睡。人虚弱到一定程度根本睡不着，因为大脑会亢奋，怕在睡梦中死去。

"我学佛，不怕死，我也知道自己前世的功德，但我舍不得妈妈，舍不得你……"他们抱头痛哭，他们走到了人生边上。

2016年那个春天、那个夏天、那个冬天，屋子里一直弥漫着中药的味道、苦雨的味道、离别的味道、泪水的味道、生离死别的味道。

气场仿佛可以传染。晗晗终于也被折腾得半死不活了。两个没有力气的人，每天泪眼相望，生死相依，却又不知生死。

每天在坏的气场里挣扎着活着。

唯一的惊喜是，晗晗发现自己怀孕了。

圆光流着泪说："孩子可能见不到爸爸，爸爸就要走了……"

晗晗扑倒在他怀里，"为了肚子里的孩子，请你挣扎着活着"。

圆光挣扎着和晗晗在北京办了婚礼，然后回山上养病。衰弱的他无法照顾晗晗一天，晗晗每天挺着肚子为他按摩，端菜端饭端洗脚水。

圆光只有一个想法，来生变犬马也要报答晗晗。

他每天躺着流泪，她对着湖绝望地发呆。

他患上了深度抑郁症，彻夜难眠。她心力交瘁，仿佛人生到了低谷的低谷。

圆光每天的想法就是快点儿往生、解脱，死的阴魂一直追随他，不肯离去。

晗晗唯一一次对他发脾气，是怀孕后没有力气，圆光说饿了，晗晗也没有力气，说了几句重话，事后又非常后悔，抱住圆光落泪。

2016年春节，他们回圆光的河南老家商丘。晗晗七个月的身孕，仍然每天给圆光端洗脚水泡脚，那个春节过得压抑，仿佛没有一点儿转机。

2017年春天，救命恩人出现。这个人是中医大夫刘希彦老师。

圆光说："是刘老师救了我的命，中医救了我的命。"

刘希彦老师看过圆光的现场演唱会，印象颇深。2017年春天，刘希彦老师在黄山黟县"竹山书院"开课，讲《伤寒论》，张仲景古方。

圆光决意去听一下，然后治病——他抱了死马当成活马医的态度。1月15日，《伤寒论》开课，圆光并不能吃平常食物，晗晗给他带了豆浆机、小米、红枣、红豆，让他每天磨点豆浆喝，维系生命。

五天之后，课结了。刘希彦老师带领圆光进入了另一个世界——中药的世界。

圆光带刘老师进山，山上治症看病。刘老师望闻切脉，一直摇头："圆光啊，你气脉全乱套了，六经病全有。"他挠头，"我从哪儿开始给你治啊。"

最后的决定，刘老师说："你开始学中医，自己治，以你的悟性没有问题。因为你的病太厉害了，恨不得24小时就得换方子，唯有你自己救得了自己。"

圆光走向了学医之路。他说："一个将死之人开始学习中医，并且开始悬壶济世，给人治病。第二天我就给圆觉开了方子，治他的肩周炎，不久就好了。而我生命的奇迹开始发生，最绝望的时候，中医救了我，刘希彦老师救了我。"

他开始研习中医，按照中国最老的中医路子，以自己学佛的悟性和做音乐的灵性，试着给自己开出了第一张药方。

然后是第二张、第三张、第四张……几乎每过几天就要换方子，家里几乎成了中药铺。晗晗负责抓药、配药、熬药，奇迹在一点点产生。从大便不成任何样子到便秘。从脾胃寒湿到吃什么都无所谓，从阴证到了阳证。

"从前我是将死之人，手脚冰凉，头晕，冷汗，几近休克，说不了话睁不了眼。手心热，头热，真寒假热症，阳气收不住我了。我连活下去都难。怎么做音乐、做神仙？怎么去爱我的晗晗？"

三个月，只有三个月，奇迹出现了——圆光好了！

像换了一个人，他走路也有劲了，壮了，脾胃也合了，也能吃了——你简直不能想象，几个月之前，他是垂死之人。

3月29日，女儿小布哒出生。女儿的到来，不仅彻底治好了他的病，也治好了他的抑郁症。

他还给晗晗开了方子，晗晗也强壮起来了。

那一刻，他懂了四个字：起死回生。

他接母亲上山，一边帮晗晗照顾女儿，一边和自己一起生活。

母亲打呼噜，他给母亲开方子，几服药下去，好了。

隐居的圆光不仅仅是佛系音乐人，更多的时候，他是悬壶济世的大夫——他的下半场比上半场精彩一万倍。历经万转千回，经历生生死死，取得了生活的真经——好好吃饭，好好睡觉，好好相爱。

他开始给人看病——山上的邻居、他的歌迷，包括我。

腰疾久治不愈，圆光给我开了药方：红花9克，桃仁15克，三七5克，葛根24克，麻黄9克，桂枝15克，白芍10克，炙甘草15克，生姜15克，大枣12枚，泽泻9克，茯苓30克，苍术30克，炮附子9克。

去中药店拿药，大夫说，老中医开的方子。我笑而不答。

效果极好。

他开始了自己真正的隐居生活。

一场大病仿佛是另一场修行，他成全了自己，也成全了爱情。

"晗晗是来渡我的，她是我的小菩萨，是我的芸娘。我叫她晗妻，也叫她宝儿。"

他每天上山采兰，晗晗在窗前织围巾。他走到窗下喊："宝儿，我去采兰花了，你替我亲下小布哒。"

过几个小时，他回来，又站在窗下喊："宝儿，我回来了，你在哪里？我们女儿在哪里？"

他们和邻居的关系好极了。夏天的时候根本不用种菜，左邻右舍送来了土豆、豆角、花生、西红柿、黄瓜、西瓜……猫在脚下睡觉，狗在竹林打盹，母亲在窗下抱着孩子，晗晗给他缝着衣服，他在弹钢琴——他爱肖邦的曲子。炭火上煮着老茶，书架上的书是他一本本挑来的。

一幅人间最美的画面。

他建了个群：无忧村。

来自全国各地的同道中人，几百人在群里打闹嬉戏，笑话腹黑，不亦乐乎。

他被称为村长，晗晗被叫村长夫人，没大没小一片幽默——他不再是当年那个有些矫情的文艺男青年，他助人为乐、悬壶济世，给大家讲笑话，发表个人诚恳的见解，明心见性。他还给大家唱歌，声音比从前更空灵，更有禅意。

他把生活和光阴活成了宗教。另一个陪伴者，是他的妻子晗晗。

每年做音乐，收入也不菲，但他的衣服上是有补丁的，如果再破了就让晗晗补上。晗晗自从上山之后再也没用过化妆品，有时脸也不洗，朴素干净，率性秀气。她的衣服破了也缝上，"没什么，能穿就行。在山上简单，用不着和人打交道，有时候下山一趟还觉得累、闷、拥挤，就想赶紧回来。我们习惯了简单、清静"。

我夸她婆媳关系好，她说："是我婆婆人好。"言谈话语间，被她的真诚善良打动——能陪伴一个人生生死死，是最真最刻骨铭心的爱情。

从2017年春天开始，他们真的过上了让人艳羡的山居生活。

没有简单的心，过不了简单的生活。

最简单的才是最禅意的最深厚的。

他们无欲无忧地过每一天：煮茶、劈柴、喂猫、晒太阳、种兰花、拍照、看湖、大铁锅做家常菜……

山上的小花小草、夕阳、公鸡、母鸡、村民、溪水、竹林都成了陪伴和拍摄对象。

当然，他拍的最多的是他的晗妻，他的芸娘，一个与他患难与共的女子，一个古道热肠的人。

也有友人上山来访，一起弹吉他、唱歌、喝茶、吃大锅菜、深夜秉烛夜游。

他起床时间越来越早，日出而作，日落而息。人法地，地法天，天法道，道法自然。他活成了天人合一。

用自然界枯木给自己的房子造景，新盖了客房。他造房子，晗晗做好了野猕猴粥、南瓜小米粥和咸鸭蛋，都是滋补养胃的。

种茶、采茶、制茶，是收入的一部分。他自制宋代抹茶，去参加"本色"茶人大会，一边唱禅乐，一边上茶。

他偶尔下山参加各种音乐盛会，唱完就匆匆回山上。他想念在山上的日子，想念自己的亲人：小布哒、晗晗、母亲。这是他生命中最重要的三个人。

人世间，有太多纷杂，他放下了。放下了，他富有了，拥有了青山绿水，也得到了清闲。他的禅乐中有很多王维的东西，也有陶渊明的意味。

隐居山中的人极多，幌子更多，但圆光是我认识的人中最幸福的一个。

他新盖的茶室，屋前屋后有桃花、杏花、樱花、油菜花。器皿全是淘来的，个个美极。他说："禅姐，春天的时候一定来住几天，山上空气好，来了喝茶聊天，山上的花在等你，晗晗在等你，小布哒在等你，我在等你。"

那个长发飘飘的摇滚青年皈依了最美的生活，悬壶济世唱禅乐，号称一生不婚的他与妻儿老小其乐融融。

圆光，散一切善缘，了万物重生，隐于山野，归于天真。建房、开阡陌、种花草植物，一蓑烟雨任平生。

夫妻俩过七夕，圆光说下山买礼物，晗晗说不用了，我最喜欢的就是你了。

小夫妻在微信上打情骂俏，全是人间好真意。我每每看了就偷笑，一个要娶二房，一个要给张罗。

有人拿几个建盏过来，有柿红、斗笠、兔毫盏，圆光说送朋友几个，晗晗说："我和你在一起的这两年，学到最多的就是对物质的淡泊，你愿意给谁都行。"

丁酉岁末，决定写《隐士（下篇）》，夫妻俩争着和我聊天。

我问他们最大的梦想，他们说，再生几个孩子，孩子多才好玩，然后可能买个房车，拉着他们去周游世界。也许，还在山上住。

"圆光喜欢一群孩子围着他，那我就生呗。"晗晗说。

当年坚决不婚的人，向生活和美低了头。他要平淡朴素过一生，他要房前种菜门后栽花，他要和自己的爱人到白头，儿女成群，子孙满堂，以自己最爱的方式过一生。

我们约了明春见。

圆光和晗晗说："禅姐一定来，我们采了新茶等你，花儿也等你，小布哒也等你。"

"来，一定来。"我说。

觉悟

有些人，活着活着就成了自己的宗教。

写《隐士》圆光的时候，他多次和我说："姐，写写圆觉吧，他比我可有写头。"而且不止一次地说。

我是认识圆觉的，我们见过两次。一次是在查济山上，一次是在太平湖和桃花潭。当时他招待北京去的这批艺术家吃饭，用他自己种的大米，据说是富硒米。我们都嚷着米好吃，不久他给每人寄了一袋米。

还记得我和他两个人并肩走过，去一个安徽败落的小村，只觉得他长相清秀，瘦瘦高高的，却又有说不出的男人气，完全是少年长相，根本不像 70 后。

圆光说："姐，他可不只是我的好基友，跑到山上和我作曲唱歌，他可传奇了……"

听完圆觉的故事，写下几行字：花开见佛，有些人，活着活着就成了自己的宗教。

圆觉本名何旭冰，安徽泾县的小伙子，十几岁与高僧学佛法，埋下佛的种子。二十多岁经商，并未读过太多书，但商业头脑极好，1998、1999 年做水泥和漂流生意，在那个年代，人们的工资只有几百块，他每年能挣到几百万了。2000 年，他几乎是泾县首富，有房有车有漂亮的女朋友。此时他春风得意。此时他飞扬跋扈，此时他手下有很多追随者和拥辈，在大人看来也许是不太靠谱的小兄弟和社会小青年。

他，俨然成了老大。

鞍前马后有人伺候，前呼后拥有人追随。他年轻、帅气、有钱，老天仿佛把一切都太早地给了他。

但从2000年开始，他的人生彻底逆转——他成了逃犯，逃跑了整整十年。

人生定数难预料。

1999年底那天，他听说小兄弟们又在打架，于是去看热闹，还爬上了墙头。

"打出血来了！"有人嚷。

"肠子流出来了，要出人命了！"有人惊叫。

远处传来了警车鸣叫。

那年，正逢上"严打"，他们被视为黑社会小团伙，他们在严打范围，他们把人打成了重伤——他并没有参与，但仍有人认为，他是头目。

除了他，所有人几乎全被抓了。他，跑了。

他不想蹲监狱，不想过那样的日子——太恐怖了，如果年纪轻轻就蹲了监狱，人生就完了。

他在恐惧中度过几天，决定逃跑。揣了五万块钱现金，他踏上流亡之路。

那时对身份证的检查还没有那么严格，他四处流窜，饥一顿饱一顿，像落荒而逃的流浪狗——他得知落网的小伙伴被判了十多年，更不敢回去了。

他的爹妈快疯了。他的女朋友也泡汤了——女友的父母说："从前他是首富，可现在是逃犯，我女儿不能嫁给一个逃犯。"

他逃到过东北大森林，逃到过南方热带雨林……手里的钱越来越少，他决定回安徽，到合肥，这样守着爹娘近，抓住就认命。

回到合肥后几乎没钱了，他住过桥洞，风吹雨淋，拾过烂菜吃，啃过干馒头……

他说，我还不如要饭的，真的不如要饭的啊。

最后他落脚到合肥二中一间破旧的废弃的小房子里，只有一张床板，一个暖壶。

他不敢去打工，怕暴露。他不敢去人多的地方，怕被认出。

常常会梦到坐牢，醒来一片心悸。

合肥二中，一周只卖一次馒头，每周六。他买齐一周的，只有周六能吃到鲜馒头，怕馊掉，于是他把馒头在太阳下晒，晒成干，又硬又干，硌的他牙龈出血。在废弃的小破屋里，他的人生到了低谷。

从前呼后拥到流落街头，从大鱼大肉到只能啃干馒头。

冬天来了，小破屋更冷。

他却发起烧来。想倒口热水喝，一不小心却又打碎了暖瓶。

从出逃到现在，他没掉过眼泪，在北风呼啸一屋冰冷，在只有干馒头又发烧打碎热水瓶时，他落泪了。几乎是放声号啕。天要绝他吗？

他不服啊。他没有害过人，一直与人为善，可能走偏了一些小路，老天爷为何这样？

最绝望的时候，有人送来温暖。

他连个要饭的都不如了，但眼神中还是有不同于常人的东西，从吆五喝六到沦为盲流，他不知人生方向在哪里。

合肥二中对面是省歌舞团。一个阿姨给他拿来了书：《羊皮卷》和《基督山伯爵》。

阿姨说："小伙子，我看你气质不俗，也不知你为何沦落至此，就觉得你是干大事的人，阿姨送你几本书读吧。"

他读进去了。那是他人生第一次那么认真地读书。这次读书影响了他以后的命运，思想改变一切。

他决定重生。

他准备去学厨师。买了两条烟直奔安徽饭店,见到师傅就拜。师傅见他眉清目秀,当下收了徒。

三个月后出徒。他准备自己开大排档。

大排档开了起来,异常火爆。他赚到了第一桶金,并结识了很多朋友,租了一个较好的房子。

少年时他弹过吉他,现在他一边弹吉他一边做大排档,他用自己丰富而迷人的个性迅速挣到了一些钱。

他用这些钱参加了自考,上了电大。

知识改变命运,知识让他看到了自己以前的不足。后来他说,如果不出这个事情,他充其量是一个有钱的土豪,但现在,他要做一个有知识有情怀的人。

好景不长。不久,大排档作为违法建筑被拆掉了。

他又没收入了。

他准备去江苏泰州开大排档,他已经偷偷和父母取得了联系,父母决定陪他去。

在大巴车上,一辈子没有求过人的父亲坐在前面,一头白发,抱着他的锅碗瓢盆,他坐在车的最后,看着风中的白头泪流满面——父亲一辈子没有求过人,却为他操碎了心。

那是他第二次落泪。

大排档开得不太成功,他又回到合肥。

有一天,他正坐在路边抽烟。一辆奥迪车停在了他面前。

下来一个气宇轩昂的老板,"你不是弹吉他开大排档的小伙子吗?"

"是呀,"他说,"你怎么认识我?"

"我总在你的大排档吃东西,东西又好吃又不贵。你态度好人品好,还会弹吉他,咋在这儿发呆?"

"大排档拆了。"

"那跟我走吧,我有4S店,如果不嫌弃来卖奥迪吧。"

圆觉说:"我生命中一直遇到贵人,这是其中一个。"

他来到4S店。因为是老板熟人,人家和他要身份证时,他说让小偷偷走了,就这样,他入职了。

很快他成为销量冠军。很快他又成为另一个店的主管。

他的人生开始了另一次绽放。

不久,他用积累的钱开了琴行,从小喜欢音乐,他有了自己的琴行。

他义气、幽默、开朗、大方,结交下很多朋友。他开始买车买房——都是用朋友的身份证买。他不敢用自己的身份证。

他去掉自己名字中间那个字,改叫何冰,沿用至今。所有认识他的人都叫他何冰。

他说:"到现在我自己名下没房,全是用朋友名字买的。"

"朋友可信吗?"我问。

"没有一个人害过我、坑过我。再说,房子、车、钱都是身外之物。"

父母偶尔来合肥看他,也商量过投案自首,到底是恐惧。

一晃8年过去。

2008年5月12日。汶川大地震。

他连夜写了一首歌,为汶川地震。看到那么大灾难,他落泪了,他心痛啊。

"这是一趟开往天堂的火车……它们来自神的家乡……"

两个小时,点击量过三万。

他害怕了,怕被认出。他,删了。

他想去抗震救灾,在最困难的时候,一直有人帮他,现在国家有了这么大的灾难,他当然要去。

他发了帖子:谁跟我去汶川?

一呼千应——可见他在合肥的感召力。

组了车队,浩浩荡荡出发。经过湖北恩施时,他结下一个因缘——十年后,他选择了恩施。

恩施,多好的名字。

他们在恩施迷了路,又没有东西吃。

在路边遇见一个大姐开小吃部,他央求大姐烧两锅洋芋饭,他掏出了200块钱。

大姐烧好了饭:"吃吧,抗震救灾的英雄们,我不要钱。"

这个土家族女人感染了他,让他永远记住了恩施。

多年之后,他回报了这锅米,还有恩施。我和圆觉通话时,他正好在恩施,有一半的时间,他在恩施种那3000亩无公害富含硒的大米。

他去了抗震救灾的一线。最危险的地方,常常是浑身是血。他拼命救人,因为自己也一次次被好心人救。

从汶川回来后,他被视为英雄。

电视台采访他,他拒绝了——他羞愧啊,毕竟,他是一个逃犯。

他没有再犹豫,果断回乡,投案自首。

距离1999年正好10年,他投案自首了。

政府听了他的经历,宽大处理了他。

他泪流满面——这个社会,以最大的宽厚和温暖迎接了这个浪子。

政府让他巡回讲座,以他的经历给年轻人鼓励。

他用身份证的第一天,落泪了——没有比当一个自由的公民更幸福的事情。他只想做一件事:余生做一个对社会有贡献的人,用自己的能力回报社会。

重新回到起点的圆觉,又施展开了他的商业才能:干工程、修高铁路基、电力、水泥、养鸡……

养鸡的故事笑得我前仰后合。

上海的一个老总说要土鸡、土鸡蛋，来他的农场看过几次，非常满意。

预定了3万只鸡。

他开始在自己农场养鸡。

鸡长大了，吃了很多五谷杂粮和土饲料，非常茁壮非常健康。

于是开始杀鸡给上海送货。只要一杀鸡，他立刻脖子疼。一杀就疼，一杀就疼。

他想起少年时学佛，于是意识到不能杀生。

"放了，这几万只鸡全放了。"他说。

他手下说："何总，你疯了吗？放了这是多少钱啊。"

"放了，放生！"他斩钉截铁。

那几天，满山都是鸡，鸡们很快乐地撒着欢，他脖子也不疼了。

他开始做善事。公益活动都要参加。

给敬老院装空调，送米面油，还有孤儿院，还有希望小学。

他有很多合伙人，但他从来不看账本。

"既然合作就要信字当头，要信任别人，他们分给我多少是多少，钱是身外之物。"

没有一个人骗过他。他把钱大多花在了公益上。

他的命是社会给的，是好心人一次次给的，他要回报过去。

这颗菩萨心，让一个女孩子爱上了他。他已年过40，却娶了一个89年的姑娘。姑娘说："就爱你的善良、仁义、大慈大义。"

现在，他有一个三岁的儿子。

2014年，他的一个朋友去世——是浙江商会的一个老总，爱吃一些不健康的食物，患了胆囊癌，查出来没多久，去世了。他受到震动。开始调查中国食品安全。结果让他震惊：几乎没有不打农药的农产品，包括大米。

小时候，他记得稻田里有青蛙、蛇、鱼……现在，稻田里却是农药。

他决定种大米。

去哪里种呢？

恩施——他知道，回报当年那一锅洋芋饭的时刻到了。那个大姐或许早就忘了，当年的无意之举，已埋下感恩的种子。

在恩施，他种下3000亩无公害富硒大米，所有种子全是从日本拉来的。

他还的是2008年那一锅洋芋饭的恩情。

除了做生意，就是玩儿。最好的玩伴就是圆光。

用他们开玩笑的话说：一对好基友。

两个人一起做音乐，一起在山上烧烤、唱歌、喝茶、修身、养性、扯淡、闲聊……

把生活活出了滋味和别人的几辈子。

"做生意是玩儿呢，唱歌也是玩儿，我一直特别感恩，遇上那么大坎儿，又遇见那么多贵人，过来了，必须以感恩的心来回报。"这是他说的最多的两句话：感恩，回报。

家里还有圆觉寄来的大米，写完这篇文章，我准备好好做上一锅香米饭吃。

圆觉和圆光都约我，明春上山。唱歌、喝茶、吃香米、看山看水、在竹林散步、在山顶诵诗词、包饺子、闲聊。

把日子过成诗是一句矫情的话，把自己过尽千帆的心养出一朵佛花来，活成自己的宗教才最好。

我答应了圆觉，去恩施，看他的3000亩稻田去。

那夜，他说回首繁华如梦渺。他说愧他当初赠木桃。

劫后余生，推开窗，是新天新地，是另一个世界中的好人圆觉。

在薄情的世界里深情地活着

有些人，可以抵命相交——致 M。

有时候，我觉得认识 M 好几辈子了。有时候又觉得昨天才认识。有时候觉得，把和 M 的故事带到下一世吧。写出来就薄了，也还原不了那时的光阴和情景，但年龄越长越怕忘却。人的一辈子，命里可能就那么一两个抵命相知相交的人，无论离得多远，无论多少年不见，仍然在心里的最私密处，永不与别人分享。她是唯一，至死不渝的唯一，再也不可能有第二个的唯一。

写这篇文章时，M 发来了她喂奶的照片，她刚生了第二个儿子，正坐月子——她一个人坐月子。她说，有享不了的福，没有受不了的罪。

早前我曾断言：这个人不适合结婚，适合一生奔波流离爱无数次。而今，我却觉得：没有人比 M 更适合婚姻，她准备生第三个孩子。她是回族，丈夫是藏族。我跟她说了，支持她多子多福，儿女成群。

我与 M 的相识十分偶然：她来廊坊采访，我陪她吃饭。她胖胖的，且黑，短发，两只大眼睛十分灵动，嗓门极亮，说起话来妙语连珠，笑起来很夸张，浑身都要颤抖。

那时我还在写青春小说，也是一派天然，白裙白衣长发。

彼此一见如故。

同样烈净的心，同样狂野的青春，同类间的气息洞若神明。我们秉烛夜游，我们彻夜长谈。

关于文学、青春、游走、疯狂、诗歌、食物。

关于爱与忧愁。仿佛永远用不完的青春，仿佛永远挥霍不尽的深情——多年之后我们发现，没有什么能永垂不朽，唯有真实的生活赤裸裸地堆在面前，无比真实又无比温暖、疼痛。

有一句诗叫"与君初相识，犹如故人归"，我觉得用滥了用俗了，但用在我与 M 身上，恰如其分。

有一次她提及一个疯了的女人，说是为一个男人疯的，为爱情疯的。我们看着彼此，忽然双双流泪。

那时她在南方报业当记者，每天在全国各地飞来飞去，她曾经坐在拖拉机上采访拆迁，坐着三轮车穿过那将化的冰面，采访一个渔村。岸上所有记者全不敢去，只有她，拼了命坐上那可能沉的三轮车……还有煤矿、爆炸现场……她每次出差，我都提心吊胆，仿佛生离死别。

没事的时候，她又睡到日上三竿。她的早晨从下午开始，住在中国传媒大学附近的民居内，据说房间里都是书，只能扒开一个地方睡——不能以任何一个女孩子的标准来要求 M。她生性野荡，有颗自由敏感的心，读书读到眼睛快瞎掉了，见到个小纸片仍然读。上大学时站在成都 X 大学的楼道里看书，室友睡去了，她借着微弱的灯光读书，把青春与光阴交给书。

M 是新疆人，从新疆考出来后再没回去。她一个人游荡好多年，恋爱、失恋、再恋爱、再失恋。每一次都轰轰烈烈，每一次都无疾而终。

年轻的时候总是这样，以为爱上的人是此生最爱，却很快厌倦。再爱，仍然飞蛾扑火——因为年轻时有的是力气和资本。老了，爱情是奢侈的。

她常常半夜来找我。午夜已过，电话响了，她说："我在你家楼下。"这样的事情屡屡发生，起初意外，后来习以为常。我穿了睡衣拖鞋，带着眼屎下楼接她，漫天的星星也去接她，没有比我们更神经质的人——但我们无比迷恋这种神经质，神经质也需要有资本。

那时 Z 姐还活着，她笑着说我们："两个疯丫头。"

其实后来我们主要是闲逛和吃。M 饭量惊人，非常能吃。那时我五十五公斤，看着跟麻秆儿似的瘦，腰围不到二尺。后来 M 说我胖了许多，从前的裤子几乎全穿不进去了，显得珠圆玉润了。M 一直胖且黑，一米六五的身高加上一张圆脸，是永远的婴儿肥。那时我有胃病，M 把暖水袋扔在我胃上，让我快些长肉。

我们都爱吃辣。每次餐馆点东西都齐声说："变态辣。"M 还爱吃大馒头、辣酱、羊蝎子、咸菜，楼下爱芬超市卖纯碱大馒头。她在我买馒头的那会儿工夫能吃下去两个，回到家重新开始吃，那两个仿佛不在。这一点我望尘莫及。但后来常在一起，也成了吃货。上街只为转吃的，吃遍一条街仍然不满足，手扶着墙看着彼此，认定这样的朋友可以吃一辈子。

在吃的方面，我们志同道合。M 在青海定居后，我再也没有找到那么"神似"的吃友，觉得寡味极了。再也没有第二个 M 了。

我们也吵架，吵得厉害，说翻脸就翻脸。那时还没有朋友圈，如果有，大概会同时拉黑对方。

吵得最厉害的一次是为了去越南。那时我们看了《青木瓜之恋》，便一起迷上越南。越南的婀娜，越南女子的古朴清秀，越南建筑的法式风格。还有杜拉斯的越南。两个人约好一起去，必须一起去。她便打听如何从北京出发，坐火车到南宁，然后从南宁到越南。两个人兴奋得一夜没睡。

后来才发现她没有护照，去不了。我便也放下了此事。

过了一个月，有个不熟的朋友找我，问我去不去越南，才四千块。我说去啊，然后我打电话告诉 M："你没有护照，我先去了。"

她的电话中没声音。

"你怎么了？"

仍然没有声音。

她忽然哭了起来，以极大的声音质问我："你凭什么一个人去越南？你不是说咱俩一起去吗？"她哭得委屈极了。我本来想争辩说你不是没有护照吗？又觉得愧对了她的深情。突然想起《霸王别姬》中，程蝶衣问段小楼："不是说好了一辈子吗？少一年一月一天一个时辰都不算一辈子。"我亦哽咽，只觉得 M 一派天真朴素，这样的深情不能辜负。

多年之后，我因公差终于到了越南。在湄公河边，我默念一个人的名字。M 已在千里之外，结婚生子，过生活。

我到底一个人来了越南。

M 说："好难忘第一次见到你，白衣黑裤，很干净地笑。"又说："有一次来廊坊找你，你坐在三轮车上，穿了一身旗袍，长长的卷发，特别像十三姨太。"那时我还是长长的卷发，后来一剪子剪了去，再也没留过长发。

那时我们多数时候无所事事。有一天她在北京，我在廊坊，两个人都想远游，一刻都不想待在原地了。先商量去大同听曹乃谦唱《到黑夜想你没办法》，又想去青海，总之，两个人蠢蠢欲动了。她即刻跑到楼下火车票代售处问票，人家说没有到这几个地方的票了。M 急了，冒出一句极经典之语："你就说有到哪儿的票吧？有到哪儿的，我们就去哪儿。"

年轻多好，有的是用不完的冲动。

她去铁岭采访，问我同去不？我当即决定去，因为我们要一起去看铁岭的二人转。

我拼了出租车去北京站，她买好了票在北京站等我。

中途出了车祸。出租车翻了，另外几个人都动不了了，我爬了出来，膝盖流了血，跟司机说我走了。那几个人都傻了似的看着我："你不去医院检查？"我笑着说："不去。"我要去铁岭看二人转，拦了一辆车又出发。到了北京站笑着和 M 叙述，她抱住我失声痛哭。

那天我穿了红裙子，艳得很。

到了铁岭，两个人彻底疯了，满街找二人转，问出租车司机哪儿的二人转最黄。司机回头瞅我们俩，我们俩连笑也不笑，只一本正经地问人家。

先去吃了铁锅炖鱼。打车要一百多块，只因听说鱼是从河里刚捞上来的，两个人围着铁锅吵了架，吵的什么忘记了，但吵过后又每人吃了二斤鱼，又转回铁岭吃杨麻子大饼，甜的咸的麻酱的，也不知胃里如何装得下。吃完后，彼此搀扶着去车站附近看二人转，买了十块钱一张的票。三十元一张的有茶有瓜子有水果，二十一张的只有茶，十块钱的什么也没有。

没开场之前，M鼓励我婀娜地绕场一周，说要像言慧珠一样张扬。那时也真是孟浪，提着红裙子角就绕场一周了，所有人全看我。M用相机啪啪地拍我。我们彼此得意，觉得过得真花天酒地。

又在铁岭鬼混二日。忽然半夜又吵起来，我跑到火车站要走，一个人在铁岭火车站掉眼泪。再一抬头，M站在面前也涕泪横流。多少年后明白，有一种感情，早已超越了爱情，不是爱情胜似爱情。

我走了之后，M给我发了一条短信："你走了，有一个女孩儿的铃声是《甜蜜蜜》，我听着，就一直哭啊哭，哭啊哭……"

那时我与M年轻飞扬，像野草一样茂盛，时刻准备逆风而行。

2009年9月一起去杭州。到西湖后，她甩下我一个人去拍毛主席像。我一个人站在断桥边发呆。

有时候M不近人情，但即使不近人情，也因了她的率真，我倒觉得她有颗金子一样的心。这样的人在我遇到的人中，尚无第二个。

她可以见花落泪、见草动情，亦可帮助并不相识的陌生人。手中无钱，却总是大把花钱，多数时候是给别人花。她从广州给我背了半麻袋面膜，一块钱一贴，使了几年仍然没用完。她又买了洗发水，说我头发掉得厉害，应该好好护理。我母亲常常觉得她不会过日子，为她以后的生活担忧，但她不但学会了生活，而且活得坚韧不拔。

那次在杭州，我们一起看了俞飞鸿导演的《爱有来生》，两个人又哭得不行。那时，我们仍然是未长大的少女一般，少女的心态与年龄无关。又过一年，我经历一些挫折，心灰意冷，那时，她在西宁，唤我去找她，我坐了飞机便去西宁了。

她去藏区采访养蜂人，要写一篇十万字的稿子，如今这十万字仍然没有写出来，她已生了两个儿子，嫁给了当年的养蜂人。这一切注定是传奇。

我们在西宁大街上骑自行车，车是从老乔那儿借来的，老乔是户外运动爱好者。我在街上的一家店里有自己的杯子，上面画了小鱼图案，我又认真写下"小禅"二字。M说："再来西宁你就用自己这个杯子了。"

西宁的风大，自行车飞起来了。我的裙子也飞起来了，露出了内裤。M在后面嚷着："雪小禅，你的内裤露出来了！"唯恐全西宁人不知道。

我们去吃西宁的小吃。各种各样的面、锅盔、粉、酸奶……自备健胃消食片。西宁是静的，我们的心是低的、矮的。

塔尔寺，看到那些磕长头的人们，日头很烈。M带我去找僧人。我们坐在塔尔寺的门槛上发呆。

还在门口买了很多假的绿松石，一直喜气洋洋地戴着。

青海湖。一个叫谢肉的藏族小伙子拉着我们俩，工具是拖拉机。然后又换了摩托车。我被谢肉和M夹在中间。七月的青海湖正是好风光，两边的油菜花开得灿烂。风又大又冷，我们穿着棉衣，在摩托车上大呼小叫。这是我与M的青海湖，此生去一次足矣的青海湖。

青海湖边，河滩上有牦牛。我骑在牦牛上，穿了藏服，M也穿着藏服，牵着牦牛——那一刻，我觉得人一定有前世，在前世，我是M宠爱的妻。

湖对面的山坡上。M 与谢肉抽烟，不停地抽啊抽。我面对远处的青海湖，忽然落泪，此生，有 M 这样的女子为友，一起吃喝玩耍，一起落泪悲欣醉酒吵架，再有什么样的友情亦难超越。

那天下午，与 M 在湖对面的藏人家喝奶茶。新黄的酥油茶，又香又腥，就着青海湖的风喝下去。帐篷里是几张朴素真诚的脸，当时忽然闪过一个念头，M 嫁给青海人就好了，他们有着一样的朴素、动人、敦厚。

M 的爱情每次都是飞蛾扑火，每次被烧得仿佛再也不能活了，但每次都活了下来。

M 的傻气总是让我心疼。她总说对方没钱，并且恳求我去给对方交话费，我那时的肺几乎被气炸了，却又乖乖为我不认识的男人交上两千电话费。这样的事情想起来仍然动容——因为再也不会那么傻了。

从青海回来后的几个月，我去了上海、石家庄，与 M 再无联系。我们总是这样，也许几个月不联系，但有一天突然跳到眼前。对于 M 的职业来说，这很正常。

在青海湖边散步时，她曾经说过一句不吉之语："假若有一天我去采访出了事，你一定找到我，七尺白布裹了我，葬我于青海湖。"我只道她年轻痴语，笑她尽是胡说。

那三个月我打她电话几次，均接不通。这种情况从前也有过，她在山区没有信号，自然接不通。

有一天梦到她死了，就哭得厉害，去买白布裹她，一边走一边哭，直至哭醒。和别人说起时，人家说梦是反的，才放了心。电话响了，低头一看，是 M。

"你这几个月去哪儿了？急死我了。"电话中好长的沉默。之后她的声音传来："我告诉你件事，你别着急，我……我结婚了。"

我以为自己听错了，又追问："你说什么？谁结婚了？"

"我结婚了，和我采访的养蜂人。比我小几岁，没什么文化，藏族小伙子，人特别朴素，对我极好……"

我感觉时间静止了，车水马龙仿佛都停了，我站在广阳道的马路牙子上，突然号啕大哭——好像生命中某个最珍贵的东西失去了。

M 结婚了，真的嫁给了青海人，一个朴素的藏族小伙子，听起来无比传奇，很多媒体想采访她，被拒绝。这是 M 的性格，过好自己的日子就行了，和别人无关。

我认为她将如别人一样，过似水流年的日子，然后终老青海，也想过此生见面机会再不多，心中难免惆怅凄惶。

自她结婚以来，我们忽然就远了，渐行渐远渐无声了。

及至八月，忽然接到一个陌生男子的电话。他口气急急的："姐，我是小 X，M 的丈夫，她进产房了，大出血，她进去之前和我说，没钱去找我姐。"

我只说了一句话："给我卡号吧。"

她生了一个十斤的胖儿子，母子平安。

M 已为人母。有时想起她半夜穿着人字拖鞋来找我，背一个帆布包，又想起她为爱情落泪，终于知道有一个词叫尘埃落定。

但一切刚刚开始。

2011 年 10 月 1 日，长假。我回霸州与亲人小聚。母亲和弟弟弟妹纷纷问 M 的情况。这个新疆姑娘得到了全家人的喜欢与认可，她的率真、朴素、敦厚，甚至她的好胃口——母亲知道 M 喜欢吃羊蹄，每次要买上十几斤，再摆上一盆西红柿，然后又会包上一大锅素馅儿包子。

M 一口气吃下过十几只羊蹄，又吃一盆西红柿，最多的时候吃过七八个包子。弟弟去给她买烧饼，也能吃四五个大烧饼。母亲说，这样的孩子实在，错不了。他们常常念叨她，问她何时再跟我回霸州老家。我告诉他们 M 结了婚时，他们都说："她怎么可能结婚呢？"但她不但结婚了，还生了孩子。

那天恰好是十一。电话响了，是 M。

"姐，我出车祸了，一家三口……"那时她孩子才三个多月。我只觉得不真实，却又极迅速地开始订去西宁的机票，越早越好。

我订的是早晨七点的机票，最早的航班。只剩一张机票了，头等舱，这是我第一次坐头等舱。

朋友建东跟司机送我去机场。凌晨三点一起床就直奔西宁了。

那天的雾真大，几乎寸步难行。司机迷了路，半天走不了几十米。我觉得 M 快死了，再晚了就来不及了，她的丈夫、孩子……都在抢救中。

在雾中爬行了一个小时，一个小时后，雾散了。如果雾不散，我会赶不到机场，会误掉飞机。

西宁医院。我见到了一年多没有见到的 M。她脸上缠着绷带，眼睛肿成一条缝。相顾无言，唯有泪千行。

真想打她、骂她："你怎么可以把自己弄得这么惨？"她躺在床上说："我还活着，你去看看孩子怎么样了。"

第一次见到她丈夫。一个眼睛清澈的藏族小伙子。他叫我姐，带我去看孩子。我与他，因为 M，忽然有莫名的亲近。这一场车祸，是一家三口乘出租车自贵德到西宁看病，出租车撞到大货车上。小 X 受伤最轻，但亦是浑身有伤。

他带我去西宁儿童医院。

那是我第一次见到 M 的儿子，一个被医生判了死刑的孩子。大夫拦住我说："别救了，脑死亡了，救过来也是植物人。孩子高烧一周了，你只要签字，我们马上拔下孩子身上的管子。"小 X 急得蹲在地上哭。

有的时候，我比任何人都镇定、冷静、不动声色。我只对医生说了三个字："不可以。"

我抱着孩子，看着那张和 M 一样的脸，只觉得生命多么奇妙。M 需要这个孩子，小 X 一直瞒着 M 孩子的情况。

我必须救这个孩子。

人在绝望的时候，可以孤注一掷。

第二天早晨，大夫告诉我：孩子退烧了。

我开始高原反应，压抑，呼吸不畅。小 X 买来氧气袋让我吸，十月的西宁天气已经很冷，他穿着开了口子的皮鞋，脚趾露在外面。

我带他去商场，给他买棉鞋。他说："姐，第一次有人给我买鞋子穿。"我说："我也是第一次给男人买鞋穿。"那一年的秋天特别慢，那一年我在西宁吃了很多马子禄牛肉面——大宽、二细、三细、毛细……我吃了多少碗兰州拉面？听了多少遍东关清真寺的钟声？

西宁注定是个令人终生难忘的城。那时，所有曾经的文艺浪漫面临的是血淋淋又狠毒无比的残酷现实，我唯一的愿望是：M 快些好起来，她的儿子快点儿醒过来。

那场车祸之后，M 迅速成长。就像 2010 年之后，我摆脱了青涩与稚嫩，迅速苍老、遒劲，我指的是心。2010 年于我的人生而言亦是分界点。

车祸后的 M 情绪很不稳定，她不能再留在青海，那是伤心地。

"来霸州吧。"我说。霸州是我的家乡。她答应了，赤手空拳来到来过无数次的霸州定居。

同学亚伯帮忙租了房子，在长城小区。离父母亲极近。亚伯又矮又胖，血压又高，背了 M 的书上楼说："好好过日子吧。"

同学文霞抱来了新被子，母亲和弟弟妹妹都来照看过，我提了面上楼，忽然觉得从前的生活是梦，在真实的生活面前，任何人都不堪一击。

M 的丈夫、公公亦来了霸州。儿子在 M 的怀中一天天长大。很胖很壮，只是左手右脚没有力气。M 和小 X 带孩子去北京做康复，每次要花六七百。M 表现出的母爱让我震撼。

曾没有人比她更讨厌孩子——有一次我们坐飞机，听到一个婴儿一直在哭，M 气恼地说："真恨不得掐死她呀。"但做了母亲的 M 表现出极大的耐心，小心哄着孩子，见了别人家的孩子也面目喜悦地哄、逗。

M 的公公仍然酗酒。小 X 不适应平原的气候，有些晕氧。但他们爱赶霸州的大集，说东西又便宜又好。

春节的时候，我回霸州看他们。他们一家人过春节，按照青海的方式过。M 给我发短信："公公说，透过窗户可以看到霸州广场的灯光和烟火，我们一家人都会记得这个春节。"

但我仍然感觉到 M 的忧郁与不快乐。那种不快乐像细菌一样，会蔓延。

那时她与小 X 常常争吵，有时还动手——所有的爱情在现实的面前都会鸡零狗碎。有一次他们吵得厉害，把房东家的玻璃砸了，又动了手。M 吞了安眠药，一整瓶。

接到她的电话，我快疯了。我给同学亚伯打电话，亚伯声音颤抖，从酒场上撤下来，胖胖的身子跑着上五楼。那时 M 尚清醒，我与亚伯把她连拉带拽弄到医院。亚伯找熟人，我摁着 M 洗胃，没有眼泪，没有慌张，只有愤怒。M 辜负了我对她的苦心。母亲与弟弟妹妹亦赶来，母亲落泪："傻闺女，好死不如赖活着。"

这是 2012 年春天，我在北京、廊坊、霸州三地跑，那时我在中国戏曲学院教学。

不久，M 抱着几个月大的孩子去杭州采访一个医生，全中国大概只有一个记者背着孩子去采访吧。那天我给同学们上写作课——自 M 尝试自杀后，我始终没有再提此事，而且从不落泪。但那天上课我讲起了我和 M 好玩的那些故事，又说起了后来，当我说到她正抱着孩子在杭州高铁上时，泪如雨下，几乎失声。我的学生陪我哭，又递了纸巾。过了一段时间，M 抱孩子来跟我上课，与我的学生喝酒、聊天、谈笑风生。活着真好。

那次她写的稿子得了奖。白岩松要连线采访她，她给我打电话："快帮我找一张我的照片。"M几乎从来不照相，多数时候是她给我拍照。我从我俩的合影中找了一张给她，她穿了件红衣服，傻呵呵地笑着，像多子多孙的表情。

M总说将来要开个农场，接我、亚伯和其他人去住。最后农场没有开，M决定与丈夫、公公一起回青海，青海才是他们的根呀。度过了这一段最艰难的时期，好人生总会来的。

M一家回了青海，来搬家时也黯然。母亲已经哭了好几次，表妹红霞和二妗子十分喜欢M。每年春节我都带着M去乡下二妗子家玩儿，大锅炖的鱼、烙的饼、熬的粥、蒸的馒头……她与二妗子家的气场非常相合：敦厚、朴素，不嫌脏不嫌糙的。家里四五个孩子乱跑，猫和狗乱跳，炕上堆满了杂物。M坐在炕上吃二妗子烙的韭菜鸡蛋馅饼。表妹红霞的孩子和M的孩子一样大，两个人攀起了亲家……

恍惚间，不信这是那个当年背张枣诗歌的人——只要想起一生中后悔的事，梅花便落了下来。梅花真的落下来了，我们在粗粝的生活中慢慢变老，不变的，是当年那颗热爱生活的心。

几年前心灰意冷时，曾给M发过这样的短信："真没意思，活着没意思……"她回了短信："姐，你如果走了，我马上去天堂找你，我怕你孤单。"这世界上，只有M说过这样生生死死的话。爱我的人没有说过，说陪我到老的人没有说过，亲人们没有说过。我知道M，她不是说说而已，她说得出，做得到。

我后来对她说："吓唬你啦，我要活到满头银发，然后和你穿着球鞋去吃麻辣烫。"小X总说我们是两个不可思议的疯女人，疯了就好了。我们还那么热烈地活着，像两株野草。

2013年8月，Z姐病重，我给M打了电话。自她回了青海之后，很少再来这边，与小X开始在网上售卖青海特产。我总说在我微博上给她做宣传，她也不肯。

M 买了机票之后开始让小 X 半夜起床。小 X 看她与我通话便知又要疯了。她让小 X 半夜杀牦牛，然后把半麻袋牦牛肉带上了飞机。那时，Z 姐天天说我们俩是疯丫头。Z 姐不行了，肺癌晚期了。

Z 姐看到 M 时说："长大了！长大了！"

Z 姐对 M 说："小禅是富贵相，心眼好，你好好跟定了她，两个人好一辈子。"那天我给 Z 姐煲了牦牛肉骨头汤，炒了土豆丝，又烙了两张饼。那天 Z 姐吃了很多，是得病后吃得最多的一次。Z 姐到底走了。我与 M 哭得像两个孩子。M 说："看着我们俩疯的人走了。"

M 回了青海，一走又一年。我们偶尔微信问候一声，各忙各的。她总说我不爱听的：大学讲座太多、脸色憔悴、白头发都长出来了……但我知道她是真心的。

2014 年 5 月 21 日，M 给了我一个惊喜。她诞下第二个孩子，还是儿子。我骂她笨，连女儿也生不出来。但她立志还生。我说好，必须让她儿女成群，到老了我们子孙满堂，而我们俩依然俗气得不行，张嘴闭嘴跟儿孙要吃的。

因为我们都明白，人世间没有比好好活着更重要的事情了。

活着，往前走着，那就是最美的人世间。

小镇姑娘

算来，认识书林已有三年。

她这样写自己：张书林，老绣收藏家、服装设计师、品牌创建人。衣不惊人死不休，喜欢十九世纪欧洲复古风格，喜欢钱和男人，两样都没留住，左手进、右手出。

我所有的女友中，我最喜欢张书林。这样说并不过分，她似一条妖蛇，自有一种蛊惑，让你动弹不得，但她并不自知。仿佛前世青蛇转世一般，那样一眼就认出了……而我在别的女子身上，未发现这种魅惑至极的气场。

她对美的感知是那么隆重，甚至不放过每一面镜子。即使是一小块玻璃，或是车子的反光镜，她亦要扑过去照一番。她对镜自怜、搔首弄姿理云鬓的时候，你会觉得，真是一个尤物啊！雪白柔嫩的胸脯，恰到好处的身材比例，海藻一样的长发，猫一样性感迷离的眼神，柔软得像水草一样的腰肢，衣服是自己设计的——几乎全是老绣片。

她不穿这个时代的衣服，一出场惊死整条街的人，明代的战袍、清朝的长袍，帽子是清代虎头帽，她闪着婴孩般的眼神问你："小禅，你看我适合什么样的男人？"书林已经三十多岁了，依旧单身。

我心里暗想：妖精，什么样的男人都会被你吓跑，什么样的男人都不适合你，你不是人间的啊……简直是颠倒众生的美！我见过的一些明星是塑料花一样的美，但书林是罂粟花，美得邪恶又美得天真，美得忽而盛开，又美得遍地狼烟。我喜欢这样毫不犹豫地夸她，毫不吝啬，有种提刀便来的快感。

当她出现时，一切女人黯淡下去；而看到她的人，唯有销魂，不能动弹。

说来认识是因缘。2012 年 9 月，我去云南师范大学开办讲座。之后去了大理、双廊、丽江。在大理发了半个月呆，去双廊看了杨丽萍的太阳宫，赶了挖色大集，到丽江后闲逛发呆。

有一天逛到书林的店——"楼上的拉姆"。忽然想起常去的北京南锣鼓巷，亦有这样的店名。后来才知道是同一家店，全是书林的店。进得店来，便觉得与别家不一样，是味道与气场不一样，每一款衣服都独一无二。

书林后来告诉我："从当裁缝那一天，我就决定每件衣服只做一件，绝不重复。"那衣服张扬着动人的个性，老绣片在上面散发着古旧而性感的光芒。墙上是书林画的画，一个穿着绿袍子的长卷发女人提着灯笼在野地里转。那时我不知她叫张书林，于是问了店员，老板在哪里。店员说："她去大理了。"我和店员要了电话，给她打电话。她声音柔软明亮，回答充满了来世的味道："我在收老绣片呢，累了，在坟地里转转。"

我当下极喜欢这个女子——去坟地里转转，这得有多大的精神强度。当下便觉得自己和这个女子必有缘分，心里荡漾着一种春天的气息。当时并未见到她，还不知她美得不可方物，颠倒众生。

终于见到是 2012 年 10 月 12 日，我在北京大学做讲座。那天，人声鼎沸，礼堂挤得水泄不通，但我在人群中一眼就认出了她。她安静又热烈地看着我，穿着清朝的衣服，像一个穿越到这个时代的人。讲座结束后，人太多，未来得及说上两句话，但她的美艳妖娆震慑了我。

她塞给我一件衣裳："我设计的。"那是一件明黄真丝的衫子，上有老绣片，标价近乎五千。她飘然远去，像一个妖女，又像聂小倩，我立在原地，只剩发呆。

后来去她在黑桥的工作室，见到她养的猫和她的小妹妹——书林有四个妹妹，还有一个弟弟。

大妹妹张薇，弦乐类琴师，尤喜古琴、古筝，禅宗爱好者。据书林说，她是思想狂人，性情猖狂乖僻，跟其他姐妹不抱团，独树一帜、自成一派。有一次去山西和煤老板谈生意，她非要抱着古琴去……

二妹妹娟娃（我极迷恋她），空灵柔软得像一只猫，天生的艺术家，曾留法。手工玩偶品牌创建人，亲近佛教，动物保护者。天生的艺术家气质让她在陶瓷画烧制、服装设计、装置艺术、室内设计方面均有独特审美。我每次见到娟娃都眼前一亮，那种低调的奢华感和仙女儿般的干净令人即起敬意。

三妹妹群娃，供职于北京外研社，英文很棒，博览群书。她两天读一本书，从不懈怠。她天真、热忱，性情淳朴，天生幽默。书林说，笑点太低。

小妹妹张剪剪，考古博士，主攻史前考古田野发掘，将来发达了准备盘一所养猫院，收留天底下所有流浪猫——广庇天下寒猫俱欢颜。

书林说："我把她们凑齐了，给她们开会时，你一定得来！小禅，我的姐妹们才真的是传奇……"

这些传奇女子的确是亲姐妹，虽然名字那么千差万别、离题千里。

而且，让她们终生引以为傲的是，她们来自湖北孝感一个叫王镇的小镇。她们并非宋氏三姐妹那样倾国，也并非合肥张家四姐妹那样倾城。

除了张书林和张剪剪未婚，三个姐妹都嫁给了自己的初恋。即使娟娃留了法，最后也是嫁给了自己的初恋——她的高中同学。而书林的初恋至今未婚，仍在坚守。

书林说过一句重要的话："小禅，这些姐妹全是我的命，如果她们有危险，需要我的肝、肾，随时拿去。如果她们需要我的命，我也毫不犹豫。"这是妖娆背后的书林，是有魏晋风度的女子，有汉家风范、宋时古意。

还是从王镇说起吧。

2014年8月29日、30日、31日，我与书林长谈三日三夜，偶尔有老黄在场。三个人，气场凛凛，随便一句，便有金属光泽——只可惜我没带录音笔，只能凭记忆碎片记录。

王镇，湖北孝感下面的一个小镇，充满了最本真的元气，而民间的味道和元气是一个人的精神故乡。

书林的父亲是镇上的小职员；母亲是楚剧演员、花旦，台里的顶梁柱，结婚后再也没唱过戏。书林说："大概因为她生得美，所以脾气暴躁，而且只负责生孩子……"老黄说："湖北是楚国，屈原的《离骚》中有山鬼，楚辞中的南方通灵，还有傅抱石的《丽人行》，对应这五姐妹简直天衣无缝。"

"七八岁的时候，我就下决心离开小镇了……我没有童年，十一岁父亲破产，开饮料厂欠下巨额的债，每天是债主上门，父母每天嚷嚷着要离婚，十二个月里有十一个月闹离婚。但我的心态从小就松弛，什么事都不挂在心上。弟弟妹妹接连出生，父母天天和计生办斗争。父亲做了结扎，母亲又怀孕了，管计划生育的人也没了办法。最后，兄弟姐妹就有六个了……"

父亲欠的钱，书林到了丽江才还清，当时，她已经是一名服装设计师，但她向来称自己是裁缝。"裁缝"这个词更为朴素动人。我每次管她叫"裁缝"时，都管自己叫"写字的"，但我们对自己的职业自有一种宗教般的皈依感。

"我从小学起画画就好，想着成为一个画家，但小镇上没有画家，城里才有绘画特长班。表姐在城里汽水厂打工，我投奔了她。报名费是四十块钱，那时我十二岁，家里人不肯出，也因为他们的确没有钱。之后我去找堂哥、堂姐要钱，也不知哪里来的胆子。我和他们说我要去当画家了，所有人都耻笑我。

"他们每人给了我五块钱，我凑齐了五十块钱……那是梦想的开始。后来我去云梦县读了三年高中，考上孝感建筑工程学校美术班，数学、几何、英语几乎是零分。三年中两年倒数第一、一年倒数第二……那时我最远到过武昌，武昌离我家五十公里。

"我穷怕了，于是毕业后辞了正式工作开始挣钱。从倒服装开始，后来对老绣片一见钟情，决定去丽江。我到丽江时身无分文，一个人都不认识，每天吃方便面，也过来了。"

书林和绣片是知己，是情人。我问过她有多少片老绣片，她打了个比喻："这么说吧，好比我有几麻袋大米，你现在问我到底有多少粒米。"在她的工作室，我看到成山成堆的老绣片，每一片老绣片都有故事，是她在云贵地区一片片收来的——先是飞机，之后换乘大巴，再乘拖拉机、人力三轮车、摩托车、自行车，再徒步翻山越岭……每一片都来之不易。我的工作室铺了几张书林送的老绣片，整个屋子有了古气，又有了种神秘感和说不出的性感。

"我心中最美的老绣片得有天真的痕迹，没有技法，因为我见惯了所有的技法……一个人有朴素的天真心才能绣出纯真。"这段充满禅机的话是书林说出来的，我一字不差记了下来。那时，她的神情似古书中的人。

有一天，我看到书林的一片老绣片：树下有狗，狗前有碗，还有猫、小鸟。那猫的眼神真好啊，仿佛吃慢了就有人抢它的食物了，简直是老树画画作品的再版。

还有一片上面写着"民国二十九年"，那上面有手绣的情书："那一日我问你喜欢不喜欢我？我的心在你身上，你的心不在我身上。"千古以来，爱情永远是难以破解的密码……

书林痴迷这些老绣片简直成了妖、成了精。"每年做衣服要消耗掉一吨老绣片，我下剪子时心在滴血……"

王菲穿她的衣服，她从来不对外宣传。我也穿她的衣服，她一次次慷慨相送，每件价值万元，我受之有愧。想在大学讲座时提上一嘴，服装赞助"楼上的拉姆"，她一次次拒绝，"千万别提，我就是喜欢你，于一个裁缝而言，这是举手之劳"。我穿上她的衣裳，艳惊四座，往往被人追问哪里买的。她又送我一只真正的银碗。"银碗里盛雪"和"禅园听雪"成了我的标签。她说："下雪时盛雪，不下雪盛菜。"

书林刚到丽江时，弟弟妹妹都在读书，没有钱。有一次娟娃交不上学费被老师赶出来，一个人跑到卫生间把水龙头开到最大哭……书林挣钱的动力在于快些给她们寄钱去。每周去邮局，每周去打钱。并非穿着狼狈去打钱，即使没钱也装作有钱，花枝招展地出现，一身奇装异服。她说："我把美凌驾于生活之上。""我是倒着生长的，现在倒像小孩了，小的时候天天考虑生死……"

我们都是时间的孩子。我说："时光给我们无数种可能。而且，我欣赏那种在自己领域有独特建树的人，不忽视任何美妙的瞬间和直击人心的光阴。"

"为什么只做一件？为什么不重复？"

"因为我是设计师，只做作品……"

中午。我、书林、黄老师去"状元粥屋"吃饭，红豆银耳莲子粥、糖饼、草帽饼、鱼头泡饼、野菜、炒鸡杂、炒藕丁。她依然化了妖娆的妆才出门，照了十次以上的镜子。书林有很多瓶香水，一百多支口红，不同心情和衣服涂不一样的颜色。如果别的女人这样，我会觉得活得矫情，但书林这样，无比正常……因为她美得妖冶，却那么让人欢喜。

老黄说："书林才像一个女人……"之后他没敢再表扬。但看得出来，我的女友中，他最得意张书林。

晚饭吃的是山西揪片，之后去广场看老太太、大妈们跳广场舞。她兴奋起来，跟着一起跳，完全像个少女。

更深的夜，去古霸台散步。她把头发披散到前面，然后装鬼，月光下穿了白袍子，说着家乡话。我肯定书林来自另一个星球。

"2006年还完账，我觉得可以死了，可是一想到还有那么多漂亮衣裳、口红……还得活着。"

她极少谈感情，逸笔草草，每个人心里都有不堪，不说也好。

姐妹五个常常回王镇。"每年回去都觉得从前的熟人又少了，他们渐渐远离和死去。"她们拍从前的学校、旧舍……那是她们姐妹的精神故乡。

书林天性的幽默来自家族DNA。几个姐妹上学全是她供出来的，她们偶尔打电话给她，她说："不要钱你打什么电话，忙着呢……"她指着其中一个妹妹的龅牙："我出钱，你必须去治龅牙。"她们姐妹有一个微信群，每天打打闹闹，热闹得很。过年时姐妹五个拍了一张照片，眼神干净清冽，个个表里俱清澈。

2014年11月，我在中央美术学院做讲座，书林出现。她站到台上时，我顿显黯淡——在这样的女人面前，我心甘情愿。她穿了一身明朝战袍，戴了虎头帽，又有几分羞涩地站在那里，没有年龄没有性别。如果真有女神，这个女神只能叫张书林。

春节前，书林又来找我和老黄。老黄依然在乡村中学当老师，经济适用房刚申请下来。我和书林跑去给老黄的房子装修出主意。书林带了极珍贵的海参给老黄，还说了一句话："老黄，你搬家时，我包个大红包。"

连着三天，又是通宵达旦地聊天。天文、地理、古今、世事、艺术……隔岸观火却又洞若神明。书林穿了一件素花的家常睡衣，我拍了给朋友看。书林说，她的衣裳里只有这一件正常。我说了声喜欢这件衣裳，她回了北京便跑去三里屯给我买……

从没有一个女子，身上有这种又复杂又单纯、又立体又性感的气场。她在法国的照片更是风情万种。2014年底，她在深圳开了工作室；2015

年，她准备把工作室开到巴黎去。之前参加的所有国际展览她并不在意，也从来不当作谈资，更多的时候，她着急自己养的猫没有进食："都蔫了一天了，肯定是病了……"然后给助手郭辛打电话："快去抱着猫看病。"

她的猫有极动人的名字：别墅、奔驰、诺贝尔文学奖……那是只有张书林才能想得出的名字。

"孤独的时候，我就去坟地里转转……"到目前为止，这是我听过的精神强度最高的一句话，这句话出自一个风情万千又柔韧百转的女人口里。她是时光的裁缝，缝制了光阴中的边边角角，把不堪和挫折都做成了花，然后果断别在衣襟上。她的脚下，永远卧着一只猫。她的包里，永远有一面小镜子……

"张裁缝，让我们好到老吧。"她活了别人的三辈子，真够本啊。

2015年早春，收到她从丽江寄过来的饰品：清代的蓝绿色老琉璃串成的项链，闪着幽幽的艳光，妖极了。还有一串是苗族的老匠人手工打造的苗银长项链，上面有两朵莲花，美得不像话，粗糙中带着细腻的潦草。我配了大红的袍子，穿着站在春光里，站在盛开的玉兰花下，自己觉得妖妖的，而这妖气是沾了书林的光啊。

同样的春天，张裁缝站在花树下，抱着她的猫，不知会冒出什么样的哲学和思想。她活在自己水草丰满、性感妖娆却又朴素动人的绣片里，活在光阴之外，又活在光阴之里。

但有一点可以肯定，她如果想嫁出去，应该不是一件太容易的事情，那个男人得有半夜里去坟地里转转的勇气……如果有那一天，我会送书林一只猫，这只猫叫张爱情。

山僧

决计去拜访他是因为圆光。

2015年暮春之际,在时代美术馆参加《禅心七韵》雅集,遇见圆光。

圆光长身玉立,着了藏灰长衫,清秀的脸上尽是不俗之气,尽管还那么年轻,却着了老调,眼神干净清澈。

他修佛,听禅乐,那天开口便惊住了我。

> 岁渐寒,
> 日复少眠,
> 彻夜不释卷。
> 丽词如星繁,
> 瑟柳蝉,
> 西亭雾,
> 不见来时路。
> 尘陌迂回三十年,
> 年年心无往。

声音便似空谷幽兰,人亦有禅意。他知我要自驾车去皖南,便推荐了一音禅师。"您会欣赏他的,他才是真正的空谷幽兰。已隐居两年,隐在皖南深山的一山僧,陪伴他的只有清风、明月、溪水、幽兰。"

我当下起意拜访,与小金自驾到安徽泾县,住在敬亭山,看了桃花潭水,当了那个送李白的人,又访了"宣纸园",下一站便奔了查济。

查济两个字真好，有古意。一音禅师便在查济的山里隐居，去时已打了招呼，远远看见一中年男子，清瘦奇丽，着了长衫站在路边迎着我们。那样拔俗的格调，浑身散发着幽兰之气，只能是一音禅师了。

我惊异于他的瘦，灰袍子好像要飘起来，里面装了孤独的风。他亦不笑，清瘦的脸上戴了眼镜——出家之前是书画家、篆刻家，润格在京城亦不低，不说华盖满京城，也是斯人独憔悴。

小金与我本欲往绩溪住一晚，我要去绩溪上庄看胡适的——如果生在民国，定是愿意和胡适当邻居的。

但下了车便决计住在一音禅师的山中野居了，明天再离开。

房子拙朴，门前溪水涓涓过，窗外是明绿的竹。玉兰花开得晚，因为是在山中，才刚绽放，老梅树在曲折的山径上。两只狗卧在溪水旁，山间还有古木、幽草，还有一音禅师自己修建的"禅舍"。当下决定住在这里，一音禅师笑了，然后拿了我们的行李。他唤我"小禅"时，有一丝明丽。

"人间四月芳菲尽，山寺桃花始盛开。"果然山中清冷。屋内点着炉子，青砖铺地，兰花种满了坛坛罐罐。"那腌菜坛子是从村子里拣来的，罐子也是，村民们不要了，怪好看的……"

兰花袭人，铺天盖地地袭人，因为太多了，每个角落都是了。我迫不及待地问了一句："怎么这么喜欢兰花啊？"他答得绝："因为兰花就是我，我就是兰花。"简直是禅语。屋内还有两个远方来的朋友，唱佛歌的千千云和苏一。两个人也是来拜访一音禅师。

窗外有一百株老茶树，半山上是一音禅师隐居的风水宝地，半山下是有一千四百年历史的查济古村落，皖南的古镇大多是些徽派老房子。美得惊天动地。一音禅师采了山上老茶树的茶叶泡给我们喝，因为是明前新茶，味道甘甜。面前还是兰花，种在明代的粗瓷碗里，飘逸极了。茶台是一块大青砖。屋内有佛乐，中午的阳光照进来，人间竟然有如此清静之地，让人蓦然喜欢了。

一音禅师的母亲也在，"跟着他来了，儿子在哪儿我就在哪儿……"她头发半白，还梳着一根麻花辫子，倒显得格外清秀。一口淳朴的山东口音。我告诉她自己是山东济南人，她便问我喜欢吃山东煎饼吗，我点头。她喜悦地说："前几天我刚回了家，带了好多山东煎饼来，一会儿咱就吃。"

中饭在厨房里吃简单的饭菜。厨房极简陋，液化气炉子、简单的灶台、粗糙的瓷碗。炒青椒、西红柿、萝卜干、腌咸菜、酱豆腐……有一半的菜居然是咸菜，白米粥，就着山东大煎饼。厨房的墙被熏黑了，因为是在山里建的房子，屋内一面墙都是石头——我的椅子紧挨着石头。

午饭后喝茶。一音禅师去拿了一罐泥罐装的普洱，封存得甚好。封口写着"2000年4月"。十五年的老茶了。他去山里找了块小石头敲开："小禅，这款普洱老生青茶等了你十五年了。"我自是欣喜。与这款凤临茶厂的老茶山中相逢，又与苏一、千千云相逢，聆听山中禅乐，自是大因缘。窗外有鸟鸣、溪水、竹叶被风吹起……天籁之音永远清明。

"我从小就画画、篆刻、吹箫……父亲影响了我们兄弟三人，都从事艺术，大弟画油画，小弟是篆刻、古琴……"

母亲忽然插了一句："他到现在也赶不上他父亲，他父亲画得更好，吹得更好。"

"赶不上的。"一音禅师承认着，"五岁习武，六岁习画，七岁学书法，接触中医，看古籍书、道教书、佛教书，自小便格格不入，这些东西入了脑子便出不来了。我二十一岁去九华山，当下便认定了这是归宿，当时就想出家，这个念头一直有，直到四十岁后真正剃度出家。我最后也果真在九华山出家，那年四十二岁，好像了了生死，心中俱是欢喜。"

"家呢？"

"女儿上大三，儿子上高三，都好。一家人是佛教徒，都理解我出家、隐居。"

"出家之前呢？"

"在北京混啊，圈子里很有名，字画也卖得好。那时就觉得格格不入了，有与世事决绝的心了……家里到处是古画、碑帖，总有人来邀请参展……忽然就特别厌倦，说不出的厌倦，那不是我的生活。如果有机会再回北京，带你看我在宋庄的工作室。"

"就像兰花是开给自己看的，不用活给别人看。"他起身给兰花浇水。一屋子香气，香得清澈凛冽，墙上挂着他的画，看得出深受八大、渐江、倪瓒的影响。

"四季都好。每一天都好，落雨也好，落雪也好，有云也好，有风也好……走，我们去山下的古镇转转吧！"

于是去山下的查济古镇。他与镇上的人打着招呼，村民看起来与他十分熟稔，居然像在一起住了十年八年的人了。

镇上有古玩店，他带我们去转。店主送了七个仿元代制的小碗，粗朴简洁，上面还有泥巴。

皖南村落大多美如画，徽派老房子、流水、古树、写生的学生。他一袭长衫前面走，我一袭白衣后面跟。小金在后面拍了我们的背影，真似两个修行的人，一个在山中一个在世间。

他又带我去访他朋友，一个七十五岁的老者。不遇。

"去年他送我十株大叶黄杨，一棵老桂花树，还有紫藤、牡丹、蜡梅、绣球……全种山上了。"他愈是这样说，我愈是想见这种花种草的老者了，但终究不遇。只在古村落里荡漾，看白青灰瓦马头墙，看溪水里有女人洗衣服，岸上有学生写生。

我们一前一后走，并不多言。夕阳西照里，仿佛也没个时间，就这样天地光阴地走啊走。无论什么魏晋，我亦忘记自己是女子，仿佛亦是来修行的僧，着了灰袍子黄袍子，低眉唱《心经》。

回到山上。他扑到山间挖麦冬，麦冬的果实是宝蓝色的，似一粒粒青金石。他拿粗碗来盛，一人一碗，暮色四合里，他灰色的长衫分外有了更古的禅意。

晚饭我们去吃，一音禅师坚持过午不食，一人在屋内低眉唱经。

晚饭仍然俭朴，只多了一碗青菜面，一切如中午以前。晚上，山上的温度降下来，冷了很多，那碗热面下去仍然是冷。我们回到屋子烤火，炉子里的炭火旺极了。

开始长达数小时的聊天。

一音禅师和我是主聊。小金、苏一、千千云倾听，几乎从不插言。

从绘画、书法说起。

"现代人的画，我不大喜欢……但也有画得好的，很高古，但不是那个高古法……"他斩钉截铁，"八大高古，石涛格调也清高，可清高中有不甘，渐江和担当没有自己的书画面目，扬州八怪金农要排第一。金农有人文情怀，金农的诗也好，格调很重要。金农的相貌很奇特，越来越相信相由心生，高人的眼神是一注清潭，深不见底的。"

我亦发表言论："我最欣喜最喜欢倪瓒，然后是八大、渐江。金农五十岁以后才画画，每天以诗会友，格调有了。吴昌硕也是，五十岁以后才画，但从前篆刻的刀下有了功夫，也积累了半世烟云，下笔就有神韵……

"近代的画家，我喜欢傅抱石，他的《丽人行》，有气魄。陆俨少中年以后就冲着香港市场去了，林风眠有仙气，吴冠中画的是他的江南，那路子也只是他自己的。现在老树的画也好，因为有不俗的人间情意，又出世又入世……书法要看魏晋之前的，越古越好，篆刻也是。

"我去台北故宫看到秦汉篆刻，那份朴素热烈啊，太让人心动！魏晋书法有自觉、自信、自有，还有飘逸和清淡，里面有说不出的能量和气场，那时的人都是天才、疯子。秦以前的东西更高妙，接近人和自然最本质的东西，带元气的。那时的大篆都有仙气，那时的青铜器、篆书，再追溯到甲骨文，完全是上天所赐予的力量。"

我平静叙述，他默然点头。似是认同，我们热烈交谈，三人倾听。室内幽暗，茶香、兰花香、墨香缭绕。

他起身进屋取一管箫来："给你们吹箫。"

他站在青砖的地上，头上有幽暗的光，那箫的声音像来自天外，异常地寒清，又异常地陡峭，异常地空寂，又异常地妙灵。这是一音禅师的世外桃源，他修他自己的仙，得他自己的道。一曲终了，没有掌声，众人皆被震撼到沉默——有时候掌声是多余的，他要的只是懂得，那箫声里是空旷的独自和美意。

"我自己乱吹的，临时起意而已，也不是谁的曲子……"但恰恰好，因为临时起意便更好。回来后多少天箫声不散，仿佛被箫声招了魂，那份清寂的欢喜，真是难忘矣。

换了老白茶，白茶不厌千回煮，屋里有了枣香。

"我也喜欢米芾，他狂妄得可爱。他们那时在西园雅集才真叫雅集，米芾穿了奇装异服去。杨凝式的《韭花帖》也好，有韭菜香。吴镇会给人看相。黄公望到很老才开始画画，之前一直按照《易经》里的方法给人算命，他是道教的领袖。我喜欢还张岱，鲜衣怒马，自己家养着戏班，研制一款叫'兰雪'的茶，还好美姬婢妾……"我任性地说着，加了很多自己的态度和观点。

屋内的温度低，炉子里又加了煤。说累了，听苏一唱他写的佛教音乐，他始终闭着眼，听，或者唱，都闭着眼。不过三十岁的人，就有了这禅定的心。千千云四十岁，有女孩子一样的心态，虔诚的佛教徒，独身。

她唱《大悲咒》，嗓音淳厚极了，犹如天籁，眼里含着泪水，她虔诚到尘埃里了。一曲终了，众人皆被袭击到，央求她再唱，她又唱"比月亮更美的是你"，照样好听到惊天动地。一时间被惊住了，缓不过气来。这是五个人的禅园听雪。屋外是寂静的山林、梅树、玉兰树、老茶树、山泉、紫藤……屋内是五个痴心人，谈禅论道。

又回到中国书法。我说："我喜欢褚遂良。颜真卿有宝相庄严，用篆书改造了自己，把篆书的精神用在了自己的颜体里。柳公权和欧阳询匠气太足，特别是欧阳询。很多女书法家临欧阳询，我恰恰认为女书法家应该临颜真卿。虞世南是个散淡的人，李世民是他的知己。他去世后，李世民惆怅了很长一段时间，说到底，人找的都是一个懂他的人……"

一音禅师说傅山："傅山也好，傅山本是神医，又是哲学家、思想家和文学家，最后修成仙道，他能列入仙班，因为心通了灵……别人学他，一学就傻了。"

一时觉得山野里地老天荒了。

又说哲学、生死。孔子论未知生焉知死？他其实知道生死是怎么回事，可是他不说。释迦牟尼告诉人们了，这便是佛教。把生死说明白了，把无常、缘起、性空全说透了。道家却告诉人们，一切不足以留恋，不如去做神仙吧……

孔子知道"礼"是做人的最后一道防线，所以他以理服人，但是我更喜欢老子，几千字的《道德经》全说明白了……其实孔子是非常崇拜老子的。庄子更好玩了，他把自己逍遥到极致了。孟子严肃了，到韩非子，就是很森严的味道了……

饱满，春凉，宴寂，通灵，空艳，颓灿。这是我能想起的词，形容这个夜。

不可说不可说……一切事物一说就破了，夜深了，风起了，秉烛。继续热烈交谈，直至更深的夜。

终于散去，才惊觉这是一个多么美妙的夜晚。

一切不可复制，亦不能重来。这个夜晚，只属于这个春天，属于隐居者，属于我们五个人。多一个人则嫌多，少一个人则嫌少。

当然，还有那些老茶树，花啊，草啊。

他给我们字画，完全是不容你客气的诚恳。我和小金得了一个扇面，上面画着枯梅；千千云和苏一的扇面上写的是《心经》，小楷抄写……四个人珍贵地抱在怀里，这样的诚恳亦是山河故人一般，以后我当然要裱上，挂在茶室为宜。

决定去睡，因为更冷的凉意扑了上来，夜深得像只山里的黑猫，有了魍魅之气了。

天冷没有洗澡，床上插了电褥子，躺进热热的被窝里，枕着溪水声入睡了，竹叶的香飘得到处都是，屋外的小鸟也睡着了。

次日清晨，我与小金早早起来，听见一音禅师在做早课。未打扰他，静悄悄地离开，山花和溪水送我们，小鸟和竹风送我们，我知道我还会再来，与隐居的山僧再次秉烛夜谈。

禅师说："二十年来，未这样畅快地聊过。"

"我也是。"我说。

琴人

同类的气息，再远也能闻到。想不起什么原因加上了琴人陆海先生，见他微信中每日都是与琴为伴，未曾见面，但似闻琴曲。有一次，他晒出在冬天的园林里弹琴，那张古琴仿佛也更有古意。陆先生看上去人到中年，但脸上有稚气，非常少年。

除了晒弹琴，陆先生晒西湖也多，他是杭州人。在微信中自称：孤竹君。

所有乐器中，说不清为什么喜欢古琴。琴这个字真好，带着琅琅的气息。这琅琅又不明来历，美得战栗却又平静。有些字自带气场，比如琴，比如茶。何况陆先生又在杭州，断桥、孤山、灵隐……我常见他在那里弹琴，一身仙气，仿佛梅妻鹤子的林逋。他留美髯，又着汉服，去牛津和剑桥弹古琴时自带晋人风骨。我便私下想，若再去杭州定去拜访，先生也应了：小禅，你来了杭州一定告诉我啊。

丙申六月，烈日炎炎。在杭州。陆先生说："河坊街薄荷庭院菜品好吃，我们去吃。"但那天薄荷庭院只做西餐，他又订了对面的隐石餐厅。从前小住杭州，总是来河坊街和南宋御街逛。还常逛晓风书屋，在孔乙己酒店吃一份叫"绍兴帅爷"的炒饭，似在昨天。隐石在大井巷，天微雨，一进庭院便看见陆先生——他身上有古琴气息，辨识度高。

他着黑袍，坐在暮色中，怕我饿，提前点好了菜：鸡粒茄子煲、黑鱼爱牛肉、红薯虾、葱油莴笋、虾干萝卜丝汤……还有一大碗阳春面。都是隐石的特色菜，第一次吃黑鱼和牛肉炒在一起，并不觉得奇怪。

我与陆先生并没有寒暄，仿佛认识了许多年似的。

开始下雨，透明的屋顶有很多雨珠滚来滚去，夜色中灯光迷离，玻璃窗外是江南的粉墙黛瓦，还有青苔，灯光明灭。陆先生坐在光中，脸上有古人气和少年气，神色闲定。非常好。我们并无隔阂与生疏感——历来怕与陌生人见面，但陆先生仿佛是故人。

菜剩得多，他打了包，很仔细。走在河坊街，像走在南宋，那天有雨后乌云，奇异瑰丽，胡雪岩的胡庆余堂旁边有个小院子，陆先生说："从前胡雪岩养鹿的地方。"

杭州城的夜晚总是说不出的奇妙，没了年龄似的。南宋的临安（今杭州）留下了千年的气场，店铺也有南宋味道，夜晚的灯在雨中迷离。逛了几个器物店和汉服店，棉、麻、拙朴的器皿，两个人没有话，只是闲看。

他决定带我去逛一个古旧书店。"一般外地人都不知道，当地的文化人全来这里淘书，特别是书法家和画家。"

在河坊街一条巷子深处，河坊街151号。九如楼。对联上写着"猴吟锦绣春"，果然是墨香味十足。屋子中俱是碑帖与画册，牌匾上书"翰墨林"三字，我细看《多宝塔碑》《张猛龙碑》《得示帖》《灵飞经》《礼器碑》……他翻看画册，旁边的人叫他："陆老师。"他谦卑地笑着。

又上二楼，看宣纸、印泥、颜料，售货员推荐一款日本颜料，准备买来一用。陆先生说："我小时候也画画呢。"画画与弹古琴是相通的。

天气炎热，电扇转着，没有空调。楼上楼下只有两个店员，像20世纪30年代的书店，味道和气息都像。我与陆先生也做了回古人，在巷子中游荡，似是故人归。

"带你去一个有日本味道的茶馆。"他独自决定了。

我忽然冒出一句："陆先生，您结婚了没有？"陆先生身上有孤洁味道，孑然一身的孤傲之气四处蔓延。

"没有啊，我一个人独身。"

陆老师总有四十几岁了，但身上是干净、孤绝却又少年凛凛的气息。

我在黑暗中怔了一下，马上又平静。

琴已是他的妻，他的子，他的知己，从微信中已感受到了。

家有茶坊，院内俱是盆景、菖蒲、榻榻米。临街，日本的器皿到处都是。院落便非常日本，几间小屋布置得非常别致。看得出主人受日本文化影响很深。瓷板画、古画、日本手工老铁壶、日本各个时期的泡茶器皿。

亦见到了家有，像亦舒小说中的名字。五十岁左右的样子，文气、雅致、帅气。南人的书卷气荡漾在脸上，却又少年老成。一个人对器物的率真就是一个人的心性。他每月去一次日本，多去淘一些老物件。屋内到处是日本各个时代的器皿：昭和年间的钟、壶、大正时代的茶则。那天他泡红茶给我和陆先生喝，古琴曲是《流水》，俨然有晚明的意思。

三个人有一搭没一搭地说着话。对于中国传统文化的喜欢让仨人默契而欢喜，静默中全是力量。

聊了很多器皿与植物。南人喜种菖蒲，盆栽植物也多，北人种得少。我回故乡花店，满屋的多肉与发财树。问有没有菖蒲，那店长说："什么是菖蒲？"我还是喜欢住杭州城，在西湖边看莲，在断桥看残雪，在家有这儿喝一杯素茶，听陆先生弹古琴。

我与陆先生各自散去。约了明天上午去他家中喝茶、听琴。下午去灵隐寺，晚上吃素斋。我内心盼望着，充满了喜悦。

一个人在西湖边走了很久，看北山路明明灭灭的灯火，看保俶路边有人影晃动。我是爱杭州的，无比喜欢这个城。

第二天打车去玉皇山庄。在海军疗养院家属院门口，远远看到陆先生像个孩子一样在等我。

小区是部队家属院，又安静又空寂。后面是玉皇山，"那山后边从前就是南宋，前面是西湖，这个地方有仙灵之气，我常常去山上弹琴，有风的时候琴声会传很远……"陆先生家在一楼，老小区，难免矮、潮，屋内有霉味。

不过几十平方米的小屋子，一间屋全是琴，有几十把……茶室全是书，书法、画册、古琴书居多。一张茶台，各种各样的器皿。紧凑、逼仄。小小的 CD 机，陆先生放古琴曲给我听，李祥霆先生的，声音幽凉高古。

他泡了白茶，是一款白毫银针。逼仄的小屋内全是古琴、老茶之气。仿佛无论魏晋亦没有性别的两个人，慢慢开始说。有的时候，命若琴弦，喜欢一件器物，是命中注定。

"我就是杭州人，我外公相当于《潜伏》中的余则成。父母也是知识分子，我们家没人弹古琴，高中的时候突击学了几个月中国画，画梅、兰、竹、菊，在培训班里看到好多美院子弟画得都那么好就泄了气，然后考的工艺美校，之后就去当兵了……我们家当兵的多，除了海军都有了，我叫陆海，名字中有个海，就去当了海军。在大连。

"那时特别茫然，不知道该干什么。我们在那儿分成好几拨，一拨打扑克的，一拨打篮球的，还有一拨喝酒的。我哪拨也没有参加，那时我喂猫、种菜、放电影……什么都干。

"命运的转机是有一天看中央三台。中央台当时有个节目主持人叫刘璐，她说请听中央音乐学院古琴演奏家李祥霆教授的古琴曲《流水》。我这一辈子也忘不了那个晚上。决定我命运的晚上，仿佛我就是为了和古琴相遇，听从它的召唤。

"那是我第一次看到古琴，知道古琴。一曲《流水》弹完我就听傻了，不知道用什么来形容，我知道命中注定属于我的东西来了。那是 1994 年。当夜我给李祥霆老师写了信，用毛笔、宣纸、繁体字，兴奋的心情难以表达，千言万语汇成一句话：我要学古琴。"

"他给您回了吗？"

"奇迹就在这里。我以后接触到古琴老师，铸就很多传奇，人和人就是大因缘……"他起身，给我一本《古乐之美》，签上自己的名字，签名极古气。然后又去拿了从西藏带回的镯子和鸡血藤给我，"你戴上肯定好看"。我没有拒绝，觉得这么朴素的人如果拒绝倒显得多余。

陆先生又拿出他的灰色汉服。"穿上，教你几个古琴动作。"我手指僵硬，但还是学了几个古琴动作。先生的古琴多，每一把都要养。"过段时间要弹弹它们，每张都要养，要有人气。人气是最好的气，古琴放着就放坏了。人有温度，把身上的场和温度给它，会出包浆，会养出它的'润'来。这个东西很重要，每张琴都有生命呢。我有个南京琴友，叫成公亮，有一年去乡下，在一个中药铺里发现一张古琴。"

"中药铺？"

"嗯，古琴被劈开了，用来搭架子晾中药。朋友觉得是把好古琴，就买了两块木头给店铺替换，结果发现是一张唐代古琴，侧面刻着两个字：秋籁。成老师快痴迷疯了，每天抱着古琴睡觉，古琴近了人气会灵性逼人。不过他后来好像离婚了，因为太痴古琴了，可能太太不高兴了……从前，黄公望的《富春山居图》传到吴洪裕手上。吴也是终身未娶，每天抱着睡觉，临死让侄儿烧了殉葬，侄儿舍不得，烧了一半抱出来……"这样的痴人故事很多，陆先生也是琴痴，除了琴，一切皆是身外事。

"您抱着古琴睡觉吗？"

"当然抱着，把自己的气给它们，它们会接受我的气，音质很柔，我能听得出来。琴人合一是最高境界。"

换了一壶茶，开始喝普洱。接着说与古琴的缘分。"李祥霆老师给我回了信，也是弌笔竖版的，让我去找大连音乐学院的朱默涵老师。朱老师是他的研究生，但我那时是现役军人，出不去，就开始和朱老师通信。奇迹又出现了，这一通就是四年。现在想想，谁有工夫给你手写信啊，还不收学费？！朱老师就这样一问一答地教我，一写四年，你说是不是奇迹？"

我点头，震撼之余觉得传奇往往在不经意间就形成了。

"更传奇的是我们一直没见面。直到十五年后，我们一起出席一个古琴活动，我看到有个桌牌写着朱默涵。我走过去，说明我是谁。当时我和朱老师都特别感慨，简直不相信光阴过去了十五年……后来我又遇上龚一老师、章华英老师……都给我很大帮助。挺难忘的。"

"什么时候第一次摸古琴？拥有第一张古琴？"

"我和朱老师纸上谈兵四年，基本上心里有谱了，几乎烂熟于心。转业后花一千六百块买了一张古琴，在北京，张建华老师家里。那是我第一次摸到古琴，像见到久违的恋人，很快就上手了，一周弹一首曲子。我和古琴是通的，这没有办法。我天生属于古琴，琴成为我的日常。琴会呼吸呢，你知道吗？小禅，琴有命。"

"南琴和北琴还不一样。南琴温润绵密，北人弹起来似乎用不上力，觉得太软。北琴有金石裂帛之声，飒飒铿锵，南人觉得硬。南琴北琴得适合当地的风水和气候。现代人弹琴太浮躁，有些人学琴仅是为了附庸风雅，刚会弹一两个曲子，便嚷嚷会弹古琴了，对古琴没有痴心。没有痴心不行，对琴要用情，你有没有用情它是知道的。我爱它们如妻如子。"

我们一直在听琴。从《流水》《阳春》《白雪》《广陵散》《平沙落雁》《渔樵问答》《醉渔唱晚》，到《空花梵行》《绿绮琴歌》《空山寂寂》，听得浑身软绵绵，内心又湿润润，屋子里一屋子琴气。

我中途起身去卫生间，在小过道发现冰箱被撂在角落，门能开一半。屋里几乎插不下脚。卫生间里堆了很多沐浴液和卫生纸，仿佛要用很长时间似的。

陆先生的心都在琴上，日常也是琴。厨房进不去，看不出烟火痕迹。

"不做饭吗？"

"不做，就自己买点儿吃，也方便。骑电动车便到河坊街了，什么都有……从部队转业后，我一个月能拿六千呢，花不了，我觉得我的物质生活和精神生活都特别丰富，十分满足。看到人们那么多物欲觉得不理解。"

陆先生身上有闲云野鹤的散淡气场，他没有车，只骑一辆电动车。每天背着古琴，去灵隐、西湖、断桥、孤山……去弹。"弹琴要到有山有水的地方。"

人生所有经历都会为以后埋下伏笔。陆先生遇到的最大奇迹是遇到徐晓英老师。那一年他从大连调到宁波，又从宁波回到杭州，古琴一直相伴，却一直没有找到更好的老师学琴。

有一天他穿过杭州一个巷子。那个巷子他从来没有去过，是他第一次去。他忽然听到了古琴声。循着声音，他看到一个老太太在弹古琴。房子很旧，琴声却悠远。他听呆了。

老人分明也看到了他。"小伙子，想学琴吗？"他点头。他并不知道这是古琴大师徐晓英老师，一学十几年……到今天，老师已经躺在病榻上，几乎认不出人了。十几年过去了。

"收学费吗？"

"一分都不收，就这样学了十几年。那时的人朴素、干净、真挚，不像现在的人只认得钱。从前有三千多首古琴曲，现在会弹的顶多三百首……人们很多时候是在附庸风雅，谁人真为琴疯狂？"

我们换了红茶，有一些茶点。"饿了吗？我们去吃面，老杨七碗面，就在玉皇山脚下，我几乎天天去吃。"

两个人去吃面。整个杭州仿佛都是绿的，郁郁之间有润气。没见过比杭州城树木更俊的树。法桐、杨树、柳树……特别是法桐。南山路、北山路、杨公堤……美得不似人间。白素贞应该在西湖有爱情。

七碗面在陆先生家门口左侧，在古树参天的玉皇山下。

小店极小，几张桌子，名字是陆先生起的。只做七碗，碗很大，面筋道，不像南方面做派。

老板与他点头，二人不语，一看便极熟。陆先生要了排骨面，我要了笋干面，都有荷包蛋。两大碗，坐在外面吃。蟋蟀声四起，这是七月的杭州。

"我不可以没有琴，吃饭可以少吃一顿。也谈过恋爱，终抵不过古琴之惑。"

吃完面，各自散去休息，约了晚上去灵隐寺吃素斋，参加一个雅集。

下午在酒店听古琴。管平湖的也好，巫娜的也好，都有灵异之气。

五点出发去灵隐寺，三年前在灵隐寺烧香，长跪。有时去灵隐寺旁边的法云安缦跑步，听流水，看古木。

吃素斋时多了两个朋友。还有我一个读者。女人是"颐居雅集"的主人，名唤青春。男人着白衬衣，在行政部门工作，有极浓书卷气。读者跑过来，说喜欢我很多年了。

素斋是在灵隐寺吃的，干净、朴素、简单。近年来吃素越来越多。

颐居雅集。信佛的男女，盘坐于蒲团之上。以陆先生弹琴开始。《良宵吟》分外清幽。手指如入无人之境。自得而入神。化境即是如此。灵隐寺万籁俱寂，只闻得这琴声幽幽。窗外是茂密绿树，善男善女们开始吟唱《金刚经》，唯我与白衣男子品茶，吃荔枝、葡萄，看古画。

那晚喝的是寿眉。

陆先生也唱经，神情肃雅，闭眼之态仍然似少年一般。

青春的店铺中有衣服和麻质的帘子，我夸那麻帘子好，青春过几天便寄了五条来。

但那夜的灵隐寺真好。灵隐寺处处又灵又隐，众人少语，只听琴、诵经、喝茶、看画。我在灵隐寺附近闲走，被蚊子叮了很多包，仍然觉得好。陆先生和青春说要在灵隐寺为我办一场禅园雅集，我说好呀好呀。到时候自然是陆先生弹琴。

我要听他弹《流水》。

陆先生画好，几张素描生动得不行，画谁像谁。拉二胡吹口琴弹吉他，他还跳现代舞，跳得极好，说与古琴有相通之处。总之，陆先生是个妙人，陆先生是个少年狂。

我与陆先生约了再去听琴。陆先生说："下次你再来，我们去山上，去湖边，去灵隐寺，到时候，我弹给你听。"

我说："好。"

是年九月，果然办了禅园雅集。

陆先生弹了古琴，最难忘一曲是《高山流水》。

松风停云

"松风停云"这四个字好,好在闲散、飘逸、不经意。好在若有若无,像一个人在滚滚红尘翻腾过了,收了心,守着一窗山水、一方老砚、一盏老壶、一杯老茶过清明日子。也没有朝代,也无论魏晋,就一个人闲闲散散地过。

还真有这么一个人。也见过很多隐士或隐居终南山的人,心还是浮浮的、躁躁的,眼神不空灵,还有很多世俗很多困扰。外在的隐是小隐,内心的隐才是大隐。

有一次在云南施甸,和王祥夫老师聊天,说人就应该没有年龄没有性别似的,十八岁有八十岁的心,到了八十倒还像十八。可惜这样的人真少,但黄先生是一个。苏州平江路停云香馆的黄先生就是这样有趣味的人。

很多有名的或没名的人会找到我,小禅,你写写吧。

我拒绝,不感兴趣的人不会写。但我对黄先生感兴趣,每次来苏州都会去平江路,每次去平江路都会在停云香馆小坐。主人散淡,客人散淡,总共没有说过几句话。

可是没有关系,有人说了一辈子话还是陌生人。

我只与黄先生喝过两次茶,已经够了。尤其第二次,仿佛是久别故人。话甚少,问一句答一句,甚至不答,但都极好。屋内是各种古物、器皿,尤以香器、茶器居多,几张古画闲散地挂在白墙上,那闲散仿佛不经意,又仿佛很经意——我见过的字画装裱"停云处"最雅致。

那昏白仿佛地老天荒，外面的雨也仿佛地老天荒，已经下了三天三夜，却还在下。多好啊，还在下。

苏州的雨真任性啊，像与情人的久别重逢，没完没了地缠绵，又温又润。

第一次来便爱上了苏州，我还记得二十多岁第一次来苏州，一进留园就看见了那棵玉兰。那天也有雨，我哪见过雨中的江南园林，索性就哭了——那时才二十多岁，多好啊。

记得第一次与黄先生喝茶是在一楼，三四人，木炭、铁壶、长相似古人的他，一屋子的日本铁壶、茶杯、香器。屋子中间有一棵枯树，纸灯笼两盏，挂于树上，一切妙极。

那天也有雨，没说几句话。只觉得黄先生的店与他的气场妥帖得严丝合缝。我心想：是个留人的地方，让人心心念念呢。

不多说话的黄先生活得似个晚明人，品茶、玩物、赏器。不张扬，骨子里全是闲散之气。

后来有了黄先生微信，看他每日拍几张停云照片，日光照进来，榻榻米上一双草鞋，或者是那张"松风停云处"也在日光里。黄先生的窗花也净亮，映在白墙上和枯枝相映成趣。那些枯枝旁逸斜出，不长不短在白墙上晃动。那些菖蒲茂盛得像发了情的猫，溢得那绿到处都是。

已经下了三天三夜雨，我不约而至。

店员是一个安静干净的女孩子，低头叫我："雪老师。"我问黄老师是否在？她含笑说："今天恰好在，在二楼一个人喝茶。"我："上去叫他。"她便上去。我在一楼看旧瓦当里养的菖蒲和满屋子器物，还有小窗暗影，竟觉得一切似曾相识的熟悉。

黄先生下楼，布衣素衫，没有热络。

只是说："茶扑了出来，所以迟下楼，请上楼。"

二楼是第一次上来，一般不待客。长长的一条，恰恰好的幽深。

在照片上看"松风停云处"五个字很大，原来只是几个小字，也求人写了这几个字，没有想象中的好，这五个字到底只属于黄先生，就像"禅园听雪"只属于我，别人挂就不对了。

坐在榻榻米上，一张旧茶桌，有裂缝。茶盘里是包浆甚好的几件器物，旧石盒里有一盆菖蒲，绿极了。

"我就养不好菖蒲。"我说。

"北方太干燥，菖蒲喜欢湿润。"

"雨已经下了三天三夜了。"我说。

"苏州就是这个样子，有时会下半个月……"

"我们喝点黑茶吧，朋友刚从贵州带回来的。"他起身去取黑茶。我看到他刚刚依靠的墙有个人形，是他倚靠过久留下的——多数时候，是他一个人在这喝茶。

用炭火煮。"我春夏秋冬只用炭煮水，全国只有我一个人这样吧？我不用电和燃气烧水，那些东西没有感觉。用炭能与水接上，有化合作用，用炭煮的水柔。前段时间我去山里背水，每天去背，然后下山用炭煮了。"

我不以为奇，黄先生是活在时间之外的人，无视时间的存在。这是一个享受刹那的人，这个刹那很重要——一个刹那九百生灭，很多人不知道这九百生灭。

"钱多了无益的，房子大了无益的，多少大房子能留下来？真如佛家讲的，喝好当下这杯茶最重要。"

他说早晨有朋友给他发微信，说他凶巴巴的。

"大先生"鲁迅也凶巴巴的。"凶巴巴的人都有一颗温和的心。"他笑起来，突然像个孩子。

有时又长时间沉默。听雨，又搅了红茶。武夷山红茶，煮水的声音很迷人，他倚靠在墙上的姿势也很迷人。

"我年轻时也招蜂引蝶的。"他笑着说，我也笑起来，我喜欢他说年轻时招蜂引蝶。这很重要。

后来他开印刷厂，觉得可以过自己的生活了，就换样了，然后开始喝茶、收藏、虚度时光。

"美学复苏太难了……没有人沉得下心来过好每一天，太匆忙了。"他偶尔望着窗外说一句。

眉目之间也全是散淡与不经意。一切是温度低的，甚至疏于热络。

"我不愿意到外面去，在苏州待着挺好。很多人都说苏州好，我就在停云处待着。"他身后，还有一幅书法作品，也是小字：家在松风停云处。一幅自在自得的字，挂在那里，仿佛映衬主人个性。

水又沸了，煮水的壶上有好看的花——那么好看的壶是第一次看到。

炭火近红，微雨的苏州有些清凉，但都恰恰好。

"黄先生，我想写您。"每次提出写一个感兴趣的人，对方都是欣然应答。

"您的粉丝太多了，我不希望太热，或者成为红人，不希望被打扰。或者您三年后再写我，那时我也许会更不一样。"

他婉拒，态度平淡。唯一婉拒我的人，可是我欣赏这份婉拒。有的时候，拒绝也是一种态度。不从众，不盲从。

"我的烦恼就是太红了。"有人是这样说过的。

这世间必有一种人，要远远离开世俗之扰，不需要被别人憧憬，也不需要被更多人知道。他只需要有一间屋子，守着一屋子老器皿，煮一壶老茶喝。他的内心里，万千沧海早已经过，而喝了当下这杯茶，恰恰好。

我约了他明天再谈，他说，明天再看。

"我得回去和孩子玩，我很腻孩子的，愿意腻在他们身边。"

他有两个儿子，大儿子16岁，小儿子才5岁。

第二天，依旧有雨，我住的悦禅酒店离他很近。黄先生来微信：小儿感了风寒发烧，不能来"停云"了。我说，好。

我居然欣喜这爽约。

植物女子

植物女子是静的，饱满的贞静，不浮、不躁、不腻。清清爽爽往那里一站、一坐、一笑，不张扬，却有惊天动地的静气。

有些女子带着热烘烘的肉欲，兽的气息。蛇，或者猫。带着邪恶的危险性，有逼仄的声音。豹一样的野心，明目张胆的狂气——连她的每根头发都有故事。一波三折，跌宕起伏。

有些女子是玉，精致到无可挑剔，但错误便在这要命的精致里——过分的精致便是照CT，她近乎完美地端坐，不容置疑地凛凛然。有些女子是素白的A4纸，规范而乏味，说不出哪里不好，却哪里都不好。

还有些女子是软缎、丝绸。太妖了，一生只负责妖娆，自恋和男人便是一切——如果爱上艺术便自恋一生，如若爱上男人便永世缠绵。

唯那些植物女子，是朵朴素的花，或野生的树，有着明确的生活姿势。不大众，不随波逐流。亦不过于小众，不落落寡欢。她着布衣、粗麻鞋，挽了长发，头上插银簪。她坚持手书，自制清茶，一日三餐亲力亲为，并且搭配得绿肥红瘦。自己染布，把自己的画印上去，然后设计好那独一无二的长裙，粗麻，到脚踝，一步一步走在春光里。采了榆钱儿和槐花，和进玉米面里，蒸了窝头，就着自己腌制的小黄瓜，这是银碗盛雪，这也是柴米油盐。

她的朋友不多，三五知己，烹雪煮茗，一起聊天、唱戏、品茗，自性清明，却接引天地、自然而然。

她也一个人独坐。闻窗外蔷薇花香，穿了汉服煮了素茶。一粒粒剥了新蒜腌制上，天地与光阴的天作之合里，她有自足的惊喜与自在。

重要的是，她有着难得的朴素、日常、平易、贞亲，品尝着世间一点点的好，那不欺不伪不张不扬，是自制的一款纯棉小背心，穿起来贴了心、贴了肺的好——她一个人散步、逛街、远行，去看花，去市井，去地摊上淘日常的宝贝，有时亦如男人一样能干，在院子里支了大锅烧泥罐。她知道世上的陶陶罐罐、一草一木其实都懂得世道人心。

她这样自足，用十块钱一米的布做成袍子穿，又买来猪肉拌馅用，去野地里挖荠菜时唱着民间小调。她活得这么慢、这么从容，她有真香，不用生风，却已蔚然成风。她亦孤独，却一人问茶问悲欣，能不扰人尽量不扰人。她用足够的孤独来与时间对抗，像放了七年的老白茶，在光阴里有了清刚正大的药性，七泡下去，余香袅袅。

朋友中木鱼与枫便是。我称木鱼为先生，她四十开外，却活到没有年龄似的，一笑有浅浅虎牙，素白布裙，因与老戏骨王仁杰先生相知相恋便移居泉州。三十岁的年龄差距端的是老夫少妻。

然而那么好，一个是南方戏曲才子，一个是北方端丽娇娘，她在岁月绵长中形成了刚柔并济的性情，也有自己凝练沉着的担当，是植物中的银杏，光阴愈长，愈透出贞静的气息。她懂戏，又爱字，重要的是爱人生，一针一线过自己的日子。在安静的小城泉州过着自足的生活——自家晒干的黄花菜温水泡发，和排骨一起炖……

她与王仁杰老师夫唱妇随，两人看戏、品戏、写戏，原汁原味的生活从来不动声色。她每每远行自带茶盏，一茶一杯一禅意，她活得最像落花深一尺、不用带蒲团的天女，清幽幽。

另一位女友枫在石家庄。早年在沧州，嫁人的同时也辞职。住在一个老小区里，飘满槐花香、桂花香。她穿着自己缝的衣裳，腌了很多糖蒜和咸菜。在石家庄聊至秉烛，声音淡淡，烛影回摇。H说东土如画，她的长裙、长发、素鞋真美，我唱戏给她听。世间女子如果相亲起来，怕也是惊天动地。

《六祖坛经》中说："无所从来，亦无所去，无生无灭，是如来清净禅。"植物女子是清净禅，是明心见性，她有她自己的风、自己的骨、自己的微光与散淡，却又饱满似银，活得铮铮，底色清亮自然。

暮春，一个人去看蔷薇。见蔷薇热烈盛开，那是我吗？植物一样的姿态，在蔷薇前发呆，这是自己的天、自己的地，那份自足的好心好意，蔷薇全知道。人生欲问此中妙，怀素自言初不知。怀素不知，我亦不知，但风知道，蔷薇知道，那植物一样的女子想必也知道。

贰
林深见鹿

当与君相见

我想写寒玉,写她的碧山和猪栏酒吧。从碧山回来后就一直想写,但久久没有提笔,因为不知如何下笔,匆忙下笔总怕写薄了写浅了。

禅宗公案中有一段问答。一个人问禅师:"你从哪里来?"禅师说:"顺着脚来的。"又问:"要到哪里去?"禅师说:"风到哪里,我到哪里。"

我忽然想到寒玉,想到碧山,便是这样的答案了。

这个下午,在茉莉花和蔷薇花下看旧帖。翻到王献之《鸭头丸帖》:鸭头丸,故不佳,明当必集,当与君相见。我只觉得"当与君相见"这五个字是留给我和寒玉的,当下铺开宣纸,又拿了小楷,一字字开始写,那茉莉花、蔷薇花,还有午后的雨都恰恰好。

2014年冬日,我去合肥工业大学做讲座,上海的陈彪老师是我故交,他看到我在合肥,给我留言:"小禅,你应该认识寒玉,看看她的猪栏酒吧。她在徽州。"

"猪栏"这名字好奇怪,但亦有不落俗套的动人。寒玉的名字也好,清清淡淡的。我加寒玉的微信,看了她的"猪栏"、碧山,当下只觉得是世外桃源,美得不可方物。又约了春天一定去徽州,去访碧山。

一诺千金。

好像整个冬天就是为了等待春天快来似的。两个人也来来回回地问候着,并不多,偶尔问一声。我在微信中看了寒玉的照片,正大仙容,似佛像一般。眼神温暖淡定。衣是粗布,中长发,中年女子的端丽与大气,是京剧中的大青衣，是杨凝式的《韭花帖》，隔着空间亦能闻到那朴素的香。

四月起程，自驾去徽州，只为去看寒玉。中途历经宣城、泾县、查济、绩溪、歙县，终于抵达黟县。寒玉就在黟县，她是最后一站。

第一日，她安排我和小金住猪栏一吧，"一吧"在西递。

西递我来过两次，那时还没有猪栏酒吧。小丽来接我们。小丽是她的店员，四十岁左右的女子，干净朴素的长相，提了我们的箱子从卫生院后门穿过去，又弯弯绕绕才到了"一吧"。

正下着雨，徽州的老房子散发出暧昧而潮湿的气息，我熟悉的徽派味道卷土重来。并不陌生，甚至觉得是归去来兮。小金第一次来，兴奋得很。扑过来扑过去，"这里真好，那里真好"。

当然好！寒玉的审美淋漓尽致——朴素低调又极有情调。那本是落魄人家的一个旧宅，几百年了，后来养了猪，成了猪栏。多年前，寒玉花了九万元买下来，别人都笑话她，卖给当地人才两万元。那时寒玉在上海，那时她一个月换一个发型，那时她的早晨从中午开始。

像所有徽派老房子一样，略有阴暗、潮湿，挥之不去的强大气场，像一款老了的重磅真丝。中堂不大，四水归堂的天井。院子也不大——石墨盘、青花、山茶花、青砖、没有上漆的木椅子、藤蔓、雨天。寒玉给我们极温暖的安排，第一天住猪栏一吧，第二晚在"二吧"吃饭，住宿在"三吧"。我说自己订房间就可以，她说："那怎么可以？"斩钉截铁地拒绝了。她的猪栏酒吧极红火，如果四五月来，要提前几个月订房间。

给我们安排的房间是里外间。外面有天井，里屋是双人床。纯棉的被罩，老粗布，格子，手工缝制。壁纸是细碎的粉花，淡淡的粉蓝，好看得迷死人。有垂幔在窗的前面，暧昧而温暖。

我坐在厅堂里发呆。舍不得看这一砖一瓦一花一朵，那潮湿的性感就是我的前世，也是韩再芬的前世，所以她演《徽州女人》会那么好。她演出了孤独和疼痛。那天，我仿佛便是那个孤独的徽州女人。韩再芬是徽州人，她身上有一种孤独的气场，她坐在徽州里，坐在黄梅戏里，就是那样孤芳自赏的绝响，美极了。

雨一直下，泡了一杯自带的小禅茶，坐在天井里听雨。微冷。披了暗红的披肩，有人在唱黄梅戏。婉转婀娜。寒玉真是绣心人，每件器物都恰到好处的朴素、低温。纸灯、旧茶缸、格子的老粗布、腌菜坛子里插着芝麻。

与小金去雨中拍照。后来她说："徽州的照片恐难超越了。"恰如其分的四月。四月的轻欢、老房子的屋漏痕、孤独的黄昏……那个刹那也真是难忘。走在徽州古巷中，倒真的不知今夕是何夕了。

晚餐是小丽炒的菜。苋菜、青笋、鱼，还有鸡蛋汤。家常的徽州风味，地道从容。小丽在这儿七八年了，和另一个年龄与她差不多的女子照看着猪栏一吧，倒像日本民宿，简单到像自家人了。我亦欣赏寒玉的识人，只两个中年女子，就像打理自家似的打理着猪栏一吧。

次日上午来来回回照相，与小金两个人喜悦到天翻地覆。拍照时常会夸对方倾国倾城，总是笑场。小丽说："没见过比你们更爱笑的了，你知道你们俩多美吗？"我们说不知道，并举着手机准备录音。那个小院的上午就那样挥霍掉，依依不舍地告别小丽，奔向了寒玉。寒玉在碧山。

先到"二吧"。仿佛游园惊梦，比"一吧"大很多，一看便是大户人家的宅子。寒玉在"三吧"。开车转了几遭，连个牌子也没有。看到"碧山油厂"几个字，没想到"三吧"是油厂改造而成。

再往回转时，看到黄泥的墙，如法云古村一样的建筑，低调、朴素、别具一格。我确定它是猪栏三吧。没人敢用这种黄泥的颜色，低调得过分了，其实是一种欲拒还迎。

果然。

终于见到寒玉，去她的屋里喝一款老白茶，才惊觉彼此像见过多少回似的。近得不能再近，连寒暄都没有了——她穿了藏蓝色袍子，半旧，手上有几串菩提，眉宇间是菩萨一样的笑容，比照片还要从容。

与君初相识，犹如故人归。

怎么形容寒玉那一窗山水呢？坐在榻榻米上，残破的原木茶几，台上废旧的玻璃瓶和墨水瓶里插着野花。茶几上有点心、手工的帕子、老白茶、日本粗朴的茶器……而窗外是一窗的山水。山在面前，溪水在面前，古树在面前，油菜花在面前，一切伸手可及。美得敦厚，又美得荡漾。美得盎然，又美得幻影。

我嫉妒了，不仅仅是羡慕啊，有几人能拥有这一窗山水？几乎无言，只觉她是几世修来的福气。一杯素茶，一个素心人，那山那水那光阴。这一刻是卤水点了豆腐，我每与人提及，都是好生羡慕的眼神。

粗瓷碗、小鸟、老土布、黄泥墙、老酒厂，没有招牌，一窗山水，废物利用。这些关键词一直在徘徊，扣打着我的心门。这是碧山的四月，我和寒玉的四月，大隐隐于市的四月。仿佛没有时间概念，这一天和下一天多么相似，慢慢慢慢就老了。老得和徽州老房子一样，有了说不出的禅味和性感。

晚饭在"二吧"。一百多年的老宅子，改建成了"二吧"。从"三吧"步行到"二吧"。路边的油菜花结了籽，牛在耕地，炊烟在升起，麻雀在田野里。"你明年早来会看到非常美丽的油菜花海……"寒玉的酒吧在国际上的名声更甚，国外驴友几乎都知道，包括《纽约时报》在内的好多报纸都报道过。这个我是知道的。我朋友里有几个爱旅游的驴友都来过碧山。

晚餐是难忘的。

腌菜坛子上插着山上采来的野花，一大抱。那餐厅外是小桥流水，是美人靠，是南宋的婉约和旖旎。

炖蹄髈、鱼、青绿豌豆、西红柿炒黄瓜、锅贴。寒玉问："喝点红酒？"我笑答："当然。"这样的春江花月夜。蹄髈烧得极香，忍不住将筷子一伸再伸。在碧山，在"猪栏二吧"，在装修得极有情调的房间里，做一场春闺梦。我与寒玉是当与君相见，早晚复相逢。

寒玉的微笑和语速都缓慢，那慢里有吸引人的气息，她穿的衣服有线头，她却并不在意，眉宇之间全是大自在。店长是个爽快厉害的姑娘，微胖，带着俏皮。"我们老板娘要是再瘦些会迷死很多人的，你肯定是我们老板娘的粉丝。"我笑答："当然是。"

那天我在这所装修简朴低调的老宅子里喝到微醉，竟以为自己是这里的女主人。游走在"二吧"的角角落落，欢喜到不能自禁。那些被抛弃的旧物竟然都妥妥帖帖地放在公共的领域内。烛光里，几个外国驴友正在饮酒，春夜里有一种淡淡的薄凉，但这凉气竟然有说不出的迷人。简直好极了。我真想唱戏呢——大概一百多年前，我便是在这宅子里住着的……

那晚的灯光我始终没忘，野花、猪蹄、店小二、店长……还有那些"无用"的东西。

走在回"三吧"的路上，漫天都是星星。星星那么低，低到仿佛伸手可及。旷野里的花那么香，沁人心脾。这是人间四月天，这是碧山的四月之夜。万籁俱寂得那么清凉与艳寂。我们甚至舍不得说话，生怕惊动了天地似的。甚至，舍不得呼吸。

这样的美妙于寒玉是日常，是每天如此。

她在小鸟的叫声中醒来，在翠绿的山川中醒来，在滔滔的溪水中醒来，吃饭、喝茶、聊天、发呆。于我却是奢侈——有多久没有看到满天星光了，有多久没有在星光下走路了？

行至"三吧"。寒玉提前睡去，我与小金在公共区域里发呆喝茶。"三吧"是将有着二百六十年历史的老油坊改建而成，后来人民公社公有化，曾经的历史痕迹到处都是："全国学人民解放军""人民公社好""全世界无产者，联合起来"……这样的标语随处可见。难得的是寒玉未动它们，保留着时代的痕迹，然后重建了空间。木质结构的房梁、黄土墙、老粗布、旧家具……那些二十世纪七八十年代的沙发、破椅子、杯子被放在了恰如其分的地方。每看到这些惜物之人便觉得类似，没事的时候常常去拾荒，拾一些坛坛罐罐，把那些没用的东西搬到家里来。

这种灵魂的相似更饱满更生动更朴素，是前世所带来的气息。比如寒玉，比如设计师马可，比如我。马可曾问我："你确定知道我？"我说："我知道你的孤独你的朴素，你的任性你的饱满，你的异数你的凉气……"她说："这个世界最美妙的事之一，是在孤独中发现同类。同道的人，终会相见。"

"三吧"建在旷野里，建在山水间。朝闻溪水声，暮闻松林音，而所谓的世外桃源，也就是这样了。相比"一吧""二吧"，"三吧"最大，也加入了更多寒玉的设计。夜晚，我们坐在火炉边添柴，听音乐……聊起诗歌、绘画，说起曾经写诗，说起何多苓、翟永明、北岛、杨炼、顾城、王小妮、余秀华……我们都喜欢余秀华，确定她的诗是上天所赐，闪着灵性之光，涤荡着无与伦比的光芒，但里面灵性的东西太多了。我后来和秀华说："这是天意。"她说："可是，小禅，天意并不好……"

四月的山里还微冷，我们谈着怀斯、达利，也说着光阴……时光就这样静静溜走。夜渐渐深了，睡在那张松软的大床上，看着黄泥加石灰涂的墙，还有木头搭成的房梁，因为没上漆，就有木香。外面是溪水汩汩，就这样睡着了。

第二天早起，去溪水边看山看树，厨房里正在忙活早餐。有女人提着一袋子红薯去溪水里洗，一个小时后，它们被端上早餐桌。

空气好像是甜的，清新到想带一瓶回去，还有一帮深圳来的年轻人。年轻到让人嫉妒。他们喜欢碧山，每年来住几次。早餐简朴却又丰富，玉米、红薯、小米粥、炒土菜……还有现磨的咖啡。盘子碗全是二十世纪六七十年代的老样子，白边白瓷，连朵小花也没有，"人家供销社甩卖，我们买了下来……"像回到了八十年代。

有人在书吧里看书，腌菜坛子里插着芝麻和棉花。有一次我送了素莲一袋芝麻，她带着芝麻过安检，安检员说第一次看到有人带芝麻上飞机。在寒玉这儿看到芝麻和棉花分外亲切，我家里的坛子和罐子里也插着芝麻和棉花。

早餐后决定去碧山的街里转转，寒玉提着一个藕荷色的编织筐，四十块钱从台湾买回来的。藏蓝色袍子衬得她更加朴素动人。

碧山书局开在碧山村，南京先锋书店开的。每去南京便会去先锋书店泡上一会儿，没想到会在村子里开书店："是一种引导，会有农民来看书……"我们去得早，书店没有开门。我们在村子里游荡，去拜访寒玉的两位旧友，他们也在碧山买了老宅子，就住在老宅子里。"如果有记者想来采访他们，是要来碧山的……"寒玉说。

住在碧山的人都是传奇。

村子里像被时光困住了，到处是二十世纪七十年代的味道和气息。寒玉与这里的气息不分你我。我无法想象她在大上海的生活，我想，大概也是丝丝入扣的，因为她是寒玉。村子里时光是慢的，一个上午的光阴就这样浪费过去了。"不欲多相识，逢人懒道名"。寒玉的身上有一种清幽的散淡，这种散淡也许与生俱来，也许是碧山给她的。辞别时也没有依依不舍——因为知道还会再来。今年，北京到黄山就开通高铁了，五个多小时就到黄山，到了黄山就到了碧山。我争取坐第一趟高铁来，再来碧山，再访寒玉，讨寒玉一杯老茶喝。

素心以莲

春天的时候,我把蔷薇放在一个莲花的长瓷盘上拍了照,然后发了微博。那个盘子朴素典雅,是在北京798淘来的,可放水果,亦可盛菜肴。有时,我还把莲花的香插放上去,香是水沉香,点上之后有清冷之味。对于器皿的热爱仿佛永不停息。对完美事物的热爱仿佛与生俱来。

她看到了,然后留言:"你的盘子和我的一样。"极简单的一句话。

我眼睛怕光,轻易不看评论。但那天恰巧看了。亦喜欢她的微博名字:素莲家。进去逛了一圈,看到一个会生活的女子:她种花种菜,房前屋后全是坛坛罐罐,坛坛罐罐里种着花花草草。几乎没有她的照片,但文字里有一种生活的气场,又简单又迷人。气场这东西奇怪得很,几行文字,几张图片,然后,有了。确切点说,我迷上了她的器皿。她拍的那些水杯、酒盅、碗、茶具……都古朴雅致,粗瓷,形状各异,大多有莲花。我果断关注了她,同类的味道,再远也可以闻得到。

我们加了微信。我微信中人不多,三两知己,而且,不轻易看。我们说话不多,但我时常去看她的状态。

她在大连。她有一个庭院。她热爱那些朴素的器物。她热爱花花草草、坛坛罐罐。有时候她带着茶具去河边、花树下喝茶,那些茶具有日本的禅意。她用帽子遮住脸,身上多是素色麻衫。长发。仿佛个子很高。手上多是木质手镯。偶尔也戴玉和青金石。一切皆是从照片中得以判断,但我与这个女子有了诚恳的认同与邀约。我想看她的庭院以及那每天变换无穷的器物。一个喜欢器物之类的女子泛滥着对生之热爱。

临睡前，她会放些英文歌，我会听。这亦是一种认识。"慢下来，把日子过成诗。"她明显是一个隐士。与我一样，她不看报纸、电视、流行杂志。仿佛与世隔绝，但分明又感觉到内在的力量。饱满、生动、丰盈。

越来越少与人聊天。精神高度与精神强度决定一切。宁可沉默，或者选择阅读。阅读范围越来越挑剔。精心选择书目。到手后有的反复阅读、勾勾画画。有的只读一页便知气息，弃之。朋友也一样，所有的挑剔无非是追求内心格局。我向来孤独，仿佛与生俱来。她亦彰显出独来独往状态。我们偶尔交谈，声音低沉厚实，一个人的声音决定气息。我坚信自己的判断，这是年龄赋予的财富。

恰巧八月在大连有笔会。如果不是她在大连，我会拒绝。对于热闹、乏味的笔会已不感兴趣。但恰好她在。于是，恰好我来。

她听了极喜。问在外面吃还是在家里吃？家里，我说。一个女人的家便是一个女人的道场。我的新书《繁花不惊银碗盛雪》用了家中许多场景做插图。古旧的瓷器瓦罐、老家具、江南织锦、珊瑚朴、小叶紫檀……绿雪诗意的琐碎，生活点滴细节，可独饮可把玩。我长期一个人在屋子里发呆、喝茶、听戏，在书中与古人聊天。甚是欢喜，有时连续十天不出门。亦不洗脸，赤脚走在地板上，只着睡衣。屋内饰物俱有生命。种了绿萝、铜钱草，到处都是。一个人呆独了，不喜与人往来，但内心丰富生动，充满不安与诗意，恰如其分。像看似荒凉的土地遍开桃金娘，妖娆极了。

素莲身上透露出来的气息，恰恰是那朵荒野上的桃金娘。

原来这盛大与朴素都让人心里荡漾。我是这样怀着私心去了大连，为了邂逅另一个自己，那是久别重逢的认知。

8月15日飞机。下榻豫园酒店。约了下午三点半豫园大堂见。

我们几乎一眼认出对方。不，不是几乎。就是一眼，一眼认定。

对于人群的长期审美疲劳在这一刻即重新被唤醒。颀长的身高，米色麻质长裙，因为瘦，那裙子仿佛飘荡着进来，长发，平底麻质凉鞋，米色麻帽，有黑边。那墨镜突兀的黑，肩上的包是麻编的，松松垮垮的气质完全惊艳。其他人仿佛不在。除了短发，我与她并无二异。同样米色麻的长裙。

她足有1米73，果然。

两个高个子女人飘上车。她的车是吉普，凌志。音乐是外国音乐。听不出是谁，没有太多寒暄。精神内核高度一致，自然气质一见钟情。

她突然摘下墨镜，随即告知年龄：我不小了。我吓了一跳，这样的坦诚让人心热，她眼窝深邃，似有欧美血统，皮肤好得惊人，但眼角有略微鱼尾纹。

我亦告之年龄。我与素莲同龄，但她摘下墨镜那刻的坦荡真激烈，像有赤子之心的人赤烈相见，简直一切不顾及了。那坦诚居然可以让人心跳。

如同一见钟情，似是故人来。

这个刹那真可以记一辈子。

她戴上黑色蕾丝长手套开车，那诱惑分外性感直接。她的优雅与野气集于一身，浩荡又放纵，放肆又内敛，又古秀又苍茫又天真。我与"我"重逢邂逅了。那般自然又那般端丽，我简直惊得不能自已。

这久违的惊喜。

她的家在郊区。有一次她告诉我去山里找石头，走了很远。山里有农民用过的磨盘和旧物，她拣了很多回来。还有一次她去山里一个寺庙，看到路边有盛开的野花，一片茂郁的白花，她说要带我去那里喝茶，她去寺庙吃了素斋，又在溪水边喝茶，她的车中装着茶具。

她做过的事情，我亦是这样做过。家里的磨盘是从农村拉来的，沉得很。

她的庭院在山上，起伏错落。拾级而上，她像在画中走。

欧式建筑别墅群。低矮的木门，姜黄色外墙砌了斑驳的石头。朴素内敛。

除了苏州叶放先生家的私家庭院，这是第二个让我心动的院落。

我觉得语言与情绪都是多余。

铺天盖地的花花草草、罐、坛、缸、草编筐、瓶子。叫不出名字的花儿。紫色、绿色、黄色、红色、白色……颜色缠绕在小院子中，都是些不张扬的小花。没有硕丽的大花。碎石子铺就的小径，红砖砌的台子摆满了一瓦罐又一坛子花儿……猫儿肥，卧在花间。鸟笼挂在木制席子上，有好几个。从鸟笼看过去，窗户里有几个女子在厨房里忙着。她们亦穿麻，有包饺子的，有烤鱼的，桌子上有美极了的器皿，里面盛着螃蟹、虾、冷拼肉。泰国的大木碗里是蔬菜沙拉，粗瓷盘里有葡萄、猕猴桃、芒果块、冰块。雕着绿花朵的透明水杯里是清凉柠檬水。灯亮着，昏黄的灯光在壁炉上和餐桌上。格子布的茶几上有一摞我的新书《繁花不惊银碗盛雪》。

我以为不是在人间。那几个女子，分明是聊斋中的仙女，却又真实得凛冽生动。一下子亲得似旧友。

木质门上面有铁艺花雕。一切细节足以令人陷入崩溃边缘。迫不及待想融入，并且成为其中最贴切的一部分。

"小禅来了。"素莲轻声说。

屋内的饰物繁芜而温暖。一个人的品位与格局从她的饰物与器皿便知一二。素莲在日本待过六年。这六年可塑造一个人内心清冽之格局。

壁炉上堆放着坛子。干花插在日式器物中。收纳箱是柳条编制。木质柜子是旧物，上面有莲花。墙上有盘子，暗色的盘子上有细碎的花。枝形吊灯，铁艺盘花。地面是亚光地板。沙发上靠垫亦是麻质的，有暗花。餐桌是实木的。有暗色纹理。椅子拙朴，实木。亦是低调暗色。餐桌在窗前，落地玻璃。窗外有拥挤的盆栽植物和鸟笼。灯光映在透明玻璃上，不真实。

灯晕黄。映在散发热气的食物上。鲍鱼是刚从海里打上来的，肥美壮硕，只要十块一只。被整齐放在粗瓷盘里。那粗瓷盘，画着一支朴素莲花。

走进来的女子，手捧一束白玫瑰。还带着露水，她戴英伦帽子，穿白色衬衫，那白玫瑰有了更干净的意味。

"送你的。"她递给我，抿嘴笑，似民国素人。

我拾级而上，去二楼。二楼是素莲卧室，卧室大，半间屋做成了榻榻米。窗前有几、靠垫、草甸子、茶。坐榻上聊天。她的袜子放在旧箱子中，一卷卷整齐得很。长条桌在榻的一侧，依然堆满器物。每件器物都朴拙典型，看得出女主人的心思。

床亦实木，还有竹编痕迹。床单是八十年代手工钩物，纯棉。一张白色钩单，甚怀旧。二楼北边是书房。老榆木书桌。堆着她看的书。与我之阅读趣味有极多相似。我看到木心，还有《长物志》……旧式沙发，实木书架在书桌后面。那些书是素莲的内心。还有一张旧桌子，上面有老唱机。在恋旧上，每个对器物热爱的女人都一样。

墙纸是细碎的小花，淡雅怀旧。书房还有暗花地毯，舍不得踩下去。

三楼，女儿房间。保持了怀旧格局，却又清新。女儿在私立中学，住校。爱人在某大学做教授，亦不常回。这是素莲的世界。她自己的气场充满每一个空间、时间。二楼、三楼是实木木地板。木质原色，有纹理。赤脚踩上去极舒服。

"我经常一个人赤脚走来走去。有时一个人待上很多天。不愿意去市里。"

又来了一个女子，她自制了小月饼、每一个都有精美包装。豆沙馅儿、巧克力馅儿、枣泥馅儿、花生馅儿……小月饼动人极了，舍不得吃。我热爱这些热爱生活细节的女子。

寿司也送来了。鱼子很鲜洌。还有三文鱼、紫菜。一下吃了好几个。

晚餐在院子里廊下吃。我与素莲搬出一坛清酒。用青果与糯米炮制，打开的瞬间，有洌洌清香。

那清酒打开的瞬间，有空灵的神秘香。"你来了才舍得打开。"她说。

这分明是游园惊梦中的一折。

螃蟹正鲜虾正肥美，清酒恰恰好。寿司味道纯正，冷切正香。蔬菜沙拉是我拌的，木制的勺子来自日本。浅语低笑，与世隔绝的幸福。没有时间、朝代。

酒已至半酣。天已黑了，点了烛台，桌上的食物散发迷醉之色，食物本身就一种说不清的诱与惑。心旌摇荡。人自醉。心寂寂，却生出老荒之味，开出嫩花。

我唱了戏。自然是《惊梦》。

猫儿卧在我身边，睡着了，星星出来了。

那是我与素莲之惊梦。

一个月后，我们第二次见面。九月十二日，在大连理工讲座《光阴的力量》。她抱来一束紫色的菊花，安静地坐在第一排。依然是帽子、长发……这次是麻的黑色长裙，墨绿色背心，黑色钩织外罩。那外罩的孔隐约露出绿色的俏丽，有陡峭的性感。

我们似昨天才分开。却又像从未分开。

那天晚上我讲了很多少年事，成绩差、骑单车远行、把死老鼠放进男生抽屉里……还讲了一个动人的爱情故事。

那个故事是这样的。十七岁的男孩和女孩早恋了。他们是省重点高中的优秀生。他们本来是被保送去清华北大的。但他们早恋了。他们早恋是因为喜欢我的小说《无爱不欢》。学校取消了他们保送资格。他们没能在同一个大学读书。高考后，女孩考上四川大学，男孩考上吉林大学。

为了看对方一眼，他们要坐三天三夜的火车去对方的城市。

有一次假期为了给对方一个惊喜，他们同时出发去了对方的城市，同时站在了对方楼下。我讲到这儿的时候，看到她眼圈红了。她的眼神一直热烈地看着我。

那样热烈让我难忘。

之后呢？有同学问。之后男孩女孩为了在一个城市而考研，他们选择了北京。男孩学的是外语，上了北外。女孩专业很奇特——考古专业。社科院招。但全国的名额只有一个。只有一个。

她考上了吗？同学们问我。我也问大家，并且问在场的近千人，你们觉得他们会在一起吗？只有大概十个人举手。认为他们会在一起。素莲没有举手。她后来说，她这个年龄的人，已经不太相信童话。

但他们在一起了，从高二到研究生。那时我在中国戏曲学院教学，他们找到我，只提出一个要求，他们结婚时，让我当证婚人……

素莲落泪了。我说："大连这个城市，因为有了素莲，让我觉得有另一个自己。"

这次来大连，多半是因为她。

接下来，是第二天早晨从八点半至次日凌晨的持续说话，一直说一直说，16个小时没有停止。在未进行这场谈话之前，我只打算写她一个短文，她的味道、气质、生活、庭院。但谈到一半的时候，我对她说："我要写我们俩，写我们的光阴、时代……七十年代、八十年代、九十年代。直到现在。"我们同龄，所有经历如此相似，共同的回忆与气场，像两株有相同DNA的植物。

9月13日早晨，她开着那辆紫色凌志吉普来大连理工接我去她家。

车上放了野花，是她路边采来的格桑花。我们都喜欢那清瘦、野性的小花，不喜欢壮丽肥硕的花。她的庭院里种了上百种小花，没有硕大的花。我没有庭院，也是只养小花。拣来的瓶瓶罐罐里，种满了铜钱草，绿萝、野菊。

"你好像没走。"

"我好像昨天才离开,今天又来了。"

车在山路上飞驰。英文歌。冷气足。她栗色长发柔美旖旎,动人极了。墨绿色背心低调朴素,却自有不请自来的性感。我穿了橘红的裙子,宽大自在。黑色短发,绿色绣花鞋。

"小禅,你像个少年。"素莲说。

那么,素莲有少女气息。

而我们眼角,已有鱼尾纹。未交流化妆品牌子。从未。甚至抵触牌子。

"我没有买过任何奢侈品牌的衣服、包。"

"我也是。"

"我认为它们不值。那只是炫耀的一种标志。"我们俩周围不乏这样的女人。除了钱一无所有,只有花钱一条路——美容、买衣服,一掷千金,仍然空虚、寂寞、无聊。

我们只喜欢去小店淘衣服。几十块钱。多了不过几百、棉、麻。适合自己的,因为个子高,更偏爱长裙。只不过,她偏爱深色系,我偏爱浅色系。她在日本生活六年,服装亦受日本影响,我偶尔有艳丽的宝蓝、明黄,她基本是黑、白、灰。

走山路,看见农民的集贸市场,她每天来这里买新鲜的菜。丈夫在大学做教授,她叫他伍哥,每周回来两三天,大部分时间做科研,是研究学问的人。女儿住寄宿学校。是私立学校,一两年准备出国读书。

大部分时间她一个人待着。有一只狗,叫"不丢"。因为之前丢了一只狗,好心疼,养了这只干脆叫"不丢"。那些花草和坛坛罐罐全是她的陪伴。

"我最喜欢早晨的时光,空气是清的。我去给花儿们浇水、施肥,下过雨的庭院有些湿,能闻得见空气中的花香。"有时会穿雨靴。她的雨靴有小碎花,绿色的。然后动手做早餐,一般做日式早餐,站在窗前看着外

贰　林深见鹿

面的花和植物做早餐。偶尔窗外还有猫，洗着碗听着音乐，心里充满了喜悦。一个美好的早晨十分重要……然后喝早茶，英式早茶，或者白茶。之后去店里。开始一天的工作。店里有员工，有时懒了几天不去，赖在家里发呆，什么也不做，只是发呆……一个人待着很好。

素莲有个店，专卖各种各样的艺术瓷器，有几千种——画着莲花的陶罐、杯子、盘子、插花瓶……很多器皿超过你想象的美，过分的美。有些美得让人寸步难行——我们的缘起也是因为一件莲花的器皿。几乎每件都独一无二。来自景德镇设计师的作品有很多。

"当时就想，假若卖不了就留下来自用。"

我们对器皿有难得的眷恋与独到的审美。她亦喜欢我家中摆设。微博中，我偶尔会拍些器具放上去。那些器具都是一件件淘来的。来自国外、798、集市、地摊、小店。

她对器物有偏执的痴狂。家中柜子中摆满了造型各异的盘子、碗、茶盏……几百个不止。她仍然嫌柜子太小。每一次吃东西用的器皿绝不相同。每一件都精美绝伦。我的记忆停留在上次来的晚宴，是我和她的游园惊梦……

没有提纲。东一句西一句。决定按时间来，从童年说起，彼此诉说。

素莲本来是给店起的名字，叫"素莲家"。"我父母都是军人，父亲在海军基地，母亲在军队医院，所以起名叫'兵兵'。同学和家人都叫我兵兵，后来认识的朋友叫我素莲。"部队大院。这样的关键词让人羡慕。二十世纪七十年代的部队大院相当于贵族。她随父母在旅顺的部队大院住。从前的日子慢，光阴慢，大院里的槐花开了，谁家的鸡又下蛋了？孩子们每天挤在一起玩。

她有一段时间被送到乡下外婆家，有一到两年乡村生活。我们都有一个紧挨着的弟弟。我那时也被送到乡下外婆家，母亲在灯泡厂上班，父亲在无线电厂上班，无暇顾及我。乡村生活八年，所有农作物我全认识。玉米、麦子、棉花、芝麻、南瓜、土豆、茄子。秋天的时候，躺在棉花垛上发呆。吃生的土豆、茄子、红薯。

衣服是外婆做的，有碎花补丁。鞋底是外婆油灯下纳的。六七岁时，我们都在乡下农村过着清苦的日子。盼望城里父母接回去，盼着过年。过年有新衣裳穿，有肉吃。

"现在再也不盼过年了，没意思了。一到过年就慌张，怕乱，那种热烈的气氛不属于我。"素莲开始煎茶，英式早茶。外面的阳光照射进来，我们坐在窗前说幼童时代。

"你见过杀猪吗？"

"当然。小时候过年都要杀猪。猪下水灌了香肠，煮熟的猪肝顶香。"

我推荐她看毕飞宇《苏杯少年堂吉诃德》。前几日刚看完，非常感慨。七十年代的穷苦留下了永生抹不去的伤痕。

我至今不喜欢吃玉米面。那时整个冬天是白菜、豆腐，土豆都极少，永远是"炖白菜"。素莲的家中也堆满了白菜和蜂窝煤。她那时的理想是当一个护士，因为喜欢护士手中的瓶瓶罐罐。"那些五颜六色的瓶瓶罐罐是喜欢器具的开始，本来生命中便有这些琐碎的细美，后来又去日本，深受他们影响，对器物有一种知己之感。"

说到1976年。那时我们六七岁。唐山大地震，伟人去世。我们懵懂茫然。只记得到处是白花、黑衣、泪水、泣不成声。

"那时就感觉天塌了。母亲流着眼泪从医院回来，我和弟弟不敢大声说话，连出气都静静的。"她用蜡烛给茶加着热。

"我也是，而且，也跟着哭。虽然不知道为什么那么难过，但就是觉得出大事了……"

"地震棚你住过吗？"她问我。

"当然住过，塑料布和帆布搭的，漏水。从唐山运来的伤员分送全国各地，那时叫'一方有难八方支援'。很多人扎着绷带。河北是重灾区。

我母亲腿上被划破口子，缝了很多针，至今有伤疤……我开始想知道天空有多高，用竹竿去寻找天空中的星星，宇宙到底有多大？在地震棚中听雨声，第一次失眠。"

素莲回忆偷邻居家鸡蛋。那时我家也养鸡，哪一只鸡生蛋母亲都极清楚。素莲看到邻居鸡窝中的鸡蛋，蠢蠢欲动。那时的鸡蛋是奢侈品，来了亲戚朋友才肯炒几个鸡蛋烙几张饼。记得有一次父亲的朋友来，母亲烙了几张饼炒了五个鸡蛋，我坐在桌边看着父亲和那个男人吃，指着他们能剩下一些，结果他们俩吃得精光。我气坏了，冲着我妈发脾气，嫌她做的白菜汤难吃，简直有些气急败坏地把筷子戳啊戳。

我们对鸡蛋充满了渴望。

素莲把手伸进鸡窝里，握到了一枚热乎乎的鸡蛋。还带着血丝。呵，真好！她揣着它回家。她有了一枚鸡蛋。

邻居丢了鸡蛋，自然会找。鸡蛋被母亲发现了，遭到了恶打。"那顿暴打，我至今能记得，太惊天动地了，整个身体全是青的紫的。我自此明白了一个道理，别人的东西再好，也不能摸……"我们在七十年代里艰苦地生活，朴素、自然、天真、拙气。整个童年物质生活匮乏，但精神质地异常敦厚。

换了白茶，亦换了另一套器皿。白瓷，景德镇瓷、汝窑、晓芳窑、问鼎窑……素莲的器皿不问来路，却自有一种不明来历的美。

白茶三年便有药性。F送我七年老白茶，煮过之后有枣香。收集茶叶渣做一个茶枕，里面放了枕草子和决明子。生活的日常在于琐碎的细节。生活本身便是艺术。如何艺术地生活，其实是一种修行。而我近几年养成喝老茶之习惯，每日早晨必喝茶，老白茶和普洱居多，喝透了方才去写作画画。有时候什么都不干，就喝茶听戏，看着日光的影子照进来……日子是这么美这么老。

素莲一直放着英文歌，声音极低。仅仅是背景音乐。窗外的光线有金属的光泽,是秋天了,九月的秋天。

"我现在刚开始有点喜欢春天,从前喜欢秋天,因为秋天有好多吃的……春天也好,春天有那么多花,花都开了以后,美得寸步难行。"素莲家院子里有上百种小花。有很多我叫不出名字。但她能叫出它们的名字,视它们如芳邻、知己。她有几个花友,大家常常一起探讨养花的方法。

我们去院子里待着。院子中有农村拾来的磨盘,实木桌子、椅子、随意放置的坛子、罐子。陶器随处都是,看似闲花,实则有意。一个人的趣味在于无意之间。"当时买这个院子时有些犹豫,毕竟离市内有些远,而且300多平方米,要不少钱呢……但当时看到这个院子和落地窗户便动心了,中国人都希望有个庭院,特别是内心有情怀的人,更喜欢院子。"因为院子里面可以种花花草草,可以摆坛坛罐罐,美的东西总是让人心颤。怦然心动的刹那,便是对生活全部的满足。

共同说起塔莎奶奶。她住在十八世纪里的古堡里,穿朴素衣服,养花、种草、园艺、画画……猫呀狗呀,把自己活成一种方式,活得没有时间和年龄了。这是最美的修为。与光阴化干戈为玉帛,把光阴的荒凉和苍老做成一朵花别在衣襟上。

朴素的情怀一直有。说到紫式部、枕草子、三岛由纪夫、川端康成、东山魁夷……又提及《东京梦华录》《武林旧事》《长物志》《闲情偶记》《夜航船》……对于生活中细节的偏爱是一样的深情。

两个人仿佛生活在南宋。谈话一直被某个兴奋的事物打断,尔后再继续。

中间去二楼她的卧房和书房。亦不知为何二人觉得地老天荒了。书房铺了毯子,旧沙发、旧柜子,分外有味道。老榆木的书柜和案几。老收音机。书不多,但审美趣味已确定。

卧室贴了碎花壁纸。很安静素雅。床上是手工的钩物。靠垫也是手工钩物。卫生间、沙发垫，都是白色手工钩物。白色。各种各样繁芜的图案，自有一种清秀格调。"我从小便偏爱手工钩物，谁家窗帘上挂了一块便觉得十足洋气，收集了很多手工钩物，有一种家常和琐碎的美，你走时送你几块……"没有见过比素莲手工钩物更多的女子。简直铺天盖地。她喜欢什么都带着放纵，"我是不节制。"她自己说。男人大抵会觉得家中器物太多、杂乱；但每个女人都会喜欢家中气场强大，步步为赢。每个什物简直都有惊喜。除了苏州画家叶放先生的苏州园林，这是第二个让我动心的家。

家是女人的道场。一个女人有什么样的审美就有什么样的家庭布局。

"我希望家中布满东西，各种器皿、花、植物……只容我能走过去就可以，有条小径就可以。我还缺少平面，如果有平面，还会摆满器物……"素莲自语。这些器物已充斥每个角落。她仿佛嫌不够——她待它们如知己。"你不在的时候，我就和它们说话，和花儿说话，自言自语。我没有圈子，也不喜欢圈子，有几个花友，还有一个朋友，和我一起去山里寻宝。山里的农民家有很多宝贝，腌菜坛子、小板凳、被扔掉的瓦罐、木制品、石磨盘……我们当宝贝一样捡回来。你看你看，手工袜子，老太太织的手工袜子……"

她拿出几双长长的手工毛线袜子。上面有黄色小碎花朵。紫色的、藏蓝的……我们套在脚上，在床对面的榻榻米上聊天。

"得叫个人给咱俩拍照才对。"她打电话给表妹禹希，"你来一下，给我和小禅照相。"口气不容置疑，听得出亲近。

"姨家的女儿，我妹妹，人可好了。"又转头问，"我们说到哪儿了？"

"该说少年了，八十年代。"

"对对，八十年代。那真是一个好玩的年代，热气腾腾的，好像每个人都非常饱满，你喜欢张蔷吗？"

她开始放张蔷的歌曲。

一个尖锐、妖媚、动荡的声音回旋起来。张蔷的声音独一无二，恰如人群中那最特立独行的女子，抑或植物中最招摇的那个——再招摇也不嫌招摇。那是八十年代无可替代也再不能复制的标记。

表妹禹希推门进来。安静地招呼、微笑。后来证明，她的存在是巨大的温暖，形同空气与隐形人，却又提示着这场长谈的存在。

禹希带来皮皮虾、蔬菜。开始给我和素莲拍照。

"得炖点萝卜，萝卜的气味非常重要……"

素莲放上清水、葱、姜、笋、白萝卜，砂锅极精美。几分钟之后，萝卜的气味充斥房间。张蔷依然在唱歌。我们同唱。

"好好爱我不要犹豫……"禹希无法理解我们这样迷恋这个怪异女人尖锐的声音。因为一切和少年有关。

萝卜的气味更浓烈了。前几天去日本，素莲嘱咐我必买关东煮，然后去逛日本的百元店。"百元店非常有意思。"我买了日本的酱油、眼药水、味增汁，当然还有关东煮。日本有一种清冽的味道。

我的另一个女友张书林，她鬼魅、妖娆，带着粉艳艳的妖气。素莲不是。素莲的气场是清冽简贞的。一单食，一人饮，一杯酒，一个人。像是未婚的女子一个人住，她身上未有光阴痕迹。瘦高的身材保持着少女的神态。脚踝极细。长裙极风情地拖到地上。她染了近乎黑色的脚指甲。仿佛是为了配合栗色的长卷发。

拍了很多照片。我们看着远方。我们交谈、侧目。禹希是个熟练而有味道的摄影师，她能捕捉到我和素莲最好的瞬间。

之后禹希在厨房里忙活。我与素莲继续八十年代。

"那时你在干什么？"她问我。

"改革开放了，父亲从无线电厂辞职下海，开始维修收音机，一天能赚到母亲一个月的工资……家里很快富裕起来，我们家里是先富起来的那批人，家里有成箱的柑橘、苹果、饼干。还有了咖啡。双卡录音机。东芝电视。索尼音响。欣欣向荣的富裕气息。父母脸上荡漾着满足。那时我学习很差，开始去市文化馆看小说，王安忆、阿城……我读的第一本是张承志的《黑骏马》，永生不忘。"

素莲泡新茶，放一杯热茶在我面前，"我那时知道臭美了，为一件补丁裤子与母亲争吵，那时我上初二，暗暗喜欢一个男生，他每天经过我家门，我要注视他很久，内心却又充满自卑……裤子上有洞，母亲补上补丁，便不肯穿，怕那男生看见笑话，虚荣心那么猖狂……"

"我也是，有一条好看的牛仔裤，一直穿一直穿，穿了很久洗了，用力甩，第二天仍然不干，于是穿着半湿的牛仔裤去上学，为了显得腿修长。那时我就一米七了，班上男生才一米六……"

两个人笑得前仰后合。少年的光阴又脆弱又美，像光影里织的线，全是金线。

"那是怎样的男生？"

素莲笑："那就是我的初恋。"她顿了一下，"我们在一起七年，还是分开了。以为会一辈子在一起的人，总是会不经意间离散。"

在年少的时候，总是会喜欢一个人，无论这个人好与坏，无论与这个人相聚或离散。总会有这样的一个人——他印证了你的青春，你一回头，他霸占了你的青春，却越来越模糊。随着年龄的增长，你发现你爱上的不是他，而是自己那永远不可再来的青春。他的在与不在，只能证明你的青春里有过爱情。或者不是爱情，是你自己对于青春的长相思。

空气有些停顿。素莲站起来，复又坐下。我也站起来，我们站在窗边看院子中的绿植。秋天的阳光恰恰好，茶的味道恰恰好，煮萝卜的味道恰恰好。

恰好我来，恰好她在。

每一个出色的女子，都曾在感情路上磕磕绊绊。在每次飞蛾扑火里都烧成过灰烬，转而春风吹又生。爱情让内心丰盈的女子更丰盈，而让无力承受的人迅速枯萎。毫无疑问，素莲与我，属于前者。

换了日语歌。

"日本歌曲很奇怪，就是有一种怪异的忧伤，有些词语翻译不出来，只有用日语听才刚刚好。我在日本六年习惯了听日本歌……"

"你还相信爱情吗？"我突然问。

"当然相信，女人是爱情动物。你呢？"她反问我。

"相信，一直。"

遇见过许多女子，不再相信爱情。对爱情恨之入骨，把自己和别人都打入了地狱。一个人丧失爱的能力是多可怕。有一个人爱着，这世界是暖的。

"爱情像剜韭菜似的。"

"爱情说到底是一个人的事情，喜欢去爱的那种感觉。"

两个人眼里有炽烈的光。对爱情有向往的女子如野草般盎然。

"其实到底还是想找一个知音，比爱情还重要，那是灵魂里精神高度与精神强度的相遇。"

午饭之后，决定谈爱情。或者说，谈生命中最重要的那一两个人。

午餐极简。关东煮做好了，整整一砂锅，米饭的香充斥整个房间。素莲挽上长发下厨去自家园子摘茄子，裹上韩国"不倒翁"炸粉，香气溢出来。又裹了面，炸了几条黄花鱼。盛进粗朴长条盘里。器皿的美遮盖了食物的光芒。

她是迷恋仪式感的女子。那种迷恋昭然若揭，几乎可以一眼洞穿。

她拿起奥林巴斯相机，先照了相。"总觉得有个仪式感会欣慰。如果器物不好看，会影响感官，如家里的猫回来。我觉得这是件欢喜的事情，我要给它一个隆重的仪式。还有，我喜欢黑色的猫，黑猫有说不出的味道和神秘感。我还喜欢节气，什么节气去干什么事情。八月落花正好，前几日与表妹提了热水瓶和茶具去池塘边拍照、看荷花、听蝉鸣，那是非常愉悦的事情。现在葡萄熟了，你走了我便去摘葡萄……有人说我做的事情没有意义。没有意义是非常重要的事情。我热爱没有意义。我房间的东西几乎都没有用。没有用有时是另一种美学。"

"那当然。阿城先生当时是电影《海上花》的监制，他对导演侯孝贤、编辑朱天文说了一句特别重要的话：道具里，没有用的东西要多……"我这样对素莲说。我的家中，亦是坛坛罐罐，九成以上没有用。

素莲站起来，拿起一个相框。里面有两片树叶。"你看，相框是从日本的破烂市场淘来的，着两片树叶是在日本的秋天捡的。当时觉得美得不行，镶嵌在相框中，后来带回国，不敢打开，一打开就全碎了……"

这些琐碎的细节令人心动。

午餐没有酒。准备晚上喝些清酒。只两个菜，我口味重，又要了一碟生抽。午餐后素莲问要不要午休。我屈指一算，明早即将离开，便微笑："说爱情吧。有的爱情是爱情故事，有的是爱情事故，你的呢？"

她未答，只叙述。

她不知道，我极喜欢这种平淡的叙述，仿佛与己有关，又仿佛与己无关。因为隔了太多光阴，许多事、人都加了滤镜似的，变得美而好。其实也许没有那么美那么好。浓度和强度都降了下来，回忆成为一个人的事情，那些吉光片羽闪着光泽，注定只能凝固在回忆里，因为再回来，亦不是原来的样子，而且，永远不可能再回来。

"他也不是特别帅，也没那么高。但是有那个劲儿你知道吧？'劲儿'这个东西非常奇怪，其实就是气场。他气场极强。那时我们上初三，母亲逼我穿补丁裤子，我自卑，怕他看到笑话，因为他每天要路过我家门口，我要远远看着他背影，直到看不见了……我特别迷恋那段时光，一个人的暗恋时光。小禅你有过吗？"

"有过。"

她继续。"高中我来到大连，他留在旅顺。走的时候特别怅然，好像内心里特别重要的东西落在了旅顺……"

想必法国作家杜拉斯离开越南亦是一样？2013年，我去西贡和湄公河，杜拉斯和她的中国情人成为关键词。人的一生不可能不遭遇爱情，爱情像庄稼，不过有的收成不好，有的收成丰盈，得看天意与个人造化。

"高二时，我给他写了一封信。天啊，那是八十年代。一个女生给一个男生写了一封信，我犹豫了几天，还是写了一封信。"

"你写了什么？"

"我什么也没写，只写了他的地址和名字，然后寄去了一张白纸。那张白纸是我所有心思，秘密全在那张白纸上。一字未着，但内心波澜起伏、激情澎湃。小禅你应该懂。"

"我懂，我那时和你一样，也喜欢一个男生。"

"那是个黄色的信封，上面有一只仙鹤。我永远记得那个信封，我刻意挑选的，因为平常的信封不这样，我以后给他写信都用这样的信封。我们那个年代还写信。你写信多吗小禅？"

"多，我至今留着几麻袋。那时，我刚发表第一篇文章，铺天盖地的读者来信，各式各样的信封，还有求爱信。那年我们17岁……手写年代，台灯、信笺、邮筒，把信投到邮筒的刹那最幸福，等待回信的过程是美的。拿到信，用剪刀小心翼翼剪开，然后舍不得读完，要跑到没有人的地方慢慢读……从前的光阴与日子都慢，一秒就是一秒，一分就是一分，一年就是一年。那时街上还有牛车、马车，有戴着蛤蟆镜的青年提着双卡录音机招摇过市，有跳迪斯科的年轻人被老人骂，文学期刊到处都是，诗人们四处开笔会，耳朵里灌满了北岛、顾城、欧阳江河……"素莲等待F给她回信，我在收集全国各地读者写给我的信。

"他给你回信了吗？"

"没法回，因为没有地址。过几天我又写了一封，这次，我寄了自己的照片，一张黑白照片，还是同样的信封，并且告诉他我是谁，还写了自己在大连的学习状况。"

"这次回信了？"

"回了，而且信里有他的照片……那时好多年轻人都寄照片，没有手机、微信。寄照片是特别庄重的仪式。我收到照片几乎傻了，这是第一次有男生给我照片，而且是我喜欢的男生，过几分钟我就会拿出来看一眼，心里怦怦跳，根本抑制不住的心跳……多少年后我还记得当时的心跳，太快了，像不能呼吸一样。后来开始等信，每天去传达室的玻璃窗前，一看有他的信就惊喜得不行，把信捏在手里就跑。信越写越厚，写不尽的琐事，但一个字不说爱，不敢说，可是满心里全是爱……我分了一些信封给他，这样的信封特别，从一堆信封中可以一眼认出来。最美最好的光阴一定走得特别快，现在最难忘的就是那段写信的光阴了，美极了……不自知的美，自己惊自己的天动自己的地。"

就像侯孝贤的《恋恋风尘》，男孩女孩从来没有说过一个爱字，关于天气、食物、忧伤、番薯……只是不说爱情，可是，全是爱情的气息。

"第一次见面呢？"

"是在寒假，提前写信约了。我从大连到了旅顺，戴了母亲给我勾的小白帽子，穿的红棉袄。我那时又瘦又高又白，他见了我也紧张。我们俩在寒冷的冬天走啊走，走啊走，积雪未化，麻雀飞过，两个人极少说话，低着头走，很像电影画面。我那时想要一辈子和这个人好，在一起。年轻时爱上一个人，都是冲着一辈子去的，但大多数人走着走着就离散了……"我倒了一杯热茶，"年轻的时候只顾着爱情，其实是爱着爱情，那个人是谁，并不重要……年轻的时候，总要喜欢一个人。我那时喜欢一个男生，每天下了晚自习跟在人家后面，他骑车飞快，我也骑得飞快。后来有一天下雨，他仍然骑得快，我也仍然骑得快，但雨水太大了，路太滑了，我摔倒了。单车倒在雨水里，眼镜碎了，玻璃扎在脸上，瞬间满脸是血，血和雨水混在一起，很腥。没有哭，一个人跑到医院，发现眼角撕裂了。大夫轻率地为我缝了五六针，当时打了麻药，不觉得疼。后来慢慢结痂，拆线后留下疤……"我摘下眼镜，给素莲看疤痕。她看了，只是微笑。再刻骨铭心的感情也会被光阴洗染，一点点变白。如果不是与素莲说往事，几乎忘记了这个疤。

后来素莲的感情坚持了七年离散。F考到大连来，素莲怕他们学校开舞会，不知道他会和谁跳舞……她站在他楼下，让门口大爷喊他出来……他们纠缠、生气、相爱、嫉妒、吃醋、小心眼、控制……像所有热恋中的情侣一样。一次次争吵、分手。以为此生不会分开。终至分开。七年后，他们平静分手。吵闹时不会分手，心死、心凉才会放手。世上所有情侣的聚散离合大抵如此。

"那一时刻，我觉得人生好绝望。后来他和一个十八九岁的女孩子好了，他居然和十八九岁的女孩子好了！我咽不下这口气，打电话到女孩儿家，叫她的家长管管……我快疯了，对他嚷：咱俩不好了我就得死！我真自杀了，割腕了……但爱情过去了就是过去了，悲凉我感觉得到，他不属于我了……"

"然后呢？"我很想递给素莲一支烟。平静的诉说背后，是青春的残酷与爱情的纠缠，刻骨铭心、终生不忘。

"然后我遇见了伍哥。"

伍哥是素莲的爱人。大学教授。那时，伍哥在日本，与国内有联络。遇见素莲，觉得自己的妻子应该是这个样子。

他们在大连友好广场威廉士堡吃饭，伍哥忽然说："你嫁给我吧！"

素莲一惊，他们才认得多久啊。

她拒绝："不行，伍哥，我千疮百孔了，我缺陷太多了，嫁给你太不公平了。"她坦率地告诉了伍哥她的七年之恋。

"我还有一颗完整的心，我能给你补好，你就是我的妻子，我就要你！"是伍哥坚定的态度感动了素莲。她突然特别想结婚，她那阵并不爱伍哥，只想结婚。

她跑去告诉F："我要结婚了。"她怀着报复的恶意，但对方并不动容。

很快素莲结婚了。没办婚宴。没穿婚纱。只花了1200块钱。"我特别怕结婚那隆重的仪式感和没完没了的筵席，我怕婚礼，那天只穿了牛仔裤。两个人只要相爱，对着天空、大地、一棵树、一朵花许愿都好。"

她起身泡白茶，这种叫"寿眉"的茶平和、低调，像此时的天空和我们。

她说伍哥的时候带着平静的喜悦和满足，她并不自知。

"没有伍哥不会有你这个家，这个家有伍哥许多宽容和爱意，有他对你的纵容，因为这个家全是你的味道……"我微笑着说。从第一次来到这次，素莲家是素莲的，几乎全是她的气场，一个男人只有宠爱一个女人、纵容一个女人才会有这样的家。家成了素莲的道场。

"他那么爱我，近乎宠溺，我是过了几年才发现没有一个男人比伍哥更适合我了。年轻时忙着爱情，不知道什么是爱情。爱情是柴米油盐、细水长流。他无条件地包容了我，我和他在一起，好像每一天都是新的。两个人，就是脚踏实地过日子。我是浪漫的双鱼座，需要嫁给这样稳妥、笃定的男人。伍哥不会用QQ、微信，致力于生物研究，有时单纯得像个孩子……他把我的心缝好了……"

后来他们去了日本。素莲在日本待了六年。她现在的家居放置、着装、饮食，都受日本文化的影响。"和伍哥在日本过得特别简单。孩子送幼儿园，两个人都去工作。人际关系简单到了极致。周末和中国朋友喝啤酒，去A家B家C家来回喝，中国人很难融入日本主流社会……我的酒量是那时候练出来的。我真正理解了强大，所谓强大，就是你跌倒后爬起来的速度，有些人需要几年，有些人几个月，有些人几天……那时我30岁，基本知道自己要什么了，我在日本打零工，印刷厂干过，也洗过碗……日本人洗碗不让戴手套，盛来的饭特别粘……我至今还记得那种粘！一边洗碗一边听歌，现在也愿意一边洗碗一边听歌，有时候听一首歌会想起一段光阴来。你有吗，小禅？"

"当然有。我那时喜欢齐秦、崔健、摇滚乐……后来喜欢戏曲。我还爱和一些老人待着。听他们讲故事，觉得人生值得回味的特别多，一段光阴有一段光阴的好……哪怕这段光阴特别不堪，想起来仍然是有不舍的部分。我最好的时光是现在，每一秒都在认认真真地过，而且开始放弃一些东西，开始删繁就简、去伪存真。那些不必要的东西、食物、人，开始从精神硬盘中一一清除。"

音乐一直在响。她的手机没电了，去充电。下午的光线更有明烈的金属感与长风浩荡。要了一杯咖啡，看外面有一只大黑猫闲适地走过。窗口吹进了秋光，树叶的背面有银色。素莲的院落有素色光芒。这种光芒却并不扎眼。只想在这里一箪食、一壶浆、一杯清茶过无数个下午。

决定去看她的店。顺便散个步。

在车内放了日本音乐，有绝望的涣散感。我告诉她自己不会开车。

"你不用学，你的长相气质也不适合开车。你有永远的少年气，像没有年龄的古人……"我在反光镜中看到自己比男生还短的发，藏青色的麻质长裙，草编鞋。素莲那件墨绿色小衫十分有张力，外面披了黑色钩织罩衫。没见过比她穿黑色更好看的女子。

她的店在山下。进门前显然知道会被惊住，还是惊住了。

铺天盖地的器皿。每一件都有灵异的美。几乎全是来自艺术家的"私人定制"。那些朴素拙朴竟然有说不出的大美。因为拥挤、逼仄。因为繁芜、灵异，居然硬生生逼出了无法忍受的美感。

黄昏的光打在每件器物上，有种来不及抓住的美，几近贪婪。几近无法忍受。或者说，寸步难行。

"许多作品是景德镇艺术家专为我这个店做的，还有一些青年设计师的作品。器物是有灵性的，时光赋予它们禀赋，它们也挑人。流俗的人不会喜欢我的器物，认为没有地方安放它们；但喜欢的会特别喜欢，因为艺术、自然、热爱生活的人。那些会把一坛咸菜腌制成美味的女子会格外中意它们。我的客户注定小众，这没有关系，我当初做这个店就想：如果卖不出去怎么办？拿回家自己用好了……我就是这样安慰自己的。我是靠精神活着的人，靠坛坛罐罐、花花草草活着，靠日常这些琐碎、动人的温暖活着。生活很美，我不能丢了它。我不能没有生活。生活高于一切。艺术只是生活的一小部分。等待一个黄昏的落日比挣几万块钱更重要。"庄子说："独与天地精神往来。"可与天、与地、与花草往来，多么喜悦。素莲不知道，每一个欢喜的黄昏，我有时会在木棉花树下躺上一天，有时会沏一杯普洱茶，慢慢消耗掉光阴，那是属于精神内核的独自。

　　我与素莲，刻意保持了与这个世界的距离。我已经五年未看电视，亦不用电脑，有好长时间，是慢慢浪费掉。

　　素莲从日本回来做过贸易，在外企亦做过管理，挣过很多美元。但她觉得那不是她要的生活。她要开一个自己的店，要住到山里去。独居。种花种草，去山里拾破烂，去和坛坛罐罐说话，养猫、狗，研究美食。

　　她很快辞职。并逐步实施理想。

　　"我最喜欢自己三十五六岁时的光阴，觉得自己焕发了从来没有的光彩，那份心境特别自得。但我愿意保持生活中的缺憾感，这种缺憾感鼓励我的气场不能掉下来，要向前走，向前走，那就是美丽人间……"

　　夜来了。重回她的家。灯光下准备晚宴。

　　新鲜的虾、小菜、清酒、音乐。清酒是自酿的，边喝边谈。艺术、生活、爱情。种种。知无不言，言无不尽。

　　饭后表妹收拾完走了。她始终保持微笑并且从不掺言。最美的聆听者。

　　与素莲转到客厅的沙发上，拧暗了灯。一人一个沙发。有很多抱枕。

听众换成了脚边的小狗"不丢"。

有一句无一句地聊。没有主题了。

"不太喜欢欧洲，总觉得隔心隔肺。"

"爱情不需要任何技巧，爱情也害怕技巧。"

"希望能温暖到别人，也能被别人温暖，这是相互间映照的一个过程。"

"有些人、事情，过去了就是过去了，再也回不去了……友情和爱情一样，是有阶段性的，A在此处下车，B在此处上车，没有什么能永垂不朽。"

在友情里，我们都有过停顿。甚至是伤害。在心里面，有不能提及的伤痕，至今隐隐作痛。

我们唯一落泪是提及曾经的友情一夜离散，二十年的友谊化为灰烬。

缘分尽了，感情再深也是陌路。

我们像野草、野花一样活着，不是人们想象中的小资、文艺、优雅，我们都能吃苦，担得起风雨，也享得了彩虹。这是一个人的精神强度与内核。它是岁月所赠，并无多少意味。继续喝白茶，夜已深。能闻到露水落到花上的清香。还有蟋蟀的叫声。狗儿窝在脚下睡着了。往事不断被提及。偶尔有伤疤展示，很快云淡风轻。都是深一脚、浅一脚往前走的人，那些波澜壮阔与逼仄疼痛都同时属于我们。

耽美于每个黄昏、清晨、器物的女子，活得像一株清丽的植物。内心里充满热爱。甚至，热爱生活中每一个刹那。

夜未央。已至凌晨。决定睡去。

她睡床，我睡榻榻米。干净的床垫与气味，清新的纯棉被罩。以为16个小时的谈话会兴奋、失眠。未曾想过沉沉睡去，无比安好。直至天亮。

素莲拉窗帘。哗啦一声，光线进来。"小禅，你不知道我多喜欢早晨的光，还喜欢听拉窗帘杆的声音，美极了……"她下楼准备早餐。茶泡饭。极简的餐。但分外有味道。

然后去院子里喝茶。火龙果被切成极规则的样子。

院子里有上百种花，戴着露水在开。我们说老了以后还要这样子聊天。或者一句话也不说，能待在一起喝喝茶也好。

七点半，准备出发去机场。

仍然觉得好多话没有说。

下午抵京，我对素莲说，感觉空落落。她发了个状态：要自己待一天。不想说一句话了。

她说想念我，我说，我也是。

以后的光阴，我与素莲会持续这种橙黄橘绿的生活，在日常生活的内核中，找到平凡朴素的大美。

我们相约一年能见上一次也好，能到八十岁。表妹说了，还愿意倾听两个老太太聊天，并且任我们落泪动情，依然不负责递纸巾。

这是我与素莲的约定。

十二月，第一场雪之后，我与素莲第三次相见。她来北京办事，我说："来廊坊吧，来我家吧。"她说："好，一定去，就为了品一杯茶，吃一碗你煮的面。"

去高铁站接她，人群中一眼认出她——瘦高的个子，米色羽绒服，同样颜色的毛衣、靴子，还有帽子，恰如其分地戴在头上，宛如少女，却比少女更有迷人的苍劲之处。

她来之前，收拾屋子，摆了茶席，把家里的坛坛罐罐花花草草重新打理了一遍，以素莲的眼光审度：这样的摆设是否合适？并且换了一个贝壳吊灯，在房顶上画了一幅新画等待她……朋友说："等待情人不过如此了。"

我是在等一个懂我的人。懂得比爱情难很多。

见面亲切得连问候都多余。仿佛昨天才见过。

进门就有排骨香。排骨是早晨就炖的。她的眼睛到处是惊喜，四处看着，看啊看，仿佛看自己的另一个家……她忽然看到我18岁时买的那把吉他，当年60块钱买的……"你也有吉他？是红棉牌吗？"她几乎冲过去，抱在怀里，然后说，"快给我照相，吉他是我们的青春呢……"她坐在地上的织锦布上，长发垂下来，更像少女的姿态。她弹着吉他，那一刻，我看到自己的十八岁。

我去厨房为她煮一碗青菜面——上车饺子下车面，里面放了葱花、西红柿、香菇、香菜，还炝了锅，面是日本的乌冬面。她站在厨房边上看着我煮，笑得像个孩子。

"小禅，你像个没有性别的少年。"她忽然说。

这句话让我感慨，人到中年，被人说是少年，自然内心喜悦盈盈。她吃面的时候，我泡老白茶给她喝——藏了20年的老白茶，一直舍不得喝，只有一小袋，等她来了一起喝。老白茶如此适合这个冬天，适合我们俩。放了20年的白毫银针。

"如果有雪就更好了……"我说。

"放点音乐，"她提议，"放你的戏曲吧，这里是你的气场。"

我放了程砚秋的戏。屋子里温暖气足，加上程砚秋的老声音，还有老白茶，简直是一张老画一般。

两个人坐定品茶。茶是仿汝窑的杯子，喜欢它的低调内敛……她连夸茶好，夺了人的喉似的。接连夸好，都快舍不得喝了。

开始聊天。有时静默，有时喋喋不休。

"我大部分时候一个人待着，和猫待着。新养了一只猫，叫蜜糖，非常俊，而且调皮。

那些花草和坛坛罐罐也是我陪伴，一待一整天，觉得天黑得真快……"

"有时候去海边放烟花，后备厢里一直有烟花，我喜欢去海边放烟花，那种仪式感非常迷人。烟花绽放的时候，我一个人站在海边发呆，黑夜的海边有一种迷人的力量……"

她光脚在地板上走着，细细的脚踝分外动人。她换了一件豆绿的长裙，干净简单的样式，长发挽了起来，有一种忧伤的明媚。

"你看咱们俩多一样，这么多枯枝，你还有银杏果的枝，还有芝麻秆……"

"嗯，回老家里采来的。明年还准备去采棉花，还有高粱，家里要有自然界的植物……"

"我也要棉花，明年你去大连给我带去……"

这是我和素莲的对话，关于植物、花草、拾荒……换了张火丁的唱片，嗓音已经完全和屋子里气场融化在一起。

她带给我一件紫色茶服。麻质，非常厚实。立刻穿上。非常敦厚的颜色。有中式盘扣。朴素得近乎妖气了。

"穿过貂皮吗？"

"从未。"我答。

"我也没有，不合适，仿佛天生适合棉麻。"

说到了老。

"老了我也会保持对生活的热情和温度，老了更需要，因为热情和温度在一点点减少。所以，要保持住，就像下雪必须要去买一整套新器皿吃火锅，这是我对生活的一种热度。"

我笑："老了更好，我还要穿球鞋、旗袍、袍子……还要画画写字，还要和你喝老茶……那时我们也成了老茶了。"

"我们是老少年。"

"嗯，老少年。"

亦说到来生。

"如果有来生,我就去唱摇滚,或者电台做 DJ。最大的梦想是当一个女手艺人。你呢小禅?"

"我就去唱戏,或者做个无事的闲人。最大的可能,来生成为一株植物,当一朵花啊草啊,都挺好。"

换了台湾的冻顶乌龙。素莲说不如老白茶好喝。但仍然有一种清醒的香。我们听戏聊天,若隐若无,仿佛是与另一个自己深入交谈。一切美得似游园惊梦。

……

深夜。持续聊天。谈及艺术、生活、咸菜。一切琐碎的细节。美是这样让人生动,生活的细节是这样保持着它固定的温度。我们甚至觉得选择一个盛南瓜的筐放在屋子里是多么重要……我们热爱着生活的细节和温度。这些温度恰巧是生活的支撑。所有的细节那么有温度。她看到我旧家具上集市上买来的虎头布鞋,异常欢喜。

"一个七十多岁的老太太做的,才二十块钱,一针一线全是纯手工,后来老太太去世了,再也没有人会做了……送给你,素莲。"

"咱俩一人一只吧。我舍不得全拿走……你看这鞋底纳的多好,这样,你写上小禅,我写上素莲,然后交换,一人一只……"

"难道留着我们老了认亲用?"两个人甜蜜地笑着,灯光照在我乡下收来的中药箱子上,有异样的美——我愿意到老都这样朴素天真,素莲亦是。这是我们的内核,有着最本质的温度、情怀、格局。

她真孩子气,但我喜欢这孩子气。多么美的孩子气。

我们一人举着一只虎头鞋,灯下笑着。她直夸水好:"简直是世上最好喝的水了,太软了,不是水泡茶,简直是茶泡水……"我惊诧于她味蕾的准确。这来源于岁月积累。一口洞穿。感谢生活。

我们听一首英文歌。因为喜欢那妙极了的歌词。

我宁愿孤单一人

不拿邮件

不接电话

也不应门

我宁愿孤单一人

不照料这个地方

只管把灯调至最暗

不住在任何一个房间

我就这么四处游荡

我只是这屋里的一个幽灵

悄无声息地

出没

犹如炊烟发出的细雨

我只是两颗心燃烧后的灰烬

抑或是晴天

我都选择待在屋里

还有一个幽灵也出没于此

他坐在你的椅子上

借着你的光芒发亮

到了夜晚

他便于你的枕头上轻躺

我只是这屋里的一个幽灵

只是墙上的一片残影

我是那次伤害后活生生的证据，心碎使然

犹如狼烟发出的细雨

我只是两颗心燃烧后的灰烬

爱火曾是那么的剧烈燃烧

可你夺走了我的全部

我只是这屋里的一个幽灵

睡去时已是凌晨

早晨，早早醒来

"看，早晨的光线多么美……"我们赤着脚，在玻璃窗前看早晨的光线。

她用手机拍着晨光，还有露水，那些玻璃上的露水。北方的冬天有一种肃穆和清寂，似一副青绿山水，我们在光线中听了一首英文歌。

那天的光线太软了，似精神的纤维，照亮我和素莲。又太硬了，像更粗壮的精神纤，支撑着我们强大的内心。我们的精神像孤独的风，一直独自飞翔，直到相遇，然后，一起飞。我喜欢这种有高度的飞翔。一个人，可以飞；两个人，可以彼此交流。多美妙的遇见。准备中餐的时候，在厨房里洗盘子洗碗洗菜，然后点火，烧菜……回到客厅的时候看到素莲蜷在沙发上落泪。

"听到你在厨房里噼噼啪啪的声音忽然难过极了，要走了，不知道什么时候再来，那厨房里噼噼啪啪的声音是让人难过的……"

我回到厨房，五味杂陈。我愿意亲自下厨为素莲做饭，就像她在大连为我做饭一样。厨房里，有着人间情意。

中饭，话极少。时光仿佛在追赶着我们。

…………

下午。她去机场，不让我送。执意一个人走。

"愿意一个人走，不要送来送去的，怕心里难过……"她带着我送她的斯伯丁篮球（我少年时代打过的篮球）、芝麻秆（里面还有芝麻）、银杏果的枝子、黑枣的枝子，还有一只虎头鞋，走了……

我看着她瘦瘦高高的背影，知道有一句话是对的：来日，方长。

睡在风里

与 A 相识，纯属偶然。

2014 年暮春，我应邀去南通中观书院做讲座，那南通已令我惊奇，觉得识它晚矣。天地鸿蒙间，才惊觉错失一块璞玉。我在南通游寺庙、老巷，长江边看花，与旧友品茗观画，老袁拿出二十世纪七十年代的普洱，外面的芦苇里有雎鸠在唱歌，一轮明月照在长江上。三五知己浅吟低唱间，A 走进来了。

人未到，先闻其声。只觉环佩叮当之声，再抬头，一个海藻长发的女子挎了一个红竹篮已站在面前。那竹篮里盛着一篮子生动的杨梅，鲜艳欲滴的红，足以匹配春天的这个花月夜。

后来与 A 熟悉、深交，总也难忘初见那个刹那——那一篮子杨梅再也抹不去，红烈烈地在光阴里艳着。

那日 A 穿麻的长裙与外罩，手上有五六只镯子，颈间佩戴着琥珀。镯子有小叶紫檀、绿松石、银琥珀……走起路来环佩叮当，她自有一种让人无法动弹的颓靡气场。

"我开服装店，卖衣裳。"A 介绍自己。她开了一辆 MINI 红色跑车，带我到长江边兜风。夹竹桃开疯了，开野了心。车内放着英文歌，她接电话操着一口流利的英语，我甚是讶异——我拙于英语口语，且算认真学习之人，每到国外仍结结巴巴，不禁羡慕她口语之流利、婉转。

"一年多前我给自己请了外教，一个英国人教我。当我有了钱，我试图改变的是自己的生活方式……"

我浏览了 A 的微信，几乎每个月，她都要去国外旅行。和那些真正有钱的女人比起来，A 算不上有钱，但她活成了一种生活方式。

是夜，A 在梅林春晓酒楼请我吃饭。拾级而上，有灯明明灭灭在台痕上，长江的风吹过发际，屋子几乎是透明的。外面是涓涓长江水，月亮照在江上。春江花月夜里，与 A 喝了薄酒，吃了鲥鱼、海虾、河豚、丝瓜饼、烧泥鳅……

A 依然一身布衣，首饰略显夸张，但夸张得那么得体——她不喜名牌、奢侈品，只选自己欢喜的。衣裳是自家卖的，以棉麻为主。我只夸好看，她听了留心，第二天便抱了一箱子衣服送给我，全是棉麻，黑、白、灰居多，素面、朴真、自在。我自是欢喜，但觉受之有愧，觉得收几十件衣裳甚是腐败。

A 笑言："你必须习惯，我送衣服一般以箱子为单位，所有闺密全一样待遇……"我只剩惊讶，觉得南通真是南北通灵之地，既有南方人的细腻雅致，又有北方人的义气豪迈。

去她店里。原以为是平常小店——我买衣裳素来爱淘一些路边野店，不喜那些张嘴几万、几十万的大牌子，貂皮、裘皮之类更不要提。但 A 的店大到让我吃惊，几百平方米不止，而且还有书屋、软榻。书屋内有实木茶几、英国沙发、上万册书，有牛奶、咖啡。买衣服的人可以来喝茶、看书。A 的阅读趣味与审美趣味让人心生敬意。

"每天要卖两千件衣服，试衣服和交款都要排队……"A 说。后来证明不仅仅是顾客要排队的问题——她把自己的店铺做成了唯一。

而 A 的实体店不过做了一年。从未见卖衣服这么火的店铺，再回头看她那整面墙的书，亦不觉讶异了，一个人的审美高度与精神面貌决定了她的成败。

我回北方，仍然写字、旅行。她去了法国、挪威、丹麦、日本，几乎每天都在路上，有时一条麻花辫戴小礼帽，有时海藻般的长发披下来，腿上一条破牛仔裤，几乎全是洞。脚下一双球鞋，千山万水地走着。

暑假的时候，Ａ自驾车来找我，她要去草原、沙漠。

我带Ａ去了故乡小城，看博物馆，吃当地美食，秉烛夜谈。原来，骨子里都有一颗不羁的心。

Ａ做了十八年教师。中学毕业考上小师范，毕业后教小学。之后进修大专、本科，教中学。之后进修研究生，教高中。在成为服装店老板之前，Ａ一直在教语文，并且是那个行业的翘楚。

"后来觉得日子到头了，我能想象到几十年后自己的生活，看见自己老了的样子，决定辞职。就这么坚决，没有犹豫。想活出另一个样子来。如此而已。"

"做了三年淘宝，每件衣裳我都赋予它生命，用我自己的语言文字描述它的美、它的好。那时每天睡两小时，累趴在电脑前；用自行车、电动车去驮货，后来逼着自己去开车。改变生活方式是我的梦想，淘到第一桶金后便开始了旅行，学英语、骑马、潜水、开游艇、滑翔……我愿意尝试这世上一切新鲜事物，说出去过的城市中有味道的酒店、食物；开着车在路上，看到季节变换，花在开，叶在绿，鸟儿在欢叫……"

Ａ去了草原。在草原上骑马、滑翔。吃手抓羊肉，住蒙古包。之后是沙漠，她坐在沙漠里看落日。长河落日圆，大漠孤烟直，不知Ａ是否觉得那时的孤独是凛冽的？一个人，活着容易，活成一种生活方式很难。彼时，我在煮粥、逛菜市场，买刚摘下来的秋葵，写字、侍弄花草，准备远行。

同类，再远也闻得到气息。

Ａ送了我一条满是破洞的牛仔裤，同她的一模一样。我满心欢喜地穿上，披了麻布上衣，黑、白、灰三色，四处游荡。手上戴了长长的银戒指，或者藏银的首饰，包是帆布包。我跟Ａ说，到八十岁我们也要有这样的情怀：穿布衣麻衫，背起包就上路，交三五知心人，读欢喜的书。

秋天，A邀我去她的书屋，小型读者见面会。

这是我们第三次见面，却仿佛见过很多次。她依旧保持着我行我素的特质，麻衣布裙，长发飘飘，环佩叮当，特立独行的气场不言自明。

我们在南通的锦春吃早茶，秋天明媚的阳光似金属，打在那散发着蟹黄香的小笼包上，茶是龙井，清妙极了。每日晚上秉烛聊天，沏了七十年代的普洱，又加了牛蒡，香满了怀。她忆及儿时、少时，并不觉得快乐，只说现在是最好的光阴——果断、自由，精神与物质都自由。

次日我们去上海，在思南公馆喝下午茶，两个人有一搭无一搭地说话，好光阴被浪费掉。因为好光阴就是用来浪费的。我们两个人在石库门的小巷中彳亍、漫步，闻桂花香，看闲云落。

晚餐在黄浦江边。外面是江水滔滔，霓虹闪烁得扑朔迷离，两岸烟火绽放得鬼魅迷离。杯中酒饮了尽了，再饮、再尽，懂得无须再说更多言语。A活成自己的风景，活成了一棵野生的树，在旷野中，兀自招摇。她说这里的生鱼片极好，放些辣根更好吃，又说每天骑单车闲逛是最好的。

夜住洲际酒店旗下的英迪格。完全是艺术酒店，旧钢板、破帆船、旧单车、鸟巢、曲线美的大堂，完全是A的气息。物质丰腴后，A对酒店保持自己的要求，她喜欢有特色、有个性的酒店。从十六层看下去，整个外滩尽收眼底。

窗外的霓虹灯闪烁得迷离，我们并肩站在窗前。A说她的梦想、情怀、感情，她有不动声色的镇定、钢筋水泥般的意志——我疑心她前世是欧美人，爱着国外小说、散文、电影，甚至饮食，甚至思维。

A的冷静超乎常人："我从来没有暗恋过谁，在青春里一直学习、学习。那时我用省下的钱去学画画，每天只吃一块面包，胃都坏掉了。我从小就知道自己要什么，不要什么……"A在与我聊天过程中，不断处理着工作。

刚开始做衣服的时候，举步维艰。去拿货的时候，一脸横肉的中年妇女鄙夷地对她说："你不要像狗一样跟着我……"A依然跟着，不屈不挠，因为她必须拿到这家的货，这家货好卖，又便宜又好。

也收到过发货商成包的次品，全是S号，全是次品，A坐在那一包包衣服上放声号啕……又能如何？还要走下去。车祸出了三四次，每次都侥幸从车里爬出来，胳膊断了腿肿了，不哭。眼泪没有用，路还要往前走。钢铁一般的意志在关键时候总能搭救她。

"我对金钱没概念，出了几次车祸之后，觉得生命无常，仿佛随时可以终止。所以朋友有需求，会舍得花钱。所以四处游荡，不肯停下来，像一只鸟儿。"这一年，她卖了几万件衣裳、精读了数百本书、拍了几千张艺术照、去了几十个国家、写了数万字、学好了英语、滑翔、潜水、骑马……她在周年纪念中写道：不去无聊、不去迷茫、不去放纵、独立思考、清醒果断、不拖延、无借口。这是铮铮飒响的A。

A的思想密度有些硬，精神强度、系数都高，与之匹敌的聊天对手甚少。但遇到知己便会说三天三夜，无尽休。

A愿意与艺术家相交相知，她欣赏在个人领域中出色的人。我们一起去拜访沈绣传人张蕾，欣赏她安静的力量与宽厚的情怀，在她的工作室发呆、品茶，看她短发布衣，如民国女子一样静默地笑着。

我们又去苏州，拜访雕塑家孙老师与他的爱人冷姑娘，一对璧人，把生活过成了艺术。A、冷姑娘、我窝在沙发里喝鸭屎香的凤凰单枞，孙先生沏茶。之后又泡了老白茶、二十五年的铁观音……几个人聊的全是艺术，我放了苏州评弹应景。A倒在沙发上，她对艺术的敏感吹弹可破——她已经把自己的生活过成艺术。

是夜，我们在苏州蜜柑吃日本料理。冷姑娘似林黛玉，斜斜卧着。A坐在那里，仿佛与天地接引，铿锵作响。她盘膝而坐，喝清酒，眉宇之间是不动声色。那神情凛然，十分飒爽。女子一旦有了英气，便会显现出格外与众不同的格局，那格局便是胸怀、情义、气场。

这人生，也便是肃阔壮美、深丽洒然。

又过了几日，A收拾行囊去了尼泊尔。十月，我们准备一起去希腊或者西班牙。

"再沉也要带上单反，拍些美美的照片回来，不要看镜头，要文艺范儿……"A对我说。

我应了她一起去旅行的邀约。在路上很重要，"无论睡在哪里，我们都睡在风里"。无论灵魂在何处游荡，我们始终在"异域"飞翔。我把这句话送给自己，当然也送给一直在路上的A。

花姐

第一次见花姐是在一个沙龙。几十个女人,个个花枝招展,只有花姐,穿着粗布衣裳。那粗布带着低调的奢华,我能看出,底袍是日本多下手工的那种织布,价格昂贵。

脚下一双草鞋,突兀在一片花红柳绿里。

一眼便记住了花姐。

她戴帽子,梳麻花辫子。别人介绍她快60岁了,我吓了一跳。她明明还是女孩子的样子——她的脸微黑,有雀斑,不算精致,但紧致极了,有异域的美。

她的眼神有光,一直闪。偶尔还会有少女的狡黠和羞涩,好极了。

大家叫她花姐,我便也叫她花姐。后来知道她是上市公司老总,也知道了她的本名。后来都忘记了,公司和名都忘记了,只记得她叫花姐,一直在路上的花姐,仿佛没有年龄的花姐。每次看花姐的朋友圈,都在世界各国——她的小麦肤色和那些国家真映衬。

写此文时,花姐正在非洲,在赞比西河上与野生动物一起和非洲的夕阳相会。

照片中,花姐戴一顶草帽,看着岸边的野猪、野牛、飞鸟、狒狒、梅花鹿、鳄鱼、河马……花姐的脸上有恋爱的潮红,那是她与自然的呼应。

我认识的朋友,只有花姐去过南极、北极。周围也有六十岁的女人,一生在循环相同的频率和时间,时间也在无限地循环她。

这种循环是可怕的，是单调、孤独、无聊以及无穷无尽炫耀子孙。抱歉，对这样的女人我不感兴趣。

我从不问花姐的家庭、孩子。她活得如此精彩，何需别人映照？

第二次见花姐是在隆福寺的禅园雅集上，她依旧与众不同。以一种黯淡低调的气息艳压群芳。每次花姐出现，其他女子都黯淡很多。她话并不多，着装多以黑、白、灰、本麻为主。样式飘逸——我无法欣赏前凸后翘，把身体曲线极度暴露的女性。我想花姐欣赏山本耀司和川久保铃，我在花姐身上看到这两个人的影子。

一个看腻了花红柳绿的人才会知道那低调素色的好吧？后来又多次见花姐，她总是淡淡笑着，素色衣装，戴个小帽子，挎个小篮子，仿佛是少女，仿佛是老妇，仿佛是少年，仿佛是翩翩佳公子。

端午节的时候，花姐来到我的城市。是中午，我搬了新居。花姐提了自家包的粽子。两个人在日光和老茶里，有一句没一句地说着。她惊呼我的老榆木地板好。

它们是我一块块在旧货市场上收来的。老门板，一块块拆了拼成了地板。

花姐说："全中国只有我们俩用这种风化的老榆木做地板吧。"我笑着和花姐说："我对美的触感有须子，我的须子三米长，隔得再远，都能闻得到彼此的气息。"那天，花姐穿了一身黑色的香云纱、连体裤。走路有风，香云纱有说不出的玄妙和神秘，穿在花姐身上，恰如其分。

花姐的粽子好吃，有肉和鲍鱼。写作累了的时候，就剥开一个吃。

一个足有半斤，就切开，一小块一小块地放在日本的茶碟里，泡些普洱茶，一个下午就过去了，这时候就会想到花姐。

后来在北京荣宝斋的个人作品朗读会，花姐也来了。还是那样干净地笑，还是区别于众人的黑衣。她每次换一顶帽子，每次都能惊艳众人。对于服饰和器物的审美其实是修炼，花姐入了化境。

晚宴在花姐的小馆中。喝了些薄酒，畅谈艺术。

那天醉后说了很多，大多都忘记了。但记得有宏芳、苓飞、大少年敬忠、茶七。

还说了一句特别记得的话："老了，要活成花姐的样子。"我没问过花姐经历过什么，怎样的摔打才成为了今天的样子，但一直记得她开阔的笑容、为人的豁达、周游世界的美妙。

一个女人，活得独一无人并且是她自己，隐现出花草的植物气息，这是修为。

看多了油贼贼和粉贱贱，看多了明明二三十岁却仿佛暮色沉沉，花姐是一株菖蒲，一直演绎着最好的绽放方式。

最近一次看到花姐，是在北京正乙祠楼看赵梁的舞蹈《幻茶谜经》。那是赵梁的气场，也是我和花姐的气场。那天的舞真好啊，孤独、绝望、性、宗教、有相、无相。花姐穿了宽大的袍子坐在那里，也是舞蹈的一部分。

每个人都是孤独的，频率相同的人会感知的。那些频率是火苗啊，灼伤光阴。在感知疼痛的过程中也感知美妙。复杂又纯粹的气场多么迷人。花姐知道它有多迷人。花姐不是六十岁，花姐没有年龄。

我爱花姐。

她们

楠姐（上）

装修房子的时候，我认识了楠姐。

楠姐在装修建材城当服务员，卖橱柜。

那天热情地招呼我进去：是不是装修呢？要不要装橱柜？我们家橱柜是最好的……

她四十岁上下，热情明媚，脸上荡漾着讨好的表情，骨子里散发出浩浩荡荡的热情。

这是个对生活有温度的女人。

"你是个舞蹈演员吧？肯定是个搞艺术的，气场和别人不一样……"她盯着我笑。

她家的橱柜太贵。虽然没有买成她的橱柜，但吊顶、地板全是她找的熟人，省了很多钱。我和楠姐就这样成了朋友。

第一次来家里，她买了很多樱桃和杏子。第二次是一大抱龙丹，第三次是五双拖鞋和菖蒲，第四次是一盆文竹……楠姐离婚了，一个人住着经济适用房，还有十七万贷款。楠姐每次来都要拿花。

我便生气，她没有钱还要面子。

"值不了几个钱，屋里得有花……"

楠姐离婚后跟过一个男人，有好几年，后来渐行渐远，楠姐装修房子时，那男人掏过两万块钱。散了后男人就拆插座，说房子改电是他花的钱。

我在对面听着，心疼楠姐。

楠姐说和前夫也轰轰烈烈地爱过，那男人也曾走一夜路去看她……过着过着就散了，人家又结婚生孩子了。楠姐说："他大爷的，生活没个准儿。刚离婚那阵，我生不如死，住个小破平房。大衣柜全发毛了，衣服都让虫子啃了，也过来了……"

楠姐有个梦想，在这个城市中最贵的小区卖掉五套橱柜，就可以拿到几万块钱提成，然后坐坐飞机，也住个好酒店。

"今年生意不好做……一天天没个生意……每天早上做好中午饭，在保温饭盒中热一下，下班就弄十字绣。"

楠姐花三百块钱买了张十字绣的图，是《清明上河图》，有三米长。楠姐准备用两年时间绣完它。

"可以卖十万块钱呢。"楠姐说。

楠姐每次来家里，进门便抄起拖布，不允许家里有灰尘。干完满头大汗，不喝茶，说喝茶睡不着觉。拿一个碗，一大碗凉白开水，一口喝下去。

祖母姐姐

影姐当祖母了，但一眼看上去还是少女。

我去上海，朋友蠡蠡派影姐来接我。上海静安宾馆外面，看到穿了云锦黑衣、破洞牛仔裤，头带波希米亚头花的影姐。我一眼认出影姐戴的花是张书林做的。我已经很多次写过书林（中国独一无二的裁缝）。

很难猜测影姐的年龄。她在上海一家大公司做高管，年薪几百万，但身上泛出诡异而邪恶的不明气场，令人着迷。有些人天生不会被年龄限制，年龄越大越呈现出鬼魅之韵。

螭螭有全上海最小的阳台。那曾经的租界，到处是这种充满了欧式气息的房子，法桐、衡山路、小阳台、面包店、酒吧……我与影姐在小阳台上拍照，她风情万种，洒金一般在上海的小露台上。

螭螭说影姐已经做了祖母。我吓了一跳。只有一个念头：日后我做了祖母也要戴花，穿破洞牛仔裤。影姐展现出露骨的性感，五十几岁了，长发飘飘，没有一丝白发——她大概知道自己美，所以不断补妆，照镜子。

影姐是八十年代中国科技大学的高才生，毕业后直接分到上海。曾经的师生恋，割腕，后来的隐秘恋情，诉说起来都平静。但她说起来像小说、传奇，还有奇妙的香艳味道。我们在螭螭衡山路工作室喝酒，点了蜡烛。小菜宜人，环境宜人。我只记得那晚影姐的妖娆，其他人仿佛不在——这是她的本事。

"去国外旅行，有年轻小伙子勾引我……我知道他看上我了，我假装不知道。"她兀自得意。

她染着指甲，长发在风中飘荡。有些女人天生具有致命诱惑，把她扔到一万个人中，一眼就能看到她，不是因为她过分美丽，而是因为她过分特别。

梁裁缝

梁裁缝是楼下向阳百货商店的裁缝。七十二岁。眼不花。顶着一头白发，每天九点准时出现在向阳百货商店。商店是一个二十平方米的小店铺，店里就两人。一个是她，做些零活，赚个三块五块十块的。另一个是七十岁的老头，卖些杂货。两个人中午吃自己带来的饭，吃完饭，在椅子上眯一会儿又开始干活，春夏秋冬，天天如此。

梁裁缝七十二岁了，穿针引线不戴眼镜，问了她几次为什么眼睛不花。

她说，受罪的命呗，得自己挣钱养活自己呢。儿子指不上，老伴儿又走了。能指望谁呢，还不得指望自己。老了，没人喜欢了，得靠两只手养活……

她一天到晚忙着，改个裤边只要五块，小区的人都找她。

一次，一个抱着狮子狗的贵妇改了件貂皮大衣，嫌改短了，又骂她又踢她，让她赔。

她蹲在那里哭半天，满头白发乱乱地在风中。大家都指责那贵妇，她却说："她的衣服贵，我改错了。"

有几天看不到她便惦记，有一次至少十来天没来。问那老头，老头说，病了。后来又来了，人瘦了一圈。见了面仍然热情，熟客就少要个几块。她手上有茧子，说上辈子大概也做苦力……

有一次看到她不忙。下雨天，她一个人坐在缝纫机边，又老又无奈的样子。白头发就更醒目了，像一团雪似的。

李大夫

腰椎间盘突出后，我去扎针灸。

李大夫不负责扎，负责给我们起针，然后糊上医院自制的药膏。

扎了几次就熟了。李大夫看上了我的条纹七分裤，我便教她网购，给她微信上绑定银行卡，教会她收发红包。

她五十岁了，还跟孩子一样笑。

第六次去扎的时候，她说："你信基督吧，做上帝的女儿。"

她的话突然得像闪电，还没等我回答，她又说："信基督，赞美爱，会穿过一切黑暗。"

她便给我唱经（《以马内利》），然后讲《圣经》中的故事，她说："那时人都活九百岁，是真的呢。"

是真的，我附和说。

"你看，你有神的护佑。"

我告诉她，我去过土耳其，在海边的遗址以弗所，那是圣母玛利亚最后生活过的地方，那些遗柱规模宏大。在废弃的剧场内，我还唱过戏。

还有废弃的图书馆、妓院……在两千多年前就有抽水马桶，还有二十四小时的热水……

李大夫说："你看，我说《圣经》上说的是真的吧。将来我有了钱，也要去土耳其，去看以弗所。"

我扎了十天针，李大夫说得最多的是《圣经》，她说要学会赞美，要相信神与我们同在。

她眼里有光。

董小姐

董小姐死了。

有人把这消息告诉我时，我一个人在水边发了一下午呆。

夏天的时候，每天去散步。穿过小城的隐秘街道，总有穿着暴露的女子在那招揽生意。我们彼此漠视。她漠视我走过，我漠视她们招摇，眼神里的欲望。她们不在乎地发出像雷声一样邪恶的笑，坐在那里喷云吐雾，眼神中俱是不在乎和赤裸裸的引诱。

那天下雨，没带伞。又经过她们的门口。

董小姐忽然喊我：来，给你把伞。

她在雨中廊下站着，黑色蕾丝，艳红嘴唇，两条大长腿摇晃着。

我们就这样认识了。

她素颜素服的时候真好看，安静得像个高中生。

"没有办法，得养活孩子和老人。他又出了车祸，瘫在床上。我的腰受过伤，又干不了什么重活……我瞒着家人说出来打工，有时一个晚上接十多个客人，一夜挣一千多。我当过保洁，保洁一个月也就一千多，我吃不了那苦……"

她一个月去邮局汇一次钱，汇款的纸条都留着。"卖的钱，都是卖的钱。"因为抽烟，她的嘴唇和眼圈都是黑的，我们在小酒馆中喝酒，她不让我喝，自己却可以喝十多瓶啤酒。

请她来家中喝过茶。

她素颜出场，提了很多东西，进门就下厨房，烧了好多东北菜。

她素颜时真好看。

接电话时立刻换一张脸，和男人打情骂俏。接孩子电话时，一腔柔情："宝宝等我，过几天妈妈就回来了。"

冬天的时候，她给我织了一副手套，我喜气洋洋地戴上。她流泪问我："你咋不嫌脏呢？"

我笑着说："不脏呢。"

春节，她回老家过年，过马路时出了车祸，没送到医院就死了。

我还留着她发给我的一条短信，那条短信中说."我从前可喜欢穿白裙子了，干了这个就没再穿过……我以后还想穿白裙子，你说好看吗？"

"当然好看。"我说。

我偷偷给她买了条白裙子，她还不知道。

贾老师

贾老师三十二岁，盲人按摩师。

我腰椎不好去按摩，她是那里唯一的女按摩师。小城中盲人按摩院很多，无意中走到这一家。

"贾师傅。"我叫她。

"你叫我贾老师吧，我的梦想是当个老师。"

贾老师是天生盲，生来就盲。她说挺好，比后天盲好。后天盲曾经看见过天空河流什么的，还知道彩虹的颜色，蔬菜长什么样，痛苦更大。什么也没见过，就没那么痛苦。

她按摩手劲大，一边按一边说家里的事，父母如何嫌弃她，两个哥哥也嫌弃她。她十五岁就出来做按摩了，自己养活自己。白天在店里，晚上睡按摩床，还在店里。

"谈过恋爱吗？"

"没有，都嫌我瞎。我自己也习惯了，觉得挺好的。"

说这话的时候，她的手在我腰上颤抖了一下。

"我不怎么相信人，连我妈都嫌我，只有我自己不嫌弃自己……有时候我努力地想，那红花绿叶到底是个什么样子。也就想一会儿，想一会就不想了。有饭吃就好，我喜欢吃肉，五花肉。"

有一次赵师傅说起自己孩子。赵师傅是后天盲，有四个孩子，两男两女，两个上高中，两个上初中。

我茫然地问了一句：孩子们没事吧？不盲吧？

贾老师停了按摩，打了我一下："瞎子就忌讳这个！一辈子一家出一个瞎子就够倒霉的了，谁家还辈辈出瞎子！我不帮你按了！"

她生了气，坐在那喝水。我连忙道歉，知道自己说错了话。

时间长了两个人成了朋友，我带给她一件粉红裙子，她穿上大家都说好看,她说,真想看看啥叫个粉红?

我不知道如何和她形容粉红。就这样解释了一下:你知道春天的味道吗?就是那种蠢蠢欲动的颜色,有点像爱情的颜色。

贾老师坐在窗台边,看着外面说:"那我就是把春天穿上了?"

楠姐(下)

楠姐变了。

跟我去了北上广、云南和苏杭之后,楠姐变了。

从前她说:"王小雪,给我晾上一大杯凉白开,我喝不惯你们的茶,喝了就不睡觉。"

现在,她改装了一个小茶室,做了榻榻米,还制备了一套茶器。

从上海回来后,她沉默了好久,和人聊天一定提起上海的灯红酒绿、外滩、威斯汀酒店、米其林餐厅。

从苏杭回来说西湖、小桥流水、所见酒店。

从广州回来提起白天鹅、夜游珠江,并且开始学习朗读。在广州,有人夸她嗓音好,她便得意:我活了半辈子咋不知道?在白天鹅宾馆,遇上雪小禅微刊主播杨召江老师,她喜欢他的声音,便决定开始朗读。

于是那几天根本不理我和表妹,只要睁开眼睛便是朗读。她读的是《中年读杜甫》,醒来和睡前的第一件和最后一件事情,都是在听杨老师读《中年读杜甫》。

简直中了魔。

和从前判若两人。

她缠着我让我给她讲历史,讲唐朝三大诗人为什么风格不一样,为什么杜甫会写出"感时花溅泪,恨别鸟惊心"。

我讲完，她就沉默了好久。

第二天我在广州图书馆讲座。爆满。来了很多外地读者，香港、澳门的……骄阳也来了，一直给我打字的玉洁也来了。还有过过老师，《广州文艺》的张鸿姐姐和陌尘……广州图书馆的工作人员说，好久没有这么热烈的场面了。

楠姐曾经说过："王小雪，你如果让我上台，我肯定发挥特别好，把我们的情意说出来，说真的你是怎么看上我这个卖橱柜的。"

于是我突然让楠姐上了台。

她显然没准备，一上台就慌了。后来，她说手脚冰凉后背出汗脸色发白，台下坐着密密麻麻的人。"那天我大脑一片空白。"

她开始说话了。

"我是雪老师书中《惜君如常》中的楠姐。广州图书馆真好，是全世界最好的图书馆。今天早上腾讯新闻首页是杭州西湖的断桥残雪，杭州下雪了，还有上海的东方明珠……"

我小声在她旁边说："老楠，这全是景点，没有咱俩情意，拣重点说，说咱俩……"

她继续介绍景点。

下台后，表妹快笑疯了，楠姐也笑疯了，我们三个提起这个"笑点"便笑翻。

在广州的每一天，都能感受到她的变化——我们逛天马、壹马服装城，她审美变了，看的衣服都时尚。

在大排档吃美食，她慨叹怎么会有人这样活着？北方下雪，南国下花，在24度的夜里吃消夜，而北方正在下大雪。她说："广东的美食一年能吃完吗？我看着都晕！这早茶丰盛的！简直！"

她去夜游珠江。回来后一直赞叹：太他妈美了，他奶奶的，太美了，太美了！他奶奶的，我为什么不生在广州？！

第二场佛山图书馆。她明显老练了许多，上场就开说，根本拦不住。散了之后，有人围着她拍照，她笑得极灿烂。我的读者几乎都认识楠姐，她一看快拍完了，就问人家：还有要合照的没有？还有没有？谦逊低调又带着讨好。

回到休息室时她说，王小雪，这感觉好，被人要求合照感觉好。

回程。我们在白云机场候机，她坐在角落里，忽然一抬头：王小雪，我决定了，我要写书，要出书，要当个作家，我也要当名人，让人排着队找我签字。

我和表妹扑到她面前："老楠你再说一遍。"

"我要当作家。"

表妹瘫倒在地："我的个神呢。"

我说："老楠，我支持你，人生没有什么不可能。再说，我十八般武艺呢，我去当出品人了，先让你写……你先从朗读开始。"

楠姐回来第一天就失落地在群里发：根本没心上班，根本上不下去。根本。

表妹说："这是见世面的下场，根本没法上班了……"

她晚上开始抄写我的文章，然后和杨召江老师学朗读，并且读给我听。

像一朵晚开的花，她在努力绽放她的姿态，向着明亮和美好的方向。

我很感动。

从前她的梦想是弄个化店。现在是准备有一间一楼的门店房，一边卖服装一边种花，然后朗读写作。

楠姐不再是两年前我遇到的卖橱柜的楠姐。

楠姐变了。

小乔

小乔是我的读者。河南人。名字很娇美。小乔45岁了，离异，前夫酗酒打人还不过日子，三个娃全归了小乔。小乔说："怕娃儿们跟了他走了歪路，俺不给。"

小乔在三九天执意来看我。我拒绝了：我在写作，不见读者了，抱歉。

她执意坚持：我只打扰您这一次，我还给你准备了化妆品、手表、手编的箩筐。

那好吧，你来。

她从一个叫永成的县城出门，先到商丘，又转到徐州坐高铁。见到她时，她提了五个袋子，一脸憨厚羞涩地笑着，根本和"小乔"这么动人的名字搭配不上来。

"雪老师，俺第一次坐高铁，差点坐反了方向，又改了进站口方才来成哩。你看我笨不？"她脸冻得通红。"我怕见着你紧张，就一直咽唾沫，你咋还等我吃饭呢？"她往外掏东西，哗啦倒出来几十瓶蓝色的化妆品：我做了个直销。我笑了：是传销吧？她抬起头来憨厚地笑：就是传销哩，你用着。

然后她坐在那里，紧张羞涩地笑，完全不像一个45岁的女人。

熟了之后她开始讲河南话听豫剧。听到稀奇的事情便说，咦，咋这样？咦，这可不中。

贰　林深见鹿

我爱听她讲河南话，还有她自己的故事——那么苦的人生，仿佛说着别人的故事，我听得湿了眼眶，她却没心没肺地笑着，根本认为受苦受累原本是应该的。

"360 行，我干过 300 行。我生在河南农村，妹妹又多，初中毕业便不能读了，帮助我娘干农活、做饭、喂猪、养羊、割草……后来我结婚，想不能一辈子在村子里，就买个冰柜卖冰棍，到镇子里给学校的娃做饭，学校倒闭了，在镇子上卖童装、女装，也养过一段时间猪、羊，也给刚出生的小娃娃们洗过澡，也去打过工。就这个还一天挨打，他喝了酒就打俺，俺有了娃，肚子不争气，连生两个女娃。女娃在农村不行，邻居们瞧不上，又生一个，是男娃。三个娃累啊，没天没黑地干啊，还是没钱。后来终于到了县城，我爱好文学，就四处写稿，当个通讯员，干了半年，一分钱没给。得活着啊，又开了早点摊，每天早晨四点钟起床，要忙到后半夜，每天只睡四五个小时，手全冻裂了，全是口子，哪有人心疼你？他一天嚷离婚嚷了半辈子，前两年我成全了他，离了，娃全跟我，他一天喝酒打牌，根本不会管娃的。我也活了，我还买了房子，婆婆有时候还跟我住——她有五个儿子，五个儿子家谁也不要，我要了，多一口饭而已。除了做这个传销，我还做文案，还给看电梯，就是检查电梯，要一层层停，我看几栋楼的电梯，不累，一点也不累。"

我听得心潮起伏，她讲得波澜不惊。

我们聊到很晚，各自睡去。我第二天早晨八点起床（这是我的生活习惯和生物钟），看到屋里焕然一新，她正站在窗台擦玻璃。"雪老师，我没打扰你休息吧？我每天五点必须起床，我本来想忍着，但没有忍住：我五点半就起来了，看到屋里乱，玻璃脏，就想顺手收拾一下，我不知能不能收拾？"

我愣了一会，内心上下翻腾。说："能，能收拾呢。"

"咦，早告诉我啊，我就大扫除了。"

她仿佛得了圣旨，开始疯狂大扫除——偶尔和我说一句，偶尔专注干活。

没有擦过的地方都被她擦拭了！自搬到禅园，没有一个人这样收拾过，甚至保洁和钟点工。她甚至擦到装修时留下的地板上的渍，收拾了所有的快递单子。还有各种的归纳整理，她还听着豫剧《穆桂英》，回头微笑问我：雪老师，我唱得咋样？

"咦，我觉得可好哩。"我学她说话。

我负责做饭，她说好吃。又说自己会做所有面食——因为开过小吃店。

我们开始蒸包子。表妹也来了。她切的胡萝卜丁简直是神品，又开始切小豆腐块，刀功神极了。表妹听了她的故事，也红了眼圈，她却还傻呵呵朴素诚恳地笑着："没啥，没啥，都过去了。"

看我捶腰，她干了一天活计说："雪老师，你肯定腰疼，我来帮你按摩。"

我笑着说："没有天理没有天理，你干了一天活要给我按摩。"

她摁倒我：你躺下，我劲儿大得很。

正逢河南大雪，她买不上车票回家。我说："你看，人不留人天留人，你走不了。"

她住了三天，说了很多体己话，把所有的角落全收拾了一遍。走的时候，我给了很多东西，我说："这哪里好哪里好，我又大包小包提回去。"

"那必须的。"

她笑着上了出租车，还是傻呵呵地笑，我一转身就落泪了。表妹递给我纸巾，没说话。

走之前，小乔说："雪老师，我真想跟着你哩，等娃儿们大了我跟着你。"

我自然是高兴，然后说："五年之后，你就跟定了我吧。"

我们拉了钩，五年之约。

我说："五年之后，我们相依。"

她说："雪老师，我肯定来，你等着我。"

她冒着风雪回家，当了风雪夜归人。

下午四点出发，凌晨一点到家。到家后，看到孩子们已把家搞得极凌乱，又不管旅途疲惫收拾完家，忘记了刚才一个人走雪夜之路的恐惧和害怕。

凌晨两点她睡去。

早上六点又看到她朋友圈，晒出了她在阳台上养的花：一盆盆生机盎然，红花绿朵，昂着头傻呵呵地笑着，像她，那么像她。坚韧有骨气地活着，不问西东。

少女小渔

小渔是我的忘年交。94年的孩子，陶艺工作者。

我爱和少年们打交道，她们身上有饱满生动的真气和元气。但小渔有颗老灵魂，像40岁人的灵魂。

她在微博上给我发私信：小禅，我也是廊坊人，在景德镇做手工陶瓷，给我发个地址，因为每天看你微博知道你热爱器皿……

器皿寄来了。好大一箱。包裹得十分细致，连纸都印着碎花。几十件器皿——从餐具到茶器，古朴、拙气，仿佛宋朝官窑出品。

十分心动。以为她30岁左右。后来得知她1994年的，甚为震动。

两年前她大学毕业，一个人提了箱子去了景德镇。原本在大连艺术学院学艺术，大二时偶尔选修了陶艺课，一下子像找到自己前世，又激动又迷恋，大三便跑到了景德镇，大四毕业就来了。从给日本人做助理到自己制作器皿，不过短短两年。

"我不喜欢太新的东西，就喜欢宋朝的东西，高古、朴素、大气。"

长期淘器皿，练就了一双毒眼。去日本背回来的也多是器皿，小渔的器皿格调高雅，不流俗套。

我欢喜至极。

她就那样一件件地做。从揉泥开始，把泥中气泡揉出去，景德镇的高岭土给了她灵气，然后手工拉坯。

这真是一件听起来都性感的工作。

之后晾干。夏天晾 2—3 天，冬天 3—5 天。不能太阳晒。要阴干。

之后修坯。她修坯时手上全裂了口子，工装上全是土，她工作的样子真性感迷人——但她并不知道。

之后是 800 度的素烧，初次蒸发水分，然后用毛笔扫灰，再补水，再给器皿上釉。

她迷恋草木灰釉和酱油釉。草木灰是她自己烧的，然后上到器皿上。

最后是 1320 度高温烧 12—15 小时。

成品率 60%。近乎一半要废掉。

"废品也是有尊严的，不能被辜负，也经过了拉坯烧制，于是就留下来自己用。"

她不停给我寄她的新品。

我每用便想少女小渔。想她朴素又老成的样子。

我盼望她过年回家。

腊月十七。她来禅园。

藏蓝色灯芯绒长裙，灰色毛呢大衣——衣品极高。短发扎了小辫，一脸青春，又一脸的老灵魂。

我穿了粉色衬衣迎她——灵魂相遇，从来没有年龄。

她提了新做的器皿，我在厨房忙活。

她吃素，我便爆炒苋麦菜、酸辣藕丁、油焖菜花，又拌了芥末黑木耳，煲了日本豆腐汤。

中午用的全是她的器皿。仿佛久别重逢，又像与君是故交。

她直说汤好喝，连喝三碗。

并无一丝拘泥。

饭后我们喝茶。古树红茶。生普。她爱喝茶、听戏，喜手工古物，爱逛老市场，喜欢和比她大好多的人聊天——简直是小少年老灵魂。

"为什么喜欢陶瓷？"

"不知道。"

我真喜欢她这个答案。不知道为什么才是前世注定。

风大。喝老茶。有一句没一句地说着。像久远的故人。

她上午九点半到，下午三点半离开，仿佛说了很多话，又仿佛什么也没说。

我们站在阳台上看我养的花，她夸奖：你的花朴素古典，不俗，我真喜欢。

那些云竹、文竹、蓬莱松似乎听到她的夸奖，纷纷笑起来。

她站在阳光下，像一棵小松树。

她眉目真清秀，尤其鼻子。没有化妆的她看起来像一株植物，干净飘逸——这样老灵魂的少女，干净清澈古典。

我放了粤剧、京剧还有琼英卓玛，音乐断断续续，非常相配。

"我们好像上辈子就认识。"她说。

"嗯。"我说。

叁

江海不渡

自渡彼岸

那年,他十七岁。

家贫。

过年吃饺子,只有爷爷奶奶可以吃到白面包的饺子。母亲用榆树皮磨成粉,再和玉米面掺在一起,这样可以把馅儿裹住,不散。单用玉米面包饺子包不成,那饺子难以下咽……但记忆中,可以分得两个白面饺子,小心翼翼吞咽,生怕遗漏了什么,但还不知道到底遗漏了什么,就已经咽下肚去。

衣裳更是因陋就简。老大穿了老二穿,老二穿了老三穿,裤子上常常有补丁,有好多年只穿一两件衣服,也觉得难看,但撑到上班,仍然穿补丁衣裳,照相去借人家衣服……说来都是悲辛。

记忆最深是十七岁冬天,同村邻居亦有十八岁少年,有亲戚在东北林场,说可以上山拉木头,一天能挣三十多块。他听了心动,两人约了去运木头,亦不知东北有多冷。他至今记得当时有多兴奋,亦铭印一样记得那地名——额尔古纳左旗(现名根河市),牛耳河畔,中苏边界,零下四十九摄氏度,滴水成冰。

每日早上五点起床,步行四十里上山。冰天雪地,雪一米多厚。拉着一辆空车上山,一步一滑。哪里有秋衣秋裤,只有母亲做的棉衣棉裤,风雪灌进去,冷得连骨头缝都响。眉毛是白的,眼睫毛也是白的,哈出的气变成霜,腰里鼓鼓的是两个窝窝头。他把窝窝头用白布缠了,紧紧贴在肚皮上，身体的温度暖着它，不至于冻成硬块咬不动。

不能走慢了，会真的冻死人。拉着车一路小跑，上山要四个多小时。前胸后背全是汗，山顶到了。坐下吃饭，那饭便是两个贴在胸口的窝窝头，就着雪。到处是雪，一把把吞到肚子里去，才十七岁，禁冷禁饿，那雪的滋味永生不忘。

然后装上一车木头，往山下走。下山容易些，只需控制着车的平衡。上山四个小时，下山两个小时，回来时天黑了。

那是他少年时的林海雪原。

进了屋用雪搓手搓脚搓耳朵，怕冻僵的手脚突然一热坏死掉。脱掉被汗湿透的棉衣，烤在火墙边，换另一套前天穿过的棉衣。晚餐依然是窝窝头。第二天早上照样五点起，周而复始。

一个月之后离开时，怀揣一千块钱。一千块钱在那个年代是天文数字，那时的人们一个月的工资不过二十几块。

回家后，母亲看他后背上勒出的一道道紫红的伤痕，放声号啕。

那一千块钱，给家里盖了五间大瓦房。他说起时，轻声细语，仿佛说一件有趣的事情，听者潸然泪下。光阴里每一步全是修行，不自知间，早已自渡。那零下四十九摄氏度的牛耳河，霸占着他十七岁的青春，直至老去，不可泯灭。

南方少年 W，十七岁考入武汉大学，亦是家贫，整个冬天借同学的棉衣穿，他说少年时不知"被子"为何物，每天缩成一团便睡去。长期饥饿，身体消瘦。一日三餐不果腹，但仍记得武大樱花是美的。多年后功成名就，又去武大读博士，只想体会一下，不饿肚子读书是怎样的，而且有被子盖。他言语之间也无抱怨，讲少年时的苦涩只当是自渡。

贾樟柯自言年少时是小县城的混混，酗酒、抽烟、打架。后来鬼混的那帮人有的死了，有的进了监狱，有的去当兵了，他报考了太原的一个美术班，准备去考一个什么大学。后来他考上北京电影学院文学系，一九九五年开始电影编导工作，后来又拍了《小武》《三峡好人》《二十四城记》《天注定》……后来他得了很多大奖。

没事的时候，他总跑到那个叫汾阳的小县城，找从前的朋友打牌、聊天、喝酒。有时彼岸很远，遥不可及。有时就在前方，伸手可及。

与某地方老总聊天。他谈吐儒雅，一身麻质灰色衬衣，品茗之间，说的全是人世间的动人风物……老茶、器物、书画。言及少年，他笑言："那时我在上海，差不多已是黑帮老大，每日打打杀杀，身上很多刀疤。有一次我剁了人家三根手指头，人家找上门，自然也要剁我三根手指头。我们家那时只有十八万存款，我母亲全交给我了。"

"我对那人说：'有两条路给你选，第一，你收了这十八万，不剁我了；第二，你剁我三个手指头。'"结果那人要了十八万。他回到家，看到父母一夜之间头发全白了，而且在收拾东西，又准备搬家。每回他出事，父母就得再次搬家——因为怕人报复。

那一瞬间他落泪了。自此以后，努力读书，发誓永不再打打杀杀。那一年，他十七岁。

忆及自身，自少时至三十岁，一路繁花似锦，春风得意马蹄疾，长安花看遍几回。忽一日，万马齐喑，梦回身，雨雪风霜严相逼，月光下独自眠餐独自行。那是怎样的一年，仿佛每一天都过不下去了，仿佛这世间没有一点点温暖和阳光……一个人漫无目的地在大街小巷走啊走，无人诉说，也不想诉说。

再回首，正是那一年，收了余恨免了娇嗔，懂了因果知了慈悲，而文字有了风骨与格局。自渡彼岸，以光阴为楫，任风吹，任雪来。很多光阴，你必须独自一个人度过。以为过不来的万水千山，一定过得来。

弘一法师早早预知自己圆寂的时辰，应了丰子恺一张画，让他四天后来取。第三日，弘一法师对小僧说："悲欣交集，吾今去矣。"平静离世。丰子恺再来，已是永诀——他故意推迟一日让学生来。

亦有信佛一生的老人，一辈子乐善好施。早早做好自己的寿衣，从容安排自己的死亡，仿佛是去另一场旅行。她更是在自己离世之日，安排儿子、儿媳早早守在身边，无比镇定。天已黄昏，她坦言："给我穿衣服吧。"女儿、儿子都泣不成声，她不让他们哭。穿了寿衣，她又说："把我抬到外屋床板上吧。"

在北方，人死了是要搭一块床板，然后停在中间的屋子里，人一进门要磕头、烧纸钱。

上了床板，她仍然无比清醒，像指挥一场战役一样指挥自己的死亡。

天黑了下来，路灯亮了。

她说："灯亮了，多好呀。烧纸吧，我要走了……"

众人皆以为她只是说说，因为老人几年前已失明，对光线很敏感，灯亮的时候，她是知道的。

亲人们开始烧纸，纸烧起来的时候，老人溘然长逝，不差一秒。她镇定自若地指挥了自己的死亡，把自己轻轻送到彼岸。一生慈悲喜舍，淡定生死间。

弘一法师在天津的故居是四合院。他的邻居说："一到夏天，别人家都苍蝇乱飞，唯有李叔同的家里，一只苍蝇也没有，也是奇怪了……"

弘一法师，他不仅渡了今生，亦渡了来世。

俱是东坡意

深秋的时候，萧素枯冷的感觉恰如其分地袭击而来。又逢秋雨，淅沥间是一杯冷下来的老茶况味，也是人到中年的况味。

此时的心境和意境，适合欣赏纬东先生的书法。也适合寻找千年前的东坡味道，萧萧苦雨中，一人庐，吹着尺八，听着秋雨，千刀万仞走过之后，坚韧苍劲，依然的率真，老辣中不失天真、稚趣，不动声色中笑傲江湖——他跌宕起伏的人生成就了艺术的孤独和灿烂。

看《寒食帖》时候，空气中都是苦雨的味道，闪着傲骨的光泽。而我看纬东先生的字，看出了东坡意——他与千年前的苏东坡隔着时光的两岸遥遥相望，彼此认出，在时光中相亲。这是精神上和灵魂里的确认，清晰可辨。仿佛故人归，又仿佛久别重逢。

一个人的时候，常常觉得是和古人待着。看着古画和书法名帖，会越来越觉得自己像一个人。比如张岱，比如袁枚。

我曾说愿意嫁给张岱这样的人，和袁枚成为知己（甚至可以当他挑小妾的参谋）。然后和苏轼当邻居，看他赏月、歌赋、诗词、孤独。有时候有一种感觉纬东先生是东坡转了世：旷达、豁亮、才情横溢，既大江东去又孤意深情，既高处不胜寒又何似在人间。

书法拼到最后绝非技巧，而是书品、人品、文品。

真好啊，人到中年，我终于看出了纬东先生的东坡意——在经历了竹杖烟雨和斗峭春风后，在人到中年的一蓑烟雨里，回首望那充满了孤傲、任性、野气、文人气和人情练达的字里，是我们每个人的宗教和哲学——太年轻时，我们只要美，从而忽略了好。

我认识纬东先生有十几年了，或者更多。我那时只觉得他的字不美，这是多么单调而乏味的判断，用美来衡量艺术几乎是最低级的，好才是好，好比美要大要壮阔要包容要体慰人心。庆幸的是，在多年之后我终于识破了他字里的江山，字里的万千柔韧、洒脱、不羁，甚至带的几分自得、孤傲和不甘，但孤独更多。

我更欣赏他字里行间的萧萧文气和如秋雨般的淋漓孤寂——一个文人，心的最里面没有大的孤独，硬的孤独，无人能识的孤独，怎么能写出好字？

我不知他自己是否意识到被东坡先生附了体，但字里字外，他有东坡意。

文人酸者多，他不酸，且也从容练达江湖气，偶尔露出霸气峥嵘，一幅谁能与我同座的表情。无非清风、明月、我。

他又好古，爱古人那个做派，谈笑间仿佛时光逆行。

他又古道热忱——我所知道的他帮助过的人就不计其数。

他又侠骨柔肠，对朋友热烈赤诚肝胆相照，多有付出，且不提及。不提及是境界，是《锁麟囊》中的薛湘灵，送了木桃，非为报也。

这是书法之外的东西，这又是书法之里的东西——好的书法一定夹裹着人品。我偶尔觉得他是《水浒》中的人物，有林冲的影子，但到底又不是。他也乱石穿空惊涛拍岸，他也雄姿英发羽扇纶巾，但更多的时候，一个人写字，是大雪飘扑人面，朔风阵阵透骨寒。谁又不是呢？内心里养着万匹野马，惊雷滚滚，表面上不动声色。

我还欣赏他的纵酒和打麻将。牌桌上更见一个男人的品德和风格——大艺术家都烟火浮现，谈笑间樯橹灰飞烟灭。谁规定必须清高寡淡地过一生？麻将打好了，字才能更好，不到中年，我焉知其理？

去年他迷上了唱戏。可不得了，每天仿佛只剩这一件事了——每次见他都戴着耳机摇头晃脑在唱，入了戏坑的人大多是这副状态吧。他尤爱马派，一张嘴就是马连良。

根据我当票友的多年经验以及听出耳油的辩识度，他根本没在调上，而且发声还不是戏曲的发声。但，又何妨？他的字里没有戏啊，加入了戏曲，像老茶多藏了两年，味道更不一样了。

有一次与何作如先生喝老茶，他拿出红印给我们喝，一口下去，神魂颠倒，何老说，这就是时光的力量啊。

普洱茶在转化过程中，到底发生了什么？终于爱上戏的纬东先生到底是给他的字又加了些什么？而这难以预料和说不清，复杂着单纯，单纯地复杂，就是性感的迷人的艺术。就是"通了、化了"，就是成了自己的仙，得了自己的道。

有一次，在一起吃饭，吃到一半他突然站起来，非要给大家唱戏。非要。不听不行。这是他的任性好玩之处，我们听了，掌声四起。他对我说："我马上能赶上老卢。"老卢是我们共同的朋友，我告诉了老卢，老卢说："吹呗。"

又有一次老卢发来视频，说："你师叔又唱上了，比我差远了。"我乐得前仰后合。

纬东先生长我几岁而已，我却时时唤"师叔"，有点像武侠小说。因为有一年我拜了刘京闻先生学字，字没怎么学，但真成了徒弟，纬东先生说："论辈分，你必须叫我'师叔'。"这样的佳话也是难得。

他好老茶。

老茶如好字，品起来要有懂的人。有人说他收藏了很多老茶。我搬了新家，他提了老茶来，煮了喝，一屋子香，像熟透了的秋天，像他的字——至化境，人书俱老，但还藏着天真孤独，那里面有光阴的一把秋雨，有老茶，有西皮二黄，人间有味是清欢啊。

求过他的字,记得最清楚的一张是《松风停云处》,且在松风下,且在停云,且将新火试新茶,诗酒趁年华。看看字,唱唱戏,喝喝茶,谈笑间便是一生,白日放歌须纵酒,他在字里、画里、茶里、戏里活成了苏东坡,管他呢?胸中有千壑,人情练达即文章,西北望,射天狼。

秋凉夜深时看过他的字,也能看出人世间的暖意,特别是他写给爱女的信,字里行间全是深情——在这一瞬间心是柔软的。苏东坡深情起来比谁都深情——不思量,自难忘。

什么时候,好的书法作品不可或缺的恰恰是人的深情。

我尤爱他笔下这稍显脆弱和柔情的深情。

师叔说待我写这篇文章,送一饼老茶给我,到时候约上三五知己泡泡老茶,唱段老戏,然后就着三盏烟火一轮明月,"闲与仙人扫落花"。

秋雨秋声里,煮了老茶,看墙上挂着他临写的字,是苏东坡的《寒食帖》,那里面藏了他孤独的魂儿。

二喜

　　二喜是弟弟的朋友。三十七八岁。单身。用他的话说，自由职业者。
　　弟弟朋友很多，三教九流。特别是没钱的吃不上的饭的居多，有残疾的多。弟弟把他们带回家吃饭，弟妹就赶紧做饭，无论谁来都一样。二喜就是其中一个。
　　二喜矮、胖，眼睛小。说话胜芳口音很重。胜芳人都有钱，但二喜没钱。二喜连温饱都解决不了，小时候爹死了，娘带他嫁人——嫁过去那男人就打他骂他，嫌他吃嫌他喝，于是二喜小小年龄就跑出来自己讨生活。二喜早年卖过泥娃娃，几块钱一个，没本钱，本钱我弟弟出，去白沟进货，能赚个吃喝。多一分钱都没有，有时候还吃不上饭，吃不上饭的时候，弟弟就带他回家。
　　二喜吃得多。不是一般的多，顶四五个人的饭量。馒头总是十多个，对菜的要求不高，够咸就行。弟妹每次看到二喜进门，如果是烙饼马上就再和一大块面，如果是炒菜就再多炒一盆……很多人不相信二喜能吃那么多，于是带他吃自助餐，把每位48块钱的烤肉店吃得想关门，看到二喜就害怕。
　　我问弟弟二喜到底能吃多少。弟弟说，这么说吧，十多个人吃的饭放他身上不是问题。有一回一个人请我弟弟吃饭，我弟弟带二喜去了，结果那个人震撼了，说这个人太能吃了，大胃王呀，是不是有毛病呀。弟弟带二喜去医院检查，二喜说，费那个钱干什么？我就是小时候饿怕了，看到吃的就觉得亲，就觉得吃到肚子里才安全。

我第一次见到二喜是在弟弟家。弟弟说，姐，这是二喜。

我吓了一跳。

因为我想象中二喜应该特别潦草落魄，但二喜不是。除了矮胖之外，二喜穿得很洁净，登喜路的衣服、LV 的皮带、GUCCI 的包……当然全是假的，白沟产的。弟弟说，现在二喜的生意是卖钱包，全是国际品牌：GUCCI、LV、爱马仕……听着怪吓人，连高仿都不是，全是极便宜的地摊货，他在人民商场或者华联商场门口出摊，晚上会在明珠超市门口。如果不说二喜吃不上饭，他的长相气质还像个有几个钱的人，所以，当他在火车上去提货时，一个东北女人搭讪了上来，主动和他亲热。二喜不是没有过女人，之前一个张家口的女人跟过他，后来养不起跑了，二喜不怪人家：我不能让人家吃不上饭。

二喜温饱成问题，可见更是房无一间。他住店。一夜五块钱的那种，最廉价的民房，有一小间是他的。比狗窝强不了多少，只有一张床，冬天的时候窗是漏风的。二喜说，没事的，习惯了就好，不爱感冒。

那东北女人并不知道情况是这样，以为二喜是有钱人，说自己上次订婚人家给了她五万，二喜就说，她四十了还值五万吗？现在大闺女订婚才两万……但他到底带她回来了。那时二喜手里有几千块钱，冬天的生意好，假包卖得快，他把钱全花在这个东北女人身上了，还带她逛了北京和天津，两个人穿得都光鲜亮丽的。

后来那女人到底知道二喜是没钱的，没过几天也走了。二喜一副宠辱不惊的样子了：人这一辈子，和谁在一起多长时间是缘分。这就挺好，你别以为那些夫妻多恩爱，很多人是装的……二喜仍然卖他的钱包，推着小车，小车上摆着那些 GUCCI、爱马仕、登喜路……有时候他会蹲着吃一碗凉皮，有时候会要个菜就着米饭，多数时候，他卷一张饼吆喝着：路易威登便宜了，50 一个；爱马仕更便宜，40……高档高贵便宜，世界名品，国际一流。

有一次我去明珠，听到有人叫我：姐，姐。

我一回头，看到了二喜。

他张着嘴笑着，极灿烂，手里举着一个 LV 的大钱包：姐，今年的新款，拿去用。我接过钱包，非要给钱。他说，笑话兄弟呢。弟弟说，别看二喜没钱，可是特别仗义，不拿钱当回事。他虽然卖假名牌，可是给弟弟买的衣服全是真牌子，他逢年过节就给弟弟买两件 T 恤，七匹狼。专卖店买的，他说，不能让我哥穿假牌子。弟弟说，人心换人心，这世上的人心都坏了，可二喜的心是热的、烫的。

父亲住院，二喜值夜班，掏了五百块钱给弟弟，他说："是我的心意。"我不让弟弟收，弟弟说："你要是不收，二喜觉得你看不起他，他要面子。"那天晚上我和二喜聊天，他一直笑着说，能遇到我们一家人多好呀，他是个福将。

我们谁也没有说将来。将来是缥缈的事情，现在就已经很好了。二喜说："还有很多不如我的人呢，我还给他们买饭吃呢。我觉得我过得很幸福，最起码，我有朋友，有很多人帮我。"

二喜说："姐，你是作家，你说说，人生的意义是什么？"

他这句话极重，我愣了愣说："不知道。"

那天夜很深了，父亲睡去了。二喜站在窗前，背影很孤独。他说：姐，我想有个家，有个疼我的媳妇……我还想我娘，我娘死得早。我还想有个孩子，最好是个女孩，等我老了，她会疼我的。

我说，二喜，会有的，一定会的。

我知道我在安慰二喜。二喜肩膀抖动着，哭了。

我没有去安慰他，我知道，有的时候，安慰是多余的。快乐的二喜，喜欢食物的二喜，穿得干净的二喜，也爱帮助人的二喜，是需要一些泪水的。那些泪水，可以安慰一颗孤独的心。

那天晚上，二喜吃了一盆饺子，我也吃了很多，我们说，猪肉大葱的饺子可真香。

老郭

腰椎间盘突出之后,我四处去找偏方治疗。最常去的是盲人按摩店。

老郭是给我按摩的师傅。

他手劲大,安徽口音,每次去,他都在听河南坠子。

老郭不老,69年的。后天盲。15岁那年出疹子,烧到40度,天天烧,眼睛就烧瞎了。

"以前看过蓝天、白云,也上过学,瞎了之后可难受哩,还不如一生下来就是个瞎子……那样心里倒舒服……"

"老郭,你净说瞎瞎的,难听,咱本来就瞎,自个儿就别说了!"屋里同行说他。

他就唱起河南坠子。我是从老郭开始喜欢听河南坠子。

没事的时候我就听河南坠子,有一种热烈的俗气。

老郭从前唱河南坠子,以此为生。

"老郭,你喜欢唱河南坠子?"我问。

"开始不喜欢,没办法,就得唱。盲人只有三条路可以活着——算命、拉弦儿、唱曲儿。我学的唱曲儿,我们安徽阜阳和河南交界,那里人都爱听这。"

"总得活着哩,我媳妇算命,我唱曲儿,一路从安徽唱过来……这边的人听河南坠子的少,挣不到钱,再说唱曲儿得流浪,和要饭一样,孩子要上学了，得在一个地方留下来，就又学了按摩……"

老郭有四个孩子。三女一男。

"我们农村，不生男孩要被笑死。"

孩子们学习都好，个个考前三名。老郭说："人家孩子全上辅导班，我咋能交得起学费？能让她们上学就不错了。房子租金快交不上哩，你们这个城市房子太贵了，租金也贵，小平房还800，每天媳妇去菜市场拣菜叶子。闺女考上大学该高兴，上不起，闺女哭着求我，全办的助学贷款……以后她自己慢慢还吧，我还不上哩……"

"你老了干不动了咋办？"我问老郭。

他给我按摩的手突然停了一下，然后说，不知道，活一天，算一天。

我心里咯噔了一下。

他眯着眼睛微笑着：没事，到时候孩子们就长大了，她们会养我的，也只能指望孩子。

每次去他都笑呵呵地唱曲，我想去他租的小平房里看看，听他和他妻子唱河南坠子，他说太冷了，春天吧。

"屋子里也没有暖气，地方又小，春天的时候你来。"

"没暖气不冷吗？不怕孩子们生病吗？"

他又笑了："没钱都不敢生病，孩子们也争气，从来不生病，从来就那么健康。"他近乎得意和骄傲。

有一天，我见到他小女儿，上初三，又考了全学校第一名。校服有点大，羞涩地坐在按摩店中，不发一言。

"孩子衣服太大了。"我说。

"这样省钱，她初一定做的校服了，穿了三年，开始的时候还缝上一块呢，没钱就想没钱的招儿。"

孩子要100块钱交学校的什么钱，老郭摸索了很久掏出钱。

闺女说:"爸,我考上大学也贷款,将来自己还,你不用担心,我会有出息的。"

我把河南坠子开到最大声音,把头埋在按摩的被单上,仍然感觉有什么热热的东西湿了被单。

郑师傅

郑师傅回福建一年了，我有点想郑师傅。

郑师傅是我的装修师傅，给我装修完房子就回福建了。郑师傅给我腌的姜还在，一大罐子，喝茶的时候，就吃一口，吃一口就想起郑师傅。

2016年三月我买了新房子，准备装修。

小区的其他业主都找了体面的装修公司，人家还有设计图设计费。我去劳务市场，看到黑黑瘦瘦的郑师傅，他写着：什么都会。这四个字打动了我，他还不爱笑，一脸严肃地站在春天里。

我领着"什么都会"的郑师傅去物业办装修手续。

物业问我："装修公司是哪家？"

郑师傅说："我。"

物业又问："谁是设计师？"

我一拍胸脯："我。"

我和郑师傅都乐了。我们俩开始干了。

他让我叫他"老郑"，我让他叫我"小雪"。

我提前把钱给他，让他买沙子、水泥，并且不问价格。只告诉他一句："你看着办。"

他捏着一叠子钱说："我装修半辈子，没碰上过你这样的，你放心，我会替你省每一分钱。"

那时我正在山西卫视录《伶人王中王》，把钱和装修全交给了陌生人老郑。

我这样设计了自己的禅园：泥墙。老榆木地板。简洁朴素返璞归真。

老郑反对我的泥墙，认为太土气，根本像农民。

我找来稻草、泥、麦秸秆，让他混合在一起，然后涂到墙上去。

"你是个怪人，你这样别人会笑话我的装修手艺……我二十年没有这样弄过。"

我安慰他："你弄你的，我负全责。"

"你们亲戚笑话你不要提我。"

"不提，不提。"

他干活仔细、认真。进的货一笔笔和我报账，后来才知道他进货都是反复和人家讨价还价，几乎都是最低价了。

我给他发红包，他严肃起来："不用这样，这是我应该做的。"

从来不收。

于是给他献花。

每次到装修现场都会采好多路边野花，献给他。

他略带害羞地说我："你又偷花。"

"不是偷，是采。"我辩解。

我们俩同龄，不干活的时候就聊天。他说儿子不争气，天天打游戏，急死人。又说自己干装修吸尘太多，肺都坏了，再装完我的就不干了，回福建。

他骑着电动三轮带我去建材市场采购，我坐在他的电动三轮上，春天的风吹起我们的头发。

他三轮车的后视镜中我看到我和老郑的白发。

"老郑，我们好像有点老了。"

"就是，都有白头发了。"

"老郑，你的梦想是什么？"我迎着风大声问他。

"有辆奥迪车,神气地开着。"

"那这得带着我,你有了奥迪不能忘了我,毕竟咱俩是一起坐过三轮车的人。"

他终于被我逗笑了:你放心吧,小雪。

老郑长期干装修,手的骨节变形了,指甲中永远有黑泥。他的三轮车上插着我送的野花,我们穿过这个城市的中心,招摇过市。

那天恰巧遇上一个我认识的领导,他摇下车窗喊我:小禅你坐三轮干什么去?

我哈哈笑着答:私奔。

老郑说:"你又胡说。我有老婆。"

老郑自始至终不知道我是个作家。

他只叫我小雪。

我和老郑在装修中期打了起来。

为装修禅园,我积攒了很多年老榆木门板,然后一块块拆开做成地板。

我为自己的创意得意不已。

我正在录节目,已到半夜。突然老郑来电。

"小雪,我正在加班为你拆你铺上的地板,你上当了!上当了!这是旧的!破的!你对我这么好,我必须对你负责,我今天不睡觉也给你全拆下来,你让人骗了!"

我快急哭了。

"老郑,你今天要给我拆了咱就绝交,这是我千辛万苦找来的地板,这是艺术,艺术!"我咆哮着。

"我不管你什么艺术不艺术,反正你上当了,反正我要给你拆!"

"老郑,我保证,你如果今晚拆了,你装修费一分钱也拿不到了!"

…………

那天我们嚷了很久，最后老郑妥协：小雪，你是个神经病。

我还把从泰国和西藏带回来的柜子拆了做成了洗手台，他一边拆一边说我："你这是毁灭，毁灭！"我嚷着："老郑，这是艺术艺术。"

"艺术个屁。"他小声说。

老郑的儿子来了。坐在一堆水泥中打游戏，老郑咳嗽着，干活，一句不说儿子——老郑儿子穿着很光鲜。

老郑说："这个样子。唉。这个样子。"

老郑回了趟福建，家族中有人结婚。

我心里空落落的。问他："你什么时候回来啊？快回来装修。"

我不是着急装修，我是有点想不苟言笑略带羞涩心地善良的老郑。

老郑回来抱来一大罐福建腌生姜给我。

"吃了头发就不长白发了。"

终于还是装完了。两个月。他环顾自己装的房子："这是我装过的最奇怪的房子，小雪，你也是我遇到的最好的客户。"

他眼角有点湿。

我拥抱了一下老郑，又塞给他野花。

"你又偷花。"他说我。

他走时我没有送他，他开着三轮车走了，然后回了福建。

我再也没见过老郑。

旷日持久的深情与孤独

下雨了。

七月，一年中最炽烈与疯狂的月份。

这样的七月，适合听雨，适合孤独，适合深情，适合一个人在异乡的暴雨中独自疯狂，听齐秦的新歌《借根烟》。

我喜欢小哥有多久了呢？真的和我的年龄相近了。想想吓了一跳，他居然是我喜欢最久的一个人了。最久，没有之一。

十六七岁，一盘盗版磁带《狼》，反复在少年的雨季里听，真的听烂了，后来再也发不出声音。

上大学，同宿舍的女生开始织毛衣，后来在我带动下，全部听齐秦，弹吉他，喝啤酒，一起唱《大约在冬季》《外面的世界》《燃烧爱情》……唱到泪流满面，唱到以为所有爱情都会地老天荒……但不是，齐秦是我们青春的一场梦，那一首首情歌，在夜雨阑珊时，拍打安慰过我们躁动的心。

在石家庄的音像店，花29块钱买进口磁带，那是1990年。那天整理旧物，发现小哥的磁带最多，都泛了黄。那时他真年轻啊，又帅又孤傲。他的身边，是倾国倾城的王祖贤。

　　人的一生，总有一个人，不早不晚，划过你青春的夜空，留下刀一样的刻痕。

　　这个人，是宗教，是神旨，是祈祷，是恰好的相遇。

于我而言，这个人，就是齐秦。

一瞬间，他可以照亮你的星空，洞悉你的孤独，甚至，在逝者如斯夫的川上，留得此人之声，什么时候听，都是金石乍裂。

那淡淡磁性是书法中的人书俱老，与年轻时的声音相比，我更爱他此时被岁月凋败了一些的沧桑——如玉，又如木，出了包浆，一句比一句深情。

此去经年。

这经年，是二十多年。

又见小哥。是北京一个饭局，导演刻意为我安排，我掩饰心跳，不动声色与年过五十的小哥喝酒，聊天说生活。他没有想象中高，黑且瘦，笑时露出极白牙齿。他夫人在旁侧，身上刻了他的名字，说着日常的事物。我忽然觉得人生所有跌跌撞撞是为今天平淡清和做了准备。我为我们流离失所的青春慨叹，也为今天的似水流年喜悦。

小哥在间隙哼唱几句：这是我的爱情宣言，我要告诉全世界。

我把面前白酒一饮而尽。

火辣辣呀。

回来高速上，让师傅把音响开到最大，放着《大约在冬季》。

黑夜中，终于泪流满面。

无人知晓，在每个少年的梦中，总有人是一场春风，吹得你迷离。

雪漫监制出品的电影《左耳》，片尾曲《借根烟》，小哥唱的。

初听，心碎。

但这心碎已是中年人的不动声色，还是那样的孤独。

小哥的声线是上天赐予的孤独，像秋天，荒凉寒远之意自带。那淡淡磁性是书法中的人书俱老，与年轻时的声音相比，我更爱他此时被岁月凋败了一些的沧桑——如玉，又如木出了包浆，一句比一句深情。

烟是道具。

爱情没有了，还有这根烟。

哦，你的味道。烟的味道。你抽剩下的烟，你用过的打火机。"人的一生最漫长是为爱独自疯狂。"我最爱这句。一个人此生没有为爱疯狂过，此生可有意义？而爱情多数是独自疯狂，我爱过，疯过，够了。

"我一生最漫长是离开你身旁……"

年轻时不懂爱情，轻易挥别，别时容易，却再也见不到了。有的时候爱情只是那根烟，留下淡淡味道，忆一生。

小哥的歌已是一种慈悲，几十年唱下来，旷日持久的深情与孤独，也许没有人真正能够懂他，也许不需要。

只要他在唱，我们就在听。他唱到老，我们听到老。老了，借根烟，在廊下驻足听风，我会告诉小哥：小哥，我曾经这样爱过你。

老树画的画

"老树画画"很火,火到快大街小巷了。朋友圈每天都有老树画的画。妙极了。老树有很多粉丝,那些人根本不懂画,不知道黄公望、倪瓒、范宽、董其昌……但他们知道老树,并且喜欢得紧。我知道那些画家,并且常常去各大美术馆看画展,看了几年仍然一头雾水,待看到老树的画时,方才被棒喝一般……这个,才是画画嘛。

仿佛看到丰子恺,又仿佛看竹久梦二。又不是他们,丰子恺爱画个家长里短,竹久梦二爱画个梦境。老树画的是天地光阴,还有,光阴里孤独地扛着花的那个人,格局一下子大了,他画的是孤独,孤独里那朵儿灿烂的花。他画的是他自己,那个活了半生仍然孤独的人。没见老树之前,开始临摹老树作品,那些他笔下的花儿呀,妖死了,玉兰、海棠、铜钱草、梅花、梨花……一经老树笔下,那些花儿便被附了妖气,个个儿成了小妖精似的,又媚又荡又纯洁。之前也看吴昌硕、齐白石,九成的人说是大师,欢喜得不得了。我亦没有惊喜,只觉黑乎乎一坨,又一坨,名曰金石气——也许我没见识,我不喜欢金石气。以及模仿他们的千千万万画家,大牡丹涂了一朵又一朵,挂的满墙都是。吓死人了。无半点清丽之气,老树开了一代画风,他可能不自知。就是自知了也并不觉得如何,只还那么画着——"待到春风吹起,我扛花去看你。"这是了悟,是禅意,是从八大一步再跨过来,有了地道人间烟火气的禅意。

我准备去拜访老树先生。但并不认识。

也觉得冒昧，但冒昧就冒昧了。于是微博上给人发私信："老树先生，我是小禅，想去拜访您。"单刀直入。几分钟便得到老树先生回信："来吧。"并告之地址。自然欢喜。那是2015年1月19日，20日早晨便出发，与小金同学奔了北京。中央财大。年前在央美讲座时，中央财大同学还递来请帖，邀请去中财大讲座，想想真有缘。京剧书店的老白也是树迷，已经在中财大等着了。

按照老树先生给的地址推门而进，看到光头的老树，大家纷纷叫老师。本来以为他一个人一间办公室，未料想一屋子有四五个人，他在门口的位置，铺了张画案，堆了乱七八糟的书，比平常一些小画家的画案还小。画案上有一幅未完成的画作，依旧是长衫男人，孤独地站在花树下。

老树热情泡茶，茶杯极大，非常豪放。

老树开始聊天，语速极快——几乎不允许别人插嘴，海阔天空、自由自在。说起他的少年、南开、出版……山东人的豪爽坦荡一览无余，我说我祖籍也是山东，他说我像他妹子。

他说喜读杂书，前几年还读了几年养猪的书。

自幼家贫，家里养猪，极怕闹猪瘟，猪一死便没了收入，天天哄着猪吃食，嫌猪长得慢……过年便在猪圈贴上对联：春出千车粪，秋出万担粮；横批：好大肥猪。怕猪生病，盐碱地去刮硝，刮了硝给猪吃，猪就开始拉肚子……他讲得有趣儿，这边厢笑得前仰后合了。

他又说报南开是怎么回事。山东人向往南方，他一直想去南方大学，刚恢复高考，他报志愿时说想报南方，老师说："那就报南开吧。"通知书来了便傻眼了，怎么是天津？不是南开在南方吗？我们笑翻了。又说了南开许多，我青春的记忆和这所大学密切相关，先生也是南开人，南开化学系，比老树晚毕业十年。老树说南开的化学系比中文系牛多了……老树在南开学了中文，师从叶嘉莹、宁宗一先生。叶先生是大师顾随的学生，战乱期间还随身带着顾先生的讲课稿。宁宗一老师喜欢戏曲，带着老树他们去看戏，人又长得帅，总是迷倒很多年轻女孩子。我和小金恨不得又去拜访宁先生，在老树嘴里的传奇人物必是传奇。

可惜我当时武陵年少，只知每日在南开闲逛看花，并未有机会去听叶先生和宁先生的课。

老树毕业分至中财大教书。至今仍教书，也曾写作，当年的小说《夜行者》迷倒众生，那是1989年。很多人做着文学梦。我也不例外，1989年发表了处女作。我记得清楚，那一天是4月5日，天气已经热了，我激动得一夜未睡，在霸州一中的操场上走了整整一夜。八十年代，文学还是宗教。

谈了两小时，老树半句不提他的画——他的小说，他的电影评论，他的摄影、他做出版……都曾经是翘楚。"画画算什么？什么都不是，画画纯粹为了好玩……"他掷地有声："你把这个事当作个事纯粹是藐视自己！知识构成太重要了，文化需要养，不养怎么行！"我的朋友H看了老树的画，这个近五十岁的男人看了无数的画、书和评论，突然感叹了一句："老树把繁花似锦整到了无人的境界！"这句话真是太庄子了。

有人说老树跨界。"哪他妈有界呀，这是骂我呀！"老树爱爆个粗口，坦荡荡的粗——世间破事，去他个娘。听起来十分熨帖、舒服。

"《西游记》是本修道的书。《红楼梦》才是江湖，王熙凤才是奇迹。打打杀杀刺条青龙不叫江湖，那顶多叫黑社会……"老树说话干脆利落、兵不血刃、提刀便来。能量忒大。容不得你消化，另一盆又扣上来，非一般人难以消受。简直是几何能量。

说到中午……去吃饭。

他穿着极随意。简直太不像老树。但就是老树。他自己也说："看了我的画，再见了我的人，我更像杀猪的。"他是拈花微笑的人，他是"禅是一枝花"中的那枝花。杀猪也好画画也好。有灵性有心性就好，入了化境就好。那化境，得真化开了，得用光阴养，用文化养，用生活养。

步行去中财大路边小饭店。老树也不会开车，我也不会开车。我对开车有恐惧感。我今年刚振奋了一下精神想去学，转眼又觉得不如画画写字唱戏美，算了。

小店是川菜，上了二楼，偏安一隅的角落，老树画画我点菜。他拿了自己的书《花乱开》在扉页上开始画画，极细的碳素笔，还是画那个孤独的男人、花、树。我点了麻辣香锅、干锅花菜、木耳、剁椒鱼头……全是辣菜。老树说："女人都爱吃，生养生养，活下去养孩子……"又是顿悟之语，"男人为繁衍担心……"小金、老白、我，他耐心画了三幅画，每一笔都认真，这样的诚恳与谦卑，不言自明。

他要了两个扁二。小金与老白开车，不喝酒，我陪老树喝，边喝边聊，他不怎么吃菜。烟抽得猛，追忆似水流年，半字不言画画。他因"老树画画"声名鹊起，并不以为然，绝不矫情。一矫情就傻了。我也极少谈及写作，有什么好谈的呢？那些同行夸夸其谈时我觉得羞愧难当。没什么好谈的，想想如何把一锅红烧肉炖香就好了。

两瓶扁二喝光后，老树问：我能再要一瓶吗？口气像个孩子，相当可爱。

当然能。第三瓶扁二。"他是个心在天上游荡的人，他的画直指人心。"有朋友给我发短信表扬老树。

老树不在意。像张火丁不恋台，像裴艳玲的孤傲，不在意就对了。有什么好在意的呢？恰是不在意，便是大格局。

有人在他微博上留言，说他的诗不押韵，他也跑去解释：你写首我看看！天下本来无分，大俗即是大雅。老树简单配的几句诗，其实是他半生和造化酿成的绕指柔，是四两拨千斤，是低眉的瞬间，拈了花淡淡微笑。"春天里的花，夏日里的花，秋风里的花，开不过心中的花。"这几句话读起来让人心里发颤。也说不出什么心里就疼了起来，直指人心的美想来令人忧伤——在最美的事和物面前好多词语无能为力，无能为力还在次要，真正的美是邪恶的，是要伤害人的。

我们都被老树害了。我们中了美的毒，又危险又充满了欲罢不能。

"溪水一旁，住两间房，捆几册书，有些余恨。青山在远，秋风欲狂。世间破事，去他个娘。"老树山东的家里还有平房，每年都回家看看。"家永远在那儿。"

我们说到下午两点半，已是饭店最后一桌。我们结了账，老树有些怒："你们看不起我，向来我结账，这是我的伙房。"我约了他去廊坊吃肉，我去菜市场买新鲜的五花肉，老白负责接不会开车的老树，小金负责带着不会开车的我，约了来吃我炖的红烧肉。

"待到春风吹起，我扛花去看你。"我也等着春天，等着老树先生来吃我炖的红烧肉。

肆
春去犹清

不是她，而是风

> 每个老伶人的身后，都有说不出的一股绿阴阴的风跟着。有的时候选择了唱戏，其实是选择了一种命运。
>
> ——题记

我喜欢戏是从程派开始。先入为主的概念太深，所以别的流派稍微差点也入了不我的耳了。日后渐渐喜欢了余派、马派、言派、梅派、张派……唯独对荀派，没有提起半丝兴趣来。

一是看了一个电视剧《荀慧生》，把荀慧生演了个正大光明，一副"正旦"的样子，荀慧生好像枉担了白牡丹这个艳名。那电视剧拍得差强人意，绝非我想要看的那个样子。二是在中央11看戏，偶尔有荀派演员，俏得太重，小花旦，不分场合地撒着娇，唱得腻而贱。更有人用日语唱荀派，不可忍。那艳红的唇，流飞似彩的眼神，都蓦然让人生出对荀派的恐怖来。

我是怕了。

怕了荀派。所以宁肯不听。

如果听，亦是从网上听荀先生的老荀派，但因为隔得年代久了，亦听得不真、不切。

甚至觉得荀派是那样低，低到有人说唱荀派，我就淡淡说"哦"，马上想到那些艳粉戏，春风流动，青楼曼妙，打情骂俏……总之，就是这样了。

如果不是遇到她，我对于荀派的偏见怕是难以改变。

2012年重阳节。我在长安。迟小秋送了两张票给我，"来看戏吧，张百发组织的重阳节京剧演唱会，全是老伶人……"

坐定长安，已被那些老伶人唱的戏打动得想落泪。虽然都已经七八十岁，最好的时光过去了，可是，经历了风霜的嗓音更有味道，更在迷茫中多了一份苍劲与醇厚。

来自沈阳京剧院的吕东明，程派，《荒山泪》。她一张嘴，仿佛秋风终于簌簌而下。之前已觉得张火丁唱得足够好，但她唱出第一句"谯楼上二更鼓声声送听……"只觉得有什么一下子潜入了内心，一下子把人要掏空了！

那是种什么感觉呢？裂帛了，震撼了！吕东明先生是赵荣琛先生的大弟子，赵荣琛先生又是程砚秋先生的大弟子。得了程派真传，韵道十足。那才是似杜鹃啼院，那才是哽咽难言的程派……她82岁了呀。佝偻着身子上来，但张嘴一唱，有了！底气十足，这一段唱完了，下面掌声沸腾了，我第一次在长安听戏把手掌拍麻了！"再来一段！再来一段！"山一样的喊着她回来，她回来，加一段《锁麟囊》中流水板："这才是人生难预料，不想团圆在今朝，回首繁华如梦渺，惨生一线付惊涛……"只听得心里万转千回，湿在心头，漾在眉头。

本以为东明先生的唱段已经是巅峰，之前还是听过她的名字，所以，她再出来时，主持人说她唱荀派时，没有抱太多的希翼，甚至我想趁着她唱的功夫去个卫生间。

她银发，80岁，穿了件银灰的坎肩，戴着戒指和玉镯。很安静。台风是凛凛的。但眉眼间却自有一种风情，那风情亦是难掩。不是女子的薄薄的风情，亦不是荀派的妖妖的风情，哦，不是的。

她开口唱了："顾影伤春枉自怜，朝云暮雨怨华年，苍天若与人方便，原做鸳鸯不羡仙。"她只唱了这四句。这四句足以致命了！慢板，要人命的慢板。声音，要人命的声音。

我呆了，从她一张嘴我就呆了，从她唱出那个"春"字来我就呆了！甚至，连眼泪都觉得多余的，连鼓掌都忘掉了，不仅仅是我。很多人忘记了鼓掌，醒过来才发现是惊梦一场。

活到半生，这是我听到过的最好的一段唱！

每个音符都是一把温柔的小刀，毫不客气地把一颗心割伤。每个低回婉转处都足以让还向往爱情的人私奔或者与之同生共死。怎么那么忧伤呢？像一滴绿色的可以把时光的染绿的水。怎么那么妖媚呢？只想找个好人好好爱一场。怎么那么妖娆呢？只想永远留在此时此刻的长安！

"亭前垂柳珍重待春风"，这几个字出现在眼前，用以形容眼前的老伶人多么恰当。

我甚至不知道她是谁，她来自哪里。

年龄越长，越难以被击中了。我们看到的那些速度过快、整体包装的、充满塑料气息的、乏味的事物越来越多了。心麻木得离着死亡很近了——你有多久没有落泪了？包括看那些催泪的电影，包括那无休无止的煽情，你只觉得是一场游戏。

可是，突然就这样忍不住想哭了。

看着台上的她再唱《玉堂春嫖院》，泪流满面了。

虽然唱的是行云流水的流水板，虽然是《玉堂春》的嫖院，可是，眼泪仍然那样放肆，好像有理有据了，好像小半生就应该为遇到这样一段好荀派痛快哭一次了。

二十年前，有一个男同学喜欢京剧。他买了一盒7块5的磁带给我，里面全是流水板。开始的时候我把它随便放到一堆磁带里，仍然听齐秦、王杰、齐豫、迈克尔杰克逊、罗大佑、枪与玫瑰……后来寂寥时听了这盘磁带。《三家店》《武家坡》《锁麟囊》《龙凤呈祥》《红娘》……仍然不是那样热烈的爱，但京剧是一粒野草般的种子，种在一个少年的心里。

二十年后，在长安听到这段流水，潸然泪下。连怕被别人笑话难堪的心思全然没有，只听得心里咚咚有什么在响，像风箱一样，呼啦呼啦地拉着，整个过程，悲欣交集了。

那场全是老伶人的演唱会完毕，忙去打听她的名字。

黄氏少华。

又去百度。

极少的资料。黄少华，1933年生人，九岁习艺，专攻荀派表演艺术，先拜京胡名家朗富润先生研习荀派声腔艺术，又拜荀慧生先生求取深造，允文允武，能戏颇多，深受观众青睐。晚年于石家庄市京剧团退休。

没有视频，一段也没有。

去中国京剧艺术网曲库中找她的唱段。没有。一段也没有。

几年前写过一篇文章《如果春天去看一个人》，说的是要去南京看新艳秋，她一直偷学程砚秋，和程唱对台戏，但她唱得真好。她是真的把程派看成情人一样对待。但她在程派里没名分没有地位。张火丁跑到南京去和她学戏，宾馆里租了两间房子，一间新艳秋住，一间自己住。有的时候喜欢张火丁的主要原因还是喜欢她的人，她对戏有一种痴的境界，别的演员是不会跑去和新艳秋学戏的，一个没有势力的老伶人，没落到如此，谁去？但是，火丁去。

一直想去看新艳秋，未果。结果听来的是噩耗，没来得及去看老人，她仙去了。

这样的遗憾不想再有。

于是果断决定去看黄少华先生。

以为她退休在石家庄，一定会在石家庄。自以为是地去了，寻遍很多人问她，说没有在石家庄，有说在天津的，有说在北京的……从省文化厅老贾那里得到了她的电话。

一直舍不得打。

仿佛怕惊扰了什么似的。

但到底打了。"你是？"她问。我说："我是您的戏迷，您在哪里，我想去看您。"我就是这样单刀直入的，意义明确：我想去看她。

"那你来，我等你……"她声音显然不如唱戏好听，略带暮气，可仍然是好听的，唱过戏的嗓子，不一样。

"我住天津河西区黄纬路四马路军民里……"开始我听不清，我说能让您孙子或孙女给我发个短信吗？她支吾了一下，又说了几遍，我以为她孙子或孙女不在家，但这个地址还是记下了。这个地址像印在心里了，很少能记得这么清这么死这么牢的。

去的那天风大天冷。2012 年 11 月 30 日，小言开车。小言是骨骼清奇的女子，眼睛特别大，又深陷进去，总有混血的嫌疑。但是她果敢善良，又爱好广泛，喜欢旅行、画画、篆刻，车里还备了篆刻刀子。那天长安大戏院她也在，她之前对京剧并不喜欢，但那天之后，她说自己喜欢了。至少，喜欢黄少华老先生的荀派了。

"那是我听过的最美的荀派了，"我告诉小言。

虽然有导航，还是在天津小胡同里绕来绕去好几遭。天津就这样好，市井气极浓，浓得和天津话一样，听着绕梁十八弯，往上翘的，可自有它的动人。天津话亦像荀派，婉转是表面的，其实骨子里全是自己的媚与妖娆。天津那些胡同不同于北京的胡同，北京的胡同大气，但地气不足。天津的胡同，随便一家可能是冒着热气腾腾的煎饼、水饺、肉饼……店铺不大，可是闻香下马，让人想立刻去吃上。

风大，冷，风像刀，削着脸。生生的冷。北方的冷干冽干冽的，我发了微博说来看黄少华先生。很多人留言：给先生带好，她能把人迷死，八十岁还能把人迷死，特别是眯起眼睛唱戏时，黄先生才是真正的荀派……迷死人了。因为冷，没再打先生电话，怕她冻着，一步步寻了去，问了至少二十个人,终于问到了。

25门。老房子。76年大地震后盖的。灰败的墙,有的地方裸露着电线。

是三楼,拾级而上,看到杂物堆积的楼道。各种各样的东西被堆得到处都是。楼梯结构不合理,一楼四户,八十年代的简易防盗门。亦去过京城戏曲名家的房,三环内,装饰气派,房子要千万。而她住这里,像贫窑。或者贾樟柯电影中暧昧不明的小城之味。

上得三楼,只觉得那最里面的一家是她家。

敲门,露出一张脸,果然是。

寒气裹紧了屋里,过道既是厅了。小小的两室。一卧室仅放一张床一个桌子,另一个卧室向阳,放稍微大点的一张床,一张桌子。三十几平方米。

"您的家人呢?"我冒昧地问。

"我一个人住,"她说,"老伴去世多年了。"

"没和儿女一起住?"我又问。

"我没生过孩子,没有孩子。"她淡淡地说。

呆了的是我,愣了的也是。好像空气中凝固了什么似的,小言后来说,我那时脸上的表情怪极了,像被什么打了一下。疼。对,是疼的表情。

刹那间的心疼,潮水一样涌来……我还让人家孙子孙女接电话发短信。她一个人。一个人吃饭,一个人睡觉,一个人听着自己的戏。八十岁了,身边无人,如果不是出现在重阳节的演唱会上,我永远不知道这世界上还有这个叫黄少华的老人,永远不知道有人可以把荀派唱得这样魂断绕梁。

一时无语。老人给我们坐水沏茶,我把楼下超市买的黑芝麻糊藕粉放到桌子上,她客气着:"不用给我花钱的,不用的。"语调是讨好而内敛的。胜芳产的玻璃钢桌子，有一个鱼缸，鱼缸里只有两条小金鱼，游来游去。"做个伴儿。"她说。

阳台上种着花，不名贵的花，小桌子上供着佛像。"我信佛。"她又说。

窗外是她亲手扎的风车，五颜六色，在寒风中转着。"闲着也是闲着，扎个风车。"有人传说她会画画，还会剪纸雕刻，她说："我没上过学，不认识字，后来先生让我看剧本，我说不认识字，可是先生说一定要让我看，渐渐就认得字了……"

墙上有她的剧照。和荀先生的一张特别让人注目。荀慧生先生坐着她站在旁侧，像一株清淡凉菊。穿着朴素淡然。

最喜欢的是她十六岁的那张黑白照片。

十六岁，她挑班了。出落得俊俏动人，眉眼之间却全是静气。立领的衣服，两条粗辫子落在胸前，眼神干净地看着前方，眉宇之间让人心生喜欢。"真美呀您。"小言说。

"老了，老了……"她说。

"怎么没生个孩子？"问她。

"你不知道唱戏这一行，早些年练功狠，历假也不准，肚子老疼，不爱怀孕……"

裴艳玲先生说戏是她的天戏是她的命，可是她仍然有两个女儿。可是黄氏少华先生有什么——"文革"中她差点被害死，索性不再唱戏，"文革"后去了石家庄京剧团，只是一个地区的京剧团，没唱几年，退了……退了回到天津，老伴是天津的，从前住比较富裕的和平区，后来为给老伴看心脏病和外甥换了房子。

"你应该找个保姆……"我小声说。

我心里想的是，她都80了，万一……毕竟只有她一个人。

"我们河北区这边收入都不高，没人找保姆，我还行，病了去医院了就叫学生，我有学生……"

她给我们看过去的老照片，她可真美。不论那时，还是现在。她还是说身体："身体不行了，左眼白内障，做手术失败，失明了，右眼不敢再做了，如果再做，就去同仁……"

到中午了，去吃饭，她执意要请我们，从抽屉拿出一把钱，不过二三百，从柜子里拿出羽绒服，白色的。很少看八十岁的老人穿白色的羽绒服。很扎眼，但真的很好。

风仍然大，天寒地冰的。

我搀着她在风里走。小言在后面给我们拍了很多照片。风吹在我和她的脸上。我们迎着风走。

"我平时就一个人待着，看电视，自己鼓捣点吃的，听听戏，挺好的……"

她看不到我的眼泪在冬天飞着。

走了很远，到了一个不错的酒店，在大堂吃。三个人，点了几个菜：素烧豆腐，素炒青菜……馅饼，番茄鸡蛋汤。她不吃肉，都是素的，低头吃，几乎都不说话。

我去结了账。120。

"下回家里吃，我们包饺子吃。"她说。"嗯。"

打包的时候她把餐巾纸一张张抽出来，"两块钱一盒买的，甭浪费了，带着……"她放到我的包里，"擦个手什么的用。"

回去的路上不一样，路过大津美院和海河饭店，还有大悲禅寺。"这里初一十五烧香的特别多，信佛挺好的。"她侧过脸的刹那，我看到她的老年斑，在阳光下闪着异样的光。

回到家，来了串门的，广州大学的一个男子喜欢黄先生的荀派来看她，还有和平区工会的一个男子，来学程派。

"您也会唱程派？"

"会的，但不如荀派唱得好。荀先生告诉我们，男旦唱旦要夸张，特别是荀派，因为毕竟是男人唱，不夸张不媚。可是女人就不能再夸张了，女人本来就媚的，不能把荀派唱成小花旦，满场耍，那不行，要唱成大花旦……"

广州大学的男子提出要和她合影。

她扭转身去卫生间，"给脸上色儿，要不太难看……"再出来她涂了口红，端坐在椅子上，一看就是唱过戏的范儿。那口红忽然显得春意圆满，不急不倦的人生，走到八十岁，因了照相还要去涂口红，也算喜悦。

我也去了卫生间，狭小的只能进一个人。蹲式厕所，要扭开老旧的水龙头才能冲水……她还蹲得下吗？毕竟八十岁了。

太阳往下落了。屋里的温度渐次往下降。

"12月31日是我的生日……"她像是自言自语。

"我们来。"小言说。

"一定来。"我看着她的眼睛说。

她把头扭向阳台上那些花："你们再来的时候，这些花就都开了，我们那天就包饺子吃。"

我行我素

一直以来，我想写她。

她太美，看一眼，但觉得失了魂，即使是我，如此要求完美的人，我亦认定，她美到心惊。

但我迟迟不下笔，越读她越爱，她并不是太讨好的女子，因为过分美丽，所以，过分危险。

非常美，又非常罪。

写她时，我常常想起这几句话来，她是生来的戏子，伶人之中，她具有天生惹是生非的气质。她和别人气场如此不同，她的美具有侵略性，让所有女人不舒服，人缘次是正常的，因为她从来招摇放肆。

言慧珠，言菊朋的二女儿，天生丽质，梅兰芳最得意的弟子。我看过一张她和梅兰芳的合影，两个璧人，绝色倾城。

她一出场，满场皆惊，高挑靓丽，气质高贵，有一种凛冽和自傲。她有清高与骄傲的资本，不仅国色天香，而且嗓音动人。她唱压轴《女起解》，她父亲唱大轴，她唱完之后，观众走了一半，连她父亲都嫉妒她，一病不起。

她不管别人，一意孤行，我行我素。

开会时，所有人坐定，她才缓缓进场，裘皮大衣，高跟鞋，大波浪卷发，法国香水，所有人都屏住呼吸，不能当她不存在。她有自己独特的气场，足以勾引男人，足以让女人自卑。

她活得这样浓烈，是一朵荼蘼花。只觉得荼蘼这两个字分外生香，叫起来都有一种堕落的美，让人心猿意马。

言慧珠艳丽，壮观，白，而且大。多么像这朵花，秋天的最后，才是青跗红萼，一片惊艳。

就连她的爱情，亦是这朵花。两次爱情，两次婚姻，她全力以赴，心中有饱满的爱情，无处可放，总是遇不到对手。她的爱情太过浓烈，过分地想投入，所以，会变得冰凉。

与白云，算是冰与火的缠绵。他与她，本是相似的人，因为太过相似，都太招摇，所以，注定会灭。白云是那个年代最飘逸最俊朗又最靠不住的男影星，她烧过一次，化为灰，但从不抱怨，她宁愿为爱情烧一次。

再遇到俞振飞，她又动心。

他长她二十岁，她不嫌。她有自己的考虑，俞振飞名声和地位都比她高，当年最红的小生演员，如今的上海戏剧学校的校长，曾和梅兰芳和程砚秋合作。我收藏了程砚秋和俞振飞的一张老照片，经典剧目《春闺梦》。她这段爱情，有势利的因素，可也动了真心。

两个人一起从上海到北京拍《游园惊梦》，俞振飞的柳梦梅，梅兰芳的杜丽娘，言慧珠的春香，这是绝配。他和她住北京饭店，那时，她就动了嫁给他的心思。

她每天找他聊天，他给朋友打电话：我烦死了，她天天来找我。几个月后，俞振飞又给这个朋友打电话，我要和言慧珠结婚了。

这就是言慧珠，永远不和别人不一样，她依旧张扬，靓丽，作为上海戏剧学校的副校长，她没有校长的样子，依旧是黄色的大衣，明亮的大卷发，黑色的丝袜，学生们都停下来看她，她照样我行我素。

1961年12月，由她和俞振飞带队的"上海青年京昆剧团"访问香港并举行公演。在香港，言慧珠的"明星意识"一下子又被唤醒了。香港，这是多么适合她的地方，如此纸醉金迷，如此让人沉醉，于是，她又活了!

那几天的言慧珠,不仅烫了当时最时髦的发型,还在后台当场找来裁缝,为她量身定做短旗袍。珍珠项链、翡翠钻戒又再度回到了她的身上、手上,她又回到了从前的言慧珠,这才是她,美到天然,美到纯粹,美到惊人!

那年她已经42岁,风华绝代,玉貌朱颜。她哪里像一个42岁的女人?她是幼稚的,没有体会到张扬背后会面临的险峻,在当时的环境下,她不懂得收敛与改变。

懂得收敛与改变就不再是言慧珠了!

它挣扎着开,最后的光芒,这样让人感觉到努力,我喜欢这怒放,哪怕只一瞬。如果是爱情呢?爱情如荼蘼,也开过一季,挣扎过一季呢。

她没有遇到懂她的男人,无论白云还是俞振飞,他们不懂得她,不理解她,甚至配不上她的狂热和浓烈。她是为自己一个人燃烧,烧得炽烈,烧得自我。

所以,她选择了先行离开。

这是她必然选择的一条道路,她一生唯美,美到不能原谅自己的生命里有瑕疵,这是她一生中的第三次自杀。她个性强烈,不能容忍过错或瑕疵,遇到不顺心的事情,首先想到逃。这也是言慧珠,她只能完美,只能美到惊心。

造反派把言慧珠塞在灯管里、藏在瓷砖里、埋在花盆里的钻戒(多达几十枚)、翡翠、美钞、金条(重18斤)、存折(6万元)都掏了出来,甚至连天花板都捅破挑穿。

言慧珠一生唱戏的积蓄,顷刻成空。

1966年9月11日,她用一条唱《天女散花》时使用的白绫,以言慧珠的方式,以决绝的方式,和所有人告别。她活得比所有人超前,包括她的人她的艺术她的爱情,她太浓烈,怎么可以容于一片平静的水中?

言慧珠的一辈子活得太超前了，时代跟不上，历史不允许，她没有生路！有人这样说她，我听到后，只是难过和惆怅。

前几天我去霸州的李少春大剧院，参观李少春纪念馆，那里面有一张五十年代的名伶合影，所有男人穿中山装，所有女人穿列宁服，这里面的人包括梅兰芳和程砚秋，只有她，也只有她，穿着貂皮大衣，烫着大卷发，坐在边上，那么骄傲，又那么寂寞！

言慧珠，她是为美而生存的女人，她提前生了一百年，所以，她也寂寞了四十七年！

可萌绿，亦可枯黄。即使黄了，言慧珠，也黄得这样惊心，这样惊魂！

裴氏艳玲

跟随裴先生一年多，写下洋洋二十几万字关于她的传记——猛然回首的刹那，心里却是空白。倘若一直在一个人的身后，她会遮住你的光芒，但你又愿意被遮住，我现在的感觉，便是这种淡然心情。

裴先生到底是怎样一个女人？我想，她首先是一个女人，有夫有子有家有生动的爱情。接下来才是一个戏子，一个艺术家，一个前有古人或许后无来者的一代红坤生。

她是长发"男儿"，她是饮誉梨园的文武坤生。她一出场，就有一种跋扈。不可一世，我为君王。豪气冲天，惊艳全座。

她悲欣交集的大半生同样充满传奇，亦歌亦泣。她演出的《钟馗》《夜奔》，前无古人。再看，你会问上一句：可有后来者？！

她注定是一个传奇。

写裴先生的文章太多，浩如烟海，随便一篇都是裴先生的戏如何好，人如何凛凛，但真正读懂裴先生的有几人？陌上尽是看花客，真赏寒香有几人？有人看了她一辈子的戏，谁知道她内心的孤傲苍凉？谁知道她可以真的为戏生、为戏死？

她少年便红到苍茫茫，不自知之间，天地玄黄里，梨园圈就有了她这一号——五岁登台，九岁挑班，十几岁给毛主席演戏，又因一场微妙爱情惊天动地，再加上人红是非多，小小年纪，早就一把苍绿。

但她仍旧少年心，一心扑到戏上。她晚年《响九霄》中唱道："戏是我的天，戏是我的命，戏是我的魂，戏是我的根……"其实是一生写照。她说如果不唱戏不知道自己还会干什么。我不同，不写作，不当作家，我或许会过得更好更幸福，也许当一个普通女子，鲜衣美食，庸俗而日常地活着。可是，裴先生不同，她只能选择唱戏，或者说，是唱戏选择了她。彼此确认，别无选择。

她不好吃，简单小菜，包个饺子，煮个面条……年轻时架个电炉子烤馒头片，散了戏，就个小咸菜，吃得又香又美。老了，又有钱又有名气，仍旧朴素贞静，大饭店她吃得不香。我们去香港演出之前，在她家包饺子。她就着几瓣大蒜，边笑边说："好吃好吃，家常饭我最爱吃。"她吃饭很踏实认真，那大蒜，算是最爱。家里餐桌上总有剥出的几头蒜。

亦不好穿，衣服就那么几件。可是，穿出来就真是大气凛然呀。因为只是属于裴艳玲的衣服——一水儿的中式对襟衣服，老裁缝做的，一缝几套。春夏秋冬都有了，因为永远传统，所以永远前卫。宽袍大袖，再裹上一条肥裤子或印度30块钱买来的男人穿的裙子，天生一个裴艳玲。

刷，往那一站，所有人全矮下去，她霸占了那个气场。

这没办法，有些人天生为舞台而生，她喜欢"戏子"二字，说自己是天生的戏子。再有气场的人，往她旁边一凑，立刻矮半截。去香港演出的时候，跟裴先生后台化妆。她脱去外罩，再脱去秋衣，露出一件男式大背心，老牌子，天津"白玫瑰"牌。看后心里一酸，继而喜悦——大家就是如此，管它呢，舒服就得了，八块钱背心一穿，到台上照样华盖全场。

她自然不知有内衣叫维多利亚秘密，亦不知有包叫LV、GUCCI……她亦戴名表，但不知名表牌子，那是戏迷所赠，给她的生日礼物。这些奢侈品于她就是日常品，无半丝炫耀机会，因为她不自知。她只知，戏演不好，是天大的事。

又几乎不用化妆品，清水洗脸，用两块钱一盒的雪花膏……哪懂什么牌子不牌子。但皮肤又这样好，于是偷偷看她到底用什么？总是看到那盒雪花膏，两块钱，如此而已。

她爱茶，家里养几百把紫茶壶。养紫茶壶如养人，每把壶脾气不一样，她都懂得。亦爱和真正茶家论茶，大红袍如何？太平猴魁如何？何时喝什么茶，她讲究。到她家喝茶聊天谈戏，是很多艺术家曾经亲身体会并欢喜的，一定要谈到后半夜，一定要谈到尽兴——有一次在廊坊白鹭原茶馆谈戏，不知不觉天都亮了。散了的时候已经凌晨五点，已经有人出来跑步。

她不管你听不听，一路谈下去，只是戏，无它。越谈越上瘾，慢慢中毒，成为戏痴，然后一路随裴到天涯，跟着她演的《钟馗》《夜奔》……也哭，也笑。

她骄傲狂气，一般人不放在眼里。不放在眼里便沉默，一言不发。倘若逼着她发，她便也发——站起来破口大骂，才不管你多大名气，才不管你什么权贵。这样贞烈品德，几乎是独一无二。裴先生身上有一种凛凛气息，不容靠近。那是一种特别高贵特别干净的气息，闻得到，也嗅得到，可是一般人，做不到。

有时候觉得她既没有性别也没有年龄。其实是人生最高境界。有哲人说，人的最高境界，雌雄同体。她站在那里，宽衣长袍，短发凛然，眼神又似少年，有人说她是戏神，她是自己的神。又似一块干净琉璃，动人之处，散发光芒，但这光芒让人心服口服。

65岁，依然英姿飒飒，有时似孩童，奔跑着扮个鬼脸，又喜爱那田野间的自然之物，去挖红薯、剥花生……家里仿佛大自然一样，最原始的木材自己做成床，大俗，到大雅。

原本是民间或农村的老东西，乡间轧场的碌碡，水井边的石头，喂马的槽子、六十年代的农村木窗……搬到她家里，成了艺术品。

客厅是一个纯木头的大茶几。老粗木的椅子在前方，茶几两边是两条长的木板凳，蓑衣，犁，锄头，石臼，石磨……茶几居然是小石磨。到了裴艳玲的家，就仿佛到了五六十年的农村。她的民间情结之深体现在很多家居细节上。

裴艳玲从农村来，带着地气，她喜欢这些东西，也迷恋那大地散发的气息。坐在木桌前，喝茶，养那些紫砂壶，抱着小狗说话，听戏，这就是她的生活了。简之又简，素之又素。

很多人慨叹，这才是裴艳玲。与众不同，一花不与凡花同。有几次看她在后台候场，满后台是花红柳绿的女演员，假睫毛，华衣，低胸，精致发型……只有她，素着一张脸，宽衣袍素色衣，男孩儿一样的短发，安静凛然看着前方……她就这样以最清冽的方式打败那些浓妆艳抹的脂粉之气。

彻底倾倒。

裴先生演了一辈子戏，最后不懂了：我到底要什么？

她不停追问。

其实人到高处，总是在问。

就像沈从文先生最后也在追问，但最后终于给出答案：照我思索，能理解我。

有多少人理解裴先生呢？她演了一辈子男儿身，都是大英雄。私底下，也未免有了几分男儿英气——有时远远看她，她站在那里，像风，一道永远看不清的风，她自己的风。只是不像凡间的老太太。

她 65 岁了，却依然是少年样，眼神忽而露出狡黠，忽而又是单纯干净似孩童，只是没有老年人的暮气。真是奇了。她修成自己的神，却又不自知。

每每有戏迷千里万里追赶，亦有追随几十年的粉丝。她有时记得，有时不记得。早已真语世晴空，只演自己的戏。好像台上只有她一个人，她无视台下，也根本不必要讨好观众，这一辈子，她只负责讨好了戏台——她问自己够一个"戏子"了吗？戏子，多好听的一个词，她愿意生为戏子死为戏子，来生来世，还是戏子。

去香港演出，她化好妆坐在镜子前。化妆室只有我和她。她看着镜子中的自己，我看着镜子中的她。一言不发。

足足有十分钟，镜子中是一张没有年龄的脸，演了六十年戏，每一场都有每一场的气息，她或许早把自己当成戏中人了。而我站在她身后，看着以戏为天的裴先生，忽然觉得难言的幸福——或许我喜欢戏曲半生就是为了等待写她？这是因缘，是定数？

戏散了，台下疯狂了。她跳上鼓师的背，吹着口哨，仿佛少年。我呆立在侧幕条旁边，潸然泪下——无数个夜晚，她亦提起曾经自己曾经如何不易，被孤立，被围攻，被伤害……但她依然如野草，春风吹又生。她依旧站在戏台中央，兀自光芒万丈，无人可以取代。"只要能唱戏就好，只要能唱好戏就好……"她三句话不离戏，离了戏，她活不了。

有时候忽忆前生，她也感慨。"有一年我去香港算了一卦，说我曾有三父，曾有三母……"三父，生身父亲，养父，现在的师傅。三个母亲，生母，两个继母……细说前情，总是一句话：跟你最亲的人，有时候和血缘一点关系也没有，这也是前生注定。

人到最后要什么？剩下什么？她多数时候一个人，守着一堆老家具的大房子，养着六七条小狗，抱着复读机听戏。总是听余叔岩，她说："老得好，老得有味。"有一次到她家去，正是秋天，小院子里铺满了细碎的阳光，透过窗户看到先生，坐在椅子上睡着了，屋子里响着余叔岩老先生的《十八张半》，她身边倒着几只小狗也在睡觉打呼噜，阳光打在她的脸上，呈现出一种金属的光泽。那一刻，忽然悟到她说的话："人到最后，剩下的只有自己，和自己身上的那点玩意。"

裴氏艳玲，所有一切，都是她自己的前生与今世。

前面的路还有多长？她并不知道。

可是，她一定知道，无论还有多长，她的前生或今世，一定还会选择唱戏。

你听，她在唱："戏是我的梦，戏是我的魂，戏是我的命，戏是我的根。"

你看，她的脸上身上，闪现出一种动人的光泽——假如世上真有戏神，一定降临在这个叫裴艳玲的女人身上了，那是一种无法复制也无法模仿的光，只有一生追寻它的人才能得到。

真正的大师，都是内心深处的呐喊，是大音希声、大象无形。

她扭过脸来，所有的人都看到了。

她浑身披着一层光。

而她一步步向着光的方向走去，走去……那更光芒的地方，是她所向往的，所追求的……她一个人，走得很坚定，带着一意孤行的眼神，带着所向披靡的神态。

她，就是一代宗师，裴——艳——玲。

张氏火丁

我喜欢张火丁。开始因为她的长相、气质、唱腔、气场、孤独感、不合群……到后来，没有原因了，只因为她是张火丁。

开始喜欢程派，的确和她有关——她唱的程派，是倪云林的山水画，清极了，简极了，枯极了，可是，就是让人心动。她的长相冷，人也冷，可是冷中的眼神却是善良的。张火丁每张照片都有温存和善良，一个人的眼神是骗不了人的。

她不妖不娆不媚不俗，从长相到气质，有人唱程派，可以唱成"长三"堂子的味道，有人唱程派，唱成富丽牡丹。只有她，不浮在那里，老老实实地唱戏。一张嘴，可以听得到秋天的树叶纷纷扫起，心里是凉的，眼里是凉的，可是，分明又有着心疼在那里，揪心的，动情的——一刹那，就可以落泪。

后来知道张火丁从廊坊出去，开始唱评剧，就是张爱玲说的"蹦蹦戏"。于是没事的时候就去廊坊评剧团转转。廊坊评剧团在广阳道上。早散了摊子，一片荒凉。那院子里还有梆子团，偶尔听到有人唱梆子，心里酸楚的不行——戏曲的好时候过去了。但知道张火丁曾经在这里，心里暖了一下。

也听人说起过张火丁种种，并不往心里去。喜欢一个人，连她缺点都喜欢，何况没有个性的艺人总难成大器。她的个性就像她的名字，怪极了。她本名叫张灯，后来把灯拆开了叫火丁。灯字本来就怪异，拆成火丁就格外怪异。三个字配起来，居然生来奇异的美感了。想起宋徽宗的瘦金体，支支棱棱的怪，可是，就是好。

后来因缘际会也去中国戏曲学院教学，与张火丁同事。但未曾谋得一面。即使遇见了，也未必热络得上前打招呼。喜欢一个人，藏在心里就好，她那时离开中国京剧院，去中国戏曲学院教程派，学生叫婵娟。

听张火丁的戏大多是在网上，亲到现场并不多。一是她演戏不多，少而精。上海天瞻舞台贴出演出海报，一天之内可以把票卖完，在中国，只有张火丁有这个本事。我去上海一些大学讲座，遇见上海一些闻人，她们俱是张火丁的戏迷，她们说张火丁："她一出场，就觉得全场只有她一个人。"

她性格独，与人来往少。但对戏的痴迷让人敬佩。她是赵荣琛先生弟子，为学戏又跑到南京拜访新艳秋。新艳秋在戏曲界颇有争议，可是，她不怕。只要戏唱得好，她一往而前。这倒像她，不热络，任凭别人评说。有一次和她的琴师赵宇吃饭，赵宇说："没有听过火丁说过任何人，她只唱她的戏……"

又因为机缘，跟随裴艳玲大师一年多。写她的传记。其实伶人之间的恩怨听起来让人浑身发冷，其实任何圈子都是一样。裴先生对张火丁有体惜，而且相当喜欢。说起张火丁，先生说："火丁是真唱戏的人。"裴先生极少肯定人，一语出了，便惊四座。

又有小友老曹，迷恋张火丁到疯狂。有一日喝高了，哭着说："您如果让张火丁出来唱戏，我给你磕一个。"我没有告诉老曹，唱戏与否并不重要了，把人生活好才重要。张火丁久不出来唱戏，但她还是会回来唱戏的——一个人，只要学了戏，就让戏附了体，她离不了，这东西是鸦片。就像写字于我，半年不着一字，但一写起来，深情自知，还是这个款这个式，九曲十八弯，哪里能绕得开？

有一次和傅谨老师谈起火丁，两个人都颇多感慨。但骨子里的喜欢是一样的，张火丁的气息和气质，恰恰和程派一脉相承。悬崖老梅，枯清自赏。至于别人赏不赏，她无所谓。

夜深人静的时候，喜欢听张火丁的戏。可以把孤独放大，那体积明显是侵略内心了。此刻，可以无所顾忌地落泪了。手机铃声是张火丁的《春闺梦》，每每响起"去时陌上花似锦，今日楼头柳又青时"总是感觉自己是那个陌上等待夫君的女子，这样想的时候，便觉得凡俗的幸福是多么好。张火丁嫁人生子，很多戏迷曾经感觉寂寥，我却为她庆幸，生活才是大戏，她应该有的幸福早来的好。

恍然多年前，在戏院里看张火丁，她正年轻我正年轻。台上是她舞着水袖唱《荒山泪》，台下是我为戏黯然惊魂……多少年过去了。回首刹那，人书俱老，她的声音亦老了。

前几日她灌了一张CD，声音大不如前。可是我觉得刚刚好，一个人的声音老到沧桑，再唱那低回婉转的程派。如果是隔了多年她再出来演上一场，想让人不落泪都难呢。

绝色坤生

氍毹上的旧梦很多，我却独钟情于孟小冬。

她仿佛门环上的老绿，滴出暗锈来，摸一把，似摸到记忆，而推开门，却看到院子里，满目荒愁。她一袭男装，凛凛然站在戏台上，唱着"一马离了西凉界……"亦不是因为她是难得的坤生，女子中唱老生的不乏其人，孤高荒寒的唯有她，一生中嫁了两个惊世男人的也只有她。

生于1907年腊月，命上说："腊月羊，守空房。"父母怕她命不好，改口说是1908年出生。但天数已定，深冬，她踩一地厚雪而来，凌乱寥落，虽出身梨园世家，却改变不了卑微寂寥的命运。

五岁学戏，九岁第一次登台唱《乌盆记》，一张嘴满场皆惊——命中注定，一代冬皇出世。

十二岁，她命中注定的男人第一次听他的戏。从她十二岁开始，这个男人就知道，这个女孩子与他有一生的情缘。两年之后，他因小冬四处演出听不到冬音而烦恼，于是出巨资为她灌制唱片，虽然是小试啼声，但锋芒早就无法掩饰。他按不住心头的欢喜，为她找琴师，冬每于戏院唱戏，他必到捧场。

他对她的深情厚谊，在以后漫长光阴中更加有增无减，印证得脚踏实地——自她十九岁嫁梅兰芳之后，他不是没有后悔过，如果早知如此，他不会放她北上学艺。四年之后，她与梅黯然分手，面壁绝食，从此落下胃疾，后来跟了他。他问遍上海名医，为她治胃病。

为让她潜心学艺，他不但每月供几百大洋，还在东四三条轿子胡同买了一所私宅给她，花重金托人劝说老生泰斗余叔岩收她为徒……这样有情义的男子，在我翻看《氍毹上的尘梦》这本书时，不禁泪湿衣衫。

他是海上闻人杜月笙。

不提他的为商为政种种，但就对孟小冬而言，他用情之深之痴算得上深情款款，每看到细节，都无法不动容。

二十三岁离开梅郎，她几乎送掉半条命，隐居天津居士林。还是杜月笙派人用直升机从北京接到上海，而且抱病亲自去机场接她。

她入住杜家时已经四十余岁，早就是明日黄花，而他更是年逾花甲，一对相识二十多年的知己终于走到了一起，痴心相恋，如胶似漆。杜月笙说："我终于知道了爱情的滋味。"这句话听来动容倾情。

而"冬皇"二字，并非虚传。看过她和梅兰芳的一张照片，艳容冷冽，一副孤寒的样子，但那时候的神情，呈现出难得的乖巧——女人只有遇到自己真爱的男人才会无限低眉乖巧。后来，再也没有过……

看过她穿狐皮衣的照片，基调是灰的，冷寒的，一派骄傲和贵气，一眼看过去，仿佛洞穿了所有。

孟小冬的照片少有微笑的，越到后来，越呈现出那种中性之美。不，她不妩媚，一点也不。漫漫岁月的涤荡里，她把自己的须生演到极致，而自己也慢慢成为中性之人，很少有女子把狐皮衣穿得不媚气，她就是这样的女子。穿在她身上，还是冷，还是自顾自地"独自眠餐独自行"的样子。

一个女子的枯寂，从眼神可以看出来。翻看孟小冬的每张照片，都充满了这种孤寂。即使从师学艺，她亦和师傅余叔岩一样，不轻易出来唱，一唱，就声惊四座。杜月笙六十寿诞大办堂会，她唱《搜孤救孤》，一票难求，万人空巷。

台下坐着四大须生之一马连良，他居然是与后来香港《大成》杂志主编沈苇窗合坐一个凳子看完这出戏，而另一个四大须生之一谭富英先生看完戏后连声称绝，遇人便说："小冬把《搜孤救孤》这出戏唱绝了，反正这出戏我是收了。"

收了，就是不再唱了。谭元寿在回忆那天的情景时说，小冬唱得那叫讲究，就那个白虎大堂的"虎"，高耸入云，声如裂帛……每句唱腔都很干净，收音都特别帅……

真真是此音只应天上有。学余派八年，不仅得到了余派真传，而且一身傲骨越发铿锵。杜月笙曾拉着小冬的手说："侬晓得是啥个地方吸引我？侬有男子气质，色艺双绝，少年成名，但了孤傲似梅，没有一丝一毫奴颜媚气……"这句话说出来，算得知己。

她身上有难得的静气，无论是折服京城华盖，还是"冬皇"之名声震华夏，都那样冷艳安静。到后来，她为杜月笙收声，只因为广陵绝响，无人再是她的知己。

她嫁他时，已经四十有三，而他病入膏肓，身患沉疴。大势已去的他，却换来这红颜知己痴心服侍于榻前，她离开半步，他便喊她：小冬，小冬……在香港的九龙饭店，点了九百元一桌的菜，她终于做了他的新娘，却一个发已白，一个花已落。

两个人有一张结婚照，杜月笙着长衫，孟小冬穿旗袍，虽不比她十九岁与梅的绝世倾城，但那沧海桑田落寞相守的爱情，更让人动容十分——她是在梅处跌了一跤，然后，所有的伤痛都由他一一熨烫。我只觉得她早早就应该嫁给杜月笙，嫁给这个疼自己爱自己的男子。在以后梅兰芳所有的传记中，几乎未提到她半个字，而那四年，哪里去了？她甚至面壁空腹多日，差点死掉，甚至为他差点出家……

倒也利落得应了那句话——"梅兰芳，今后我唱戏，不会比你差。要嫁人，我要么不嫁，要嫁就嫁一个跺一下脚，满城乱颤的！"

哪句都落了实。

我更喜欢她晚年的生活。

吃素斋念佛，教几个学生，满目山河空念远，多少旧事都去吧去吧。冬皇是曾经，她洗尽铅华，着黑色旗袍、黑色平底布鞋和最老式黑皮包，黑框眼镜，头发有时中分，看上去，有股凛凛的冷风——她的确是冷，一生中录音极少。她不让别人录，唯美到极致，当年的录音，她的最少。

只赠给画家张大千一盒，大千画了《六条通景大荷花》赠予她，也算得知音难觅。他题字，是"赠予大家"（此处念 gu，一声），可见她在张大千心里的地位。

曾想找几段孟小冬的完整录音听，都是断断续续，声音极弱，钢丝录音，加上年代太久，只能听得大概。但是全无雌音，那声声如裂帛，干净透亮，不似一个女子声音。

也听过须生王珮瑜的《搜孤救孤》，有了孟小冬的影子，人称小孟小冬。像只是形，神也有了几分，在霸州纪念李少春先生九十周年诞辰的晚会上，看到王珮瑜，整个晚会，只有她一出场让我眼前一亮——白色条纹男衬衣，打小领带，袖口雪白，一条低腰男裤，一双平底男皮鞋，短发似男子，眼镜配在巴掌大的脸上。当时就有小小遗憾——个子忒低了些，否则……举止做派，有了小冬的影子。

我看得动容，忽然想起孟小冬一生的孤傲绝响，在电影《梅兰芳》热播才被炒得翻天覆地，其实，她在自己的江湖里，一直是那个低眉的女子。

一个被戏迷山呼"冬皇万岁"的人，如果不肯低眉，怎么会在杜月笙江河日下时，坚定不移地守在身边？而且一代冬皇就那样心甘情愿地服侍一个垂死的人，真也是侠肝仪胆。她选择了孤寂相陪，并且在杜月笙死后，决绝而独自地走完余生——爱上过一个大海的女子，再也不会为任何一条小溪动容了。

　　夜听孟小冬的《空城计》,声音传来,成为绝响。她绝没有想到,一个与她隔了多年的女子,推开那扇旧门,看到民国女子孟小冬,正在台上唱余叔岩教她的第一出戏《洪羊洞》。而我在台下,遥遥相望,动情,动容,魂相牵,梦相萦!

仙妖伶

想起这三个字,也只有曾老师配得上。

一直想写曾老师,时间越长反而越不敢写。一个人美到咚的一声让人心里一颤,生活中又朴素得像邻家姐姐,这个人只能是梨园戏皇后曾静萍。

我常常以为1963年出生的曾老师只有十六七岁。无论是舞台上还是生活中。少女的恬静、纯粹、干净、羞涩,曾老师都有。

永远难忘第一次见曾老师。惊艳。我只愿把这个词用在曾老师身上。只愿,且是唯一。

中国音乐学院,各种戏曲的调演,京剧、昆曲、黄梅戏、评剧、梆子、秦腔……自以为熟知戏曲形式的我,突然看到了曾老师。

全是折子戏。记不清曾老师唱的是哪一出了,先是乐队出来,鼓师先惊住了我,赤脚上来,穿上一双白袜,然后把脚抬起来压在鼓上(后来知道是压脚鼓)。然后她出来了。几乎似妖似鬼飘出来一样,那飘逸的样子瞬间袭击了我。这世上,一定有一见钟情,一定有咚的一声掉入了深渊再也不想见天日。

那天她一身红衣出场,闪着红幽幽的光。她一转头,巧笑倩兮,绝不媚俗,绝不讨好,却是女孩子的一派天真乖巧,有娇嗔、有羞涩、有端丽。那眼神中有赤裸裸的朴素的诱惑。再也没见过那样的眼神,那举手投足间早已超越了万种风情,我看到的只是天真烂漫和灿烂光华。她一个人，光芒万丈。

之前被各种戏曲折磨得快昏昏欲睡的我像被打了一针：她是谁？快告诉我，她是谁？我迫不及待地问前后排的专家学者，几乎是怀着发现了宝藏的惊喜。

曾氏静萍，梨园戏。

什么是梨园戏？自以为痴迷戏曲的我对此居然一无所知。

比昆曲还要早100年，梨园戏只有一个戏团，在泉州。哦，泉州。

我决定去泉州，找曾老师，听戏——有时候我感激自己有这种烫人的温度，我愿意到老都保持这种温度。这种温度是一种生命力，愈是到中年愈是感觉明显。

恰巧泉州师范学院请我去讲座，我欣然应允，因为曾老师在泉州。我竟然迫不及待想去泉州。

宛转从朋友处得知曾老师电话，一个电话打过去，请曾老师当我讲座嘉宾，曾老师在电话中声音像女学生，居然一口就应了。

泉州师院见到台下的曾老师，穿了一身黑衣，眼睛眯起来笑，唱了一段梨园戏，恰映衬十二月的南方天气。我被曾老师天然去雕饰的女子气质迷得难以自拔。

她哪里像五十几岁的人，分明是个女孩子。又娇又俏又可爱，偶尔露出些男孩子的调皮，一笑露出洁白的牙齿，迷人。

不久曾老师到北京梅兰芳大戏院演出，我拉着老卢和老曹去看戏。是硬逼着去的，他们对梨园戏也一无所知。

当晚是《董生与李氏》，老卢看到一半拍大腿。老曹说："曾静萍，我爱死你了。"两个人也被迷倒。老卢说："不行，得弄到廊坊演一场，迷死个人。"曾老师在戏中演小寡妇，把幽怨、相思、恐慌、羞涩演得淋漓尽致——最为迷人的小寡妇。

编剧是被章诒和先生美赞的王仁杰老师，烟不离手，号称长寿秘诀，抽烟喝酒吃肉熬夜，不亦快哉。戏后消夜，一帮人找了苍蝇馆子，曾老师像小男生又像小女生，简直雌雄同体。王仁杰老师一杆大烟枪，众人皆笑王老师去写小寡妇。

王老师说："因为曾老师演小寡妇最好，所以我去写小寡妇。"两人搭档二十载，彼此默契。王仁杰老师亦不像七十岁，天真如少年，笑起来又荡漾。南人的朴素、天真、妖娆他们都有。

喝了些薄酒，乘兴而归，车里放了南音，一时又觉悲凉。

南音不能长听，长听会哭出来，但曾老师要长看，越看越迷，成了戏精。

果真来了廊坊演出。当天我是主持人，一袭素色旗袍，表达了对曾老师疯狂喜爱之情。我不管，我就要他们爱屋及乌，这点调皮，我像曾老师。

曾老师最打动人的地方在哪？我细细想了想，可爱、调皮、率真、没有年龄了。她偶尔鬼黠地笑，像个大男孩儿。提起她小时候在戏校，喜欢这个人物就拼命练，不喜欢就翘课，躺在宿舍睡觉。

九十年代时，曾老师也曾厌烦。戏曲不景气，所有人全下海，曾老师也离开了梨园剧团下海，去开服装店、小书店，心里更茫然了。"好像挣的钱不是钱，也不快乐。每天不快乐，除了听戏的时候。"

王仁杰老师也有意思，《董生与李氏》的剧本写好了，偏不说请曾老师回去，每天书店逛一趟。逛一趟就走，什么也不说。

一个想请，一个想被请，耗着，谁也不说破。好玩极了。曾老师说："他怎么还不请我回去唱戏啊……"完全是迫不及待的心理了。

到底书记开口请了，有了台阶，又回来唱戏了，高兴啊。

只有回到戏台上，曾静萍才美才妖才仙儿。有很多人说，怎么曾静萍台上台下差那么多。台下就是一普通中年女子，怎么到了台上就美得不可方物？简直颠倒众生。

那恰是一个好演员。一上台就附体，犹如李氏，赵小娘。李氏是压抑又内敛的风情万种，又俏又娇又美，惹人怜爱。

《朱买臣》中的赵小娘原本是可恶的角色，改编自《马前泼水》，本是好吃懒做、嫌贫爱富之人，唱功不多，大多是肢体表演加上听不懂的闽南话。就是这样长达三小时的闷戏，让曾静萍演得又可恨又可爱，只觉得这小女子刁蛮可爱得紧，连嫌贫爱富都恰好似的——不知不觉就原谅她了。

她有这个本事，说坏女孩都俏皮——身体里每个细胞都会说话似的，那眼神是春风啊。她一个人演大闷戏时，就一个人在台上，也没有唱。可是，每一刹都光芒万丈，内心戏全在台上，一点缝隙没有，满满的全是春江花月夜——曾静萍真会演戏啊，这一点大多同行都认可。

三香第一刀马苗洁老师提起曾老师说，中国现在的演员只服裴艳玲、张火丁、曾静萍。

台下是一株植物，安安静静的一坐，有时又像男孩子一样调皮。可是一上台，那风华绝代、风情万种，好像开了一树又一树花，粉艳艳的，却绝不轻贱。

看多了很多女伶粉贱贱的样子，甚至是油腻腻的，一身的奢侈品，看到权势之人便搭讪。曾老师就是清泉、明月、云中鹤，以超越了她年纪的女孩子形象干净纯粹地演着戏。一笑，更倾城。

想起来来回回去过泉州五六次了，每次去曾老师都请喝茶吃饭。有一次在海边，一起与曾老师看海，她笑起来更像个孩子了，那朴素天真的样子真迷人。

剧团的厨师好，闽南菜做得地道。海蛎煎、泉州春饼、炖牛肉、土笋冻、蚵仔煎……外面是绿树和闽南的建筑群。土笋冻里全是虫子，北方人难以消受，我却能吃，曾老师说我有口福。

女孩倩倩，因为喜欢梨园戏和曾老师，一路追随过来，就留在了梨园剧院，慢慢成了很出色的编剧，后来编了《御碑亭》，曾老师的演出效果相当好。演绎这些幽怨的女人，曾老师如鱼得水。

大连男孩楚布，我是在北京遇见他。曾老师多年的戏迷，曾老师演到哪里他看到哪里。"你应该写写曾老师。"几个月后我在微信上说要写曾老师了，他说："终于！"

越来越多年轻人喜欢梨园戏。其实是喜欢曾静萍——有些人天生有这种魔力。一个伶人，如果没有万众瞩目的气场，如何能成为名角儿？我问戏痴老曹喜欢曾老师什么？她说："干净、朴素，到台上又风华绝代，天生一个曾静萍。"

曾老师会留白。她不说满，不洒狗血，一个转身一个背影已经销魂。真正好的艺术都不动声色，都于无声处听惊雷。

还有朋友说迷恋曾老师的笑，一笑像月亮。

前几日去苏州出差，遇见苏昆的朱璎瑗。我在饭桌上就夸曾老师，她问："曾老师是谁？"我有些嗔怒："唱戏不知曾静萍还唱什么戏？"知道话说重了，又往回收："你一定要看曾老师的戏，女伶之范本也。"

足可见曾老师在我心中地位。

伶人已写过裴艳玲、张火丁、曾静萍。有人问我三个人的区别和共同点。我说，三个人都表里俱澄澈、肝胆照冰雪，艺术上都是翘楚。

裴艳玲是老岩古松、颜真卿书法、普洱老茶，又苍又劲；张火丁是雪中孤梅、龙井冷茶，是苏轼《寒食帖》；曾静萍是玉兰冰、清温热红茶，是行云流水的《兰亭序》。都好。都妙。

有时候想，能与她们生在一个时代何其有幸。这样一想，心中开出一朵花来。

最安静、清幽、妖媚的一朵，是曾氏静萍。

伍
墨花月白

裘裘

裘裘是个孤独的孩子。从心到身，从眼神到形态。那种孤独无法掩饰。

名门之后，爷爷裘盛戎。一代宗师，父亲裘少戎。裘裘是第三辈，三代单传，名裘继戎。因为姓裘，他必须唱戏，这是命与定数，他试图逃脱，却无法逃脱。

2014年6月，他参加《中国好舞蹈》，跳了一段《越人歌》，白衣、黑裤、红围巾。《越人歌》是他自己唱的，空灵极了、绝望极了，也好极了。那段舞带有禅意，征服了海清。跳舞的裘裘更逼近绝望——一个人的悬崖，一个人的峭壁。他无从逃脱。

算来京剧界伶人里，大抵与裘裘最熟。第一次见他是在一个五星级酒店，都去见一个共同的朋友。他和他的母亲都在。他的母亲一直在唠叨。他无所谓地听着。眼神是决绝与清冷，那种气息逼仄而来。我们说话并不多，他却自有一种清冷艳绝之气，让人想远离却又想靠近。一种十分复杂的气场。

他那天穿了件外贸的灰色罩衫。看着不动声色的衣服，但"格"很高。隔了这么久，我还记得那么真切。

来来回回就熟了。吃过几次饭。他说话时仍然像个孩子，凝视着我。不说话时足以像个超越他年龄的大人。断断续续知道他的故事：父母离婚，父亲再娶，后母待他刻薄——在农村生活的日子像个野孩子。一个人的童年锻造一个人的一生。那些孤绝的气息缘于他的童年。父亲英年早逝，他被母亲接回北京，正是孤儿寡母。选择唱戏，完全是因为这个姓氏。一个人的姓氏带着家族的基因——但他与裘氏家族并不热络，甚至如路人。他喜欢街舞、唱歌，在着装上离经叛道，在精神上无所归依。他是他自己的贵族，又是他自己的流浪儿。

2012年冬天。他在南三环刘家窑地铁接我，然后我们又去找剑锋。剑锋是东方歌舞团音乐总监，女子十二乐坊音乐制作人，瘦瘦高高的他信佛，牛仔裤，T恤。冬天也只穿一条牛仔裤。短T恤外面再罩个外套。那时候我们三个常常在一起。裘裘接我去雍和宫等剑锋。那天风大极了，风吹起了"京兆尹"的招牌，裘裘给我放了他唱的歌。那歌空极了，像世外的人在唱人世间，我有几次哽咽，但到底咽了回去。

那天他带我和剑锋去了他一个法国朋友家，那个法国人也搞音乐，与中国女友同居，两个人在一起已经多年。房子里有烤箱、酸奶、昏暗的灯光、唱片。他们三个开始说音乐，裘裘很少笑得那么开心，但那天他一直笑着，还有一些些羞涩——他到底才二十七八岁。

那天晚上我们去吃小吃小吊梨汤，那是我第一次吃小吊梨汤，菜很清雅，装修又古典朴素，几个人都像民国人，聊得好极了。裘裘只和我叫一个字"姐"，我听着亲切。

后来我去北大讲座，请了裘裘和剑锋当嘉宾。那天我和剑锋唱了《武家坡》，裘裘唱的《赤桑镇》，他上得台来还是如此冷酷冷静，如刀刻斧凿的脸上有硬生生的寒气。他依然戴着帽子。那一刹那我突然想起顾城——有些人，天生具有没落和颓废的气质。生来的绝望，生来的孤独。同为京剧名家之后，谭门七代谭正岩显得从容大气、富贵端丽。

那天很多北大的女学生尖叫着，另类的裘裘总有一种让人尖叫的气场。

那天的讲座亦是我最好的讲座之一。

但裘裘在团里并不如意，我听到些风声，只劝他少露锋芒，心底里却是怜惜——不会做人，不会圆滑的人往往真性情。

把他唱的《越人歌》转到我微博上，很多人听哭了，那是一种把人逼到幽暗墨绿墙角的声音。谁不曾孤独？《越人歌》每个音符都无限孤独，那孤独之中又有不甘。裘裘孩子似的高兴：姐，你看你看，转发好多呀。他的一脉天真在骨子里。

我们同去上海参加一个活动。那天陈平一为我拉弦，我唱了《锁麟囊》，裘裘唱了一段什么我忘记了，但有人提议他再跳一段街舞，他便不肯。又说，还是不肯。然后带着女朋友去逛上海。有人说，这孩子！

他换了几个女朋友了。每次都傻乎乎晒恩爱。我告诉他不可以。爱情多半是落花流水。他不信。很快，这个女友又散了。但他一如既往的认真，并且问我：姐，世界上是不是真有爱情这回事？

2013年年底，我的《裴艳玲传》出版，在廊坊做活动。那天的活动是白燕升先生主持，来了很多名角，晋剧皇后谢涛、扬剧王子李政成、演杜丽娘的周好璐，还有谭正岩、剑锋、裘裘。那天录制，正岩和裘裘一组，同时上台。正岩表现得练达成熟，但裘裘的天真劲上来了，与裴先生一直对视，两个人目中无人一般。把我和白燕升先生晒在一边，他转过头来问我：姐，你也得给我写一个传。又问裴先生关于爱情、婚姻的问题。那天的嘉宾，所有人都有演戏的成分，只有裘裘，占用了一小时的时间想弄明白爱情是怎么回事。

我心底想：这真是个孩子。

亲爱的仙枝

仙枝两个字真美得又朴素又荡漾。仙枝是一个女人的名字。

仙枝是胡兰成的弟子。那一年，仙枝二十多岁，在台湾文化大学读大学。那一年，胡兰成自日本赴台湾教书，不早不晚遇到，仙枝与朱天文、朱天心一起，成为胡兰成先生弟子。那年我还未出生。及至知道胡兰成已是九十年代，狂读张爱玲，知道有个胡兰成端坐在三十年代，再一翻看胡先生文章，惊天动地，比张先生还要好的好——这是中年以后才明白的。

我偶然机会结识仙枝，得知她是胡先生弟子，激动地夜不能寐。这是 2013 年夏天，彼时她在台湾我在大陆。只获得彼此邮箱，我用微信，她用 facebook，两个人开始信件往来。

她写来邮件，问及我的眼睛。我看电脑时间过久，患了眼疾，她每次来邮件必问及我的眼睛，措辞古意盎然，非常民国。

"我深信有缘人终将相遇，你来台湾时我真希望出席你的演讲会。如若届时找不到替班照顾老母的人，就只能请你来宜兰一游，但我会尽量争取上台北的机会。先此问候，但我仍关心你的眼力不适……"

及至她终于有了微信，声音传来我便惊住。她说她已有六十岁，但声似少女，第一句总是"小禅呀"。那个"呀"拖了极婀娜的调调儿，美得令人心颤。她得知我写《裴艳玲传》，惊喜雀跃，直说是裴先生粉丝。裴先生每去台湾演出，她必从宜兰追到台北看。她这样写裴先生：小禅，听你为写裴先生而追随身旁三年，足见你的用心与气度，我深爱她的气度与为人，可谓文武兼修、昆乱不挡。

我与仙枝先生就这样相知相识一年多，我心心念念去台湾，未想到甲午十一月终至成行，仙枝得知雀跃，追问我下榻的酒店，我随河北省作协代表团出访，个人时间并不多，但第一念头还是见仙枝。

11月2日下榻忠孝东路神旺大酒店，我只在歌中听过忠孝东路。童安格和动力火车的歌声中都有这条"忠孝东路"。仙枝晚上八点半到达酒店，开门的瞬间彼此相认，她头发半白，有银丝夹裹，仅穿一件朴素套头衫，一米六二的身材，笑起来如少年。不敢相信她六十岁，但她果真六十岁。

我们似昨日才见过似的亲切，拉了很多家常，自然说到裴先生和胡兰成，我忽然八卦起来，到底，仙枝是亲见过胡兰成的。

"胡先生多高？"我终于问出来。"一米六二六三，顶多和我一样的……"我简直不能相信，一直觉得他一米六八六九，张爱玲一米七四，因为初次相见他嫌她高：你怎么可以这样高？但矮到这样亦是我所不能忍的。他站在爱玲面前像个孩子？我一再表示简直不可信，但仙枝说真的呀。

两个人倍感亲切，说了许多日常，仙枝仍然惦记我的眼睛，带了两个年轻人来给我看干眼症，推荐鱼油和叶黄素给我吃。

我们又出去吃消夜。台湾小吃是顶有名的，仙枝坐出租车前面，早早掏了台币准备付账。打车至一家老商号小吃——人声鼎沸，台湾、闽南话家产，墙上有民国美女月份牌，几张桌子却坐满人，每个人的面相都和蔼。有人说要看"民国范儿"去台湾。果然，仙枝先生点了许多台湾小吃，海蛎煎、鱼丸、担仔面、小排骨……每一款都好吃得不行，灯下映照每个人诚恳的脸，我们像前世就认识了，欢喜得不行，夜风吹来，十一月的台湾还25摄氏度，我穿了白衬衣，端坐在晚风中，只感觉恬淡、愉悦——我与仙枝肩并肩了。接下去几天去了日月潭、阿里山、台南、淡水，又返回台北。她发短信给我，说还要来台北见我，并且践行。我因到台北已深夜，未果。但她仍然从宜兰到了台北，把礼物放到我下榻酒店，茶叶、点心、书、眼药水……还送给我的同行朋友，周到细心让人心里滚滚的热，不能言语。这是仙枝做人的大气与典范，倒也似民国人，她还只嫌对我招待不周。

《好天气谁来提名》，这是仙枝的书。书名又怪又动人。我的学生胡铭帅迷恋仙枝先生，我读了仙枝的文字也觉得满口生香，我送了《裴艳玲传》给她，唤她先生，她说："愧不敢当。"她敬慕裴先生，也给裴先生带了礼物与书。我忽觉人世间缘分太奇妙，胡兰成、裴艳玲、仙枝、我，居然神奇地联系在了一起，不可说的因缘，一语道不破，千言诉不尽。

我自台湾回来后，心心念念想写仙枝，写出来又觉得情义薄了。她说有机会会来大陆，我亦不知那天是哪天，但有了期盼，到底是好的。

而我却又期望去台湾了，去见仙枝，聊天，喝阿里山高山茶，吃宜兰的小点心，坐在夜色中的台北小店吃夜宵，面前是一桌美食，对面是正大仙容的仙枝。

这样一想，心里就喜悦开了。

落落与君好

"落落与君好",这是金农写给老友汪士慎的一句诗,那天下雪,我翻金农画册时无意翻到,觉得写给大姐无比合适。

我并无姐妹。看到别人姐妹间亲密无间也并不嫉妒。独行惯了,倒也觉得是另一番天地——我对儿女情长总有节制,心思大多放在艺术上了。

我第一次见大姐是通过小慧。

小慧是她的女儿,来戏曲学院听我的课,从秦皇岛坐一夜的火车来,第二天再来。我亦没有想到与小慧愈走愈近,带她去很多大学做讲座、游历,去逛城市中的地摊、胡同、古玩城、菜市场……两个人这样玩了三年。她日后去教书,在乡镇中学教音乐,有一日说翻看旧日照片,忽然悲伤:"苏州、杭州、上海、南通、滁州……这些地方我真的去过吗?"三年下来,亦是学生亦是朋友。我与她母亲通过几次电话,那一边总是紧张,不知所云。我正好有去山西出差机会,决定去看小慧的母亲。

我记得那是初冬,街上好多卖柿子的。人们穿了棉衣站在墙根儿底下。初冬的阳泉冷风萧瑟,我推开小慧家的门,看到两张笑脸——一张是小慧的母亲,一张是小慧的姑姑。

几十平方米的房子,逼仄狭窄的空间,几乎没有客厅,吃饭的圆桌放到卧室里,我走进卧室的刹那呆住了——床边放了一张圆桌,桌子上有一大桌子菜!至少十几个菜。大姐局促地站在我身边:也不知道雪老师爱吃个啥,又不会做饭,叫来大姑姐帮忙……

她夯着两只手，手上全是面粉，做了一大桌子菜，还在给我包饺子。大姐只到我肩膀，小小的个子，仰起头对我笑，一脸的善良和敦厚。就在那一个瞬间，我决定一件事情：把大姐带走，让她过上好日子。

　　那天晚上我胃又疼。她灌了暖水袋给我，暖水袋没有套，太烫。她又在缝纫机上为我缝暖水袋套子……我自幼未得过太多疼爱，父亲一心钻研天文、地理、无线电；母亲性格粗犷如男人，脾气暴躁。我记忆中从未有这样的一幕，当下心头热得紧，只觉得几平方米的小屋里全是日月光辉，从此终于有人疼了。以后验证，果然如此。

　　大姐终于跟我出来。坚持要去工作，她说我经常出差，一个人闲着也难受，因为快五十岁了，找工作不易。大姐去银行做保洁，高兴得紧。每月挣一千五百元，在阳泉挣不到。后来又涨了一百元，挣到一千六百元，她高兴得非要请客，我们俩吃了杨国福麻辣烫，每人花了二十元。

　　大姐脾气好，手巧心善。吃得亏，让得人，一说话就先笑了。每次我回来，总是和我聊天，先问："雪老师你嫌烦不？"我哪里嫌烦，只爱听她絮叨地说，也没个章法，大抵是寻常生活柴米油盐。她兄弟姐妹六个，父母常常视她不在，众人皆去出游玩耍，她要看家守门，把家里水缸挑满水、拾煤劈柴、做饭。

　　她从小便忍辱负重，但从不抱怨，只埋怨自己个子小，又生得不好看不讨喜，说起往事也是笑得喜气洋洋，仿佛不关己事。她就是这样宽厚得让人心疼。

　　她又说起公婆。她总把第一碗饭递给他们，公婆说媳妇比儿子还强。她听了心里高兴。她在灯下做十字绣，一针一线绣着，一言一语说着，没有悲伤，不动声色，像小津安二郎的长镜头，明明心里哀伤满怀，镜头里却是风和日丽樱花在落啊落。

　　大姐给我缝扣子补花朵。从"孔雀窝"买来的长袍子，明亮的宝蓝，她剪了老被面的牡丹花和缠枝莲，一针一线给我缝在蓝袍子上，整整缝了两天。没事的时候，做鞋垫，鞋垫上蝴蝶飞舞，我都舍不得穿。

我与那机关里做事的同学说起大姐，他们说："是你亲戚？"我说："是我表姐。"让他们多照应她。大姐人缘好，所有人全喜欢她。她干活儿不惜力，更不偷懒，没几日就调到最重要的保洁岗位——她给我看手上的茧子，我心疼，让她别做了，反正小慧也上班了，大姐说得为小慧多挣些钱，还要买房子呢。

她把人家扔的花盆捡回家，问我："雪老师，好看不？"我说好看。家中有好多花盆都是机关里扔出来后她捡回来的。种上铜钱草，长得水绿绿的，旺得很。家里还有《燕赵都市报》。只要有我的文章，她都会给我收藏着。《裴艳玲传》连载的时候，她嘱咐远在石家庄的大姐每天下楼买报纸，整整买了半年多……

最近的一次回家，她拿出一摞报纸，上面全是裴艳玲来廊坊、霸州、固安演出《赵佗》的消息。"万一你用得着呢？"除了大姐，世上再无第二个人如此细心……

每日想念我，她会去擦我的照片，然后自言自语："雪老师，你啥时候回来呀？"她问我这样傻不傻？我说："不傻，想我就打电话。"她说："可不敢，你这样忙，不能打扰你呀。"

每次回家，大姐都包饺子给我吃。大姐包的饺子全天下第一。小小的，中间捏一下，左一下、右一下，三下一个小饺子。每个饺子都生动极了，又乖巧又灵动，下到锅里像一群小鸽子。吃完大姐包的饺子，每个饭店的饺子都那么一般了，我出差久了便思念大姐和大姐的饺子。

有一次去台湾，看到街边写着"大姐水饺"心里一热，发了个短信给大姐：大姐，我想你。

夏天的时候，每天晚上去长堤散步。大姐紧紧挽着我的手，特别小鸟依人。我腿长走得快，每次尽量放慢脚步。我唱戏给大姐听，大姐夸我唱得好。那样的黄昏真迷人，植物散发出茂密的香气，河水泛滥着夏天的浓情。我和大姐走啊走，走到天上星星都出来了。那一刻，我以为就是永远。

有一次散步，她说等小慧结婚了有了孩子，她帮忙把孩子看大就回山西去。

我以为听错了，问她，她说："老了还是要回山西的，要埋在山西……"

我当时愣住了，站在她面前，心里恸得不行，泪水在黑夜中滂沱，好像心里一个最重要的事情渐行渐远渐无声了。她见我哭了，慌了手脚给我擦眼泪，我自言自语："大姐，你走了，谁疼我呢？"

小慧后来告诉我，有一次大姐病了，出了满身湿疹，去医院看了，大夫开了药，大姐一看二百多，没舍得拿……但有一次，我感冒，大姐下楼去药店买了最贵的药给我。我爱喝酸奶，有一次回去，看到桌上摆了一排，她从山西带来牛肉，不许小慧吃，给我留着，但凡手里有个珍贵的物件，便会给我留着……我过年过节给她买件衣服买双鞋，她逢人便讲："这是雪老师给我买的……"

有一次聊到生死。大姐眼里挂着泪水："雪老师，我要你一直这么幸福，我会死在你前面，我是知道的，到时候你莫要哭……"

一晃大姐来了快两年了，我却以为还是昨天。我并未让她过上锦衣玉食的日子，但大姐是惊天动地的满足。她说："雪老师，如果不是你，我哪有机会见那么多的人和事呢？我见了世面呀。"她穿着我送给她的黄棉袄，一脸笑意地看着我，那么喜悦那么满足。

"落落与君好，相怜老勿谖。此生同瓦砾，无累及儿孙。"

大姐今年五十岁了，没有一根白发，爱吃山西醋，会做好多山西面食，一说话爱抿嘴笑，单纯善良的人才会有孩子气。

她说："雪老师，我知道认识你好日子就来了。"

我在心里告诉大姐：大姐，好日子来了，就再也不会走了。

祖母

祖母去世二十多年了,这么快。那年我才十多岁,尚不知世事,又过了青涩少年的青春,"唰——"就到了中年。

前几日与姑姑一家聚会,姑妈说起小时候:"那时候你奶奶年轻漂亮,瘦高个,常穿青布裤子白布衫,头发挽一个髻子。她早晨起来烧水做饭,然后我们哥仨儿站在枣树下——那时我大哥拉二胡,我二哥吹笛子,我唱歌……"这句话说出来,全场静了。

那是怎样的一幅美好画面,春日艳艳,一个女人在低头做饭,即使每日里劳作,衣服依旧那么干净透亮,三个孩子在枣树下拉琴唱歌。枣花开了,香气袭人。那大概是姑母最美好的记忆。而祖母的教育也影响了她的三个孩子——大儿子(我的父亲)一生痴迷于音乐、书法、科学,一把二胡拉了一辈子,并把自己的孙女送进了兰州大学音乐系二胡专业。叔叔一生喜欢吹笛子,参军后转业到辽河油田,晚年仍然保持浪漫主义情怀,常常一个人去周游西藏、青海。姑妈更是浪漫了一生,当了一辈子音乐老师,弹钢琴出神入化。姑姑说:"如果没有你祖母,我们没有这样好的情怀。"

而在我的印象中与祖母却不亲不近。

我儿时在一个叫南燕务的村子里长至八岁。母亲生下弟弟便把我送到外婆家。母亲与祖母关系一般,自然会将女儿送给娘家养。在八岁之前,我对祖母的印象寥寥。她那时照看叔叔家的孩子,母亲自然不满,而我与祖母的感情几乎是空白。

八岁，我回城里读书，总见祖母穿了白衫黑裤坐在枣树下听评书。哦，她长得真好看。和外婆比起来，真好看得多。身材亦好，瘦高的个子。外婆矮而胖，而且没有脖子，自然不如祖母好看。祖母身上有种莫名其妙的气息，这种气息甚是吸引我。她识过一些字，还会唱评剧和梆子，那些戏从她嘴里唱出来真是好听。

但祖母与别的女人比，有一种格格不入的气场，她几乎从不出门，常坐在枣树下听收音机，院子里有四五棵枣树，枣花开的时候落在她的发间，香极了。

我却并不靠近她。她天生让人有隔阂感、距离感——多年之后，我看着镜子中的自己，突然心头一酸，那潜伏了多少年的基因或DNA，它们扑到面前，似是故人来。

我已是，中年。

后来，我与她同住。她与祖父不睦，祖父去辽宁和叔叔住，她留下来，独自一人。

她的房间雅致，墙上是连环画《霍小玉》《穆桂英挂帅》……床下的柜子上有绿色暗花，纸糊的窗透出木头方格子，上面贴了她剪的鸳鸯。她仍旧一身白衫青裤子，美得有些沧桑，却自有让人想靠近又不能靠近的气息。

虽然与她做伴，却依旧不亲近。我说话是细声细语，她睡西边，我睡东边。我假装睡着了，听她跟着收音机唱戏，后来真睡着了——后来的后来，我与戏曲结下极深的缘分：去中国戏曲学院教学。去很多大学讲戏曲，写了《裴艳玲传》。有三四年时间，都在和伶人打交道，那时祖母已离世多年，如果她知道孙女能唱程派《锁麟囊》该多高兴啊！每每想起这些，总会想起祖母，但祖母早已不在。

祖母心气高，是小镇上第一个去北京的老太太，她每次去姑姑家都要去北京。在我小时候，北京是一个遥远的地方，而祖母能经常去，在北海、颐和园、故宫照了相回来，放在相框里，有邻居来便指给人家看。我站在一旁，恨她不带我。她不爱孩子，她爱她自己的世界——我越老越像她了，像得不留余地，像得片甲不留。

她带我去赶集市，不似外婆那样疼惜地问我想吃什么，亦不会牵着我的小手。她急急地走到前面，像风，白衫子还是那么白。她也有白发了，她的青裤子像有风。

我想我不爱这个孤傲的老太太，我比她还倔强，绝不撒娇，绝不讨好她，以一种敌对的姿态和她抗衡着。但她身上分明有一种气质，让我难以离开，那是远比外婆更要迷人一千倍一万倍的气息，莫名其妙却又欲罢不能。

她每每从北京和廊坊回来，都会带一些奇怪的东西——几个假领子、几块牛皮糖、一桶麦乳精……她把假领子给我缝上，说，小女孩，就应该知道打扮自己。那时我留着短发，穿着男孩的衣服，又丑又小又自卑，因为她的高个子、白皮肤，她的白衫子、青布裤子；因为她的居高临下，她的清冷。

她病了。姑姑和父亲小声说是不好的病。父亲脸色极难看，跑出去给辽宁的叔叔发电报。每当发电报，家中便是有极重要的事情了。

后来她在廊坊住院，母亲带我去看她。母亲说她快不行了。那天我的心情一直平静，从见她到离开。她也平静，叫了我的小名，然后又闭上眼睛。姑姑让我吃桃罐头，我便在一旁吃。

祖母临终时我不在，只有母亲和姑姑在。我在胡同里坐着发呆，也不悲伤也不哭，但就感觉心里乱得不行，乱极了的乱。那年我十五岁，她六十六岁。

我在地上写她的名字：牛素芹，写了一遍又一遍。

我和老师请了一天假，理由是我奶奶去世了。

我一直没有哭。

几年后，我长得又高又瘦。很多年后，我喜欢穿白衫子、青裤子。很多年后，我一边听着收音机一边跟着唱戏。很多年后，我亦清高冷淡，亦与他人格格不入，只做那个唯一的自己。

春天的时候，我与姑姑给爷爷奶奶上坟。坟边有水有草。姑姑跪在那里烧着纸钱，说："爸妈，给你们钱好好花，别在那边吵闹了，好好在一起过呀！"我先看着火苗腾腾地着了，又看见火苗映在姑姑的眼睛里。

在姑姑眼睛里，我看到一个又瘦又高的女人也跪在坟前，她叫了一声爷爷奶奶，便泪落如雨了。

霍金

现在写他肯定是早了些。太熟悉太亲近的人是无法下笔的——何况他是我老父亲。70岁这年他闹了场大病,差点没了命,最厉害的时候他说:"莲,快去叫你妈吧,我不行了,钱在哪放着……"

马儿给他起外号"霍金",意思不言而喻——他说民间科学家,天文、地理、自然科学、民族乐器、书法、诗词……居然无一不精。又喜孤独。一生朋友不过赏心三两。多数时候他一个人发呆,面前一盆海棠花,身边一直孤独的猫。

他喜养猫。猫狐媚,又孤寂又灵异,从年轻时就养猫——古书说男不着猫女不着狗,但他是养猫的,而且母亲极配合他,去拣些鱼肠子来,用馒头裹了喂,喂得很胖。毛儿非常亮,那种油亮亮。有时是黑猫,有时是白猫,但总是猫。孤独的人都养猫,热闹的人才养狗,更热闹的人养鸟儿。

但我与父亲脾气并不相投。从小到大说话并不多,仿佛隔着什么。到底隔着什么,根本说不清,我不记得他有多疼爱我,于世间情义而言,他是无情人——他的无情在于世事的淡漠,我爷爷去世,他不动容,亦不见动心。

叔叔或姑姑从远方回来亦不见他多惊喜,他是花归花、雾归雾,该落的落,该散的散,不留情分。

其实我最像他。无论是禀赋还是性情——孤独、清凉、不与人热络……保持着自我的执着与清凉。

少年时听他于月夜中拉二胡，之觉无比清凉。那些凉意如蜿蜒小蛇钻进少年心里。

我没有从事音乐。弟弟的孩子从小拉二胡，最后考到兰州大学音乐系，专攻二胡，后来又到天津美院读研究生。但每每有卖艺之人拉胡琴乞讨，总是侧目、从容……二胡这种乐器不是拯救孤独，而是教人更孤独。

我的爷爷是个更偏执的老头，一生，只喜欢一件事情：书法。书法才是他的妻他的子。他早早和祖母分居，每天关在房子中写字，字写得有二王风骨。我小时候，他仍然把父亲叫到跟前逼他练书法。父亲对书法恨之入骨：我少时只当笑话看。

七八十年代极少有人还写书法，那时父亲去化肥厂上班，母亲去灯泡厂上班，父亲闲暇之余解一些数学难题，有一本书叫《科学画报》，除了三道世界难题，父亲一夜之间全解了出来，并贴八分钱邮票寄了出去。很快获奖证书寄了来，他裱在墙上得意。三十多年过去，而证书早已蒙尘。

他最喜无线电。并选择其成为终生事业。80年代初我们家就有电视机——他自己做的，自己画了线路图，又从北京买了原件——那是县里唯一的电视机。

后来很多单位有了电视机，很多人跑到单位里去看电视——《排球女将》《射雕英雄传》……港台片、录像厅、电影院……夹杂着二胡声和无线电的滋拉之声，我的少年呼啦啦飞，那时我已经开始去县里的文化馆看《人民文学》《收获》之类……已经开始坐在文化馆的合欢树下发呆了。

多年之后父亲将他保留的从1960年到现在的《无线电》杂志给了我，并且把他手书的柳公权的《玄秘塔》原件让我收藏，他知道他老了，也或许知道，那个最像他的人是他的女儿。

他越来越老了，可是，不服老。

仍然练书法，仍然和他的老朋友谈天文地理宇宙。

每次回家，他都高嚷：莲的妈，莲回来了。

这世界上唯一叫我莲的人。

我们交谈依旧不多。他亦不以我的成绩为荣。别人提起来，他也只是笑笑。家里也没有我的照片，墙上的照片是他和他几个老伙伴的照片——有时候我喜欢他那种于天地有情于人无情的精神。无限的寂寞但又无限的孤芳自赏。

在八十年代，我们家是先富起来的那部分人。我上大学时，别的同学生活费大概是在60，父亲会给我200左右，我去石家庄最好的音像社买磁带听。29块一盒，现在想起来，都是奢侈品。

父亲说，女孩子要见世面。他让我读科学的书，但我没有兴趣。他读爱因斯坦《相对论》，看霍金《时间简史》，看高等数学和物理，每日做木工活，家里的小桌子小椅子全是他自己亲手打的。

还有鲁班的那些神奇的小模具，他会用小叶紫檀一个个磨出来，精致极了。

但他不喜孩子——子孙们仿佛不在他眼里，他也懒得逗他们——他在自己的世界和自己的宇宙中如鱼得水。起先是怪他的，人间的冷暖他不理会，子孙们也不热络他，他亦不在意，年龄越大越不在意他那些平淡天真——因为我越来越像他。

后来他又养了条狗，我想大概是因为和母亲太寂寞了。

那是条泰迪，常常陪他说话。

但有一天狗丢了，母亲去溜它的时候丢了。

我正在西安出差，他给我打电话："你快回来，别出差了，快给我和你妈找狗。"

狗我没有找到，我发了朋友圈。朋友给了我一只。他高兴坏了，一直抱着那条小狗，给她起名"妞妞"。

一条猫一条狗，还有书，还有老伙伴，这是他的精神世界。

有一天，他给我发微信，说自己研究出了新软件，他说比 Windows 7 还好使，他让我安装上他的软件，这个软件叫"王有泉"软件。我拒绝安装，他不高兴。

又有一天，他说家里正给妞妞过生日，还喝了酒买了生日蛋糕吃了面条，并且给小狗穿了新衣服发给我看。

2017 年 6 月，他不小心踩在瓜皮上，摔断了大胯。

他老了，养了好长时间还不好，于是挂了拐，于是有一天说："如果我有一天不在了……我就把所有的书留给你，你不要哭，你妈也不要哭，乐呵着送我走，我还要到下个世界去玩。"

但每次回去，他还是那么乐观——有时一个人发呆，听音乐（他喜欢迈克尔·杰克逊），看书，抱着他的狗、猫。有时和他的老伙伴们聊天文宇宙。

所有认识他的人都和我说过同样一句话：你父亲是个能耐人，他如果读了大学，肯定能进中科院。

这个我信。

他的智商超出我的想象——从他我才知道，世界上有一种人，是和天地并行的。

我更相信灵魂里的 DNA 是无法更改的——从我祖父祖母到我父亲，再到我，孤独和艺术都一直绽放并存，我们在自己的世界中如此自得和骄傲，从不在意这个世界的看法。

母亲说她嫁了个怪人，但我知道母亲崇拜他。有一天母亲说："假若有一天你爸爸不在了，我可怎么办？我跟着谁也不行，你们都不如你爸爸……"

父亲就说："莲的妈，你放心，我会一直陪着你。"

然后他们的眼泪就都下来了，我抱着小狗，泪水落到了小狗的身上。

琴师

因为喜欢戏，耳朵格外灵敏——特别是对京胡声。

京胡声似裂帛之声。二胡拉的是柔是美，仿佛丝绸上的音乐，京胡别有古道西风瘦马的沧海之音。

虽然唱得一般，但给我伴奏过的琴师却大都厉害。

2010年8月，王珮瑜在上海三山会馆开新专辑发布会，我是嘉宾之一，那天认识了女子十二乐坊音乐制作人梁剑峰。他披着一头长卷发，坐在树下弹吉他。那天他弹珮瑜唱，唱的是《四郎探母》。我那天唱的是《春秋亭》，上海京剧院伴奏，珮瑜的琴师，一紧张，没唱好。

又一次北京几个票友玩，燕守平给我拉，去过他和马小曼的家，喜欢墙上那幅书法，是夸燕老师的：指下松涛。指下有松涛还了得吗？他拉得自如，我唱得惶恐。燕老师的琴是王羲之的书法，自如舒展。

2012年冬天，参加海派克勒门活动，说戏说梦。

那天主讲是华东师范大学教授翁思再先生，我只道他是《大唐贵妃》的剧作家，未料及是翁偶虹先生公子。在中国戏曲学院教学时，有人时时提及翁偶虹，那是戏曲界剧作家前辈——《锁麟囊》便出自先生之手。那天唱了一段《春闺梦》，琴师是平一。

一个只有28岁的年轻男子，眼神却是老的，他脸上总有不动声色的大美。后来聊天，才知他七八岁就出来闯荡江湖，天津人，去北京学戏，又到上海落脚，再到河南京剧院……

2012年冬天他在人民大会堂开个人演奏会，李世济、李维康、康万生都来了，全来捧这个年轻人，连裴艳玲也来了。江湖上说他是京胡第一把，他总谦虚而婉转拒绝：可不是。他有不符合他年龄的平静和沉稳，那琴声也一样，都是暮气。

我们俩坐在上海出租车中聊天。

我说："平一，这些经历会让你的琴声更加饱满，你南方北方都闯荡了，自是不一样。"他说："我少年时便知江湖滋味……"他总说我唱得可以，我知道他喜欢肯定人，跟他的弦儿唱，仿佛唱人生，起伏跌宕里，俱是悲欢离合。

L城的小薛是中国戏曲学院毕业。每次我去北京天津的大学全是他跟着。有时我心里没底了便去看小薛。他的眼神仿佛就是锣鼓点和节奏。因为跟小薛的琴最多，所以，也最默契。

王老师和杨老师是我回故乡小住认识的。

楼下广场早早会传来京胡声——京剧的声音可以盖过河北梆子和评剧的整个乐队，那扭秧歌跳佳斯舞的也仿佛不在，我与王老师便这样偶遇。

他本弹月琴，忽然迷上京胡。一上手就比别人快，70岁的他有超强记忆力，拉琴基本不看谱子。

那天我站在法桐树下看他拉了好久——有唱麒派的，有唱荀派的，有唱老旦的，有唱梅派的……他看到我，然后说："唱段儿？"

"好。"

我胆子比从前大很多。几年前不敢跟弦儿，第一次在西湖会馆跟弦时完全乱了方阵。不知从哪儿开始唱……那样的尴尬至今记得。

王老师拉琴一般。不流畅，有些地方生涩的很，但他认真，人一认真，琴声也生动起来似的。

我与王老师便这样认识。并相熟起来。每每回乡，便去广场唱上几段，他自然不打听我是谁，只拉琴便是。

杨老师亦是从广场上认识的。偶然一天去，看到杨老师。76岁的老人，一头银发，戴着万宝路的西部牛仔草帽，倒不似小城人，王老师介绍说："让杨老师给你拉，这是老琴师，从前唐山京剧院的老科班出身。"

杨老师琴声一响。我几乎呆住。书法说书法最高境界是人书俱老，琴师也一样啊。又想起有一天听俞振飞八十多岁唱的《游园惊梦》，那声音老得那样华美而不堪，我在电视前，只觉心头哽咽，听杨老师拉琴，亦是这样。

H其实拉二胡。大学亦是二胡专业，13岁就过了专业十级。H的二胡拉得行云流水，她的二胡跟她姨夫学的，有一次见到她姨夫，这个50多岁的铁路职工至今还在一线检票，他说："我一生最大的爱好是拉二胡、喝酒。酒可以不喝，二胡不能不拉。"

H和我说过很多话，比如老了如何，比如将来如何……很多我都忘记了，但有一句话我到死也不会忘记，她说："我只给你一个人拉，当你一个人的琴师。"她是为我才开始学京胡的，从二胡改到京胡并不容易。她说这句话我从来当真，但并不希望她只给我一个人拉，她心里这样想就足够了。好琴师要什么流派都会拉，而且什么戏都会唱，会唱才能会拉，这是杨老师说的。

在L城时，H有时给我拉上一段。没有人给她说，她拉得自然一般，但我仍然觉得，那是我们的好时光。

有一次，我和H正在发呆。天上在下雨，忽闻雨声中有京胡之声。京胡的声音那样让人惊艳——有人说维也纳音乐厅一支庞大的乐队也抵不上一把京胡，而且那声音仿佛来自天外，又缥缈又空灵。这琴师拉得太好了。

我们寻声而去。

H问我："不约而至好吗？"

我说："没事。"

听着声音是从2单元八九楼发出的，果然。

敲门，门开。一阿姨问："找谁？"

我们说："听戏。"

客厅中有两位老人，一个弹月琴，一个拉京胡，一个中年男人在唱《霸王别姬》。那弹月琴的是王老师，那琴师便是杨老师。

那是 H 第一次见到王老师和杨老师。二位老人开始给 H 讲京胡如何拉——用小城普通话。他们讲得非常认真。H 和我说："我想拜杨老师。"

"那自然好，我安排，但你要行大礼，像老科班那样，要磕头。"

杨老师亦愿意收 H，说 H 有灵气。

第二天，王老师给我打电话："让 H 来拿乐谱和书吧，我给 H 买来了。还有我下载的很多乐谱，我都给她标出弓法来了……"那天温度近 40 度，他骑了自行车去新华书店去给 H 买书，H 感动到无言，我亦不知说什么了。老人身上，自有素色光芒璀璨。

在家乡期间，每日早晨六点左右在法桐树下唱戏，王老师的月琴，杨老师的惊呼，唱得嗓子都哑了……从没这么用功过，王老师说不嫌我跟不上，一遍遍给我拉，杨老师手下是一辈子的功夫，琴声一处，自是动人动情。

H 只学几天，便手下有了韵味，再拉《春秋亭》，有了起伏和波折，那轻重缓急里，颇有杨老师的意味了。

与杨老师闲聊，谈起琴师。他最喜欢杨宝忠，"那是最棒的琴师，没有他，就没有杨宝森，不是杨宝森唱出了一个流派，而是杨宝忠拉出了一个流派。"又提及梅兰芳琴师凤山先生，前几个月刚仙去，把梅兰芳拖住了，程砚秋琴师周长华也好，程派不好啦，和别的派比难度大。

琴师是戏班的魂儿。没有琴师，哪有角儿？乐队中，什么都可以没有，今儿没有月琴，行。明儿没有三弦，行。武场没有？也行，但没有弦儿试试？没有琴师，唱不了。

那天看见杨老师在树下给 H 说琴，他拉着琴，满头银发在风中飘着。

H 也拉着琴，满头黑发在风中飘着。

茶人

茶人本就是接天引地、清格自在之人。魏晋时期,茶人就被称为"素业"了。茶为嘉木,能成为茶人,心中必有一段春风、一朵清淡之莲、一截阔气豁朗。那浓烈、放肆、鲁莽之人,哪里能称为茶人呢?没有一份澄澈的清丽,也绝非一个好茶人。

延延的名字便好,又姓"时",便好上加好了。有时,名字便是天意。我自己光说无意间取了笔名叫雪小禅,其实一切还是天意。有些名字,注定会命格高,会是传奇,这便是没有办法的事情。

我听到"时延延"三个字时,便觉得清丽,及至见到人,便更觉于情于缘分更是旧相识。延延才二十八岁,但老笔澹澹,像一帧古帖,大概长期和古茶树缠在一起,身上有清逸的茶气,却又带了这个年龄不应该有的山高水阔和气象万千。

初见是深冬。去她的百年蘭草堂喝茶,茶室中有傣族老房子拆下来的木头制成的茶桌,亦有粗朴烛台,茶托由日本铁打出。她拿出藏了三十年的老茶招待我,音乐是佛家《大悲咒》。墙上有僧人字画,墙角是一大罐莲蓬,那陶罐原本是傣陶,桌上的清供是一枝干茶花。

我刚刚从日本回来,自然欢喜这禅意简朴的屋子。延延穿了茶服,梳了麻花辫子,脸上不施任何脂粉,眉眼间皆是自性清明的纯真与干净。我心头一喜,觉得茶人便是这个样子了。

长日清谈。

三句两句地说着。

外面飘雪,她带我去看她藏的茶——傣罐里皆是古树茶,她只做古树的普洱茶。那姿态里有不张不扬的态度。稍微沙哑的嗓音更显朴素,像书法里的逸笔。

我们喝了一下午的老茶,都有了"晓山入画春无际"的雅兴。通脱超拔之人,大多都有清雅飘逸之处,延延也不例外,那一身茶气与飘逸,自然让人心里欢喜。

第二次去觉得她有"野气",苍绿了。与这个年龄不相符的老绿——不经历一些世事打磨的女子,不经过时光淬炼的女子,哪有这样凛冽的眼神?那种复杂的单纯和单纯的复杂让人觉得柔韧、醇厚,恰似一款古树茶一般,又藏了些许年,口感敦厚,却又有猛烈的野气。那份不羁,叫大自在。

她刚有宝宝,名叫"小普洱",喂奶时朴素天真。她去天福茶学院专门学了茶,2013年成为中国最年轻的评茶技师和茶艺技师。一年中有半年时间,她行走在西双版纳的原始森林里,去寻找那些古树茶。"我常常和那些树说话,比人更诚恳。"——受过伤的果树会结出更甜蜜的果实,被砍过的香蕉林会结出更多的香蕉,而人心饱经挫折则更贪恋人世间的美与好,格外的珍惜与珍重——她的眼神里,有凝重。

第三次去还是喝霸气厚重的老茶。茶汤饱满浓亮。茶到中年,人到中年,岁月绵长中知道了刚柔相济和沉着练达。我们说着茶事,只觉相遇恨晚。其实不晚,应该遇见的终会遇见。

2014年春节前,夫妇二人叩门来访。我正写一篇关于普洱的文章,已经收了尾,他们恰好进得门来,说要为我做一款小禅茶,用古树茶的料,名字唤作"银碗盛雪"。我指给他们看自己正写的文章,觉得是天意。

春节过了我便去了西双版纳,延延说来看看茶山吧。她为我安排了新旧六大茶山。在一起的几天,去了新旧六大茶山、原始森林,我不知深浅，但在原始森林中有了恐惧。

一米宽的小径下便是万丈深渊，稍有差池便会葬身谷底。延延却走得轻快，说比这艰难的路也去过，又说有一次暴雨冲垮了道路，从摩托车上跳下来，和她的伙伴老柴拉着摩托车赶路。肩膀上勒出血迹，至今仍然有肩痛的毛病。夜宿傣族人家，雨夜敲开人家的门，又饿又冷又渴。

傣族人家里没有电，她和老柴就在黑夜里点起蜡烛，看锅里还有半锅冷饭，就拌着酱油吃掉，接了雨水在炭火上煮毛茶喝，睡到床板上听老鼠吱吱叫。那样的经历经常有。延延说起来不动声色，仿佛说着别人的故事。

"做头春茶时，每天去原始森林，摊凉后连夜把茶背出来，再连夜炒，至凌晨三四点才能睡两三个小时，然后起床再去。因为路太陡峭险峻，每年都有人从山崖上掉下去摔死，于是上了几百万的保险……"

原始森林，入诗入画，但每一步都关生死。延延用命来做茶。但她却是视死如归的平淡——吃得苦，耐得烦，不怕死，霸得蛮。延延，好一款霸蛮茶。一板一眼、九曲回肠，蓬牖茅椽、绳床瓦灶，她自己修成了花不沾身。

《维摩诘经》中，文殊菩萨向维摩诘问疾，天女们于斗室散花，彼时大菩萨们味不沾身花不沾味，非关禅，非关道。茶给予她的灵气，已经是一份厚道和阔绰。

十年之内，她必能成为那个独一无二的茶人——她的韧性是我所见过的女孩子里弹性最大的，她的大戏刚刚开锣，敲了锣鼓点，好戏刚开场。慢慢喝，好茶，喝一辈子呢。老茶，更得经得起时间的磨砺，那穿云夺月之喜才会慢慢洇出来。那禅才是一枝花，才是一片冰心在玉壶呢。

刮风寨，我们喝了2015年春天的头一泡茶。简陋的小屋，拉了电线的插头，破木桌。延延叉开腿沏茶，一脸灰尘，满脸喜悦。一杯头春茶泡好，条索肥硕霸气，茶汤黏稠，三泡皆如米汤，一口下去，甜度极高。

她沏茶的样子，绝非冬天时穿了茶服的雅致飘逸，却自有一份拙朴淡然。茶本随心随性随喜，过度讲究形式、器皿、仪式，已远离茶的本味。茶便是延延在陋室一坐，叉开腿，满目风尘沏了这一泡头春茶。这便是禅茶，真正的禅茶。

那一刻，我起了敬重，觉得她小小年纪便通了道，等到四十就了不得了，但心里又高兴，真正的知己没有年龄没有性别，饱经挫折伤害依旧天真的人才更可贵。

我们在原始森林中对着月光盟誓，要把"银碗盛雪"做一辈子，成为普洱茶中的经典和传说……

我时常提及某位大师，也做普洱。

延延淡然一笑："雪老师，我们会超过他的……"

她笑起来有一种朴素的明媚，但沉静起来又静影沉璧。但最打动我的还是那一个刹那。

我们坐在去易武的皮卡车上，她忽然说起往事，忆起自身不易……我一直听着，没有插话。最后我告诉她《锁麟囊》中薛湘灵唱的那句："她叫我收余恨、免娇嗔、且自新、改性情、休恋逝水、早悟兰因……"她眼睛湿润，红了眼圈看着我。我坚定地说："延延，我永远在这儿。"

在西双版纳过的元宵节，她的公婆接我去家里吃饺子。

她的丈夫转了半个西双版纳才买到擀面杖。

饺子是猪肉茴香和猪肉白菜馅儿的。

两位老人包着，延延与我说着家常。她说家常的时候更朴素动人，又几次红了眼圈。

我当下觉得这个女孩真是可交之人——如今还有几人说到动情处会落泪呢？那个刹那，才是明心见性，才是青山绿水。她洗尽铅华，她见了真味，她更知人生的茶杯里乾坤更大。

就像那位老茶人夸她："一年能坚持下来没什么，她能坚持七八年，年年来。去年还抱着刚出生不久的'小普洱'……"听得人心里一疼一疼的，这个女孩子用命来做自己的事业，而且用干净和朴素，直击人心。

和静清寂。

这是禅茶一味了。

延延抱着她十四个月大的儿子"小普洱"，站在千年古树茶下。她用生命在做茶。她知道，茶能接引天地，能引领精神走向清幽、质朴、高贵、简逸。

就像我们盼望老去，这款叫作"银碗盛雪"的茶也老了。

我和延延就着心中的一段春风，品着老茶，读着我曾经的文章，说啊说。延延说自少年时便是我的读者，她要读我到老。那么，一起老吧，人书俱老，人茶俱老。

那个西双版纳原始森林中的月亮作证，我偷偷说过一句话，延延没有听到，我曾经对月光说：花开见佛，美成在久。延延，好好做你的茶，笑为茶开，茶因笑发。无论什么时候，素心花对素心人都是最美的。我在这里呢，而且一直在。

铅华洗尽，必见真淳。延延便是那棵野生的老茶树，她站在那里，自成风景，无所从来，无所从去，无生无灭，用一身茶气修得了今生来世。又像一个风雪夜归人，沏了一杯老茶，在一个叫"百年蘭草堂"的地方等我们。一等，就是百年、千年。

这个女子叫时延延。

山河故人

今年的蔷薇开得真好。我折了一枝插在瓶子里，几天了还没有败。于是我坐在灯影蔷薇下写这两个人，心头有春意，却又藏着山河，那山河里，是我的故人。

一男一女。我和男人叫哥，女人叫姐。H是男人，华是女人。两个人皆是我同乡。霸州人，生在霸州，长在霸州，至今，还在霸州。

我与华是少年同桌。彼时十五六岁。只两个人玩，不肯与其他女同学玩。两家又离得近，周末便找来找去。

她容貌清丽，一直美得清澈、涤荡，似民国女子的大气凝练，这种本性保持至今，虽至中年，倒让光阴洗练得更加澄澈——我未见过比她更澄澈的女子，仿佛天地初开，便是那透透明明的样子，她不但保持住，而且染不了尘埃。

我每次下笔想写她都觉得艰难。甚至有无力感——大概30年积攒的细节过多，反倒忘言矣。

我在石家庄上大学时，她与母亲去看我，倒了一天的车到石家庄。二十年后她告诉我："只去过那一次石家庄，只为看你……"永远记得我生日的是她。

我声名鹊起时，她不能靠近我，怀着近乡情怯的小心每天去看我微博，这样她便心里踏实。她见我时还紧张过，抱着我爱吃的榴梿脸红着。人至中年仍然羞涩、本真。把辟邪的东西给我挂上，嘱咐我哪个时辰对着哪个方向……她去澳洲看侄子，在海滩上写下我的小名，然后用玻璃瓶把沙子装起来带回，塞到我手上：这是你的名字……

我去讲座，带她去苏州。她的身份证居然不能在网上买票——因为从来没有在网上，买过票。没坐过高铁……后来多次跟着我，同屋住，熨烫好了衣服，又泡好茶端我面前。与众人吃饭，她寡言，亦不说普通话，只说那率真的霸州方言。有一次，我剩下半块点心，她从我盘子里拿走便吃掉——那个细节令人震撼，除了她，没人吃我剩下的东西。

她亦像母亲。跑去为我算命。说我本是奇人……我叹一声"姐呀"便再也说不出话。我们去安徽岳西法云寺，转眼便找她不见。她去买香，两大把，一大把是给我烧的高香，还令我在千佛塔转上三圈……众人皆说我姐疼我，其实她似我妈妈哩。

闺蜜小金同学做"3时"品牌的衣服以棉麻为主，大气飘逸。小金见我总说"我姐我姐"，便执意要送衣服。我断然拒绝——她只穿最干净最简单的衣服，几乎不穿裙子，牛仔裤买三条穿一年，从不带任何首饰，20块钱的表，双肩背的牛皮包，笑起来眼角有皱纹，脸上有生动的雀斑——但我却没见过比她更美的女子。华，我姐。

那天在岳西，我嗓子说不出话，她掏出消炎药。"你哪来的药？""我怕你上火给你准备的……"我调皮，腿磕破了，她疯了似的冲回酒店，去取从澳洲带回的"万能膏"，细心给我涂上。"你咋啥都带？""我怕你万一用得着，你看，用上了……"

她的手粗糙了，每天下班她去娘家，给八十岁的母亲洗澡、剪指甲、洗衣服……几乎是每天。"妈高兴了，我就高兴了。"我没见过比她更懂事更善良的女子。

高铁上，她与我聊家长里短。哥、弟、妹、母亲……又说起那琐碎事物的美与好，我不觉琐碎，反觉春秋大义原本就是这样的似水流年——她与我从不说艺术，但日常生活就是艺术，是庄子的遥不可闻、闻而非也，无声之中，皆是春秋。

说艺术的是我与 H。一谈 20 年。从未停息。早先我和他叫老黄，他年长我几岁，母亲便骂我没大没小，令我喊他黄哥。我回老家便去寻他，然后无边无际地谈啊谈，书法、绘画、戏曲、宗教、交响乐……

20 多岁时，我远未离开霸州，两个人打了盒饭开始说海子、俄罗斯诗歌、卡夫卡、阿赫玛托娃、茨维塔耶娃……争得面红耳赤，并写了大量手写书信。

与华姐不同的是，我与 H，从未中断一天联系。一直这样说啊说啊说，通宵达旦、秉烛夜游。他一直经济困难，乙未年之前，租了别人的房子住，一住多少年。

我去那座孤楼看他，总是深一脚浅一脚，有一次还绊倒了。冬天从不交暖气费，我们窝在他的书堆里看书，偶尔说一句，偶尔一句不说。他痴书，几万册藏书，又记忆力惊人，我随便一提，他便知出自哪本书。

高处不胜寒，人生有知己。

有时候我回霸州，就是为了与 H 秉烛夜谈。昏天黑地地谈。细水长流地谈。没完没了地谈。我的读者苏砚见了他，只觉天地洞开，称他民间木心，邀他去苏州玩。到了苏州，H 几乎沉默，眼神间全是对苏州的炽烈——他少年便爱这山山水水，但终究只去过那几个地方。有一次他说十二三岁时，用锄头去够星空，想知道宇宙有多大，又给我看十几岁画的岳飞传，那神情啊……他简直是他自己的赤子。

二十年说过太多话。大多忘却了。他依然在乡下教书，我偶尔去找他，两人在秋天或春天的旷野中，没男没女，没有时间。他亦不忘从何处来，又要到何处去。眼神依旧似少年。人之中年，还有非常强烈干净的气质。

这两个人，就硬生生让我遇到了。一个 30 年，一个 20 年。乙未年春天，他们终于遇到了，好像遇见了多少年似的，两个人说着我、想着我，那时，我在云南，在西双版纳。

今年，H 终于有了自己的房子：一个 60 的平方米的经济适用房。在古霸台旁侧。有一次带着我和书林去他的新房，兴奋极了，幸福极了，让我们建议他哪里打书柜……

这几天，他在搬家，装了几百袋子书，那 60 平方米装满了书，他自己说："到处爆满、爆满……"书林说："真的，没见过比 H 老师更干净的男人。"

有一次我们三个吃饭，说着笑着。就老想掉泪，老想快点老了，守着这两个人喝茶、聊天；或者，什么也不说，就那样傻傻地坐着。

我姐说了："莲，老了哪也别去啊，就回老家啊……"

今年的蔷薇开得真好。坐在蔷薇灯影里写下这些文字，觉得坐实了江山似的，因为山河里，有我的故人。

银碗盛雪

"如果我有一款小禅私房茶，这款茶应该叫'银碗盛雪'。"这是我文章《普洱》中的一句话。

2015年是乙未羊年，正月十一，飞往西双版纳。茶人延延、老柴已在等我，去寻茶问道。

西双版纳，在北回归线上。北回归线是热带和北温带的分界线，聚集了一切宜茶的最佳条件。那里的原始森林中，有茂盛的野生古茶树，用古茶树做出的普洱茶，香气沉郁深远，纯高锐亮，回甘醇甜，这是山水的供养，是自然的恩赐。它的茶树千年不老，在时光的力量中，成了道，成了那款叫作普洱的茶。而我的这款茶，茶人延延说："必须用原始森林中的古茶树做，才配得上叫银碗盛雪。"

延延二十九岁。怀中孩儿"小普洱"，刚刚十四个月。老柴二十六岁，新婚不久，妻子怀孕四个月。两人都是茶疯子，做茶已七八年，黝黑的脸上，一种苍老的天真，神情格外郑重、肃穆，倒映了普洱的那份敦厚、朴素。

两个人谈起茶，仿佛裴艳玲说起戏，可通宵达旦，对茶的痴情与狂恋仿佛一种信仰与皈依，我忆及自身，对写作的归属感亦是如此——对一件事物的热爱，唯有扬起宗教般的热忱方能精神明亮与永恒持久。

千年之前，茶农在惊蛰前三天，凌晨三四点便起，然后一起去茶山喊山：茶发芽，茶发芽。而我们抵达原始森林那一天，恰恰是惊蛰前三天。

此谓天意。我要去喊山,去喊一声震天动地三个字:茶发芽!这是我的先春喊茶。

先去新六大茶山。探访老班章之路最是难忘——土路上尽是沟坎,一路尘土飞扬。"夏天到来时,这条路便消失了,雨水太大便成为河流了……"老柴说。我抱怨太颠簸了,脑袋一次次磕到车顶,小皮卡上蹿下跳,延延和老柴说这是好走的路。"那难走的路什么样?"他们俩相视一笑:"明天你就知道了。"说实话,我对老班章感觉一般。至少,没有想象的那么好。

而且亲眼所见台地茶的生长环境,那杂草丛生和尘土飞扬……很多做茶的大厂家所用之料均是台地茶。人工所种,再施以化肥,怎能和几百年的古树茶相比?但老班章名气冲天,"新六"中亦算翘楚。

次日去古六大茶山。云南好多地方的名字有生猛、野蛮之气。不知其意,但意味深远幽古,令人动容。云南亦是充满了一种野蛮味道的地方,又邪恶又纯真。一进云南,我便想起前几年和中央十套拍纪录片《探秘蝴蝶谷》,那悬崖峭壁和原始森林至今在脑海中——我去云南充满了恋人一般的喜欢。也许我骨子里也有这份天生的野气和稚真吧?之前看云南作家雷平阳的散文《出云南记》,更是有深切的欢喜。

古六的名字更是一派天然。听听这些名字吧,易武、倚邦、攸乐、莽枝、蛮砖、革登。叫得那样鲁莽,却又叫得那么明烈,恰恰对应了普洱茶那种野蛮生长却又天地大净的辽阔清幽、静水流深。一款普洱,磅礴幽雅之外,自有一份静影沉璧和秋水长天的肃然。爱上普洱之后,我再也别无选择——多像终于爱上一个人,此生无悔,生是他的人,死是他的鬼。

从西双版纳出发,一路蜿蜒,至易武,路边鸟语花香,虽然山路弯弯,但空气清澈到甜腻。两边的芭蕉林,热带雨林中的植物,散发难以说出的蛊惑之感。这是西双版纳的魅力,妖气荡漾,夹裹着最原始的野性,无意之间,打通了普洱茶的命脉。

通往刮风寨的路上，小皮卡开始疯狂颠簸了，没有路，全是石子，我心里觉得苦，嘴上没说。早晨八点出发，至刮风寨已经下午四点。

"古茶树在哪儿？"延延说："先坐摩托车进山，一小时，然后再徒步两小时。"老柴说："古茶树在原始森林里，在最接近天堂的地方。"老柴是虔诚的基督徒，眼神干净清澈。虽然刚刚二十六岁，但自少年做茶，已然七八年。

在寨子里找来四辆摩托车，刮风寨全是瑶族人，我眼睁睁看瑶族人用雪碧瓶子装了汽油直接倒进摩托车的油箱，其他人悠闲说笑。中间，我去了趟所谓的厕所，简陋到只有两块砖，且紧挨着猪圈，猪在我后边哼哼着……

寨子在偏远的山区，很多人不会说汉语，延延每年春天来做茶会在寨子里住上两个月。那个简陋的瑶族人家，婆婆在阳光下缝衣，手上全是皲裂，指甲上全是泥垢，衣服上全是褶皱和泥土的孩子们，羞怯地站在我面前，脏脏的小手上托着用芭蕉叶子裹着的饭团，用小手直接抓了吃。我把旅行包里的巧克力、饼干、汉堡分给他们吃，他们走近我，小心翼翼，拿了食物迅速离开。不敢再看我一眼。四岁的女孩儿学着做针线，照顾两岁的弟弟……

一时无语，悲欣交集，我答应了易武小学的高校长，明年来给孩子们上课。我的学生慧说："雪老师，明年我跟着你来，给孩子们上音乐课。"

延延带我去看她住的房间——破床板上搭了一张简易床，窗户没有玻璃，挂了一块布，去年连电也没有，今年挂了一只灯泡。"每次凌晨从山上回来再给茶叶杀了青，累得动弹不得，床上有虱子、跳蚤、老鼠，也顾不得了，直接躺了睡……"她梳了麻花辫子，素面，从不涂脂抹粉。平静地诉说，仿佛与己无关。

"我热爱茶，茶有灵性，茶给了我很多。古茶树成了我的保护神，我只做古树茶，一生只做古树茶。"

小李，二十五岁，瑶族小伙子。因为他技术最好，派他用摩托载着我。真正的寻茶之路刚刚开始，我们飞奔在石子路上，石子飞起来，砸在我的脸上。摩托车的颠簸超过我的想象，腰部倍感不适，尘土飞扬。那天还穿了件白衣衫，几乎瞬间成了"土猴"。

上坡下坡极陡峭，几近无路。我和小李开玩笑："小李，你比韩寒帅多了，你应该去开F1方程式赛车。"小李不知韩寒是谁，问他去过北京吗，没有。他最远到过易武镇，去读小学，小学毕业后没再读。但小李身上有极干净的东西，眼神清亮……在大山里待久了，朴素厚道。开始上山寻茶，进入原始森林时开始充满了恐惧，依然坐在摩托车上。只有唯一一条小径，一米左右宽，杂叶、乱石，不能称之为路，而下面是悬崖峭壁、万丈深渊。就是说，稍有闪失，掉下去便是粉身碎骨。

我开始害怕，并且后悔上来。"小李，姐的命交到你手上了。"我听得出自己的声音有些异样。"姐，你相信我……"我再也不开玩笑，死死抱住小李的腰，他瘦得只剩骨头，却充满了一股力量。

原始森林中的树木、花朵、空气、动物，以及那种说不出的复杂气场极其性感、跌宕，让人几近战栗。那绽放的芭蕉花和叫不出名字的千年老树让我起了敬重——人在自然面前如此渺小无力。

恐惧占了上风，浑身已经湿透。终于无语，摩托车再也开不下去，到处是倒下的树木，挡住那条窄窄的路。车停在原始森林里，开始徒步。延延和老柴的车链子掉了三次了，延延一次次跳车，用手撑着腰——她原本有腰伤。

荆棘满地，寸步难行。小李在前面，为我拨开树枝和藤蔓，仍然是一米左右宽的小路，侧面还是万丈深渊，我在心里对自己说了一句话："如果能活着出去，此生一次足矣。"后来，听延延的公婆说："别的茶人都是倒茶、贩茶，又赚钱又轻松，到茶山拍个照片就回去炫耀到过六大茶山，你说为什么延延和立新（她丈夫）这么玩命？他们简直是拿命来做茶呀！

多让我担惊受怕，又多让我们心疼……"

我后来才知道，延延和立新每年要上几百万元的人身保险。下来后，我和他们俩开玩笑："你们这是让我玩老命来了，你们俩上了几百万元的保险，我上你们当了……"但我知道，这一次去原始森林之行不仅是我的茶马古道，更是一次永远难忘的精神苦旅，足以自渡彼岸。

生平最怕蛇，但恐怕死亡的心理超过了怕蛇。蛇从脚下爬过，松鼠蹿过去，还有小鹿。体力透支到极限。小李却和猴子一样跳来跳去，"姐，你累了吧，我给你爬个树看。"他蹭蹭几下便爬到几十米高的古树上，而下面是悬崖。

"你快下来……""我们习惯了，天天这样，姐，你渴吗？"我以为他带了矿泉水，于是点头，"当然渴了。"他跳下树，取了芭蕉叶，走到山泉边，叠了漏斗形状，装了水递给我："姐，你喝水……"那芭蕉叶装的山泉水，是我有生以来喝过的最甜的水，极端之美在极端的恐惧和透支下幻化出来，直径一米的古树成片成片在原始森林里烧掉，腐烂的芭蕉，野蛮生长的成千上万种植物，光线透过森林打到我脸上。我突然有一种宗教的皈依感。在林木杂陈、草叶纷飞和虫蛇爬行、路泥扬尘中，内心一片澄澈，终无言。

见到古树茶的那一刻起，我扑了过去，是的，扑！它们好像等了我一千年，好像我失散已久的亲人，又似久别重逢的知己，一时间，哽咽难言。它们活成了精活成了传说，活成了一种精神上的华枝春满——也终于理解了茶人延延说为什么只做古树茶的普洱，在某种意义上讲，那更是一种宗教般的皈依。

我躺在古树茶中间，闻着茶香，看着茶的新芽，手捧白色的山茶花，瞬间有一种肃然起敬——天地之间原本应该有一款茶是我的，它必经了万转千回，有了灵魂的惊蛰，这一个刹那被一种神奇的物质叫醒。在渐次修行的过程中，把所有时光熔于一炉，慈悲喜舍、无量悲欣，这一炉雪叫银碗盛雪。

摄影师到时，天色已黑了下来。我坐在月光下讲这一路的感受。我慢慢地说啊说，古茶树在听我说，月光在听我说，森林在听我说……从来没有见过这样华枝春满的月光，从来没有这样平静又有力量的叙述。悄然间，我落泪了，为这一路艰辛，为茶人，为古树茶，为这正月十三晚上的月亮。

我说："这一款茶只能叫银碗盛雪，也命中注定叫银碗盛雪。"延延说："多少年后，它会是普洱界的一个传说，也是一款绝对经得起时间推敲的老茶。而且，越放越会呈现出它独有的光芒和味道。"老柴亦动情了："月光之下，天地为证，把这款'银碗盛雪'做一辈子，直到我们老去……"

天黑透了，路更陡了。月亮在我们头上，悬崖在我们脚下……体力到极限时，反而一身轻松了。来时的恐惧害怕荡然无存，我居然还哼唱了一段戏。月亮做证：这个夜晚的极端之美那么危险那么诱惑，却又那么终生难忘——光阴阅历如此沉重，却又这样一派苍老的天真。这是普洱，这是古茶树，这又是人生的修行。

那时脚脖子已经在流血，居然不觉得了。因为不知何时划破的。当我们走出原始森林，重新踏上了满是石子的小路时；当我们回到刮风寨看到婆婆在月光下纺线，篝火还在燃着，瑶族人给我们做了一桌子菜在等我们；当我捧起那碗白米饭，又喝下今春第一泡头春茶，除了幸福、知足、感恩，别无他求。人生已经足够好，我还求什么，还要什么？上天已经足够厚待我。

而延延告诉我，这只是她们的日常生活。当她们亲自把采好的头春茶（一芽两叶或三叶）背回来，萎凋之后摊凉，然后是连夜杀青，瑶族茶人要在锅里炒啊炒，此时，延延、老柴亲自盯着，严格火候——差一分钟便差之千里。"不亲自盯着不行，本来一锅炒六公斤，有人一偷懒想炒八公斤。那么好的茶叶，不能炒坏了，每个程序稍有闪失，便会降低这款茶的味道……我们还想做百年老字号的'蘭草堂'呢，一点都不能差……"然后是手工揉捻，西双版纳的紫外线强，晒青必须保证晒二十四小时，然后是人工剔拣毛茶拉到西双版纳，纯手工压饼，每一道工序的细微决定一款茶的成败。"往往得凌晨三四点才能上床睡觉，整个人累瘫了，也顾不得虱子老鼠了……"延延说。

深夜十一点，开始往回返。延延还有个吃奶的孩子，必须回去。上了车后觉得脚疼，低头一看惊叫一声，半只袜子被血染红了——刚才在原始森林太紧张，居然不知道脚破了！

停下车用矿泉水冲洗了，贴上创可贴，那只带血的袜子留在了大山里。

他们常常去原始森林，确定不是被蛇咬的。如果被蛇咬了，的确有生命危险。这是原始森林留给我的记号。

老柴开着车，车窗开着，我伸出手去"接"月亮，月亮又大又圆又亮，风吹进来，吹着我的发……我渐渐在有月亮的晚上睡去。在梦中，我梦见自己坐在一棵开满了山茶花的古茶树下，身着白衣，我的手里，捧着一饼自己的私房茶，那上面，是我自己手绘的梅花，那四个字，是我自己写在上面的，小楷、毛笔、端正清丽、风日洒然的四个字：银碗盛雪。

佛经中，有僧问巴陵："如何是提婆宗？"巴陵说："银碗里盛雪。"白马入芦花，银碗里盛雪是佛之高境。而我坐在千年古茶树下，清凉而真意，素美对素祥，银碗盛雪，落处孤胆深情，深情背后是人生的山高水远繁花不惊。

临沧的佤族人说："你喝了普洱茶，就能看到自己的灵魂。"因茶通灵，茶接引了天地日月，接引了岁月长河。

这是雪小禅的菩提，这是我的银碗盛了我的雪。

刹那记

在潮汕的时候和素莲说，潮汕是一个浓情的地方，日常非常动人。

老宅、老人、老树、满街的猫、狗，门庭上有没落的戏出图案。丰富动人的小吃，与北人不同，每件都细腻。还有没落庭院的花草。像已经失散的时光重聚，在唐诗宋词中找寻旧光阴。

素莲便订了机票飞来，坐着三轮逛巷子，淘了宝物让我猜，并且不许我告诉别人。我舍不得写出来。我们彼此发给对方图片看，有孩子一样的炫耀和得意。

从南方回来后，我们说了很久的话，关于南方、日常、植物。

她久久没有忘记一个老奶奶坐的小凳子，念叨很久。世间有同类，离得再远也可以闻得见彼此的信息。

我包了饺子她便馋……问什么馅儿的。晚上她便发来图片，也包了饺子，就着红酒。她说，饺子是一种神秘的食物，几种东西混在一起就非常好吃，产生出异常动人的味道。

二喜仍然在卖他的高仿LV。我写过他之后，他四处和人说："我姐写我了，我姐写我了。"大家仍然看不起他。他还是食不果腹，饥一顿饱一顿。依旧没成亲。

大姐和小慧。

小慧成了亲，嫁给我们本家亲戚，不久生了女孩，唤平安。

她说如果生男孩就叫长安。这是她和我去西安时，我们两个说过的话。已经过去四年。大姐也嫁人了，找了老刘，比她大一轮，丧偶，也是我做的媒。

大姐辞去了银行的保洁工作，专门给小慧看孩子——这对母女从遇见我到现在，掐指一算，已经七年。

《落落与君好》中写过大姐，最后一句是：大姐，好日子来了，再也不会走了。

大姐说："雪老师真让你说对了，现在的日子比蜜甜哩。"

她们再也不回山西了，但有一次我做山西卫视《人说山西好风光》的评委，我讲到了小慧和大姐给我做的一桌子菜，小慧在电视面前哭到泣不成声。她们的家，在山西阳泉。

《当与君相见》写了寒玉，很多人因了这篇文章跑到碧山。

后来又见过两次寒玉，两个人在宏村的巷子里走。是早春的深夜，巷子里黑极了，我给她唱《春闺梦》，她说我唱得好。

寒玉仍然是正大仙容的长相，笑起来像佛。今年仍然会到碧山，那里有寒玉。

学生大萍，因了喜欢我千里迢迢从东北来到L城，已经三年。

年前，她春风满面，又送来家里种的大米，笑嘻嘻告诉我："姐，我有对象啦，南方人，贵州的。"然后朋友圈晒出两个人甜蜜合影，写道："春风十里不如你。终于生了根发了芽。"我和她说："买房啊，快点。"她说："必须买，好日子来了。"

祖母姐姐依旧当她的高官，像神仙姐姐一样。她去世界各地旅行，万媚横生。我给别人看她照片，多数人猜她只有30岁。

她是两个男孩的奶奶，是永远的高龄少女。长发飘飘的祖母姐姐活在别人的想象中，她是时光的逆行者。这样的人生，是猫的九条命——你永远不懂她的世界。

《小镇姑娘》张书林依然是最出色的服装设计师，妖气重重，每次出场艳压群芳。在成都开了"楼上的拉姆"分店。

我去川大讲座,两个人在成都小酒馆中喝咖啡——这世界上,书林只有一个。我所有独一无二的衣服,全部出自这个世界上最好的裁缝。

我们成了莫逆之交,她美艳的样子永远甩开这个时代。

我所有写过的人中,楠姐和我走得最近,成了亲人。每周来禅园两三次,一起吃饭喝茶聊天。

她仍然卖橱柜,但开始跟着我去天南地北。终于坐了第一次飞机,认识了我周围很多名人。我朋友来了,她坐免费公交来,依旧一人一枝花。仍旧嫌我不会收拾家,每次来大扫除,种花、养草。还是在那个被她嫌弃的男人身边。

楠姐说:"最难的时候他帮过我,我不好意思。"

有一次我急用钱,楠姐说:"我有五万,全部家当,全给你。"中午趁老板出去吃饭,她跑了两个银行才把钱打给我。那是楠姐全部财产。楠姐只有五万,把五万全给了我。

写到这里,我写不下去了,眼泪流得到处都是了。

H是那种有野功夫的人,但一直隐居深山。这种人顶可怕。

从北京回来说起铁凝,她成了仙儿。文字赋予女人的精神强度,张力却是静水流深的事情。

我们已经八九年未见。她比从前略瘦,又说:"我是看着你成长的。"

这句话很温暖。她在河北作协时我才二十多岁。她依旧没有年龄的样子,保持着岁月赋予她的优雅。

那天她穿白衣黑裙,便更有"高龄少女"之感,其实已近六十岁。头发依旧黑,估计也染过。声音像播音员,尤其念稿子时,鼻音纯正。

我和H说起时,H说,有些女人天生有这样永远动人的禀赋。

我对H说,9、10月份我会相当忙。去日本、台湾、厦门大学、中山大学……像一个陀螺,转啊转,转啊转。

但内心又那么孤独，我恰恰迷恋这孤独。

窗外的广场舞震天动地，夜晚亮如白昼。去香港时感受更为强烈，永远没有黑夜，灯永远亮着，没有白天与黑夜之分别。

H说，小时候的夜晚才叫夜晚。偶尔有狗吠。万籁俱寂，漆黑一片。冬天一开门，有半米深的雪。天空是高的，空气是清冽的，眼神是干净的。

我听着听着就睡着了，醒了H还在。我抱歉地说："太累，睡着了。"

她说："我也是。"躺着躺着就睡着了，大概是老了……

我们又喝了会儿茶，说了些家常，散了。

情怀

"情怀"是一个大词，有掷地有声的金属感。还有温度、光泽、体积和存在感。有情怀的人可亲可怀。

"情怀"二字让人动容。有情怀的人更让人动容——那分明全是对人间真意的交代，一笔笔，又隆重又从容。

读复旦学者张新颖所著《沈从文的后半生》，我几度哽咽。1949年以后就封笔的沈从文，在1950年9月的日记中写道：生命封锁在躯壳里，一切隔离着，生命的火在沉默里燃烧，慢慢熄灭。搁下笔快有两年了，在手中已完全失去意义。国家新生，个人如此萎悴，很离奇。

1952年，他写下这样的一篇日记：3月27日在华大，早起散步"天边一星子，极感动"。沈先生心怀大爱、大美，一个有情怀的作家，怀了对山川河流的深情，怀了对凤凰永远的痴情的深爱，却在后半生饱受凌辱。然而，他看到天边的一颗星子、花花草草、坛坛罐罐仍然那般心动。美得那么让人心碎。多少年后，看到张充和在墓碑上为她的二姐夫撰书："不折不从，亦慈亦让，星斗其文，赤子其人。"不免动容。沈先生担得起赤子二字。手边一套《中国服饰研究》，每一篇全是先生的心血。他待光阴、国家、爱情都如待日月山川，每一个细胞都热烈跳动，直至生命终了。

年轻时读林徽因的作品，总是纠缠于她和徐志摩、梁思成、金岳霖之间，格局太小。

真正的林徽因性格凛凛，几乎没有女友，抑或是因为她的美貌与才情？又一说性格粗暴，我倒更欢喜她脾气不好，脾气不好的人往往率真。战火纷飞时，她与梁坐着驴车行遍千山万水，积劳成疾，终患肺病，住在山东李庄整理那些老建筑资料。儿子梁从诫问："妈，鬼子打进来怎么办？"她坦荡荡："投江呀，还能如何？"那铿锵之态，才是林徽因。

去东北大学讲座。在林、梁二人住过的地方久久徘徊。三九寒天，孱弱的林徽因如何度过了东北的冰雪寒天？

深夜，听蒋勋先生讲《红楼梦》。听到深情处，心是热的、湿的。他于《红楼梦》，是天地有仁，是美在成久。连贾瑞、王熙凤他亦有深情与体恤，但凡世间万物皆有灵，蒋勋看得见《红楼梦》中每朵花儿的好，每株植物的深情。他仿佛与那里的每个人都是故交，都怀着体谅与懂得。

那么多人讲《红楼梦》，我独迷恋蒋勋先生的解读——因了怀着对人的悲悯与感激。

我还喜欢金农。金农的画不算最好，逸品中不会有金农。金农的好是因为他的情怀——梅花是拙朴的，哑妻是羞涩的……千朵万朵的梅花都是你的同谋。那漆书也只能金农写。朴素高深的东西，越简单的人越写得好。

"记得那人同座……忽有斯人可想……"这样的题款带着情义与温度。那人是谁？斯人又是谁？不重要。重要的是，金农在暗夜的梅花下有这样的情怀。

拍《最好的时光》时，侯孝贤已经五十九岁。还有许鞍华，拍《黄金时代》时，已经六十岁。他们仍然似少年，怀着笃定的激情，眼神干净炽烈，永怀赤了之心。也许他们并不是在拍某个人物，他们在拍一种渐次消失的情怀——有关青春、梦想、青涩、味道、气息……他们身体里一直有一根透明的、蓝色的骨头，招引它们一直向前、向前，那根始终都在的骨头，唤作"情怀"。

前些日子去日本，在银座找到一家久负盛名的寿司店。八十多岁的老人在做寿司，从年轻时做到现在，每天只做那么多，充分保证原材料的新鲜和口味的纯正。他做寿司的神情一丝不苟，有再多的人排队该打烊仍然打烊，每天只做固定数量的寿司。

"做多了就燥了，不好吃了，味道差了一点就不是我做的寿司了……"他的眼神永远那么专注，他对寿司的深情从一而终。执着便是情怀。

师友王祥夫，每到一城便去逛菜市场与杂货店，找当地的"苍蝇馆"寻美食……那写出来的文章，拙朴、厚实，带着新鲜生动的气息，那份朴素、踏实，亦是情怀。

我父亲，一生孤傲，朋友甚少，执着于艺术、天文、地理。每有知己，便通宵达旦说星空、时间、霍金。他保持对自然的厚朴之心，从不炫耀自己的技能，踏实过好每一天，到老都有赤子之心。

我母亲，总似古人的古道心肠。对门送来几个凉菜，她总要还回去几条鱼几斤肉。对素不相识的人，亦怀有同样的热情。我家每年春节都有陌生人来过年。是母亲从街上认识的流浪人。这个习惯，已经保持了几十年。母亲说："也是个人呀，除夕在外流浪多可怜……"我总认为母亲是魏晋时期的人，那样热的衷肠，那样烈的性子。

一位书法家写下这样的话：我向往那样的书写状态，自然至简，没有故作的娇柔，只是自自然然地书写，没有夸张的技巧，没有扭扭捏捏，没有什么佯狂，笔尽其势、腕尽其力……多像去盘转小叶紫檀，慢慢盘出油来，盘出自然的光泽，把光阴与岁月的耐心加进去，把挫折与伤痛加进去，去掉浮躁，保持天真，保持独立的思想、人格、情怀，不攀附、不矫情、不做作，依靠自己的精神强度，不依赖那些空洞无物的外在来装修内心，真正的情怀，是每个人的精神图腾。

那情怀是血肉，是骨头、筋，是每根神经的惊动，也是千年回眸时那定格的情义——你来不来我都在，你在不在我都来。更多的时候，情怀，是人生中的柴米油盐、相濡以沫、白头偕老，是爱生活，爱人生，爱这鲜衣怒马，也爱那时光惊雪、繁花不惊。

是日，收到老友手写长信，落在宣纸上的字仿佛跳舞，她问我干眼症好些没，又问天冷了否。她寄来一箱辣椒，是自家腌制的，附上食用方法，没有惊天动地，但每一个字都是情义、情怀。

那情怀明显地有着温度。

龙套

龙套的人生得多寡味呢？一生都在角儿的阴影里。站在那里，不发一言，绕场一下，呆呆地站着，像个木头人。

龙套是必须出场的几个人。作用只是为了烘托角儿的亮度，提升他的高度，衬托他的威仪。龙套越多，场面越大。他们只负责摇旗呐喊，手中常拿着门枪旗、红门旗、飞虎旗，或风旗、水旗、火旗、云牌……不过是眨眼而过，舞动一番，然后安静了，或者旁边站着，或者下了场。

有上场几分钟的，折十几个跟头，走十几个旋子，得几个好，下去了。有始终站着一个小时的，一言不发。听着角儿在那唱念做打，叫好声一片……没一个是给他的。那也得站着，那是他的命。

有不认命的，拼了命地练，再加上天分，成了角儿。想起跑龙套那会儿，也是觉得势孤。

谁愿意跑龙套呢？不得已，没有当角儿的命，只得跑……怎么也得活吧？吃了戏子这碗饭，就得上台呀！站在那里，不是没有千回百转吧？还得让戏班子老板骂：你以为跑龙套容易吗？跑不好，换你！有泪？自己藏肚子里吧！

兵卒、夫役……小零碎的东西。只嚷一声："来了、有、啊、噢……"连配角都还有两句唱，那跑龙套的，谁记得住？也许还能记住丫鬟的样子，可是，谁记得给小姐提灯的女子？傻傻地站在两边，动也不动。

想想是悲哀的。

戏台上跑龙套尚混饭吃。生活中跑了龙套，永远和生活不沾边。在生活的最底层，蹭着生活的边缘。谁也没注意到他，谁也不会关心他——他死他活，是他一个人的事情，人微言轻。连父母都轻视他——学习不上进，大学当然考不上。性格又懦弱，当然不会有女孩子喜欢。

他中年才结婚，让媳妇管得透不过气，孩子生下来又不争气。在街上摆了小摊，赚不了几个钱，谁也不会帮他。从来没有人看得起他，不被重视……妻子和人私奔了，孩子离了家再也没有回来。早早死了，很快被人忘记——他叫什么？谁知道他叫什么——一辈子跑龙套，在生活的边上，在人生的边上，凄惨到悲凉。

写书立传，当然是写角儿。少年时如何吃苦，如何被知己相中，力捧到红。跑龙套的少年，吃苦几乎一样多。多数时候，命不好，连二路都演不了。站在台上，看着台下的观众沸腾，他心里不是不嫉妒——习惯嫉妒了，终于麻木。

他看到的都是角儿的光彩夺目，何尝想到个中心酸？因为一生都在人生边上，有时，整出戏龙套在官员后面一直站着不动，所以也叫"文堂"。龙套扮演的角色流动性很大，一会儿演士兵，一会儿演太监……有时，一个人演五六个角色。台下的人照样看不出，只顾把掌声给了角儿……有多寡味，就有多寂寞。

父亲的一个朋友跑了一辈子龙套。老了还在跑，他倒也自得：没有我们这些跑龙套的，哪有角儿的光芒？那倒也是。除了《夜奔》这类戏，有几出戏不需要跑龙套的呢？少了他们，台上就寡味，就无趣，就不生动——那黄沙滚滚，那人仰马翻，那旌旗招展，如何表现得出呀？

看《白蛇传》水漫金山那场，除了白素贞和小青，几乎全是跑龙套的。上来打了个昏天暗地，虾兵蟹将，几十人在台上纷战着，仿佛见着了波光粼粼中的一场恶战。也曾见演穆桂英的在台上与敌方交战踢花枪，她的功夫真好，一个踢六个人或四个人的枪。踢准了，满场叫好，可是，落地了，人们会说，那扔枪的是谁？真不负责。而真懂戏的人说，那扔枪的人，功夫也差不到哪里去。每天练扔枪，一扔几千次……听得人心酸。戏真无情，角儿就角儿，跑龙套就是跑龙套的，命也。

周星驰在《喜剧之王》中演绎着跑龙套的心酸。一次次让人打，跌打滚爬，终成正果。有几个人可以有周星驰的幸运呢？多数时候，不得不跑龙套……不跑龙套，干什么去呢？因为干别的，大概生计都成问题。跑龙套，至少可以解决温饱。

"文革"时期，那些生了歹心的跑龙套的，一脚踩下去——我让你风光，我让你是角儿！把一生的蔑视和仇恨全撒了出来。挂在角儿牌子上的铅还不够沉，于是，再加。真扬眉呀，真吐气呀——你不要以为人性有多善良，更多时候，遇到外因露出的狰狞面目，可以让人魂飞魄散。

刘德华曾是跑龙套的。他说："我第一次见周润发时，他对我显摆他亮闪闪的劳力士手表，他说你看看。我就看着那表，心想怎么超级巨星讲这个。他告诉我，你只要拼命工作，以后也会有。"

由于周润发个子很高，刘德华为了和他搭戏跑到化妆间找高跟鞋，希望看上去高一些，结果找到一双三寸多高的鞋，以为这一次准行了。没想到他一进摄影棚就扭伤脚……读到此，不由心酸。以前对刘德华好感甚少，没有天分，又那么用功。现在，心里全是钦佩。

老百姓的话是：吃得苦中苦，方为人上人。而盖叫天旧居燕南寄庐的客厅名字叫"百忍堂"。不忍，不付出，一生只可能是跑龙套的。虽然忍了，努力了，也可能还是跑龙套的，可是，总要比一辈子傻看着不会尝试一下要强吧？

那龙套人生，毕竟是忒凄惶了呀！

陆
光阴知味

最是日常动人处

我喜欢"日常"这两个字。一点也不浮躁，特别脚踏实地。

开始的时候，我们都喜欢有情调的，喜欢那日子上的一点点粉红或苍绿，可是，终于有一天，我们会喜欢日常。

日常，多好呀！

早晨起来，清水洗尘，骑车去上班。路上吃早点，也许就是两根油条或者一个烧饼，很匆匆。

日常还是，苏州山塘街的老街巷里，各式各样的老摊子摆在狭窄逼仄的巷子里。有人挑着喜蛋沿街叫卖，刚下过雨的青石板上有水洼，服装店紧挨着鸡店，一枝桃花开在苏州人低矮的窗口。近前去闻，有酱汁肉的香味。那对卖古玩的老人说，他们会在清明前后炖酱汁肉，好吃极了。

为了证明是真的好吃，他们用筷子挑起极大的一块酱汁肉，然后让我吃。

我没有客气，吃了一大块酱汁肉。那和北方肉显然是味道不一样了，有一点点的粉。是的，粉，加了很多糖。但明显和东坡肉不一样，很大的一块，香极了，好看极了。颜色不黑，也不红，是那种稍微粉的颜色。他们还穿着厚衣服，因为下了雨，用苏州话和我说着苏州。我听不太懂，可就是喜欢听。我喜欢这样的日常生活。波澜不惊，小桥流水。

街道乱哄哄的。我喜欢这种乱哄哄，一点也不洋气。充满了底层的那种平淡和乐趣，这是真实的生活，非常鲜活，不，一点也不浪漫。虽然依傍着小桥流水，那是诗人或旅游者的小桥流水。他们的生活是这样积极、生动，看似秩序混乱，其实非常安定。每个人都在忙着自己的事情——卖鲜笋的，一块五一斤，梁姐每每路过都会慨叹，这个热爱厨房的女人多么喜欢这些肥美的鲜笋呀，那是北方所没有的。

鲜嫩的小葱，绿的，几根捆在一起，很"苏州"地躺倒在湿润的地上。

卖肉的挂着更为新鲜的猪肉，油菜心被盛放在编织袋里。也有女人守着十几只咸鸭蛋。还有腊肉、辣椒、草帽饼、新鲜的芒果……我每到一个城市，愿意去逛它的菜市场。成都的菜市场太干净了，连菜摆列得都那样让人有疏离感。我还是喜欢苏州的老街市。生动的乱，那种混乱是生活的、家常的，喧哗着，鲜活着，却又和小桥流水相辅相成。

真正的艺术都是生活。

老街上铺子一家挨着一家。这家是卖酱菜的，红色的豆酱看起来十分有食欲，还有酸豆角，味道很正宗。隔壁是一个茶馆，几个穿着脏兮兮的人在喝茶。大阿二生煎包在街的中央，老苏州人说这家最正宗。五块钱八个，外焦里嫩，牛肉新鲜。杂货铺和水果店夹杂其中，烤鸭店的生意非常火。

也有老理发店，像贾樟柯的电影。只有一把老椅子，可以放倒的那种。二十世纪三十年代的那种。因为旧，都生了锈。很实。油乎乎的剃头推子，破镜子上有很厚的灰尘。我很多年没有见过这种老理发馆了，老到以为是二十世纪的事情了。不，比二十世纪还要久远。

L要洗个头，他走出来，矮而胖。白大褂上有很多补丁，我疑心他穿了一辈子。同样脏乎乎的，这和我的生活是大相径庭的。我住的城市，门口有个爱维丽，我总是去二楼剪发，从前四十块，现在六十八块。剪一次头发要六十八块。洋气明亮的装修，很现代——但与我隔着什么。

他说："我只给男人剃头剪发。"送上门的洗头生意他都不做，很懒散，眼神也是无所谓的。

小屋只有几平方米，里面是做饭的地方，墙皮都掉了。椅子旧得要散架似的，木头桌子上一片狼藉地摆着各种理发东西，场面破落，带着些凄凉的喜悦味道。整个小屋像是怀斯的油画，有种淡然的凄楚。

我喜欢这种味道。

我拍了一张照片放在了博客上。有人说，这个老人真是行为艺术家。

我反对这种说法。那些自命清高的人，怎么会懂得生活的艺术才是真正的艺术？这些街巷、三轮车夫、叫喊的小贩、喝茶的人、卖假冒陶瓷的人……比那些自以为过着高档生活的人不知要幸福多少呢！都市里的一些人一掷万金，却可能没有快乐，没有激情，没有灵魂。他们住在几万块钱一平方米的房子里，可是，生活那么空洞，那么虚无。

我在这条街上游荡了很多天，和很多老人成了朋友。我听不懂他们讲话，他们讲老苏州话，不会讲普通话。听不懂有什么关系呢？他们讲得很认真，吴侬软语仍然是动听的，虽然他们的声音也老了。

窗外的桃花和玉兰开得正艳，我拿了一个白瓷碗，撮了一点茶叶，然后沏上一杯。

这样的下午是用来"浪费"的。

我们就这样在春天发着呆。

茶就是这样，此时此刻，对我的口味就好。我问他们喝的茶叶的价钱，他们说，十块钱。我笑了。茶叶的味道和心情有关呀，对我的口味，喝得神清气爽了，口有余香了，就是好茶。如果心情不佳，喝价值千金的茶，也是树叶。——这多像爱情，一眼看上去，喜欢了，上刀山下火海也值了；不喜欢，你给我命，我也觉得你贱气。

日常的动人还在于它的重复。每天复制着每天，不会有太大的改变——卖水盆的，卖青菜的，有个姑娘蹲着洗头，好像用的是皂角。有人在生炉子，火苗极高，在小巷中有了鬼魅之气。有人在喊孩子回家吃饭。

老中药店，名字非常动人。

再过去，是一家人在外面吃饭，菜有三四个，用的是粗糙的碗。还有卖烛台的，破纸片上写着"修汤婆子"，这四个字真生动。我疑心是烛台，像鲁迅笔下的故乡。

陆文夫是苏州人。他写过《美食家》，看得我流口水。其实他写的也是日常的苏州。

就像我去平江路上排队买烧饼吃。

两年前我来苏州，那里整天排着长队，从早到晚。

一年前我来苏州，那里整天排着长队，从早到晚。

现在我来苏州，仍然是这样，长队还在排着，从早到晚。

生意做到这个份儿上，真是欢喜。

烧饼叫王氏林记烧饼。用木炭烤出的，用上等面粉猪油、上等脱皮芝麻……有个小伙子说："我奶奶九十岁了，不爱吃别的东西，就爱吃这家的烧饼。我儿子得了厌食症也爱吃，他每次要买五十个。"

所以，一般要吃上这家烧饼，你最好排出两个小时的排队时间。

我总是戴着耳机，一边听昆曲，一边在苏州的平江路上排队买烧饼吃。

这是最美的日常生活，心怎么养，心到底是什么？光阴之物到底是什么？这是我从前追问的问题。

现在有答案了。

无量悲欣

弘一法师在福建泉州圆寂前，写下"悲欣交集"四字，字字骨力。早已无法用书法来定度来横夺，他连人书俱老都不要了。

大师林风眠，那个八岁拿着菜刀去救母亲的孩子——因母亲私通要被族人处死，头发上淋了油，然后即用火点着，他拿了菜刀冲进人群救下母亲。那八岁的悲欣与交集。

晚年，他客居上海，闻知傅雷夫妻双双殉梁自尽，他把自己珍藏了多年画作扔进浴缸，用水泡软，然后再淘成纸浆——那是他毕生之心血，比之当年他从重庆再回杭州艺专，看到自己越过千山万水从国外带来的油画被日本人用马蹄踏，他的心更痛。无所谓悲欣矣。他把纸浆一勺勺舀到马桶里，然后摁下开关，冲入下水道。那一刻决绝与麻木，绝望与凄凉，已跌入无量悲欣。那时，林风眠心如枯木。

晚年他移居香港，再没回来。这个二十多岁被蔡元培任命为国立北平艺专校长的天才画家，一生颠沛流离。我常常在西湖边他的旧居里发呆，那个隐藏于山水树木间的二居小楼里悬挂着他的画，放着穿过的毛衣、躺过的床、用过的画案。他在风中睡着了，他是风中的小鸟。

少时，我听林徽因、徐志摩、陆小曼的故事。只当是一场风花雪月的事。好事者写林徽因传，或拍电视剧《人间四月天》，均是拍的情事，于今来看，格局甚小。

回头再看，不再叹志摩三十六岁命丧黄泉——他早死早托生矣。

晚年陆小曼，牙齿掉光，头发落半。当年的绝世佳人沦落到用蝇头小楷抄写《矛盾论》，岁末被评为"三八红旗手"，她画画写新生：年底更识荒寒味，写到湖山总寂寥。她二十九岁之后的生命毫无意义，残喘到支离破碎。人世间冷眼悲欣尝尽，天注定。

从前对林徽因的认识颇曲解，自以为要活到任性如陆小曼敢爱敢恨。但中年后愈发欣赏林徽因——坚韧饱满，如一粒坚果，生机盎然却又凛凛飒飒。徽因先生，我懂你晚矣。

是她出于对建筑的挚爱怂恿梁思成去学建筑。是她，在抗战时期，与梁思成坐着驴车走遍中国万水千山，一百八十多个县，八千多处古迹——头上是日本飞机轰炸，脚下是被焚火的横尸遍野。他们测量、绘图，在长途跋涉中，梁思成牙齿掉光，林徽因患了肺结核。

在四川李庄，儿子梁从诫问林先生："妈，日本人打进李庄怎么办？"林先生掷地有声："投江呀。"一个风花雪月的女人怎么能有这样的赤子之心？坐驴车、用脚量，他们画出了中国第一本古建筑的图案，还有珍贵万分的测绘数据。

当那些图纸被洪水浸泡时，他们痛哭失声。老城墙被拆。梁思成扑过去号啕：五十年后你们会后悔，会知道错了，因为真理在我手上。林徽因拖着残病之躯去求：你们拆的是八百年前留下来的真古董，以后即使再把它恢复过来，充其量也只是假古董……北风在号，他们在呼喊。没有人听。林徽因走了。梁思成亲自为爱妻设计墓碑——这一生的风雨才是执子之手。年轻时的任性和风花雪月，如何能与赤子情怀相提并论？

梁思成晚年，他没有欣，只有悲。在最后的光阴，他只字不写，只闭目，连无量悲欣都嫌多余。

年轻的马尔克斯在火车上读福克纳《八月之光》，赞叹不已，多年后写下传世之作《百年孤独》。晚年马尔克斯得了老年痴呆，家中物件俱贴上标签方才认得，标签上写上物品名称、用途。他不自知凄凉满怀，却早已凄凉满怀。

夜读孙犁《老荒集》，真是又老又荒。在给贾平凹的信中，他写道：今年天津奇热，我有一个多月没有拿过笔了。老年人，既怕冷又怕热……那是1983年7月31日，那时贾平凹刚在中国文坛崭露头角。他告诉贾平凹：写些日常生活中的人和事。在《吴趼人研究资料》中，他只写了一句话：此书字太小，不能读也。我也已目力不及，感同身受，字太小便不读。

年轻时，孙犁这样想：我一定老死故乡，不会流落外地的。但他终于离开了，再也没有回去。

T跟了我几年，见了世面，仍然朴素干净。一日看纪录片《舌尖上的中国》，演到山西面食，她泣不成声。我每见山西二字亦想到她的阳泉。甚至听到山西话也格外亲。她亦不知道我每每写她、她的母亲、H、四人闲聊、吃饭、喝茶时，已是捧着银碗盛雪时光，珍贵得连痕迹都美。

乡下表妹仍在杀猪，每日五点起来杀猪。她说："我听到猪的号叫便心疼。"但她育有二子，要上学、吃饭、花钱。她只能杀猪，只会杀猪。

暮春时节，随母亲扫墓回娘家。母亲思念外婆，每忆便涕泪，有一段时间眼睛都不好了。这次回去看了二舅母，她更瘦了，穿了去年旧衣，照看着四个年幼孩子，还要忙活家里的农活儿，眉目间少有欢喜。母亲塞给她钱，她便蒸了手工纯碱馒头，又炸了许多油饼让我们带着，那自然是民间仍有的质朴情义。母亲说接她城里住几天，她说可不行，四个孙子没人看，地里的杏花也该嫁接授粉了……似水光阴中，没有惊天动地，皆是无量之悲欣。

林语堂客居美国三十年。晚年，他定居台湾，在阳明山上看着他的家乡漳州方向，老泪纵横。那时正"文革"，他家园不能归，只有望乡泪潸然。翻看《生活的艺术》和《苏东坡传》，想与这些老人秉烛夜谈。

一日，父亲跟母亲说："你若有一天离去，我不哭，拉二胡曲给你听。"母亲便生气，说父亲心里没她。父亲读《庄子》多，知道庄子丧妻后击鼓而歌，生命的逝去原是天地自然。祖父去世，父亲便不哭，也拉二胡曲。众人皆笑他痴，我却明了父亲的心。

春日，一个人行走风中。见众人皆碌碌。二大街上的饭店关了旧的又开新的，桃花、杏花皆已落尽。修车的师傅满手的油在忙碌，水果摊小贩仍旧给的分量不足。胖姐的蔬菜店还那么热闹，聚众在那聊天的人有闲茶喝。

我去菜市场买了块猪肉。肥的熬了猪油，炒菜有植物油没有的厚香。瘦的剁了馅包饺子。今春的荠菜正鲜，我买了二斤，用热水过了，然后一个一个包起饺子来。

院落春秋

院落两个字很中国。仿佛五千年的历史中，落脚点就是应该有个院落的。

唯美的中国元素，一定要有院落。——凄清的早春，推开厚重的门，有鸡有鹅有花鸟。房前种花，房后种菜。

院落承担着一种心思，是踏实，是肯定，也是温暖。

《爱有来生》中，那女主人一进那个院落，看到老房子和银杏树时，她安静地发了会儿呆。她说："我再也不想走了。"

南方院落更精致，门口永远是狭窄的，小到以为是小门小户，进去之后却是别有洞天。以苏州留园、同里退思园、胡雪岩故居为例，都是如此。徽州院落有阴气，却怀了别样的情调。也是粉墙黛瓦，却和江南的院落有不同。马头墙和四水归堂的天井里，总把思绪压到最底。——情感和性都是压抑的。又美到窒息，连想私奔都是邪恶的念头。而苏州的院落因为有了昆曲的情调，又曲折又婉转，留下许多想象空间。每念及苏州园林，总是会想象当年的男子如何在后花园中和自己喜欢的女人缠绵。

北方院落有天方地阔的开朗，不明媚，但郑重其事。从正门就开始壮阔起来。里面好坏先不说，门一定要气派。门楼建得越高，仿佛底气越足，这是南北差别。

北京四合院，其实也是北方人的梦想——团团围紧了，密不透风。四面都有院落。心里可真踏实。透过窗，可以观察春夏秋冬，也可以看人间冷暖。我更倾向于南方的院落，一进一进的。很递进，就很深入，就更私密。北方的院落之开阔，毫无隐私可言。

如果住到三进之后的南方院落里，会是什么样的幽然思绪？

忽然想起林黛玉。

姑苏女子，怎么能忍这早春的寒？梅才开了，一夜风雨又落了。北方的花必然是开盛了才落。可姑苏的花，来不及盛开，一场早春冷雨，纷纷落了个缤纷。在院落里，她如何葬花？如何悲泣？如何与蝴蝶低语？

院落里的时间是流动的，从你的身上流到他的身上。留园几易其主，仍然保持着院落的美——诗意，典雅，黯然销魂。玉兰依然优雅地开着。揖峰轩依然清幽宁静，西窗下琴弦低转暗流。五峰仙馆似有旧人知己在品茗观戏。只有院落有这样的雅意，看似封闭，实则开阔。——很符合中国人做人的方式，外圆内方，外化而内不化。

在"还我读书斋"读一会儿宋词，时光就这样淡然流走。时光是慢的，甚至是多余的。那些梅花开得也正好，映在粉墙上，有一种说不出的颓艳。远处有人在唱戏，缓慢的声音像是在浇花似的。流到院落里四处都是，又被水吸走了。

中国人还习惯了在心里建一个院落。

自己住着，房门锁得很紧，不会轻易打开，也不会让人四处打探这个院落。

也许有人会走进第一道门。可是，走进第二进门的人就少了。第三进门就更少了。到最后一进，根本就没人了。自己也不行。自己最不了解自己。

院落是个多么深幽的意象。镶嵌在光阴里。

什么都老了。光阴也老了，院落也老了，老了也把自己的最后一道门的钥匙捏得紧紧的。前厅你们看过了，就是这样的。繁花似锦，或者，芳草萋萋。最深的那个院落，紧紧地闭着。生怕被打开。或者，从来不想被打开。怕吓到谁。首先怕吓到自己。

"彼美淑姬，可与晤歌。"诗经中《东门之池》曾经这样赞美着。谁能懂得谁？谁都有一个自己的院落，或者独住，或者呼朋唤友。

我喜欢独住。

在苏州，早春二月，来写作。住在明涵堂的院落里，几百年的老房子。

院子中只有我一个人，院内有芭蕉、木椅、竹、铁线蕨……

二进门。

头道木门很老，厚而黑。

推开时，有光阴厚重的声音。特别是深夜，有一种鬼气。院子里只有我一个人，灯光是昏黄的。下雨的黄昏，我总是坐在二进门的老椅子上发呆。手边一本翻旧的书，桌上一杯快凉的茶。

我住的屋子铺满了青砖。我喜欢青砖散发出的气息，很旧，很凉，味道久远。像一个故人，很体己的样子。

窗是百年前的老木窗，一张老式木桌子。我坐在昏黄的台灯下写着一些文字，断断续续。有时会坐在窗前发呆。外面仍然是粉墙黛瓦。

还有不停路过的旅游团队。出门左转是一条青石板小巷，十多米右转就是七里山塘老街。那些游人是来看这条老街的，完全被商业化的老街。我总是到老街的对面去。对面是苏州的日常人家，仿佛还是明清时代，居然还有以货易货的。

院落里只有我一个人。

旅社的老板几次说给我调房间，住到南边的二楼去。他怕我害怕。"不不，"我说，"不了。"

我喜欢这一个人的院落。

只有我一个人。

守着几百年的光阴。在黑的夜里，听着雨打芭蕉。分不清过去的光阴与现在的有什么不同。也许真的没有什么不同。独自沉溺于这种孤寂的幽静——缘于我对院落的一种梦想。

院落，是静的，小众。

老了，应该有个院落，关起门来，听他唱戏写字……和他坐在法桐树下发呆。院落里有安静的气息，有缠绵的味道，安于时光打发的寂寂寥寥。院落可以收容一颗老心，就这样平静了，就这样收敛了光芒，和院落一起沉溺于平淡。

院落，是大气的。它独自于群体之外，是自己的，只属于自己，把自己的个性附粘于这些院落——每个人的院落都不一样。固守自己的小小院落，种一棵桢楠树，一些相思苗，养几只小鸽子小鸡……或者什么也不做，只在院落里发发呆，就够了。

就像此时的我，坐在苏州的院落里发呆。

这是黑夜，星光下，我搬了把椅子坐在院子里。我手里有一杯大红袍，将凉未凉。我手里捧着这杯茶，慢慢地饮了下去。

一种闲散而鬼魅的气息弥漫上来。

上午在山塘老街花了五块钱买了一盆叶子花，在黑夜里开得喜气洋洋。我看着它，笑了。

空气中传来吱哑的一声。

院落里，是谁敲开了我的门？

梨园戏

我喜欢梨园戏。非常喜欢，喜欢到骨子里的那种喜欢。像尝遍千种美味走过千山万水，蓦然回首，梨园戏在灯火阑珊处。

一个人喜欢一个东西一种物质或者一个人，一定是和他／她／它有种契合之处。我想，梨园戏就是这样。有人问我梨园戏的特点，我说："媚而不妖，淫而不荡。"这两句是我的独创。我第一次看梨园戏就想到这八个字，而且越来越证实，梨园戏是我所听过的戏种中最让我心仪的戏曲之一。

如果说京剧是端正正的官派男子，昆曲是婀娜多姿的女子，河北梆子是那撒了野的村妇，越剧是受了气的小媳妇，秦腔是那失了疯的男人……那么梨园戏是一个俏丽的妖媚女人，一举手一投足，全是风情。

记得第一次看梨园戏是如何的惊艳。

三年前的秋天，我被邀请参加中国音乐学院的中国传统音乐节，看了许多从来没有看过的地方戏……那天的主持是音乐人瞿小松，他说起戏曲对于音乐的影响："如果搞音乐的人不喜欢戏曲，他的音乐就是薄的……"那天我看到很多的戏曲名家：迟小秋、古文月……很多的陌生戏种听起来很是疏离，并无亲近感。

梨园戏出来时，忽然一震。

乐队就那样与众不同。鼓师着白袜，把脚放在鼓上，负责先声夺人。一眼难忘。伴奏乐器有琵琶、洞箫、二弦、三弦、唢呐。打击乐器以鼓、小锣、拍板为主。那吹洞箫的男子仿佛来自南宋一般。这样的乐队，高古之息弥漫，我便呆住，只痴痴地盼主角出来。

她一出来，我便不能呼吸。

那样的妖娆与曼妙呀，我后来说："她像一个要引诱男人的女鬼，妖艳艳地走了出来……"别人说我哪有夸人像鬼的？其实我是真心在夸呢。王祖贤的《倩女幽魂》无人能超越，她自己也不能超越——美艳幽幽，凄楚动人。

她张了嘴开始唱，那声音——你让我怎么形容呢，我无以形容，只觉得自己被什么击中了，就像少年时听了张火丁，骑着自行车满街去找那张《春闺梦》一样。那是什么样的声音呢？软软的，糯糯的，像缠在丝绸上的气息，那丝绸还是一块老丝绸，散着经年的苍绿味道。

哦，是的，要命的味道。

我转身问身边的戏曲界泰斗：麻烦您告诉我，这是什么戏种？

梨园戏。

她是谁？

曾静萍。

原来，世间所有相遇都是久别重逢。喜欢戏曲的心里，住着一个魔鬼，等着一个叫梨园戏的戏种轻轻地说："芝麻，开门。"

从此开始迷恋梨园戏，甚至超过了京剧与昆曲。它的念白是泉州方言，半句听不懂，可是，那么好。

梨园戏，泉州，曾静萍。这是那天留给我的几个关键词。

2012年12月，泉州师院请我去讲座。几乎没有犹豫半分钟，我说："好。"

其实我怀了去看梨园戏和曾静萍老师的愿望，当然要去。泉州我没有去过，去过的朋友说，民风淳朴，保持了很传统的中原文化。

通过中国戏曲学院的朋友，我联系到了曾静萍老师。

那个电话我永远忘不了。

"是曾老师吗？我是小禅……"

曾老师的声音像女孩子，她当年的出场惊艳了我，我以为她不过是三十岁的女子而已。

我提出让她给我在泉州师院讲座当嘉宾的要求，我知道这要求有些过分，可是我喜欢泉州的南音，更喜欢那妖妖然的梨园戏，它们有一种魔力，吸引着我靠近、再靠近。

她极爽快地答应下来。

初次见到素面的曾静萍老师，有一个朋友说："曾老师生活中看上去就是一个普通的女人，可是一上了台，美死人不要命，而且，永远有那种女孩子的气息。"

素面的曾静萍老师也那么美。她五十岁了，可是，感觉女孩子气息那么真那么朴素——一个女子，如果活到五十岁还有女孩子的气息，那必然是修行了。

她只唱了几句，满场寂静，大家愣了很久才热烈鼓掌。我的朋友梅也跟我去了泉州，她说："真是美，曾老师有一种朴素的美。"

隔天，曾老师请我与梅去吃饭。十二月的泉州，还是春天似的。我们穿了薄衫即可。泉州是宗教之城，又是海上丝绸之路的起点，曾经的繁荣像一件旧衣披在泉州身上，于是泉州格外有一种热烈的旧民间味道。包括泉州的梨园戏剧园。

曾老师说："这是全世界唯一的梨园戏剧园，只有这一个。"她说"只有这一个"的时候，声音有些寥寥的——梨园戏八百年历史，比昆曲还要老，所以，那些唱腔、身段、念白就要求更苛刻。很多年轻人不喜欢戏曲，何况是必须要会说泉州话才能学梨园戏。所以，学梨园戏的人越来越少，而唱得好的就更少了。

曾老师二度梅开，却并没有一般戏曲演员的粉腻之气。我接触过的戏曲演员，特别是女演员，那种浅气和薄气写在脸上映在眼里。只有演昆曲的那些女子，还有已经五十岁的曾老师，安静的、贞净的，有一种凛凛之气。

那天是曾老师在食堂请我们，吃的泉州春饼。饼是泉州老街上买来的，我见过做饼的女子，手里拿着一块软极了的面，在热的铁板上轻轻地擦，就是擦，像擦桌子的那种擦。薄薄的一层，像纸一样薄，完全不同于北方的春饼，再裹上各种各样的菜，居然还有海苔，还有花生米……用手卷起来，一口咬下去，看着窗外的青山绿水，十二月的泉州窗外，像福建的富春山居图，安详、恬静。

梅说，这个城市适合来住几个月。我说，那是，逛逛寺庙，吃些泉州美味极了的小吃，再听听梨园戏，榕树下发发呆，好时光就是用来浪费的。

才吃过一小时，曾老师又买来一大锅牛肉汤，她笑着说："春饼吃下去好像很饱，但那是假饱，要再吃。"于是再吃。她笑起来更像女孩子，干净的那种笑，动人极了。世界上最动人的美就是干净，曾老师身上有。

离开泉州后一直念念不忘。

念念不忘，必有回响。

曾老师来北京梅兰芳大戏院演《董生与李氏》，我对老友老卢说："去看，一定得去看。"他其实抱着犹豫的态度去看了这出戏，那天还有梅和老曹，戏演完了，老卢说："真好。真好。"老曹年轻，当天喝了点酒，火气大性子烈，冲着台上狂热地喊："曾静萍，我爱你！我爱你！"她真性情，爱上什么都把命搭上似的，我也想嚷，但我没有。我知道过了这种年龄，至少心是老的了。

那天晚上与曾老师吃消夜，卸了装的她依然那么安静的美。让我想起倪瓒的画，有点寂寂，可是，寂得那样脱俗。特别是她笑起来，没有年龄似的。我曾经在一篇旧文中说过：一个人，如果活到没有年龄亦没有性别，其实是境界。

也许是梨园戏赋予了她这些气质——一个人所选择的职业基本上决定了她的气息。梨园戏在本质上还是老派的那种范儿：有多老有就多前卫……我仍然听不懂泉州方言，但我记得泉州人的诚恳、热忱，记得泉州民风古朴，记得南关的大肉粽子、老街的姜母鸭、小巷里的老把式瓦罐……我最记得的，当然是梨园戏。

如果这一生，你一定要听一出戏，那么，就选梨园戏吧。

茶可道

禅茶一味，其实说的是茶可道。

说来我喝茶极晚。我想这缘于家庭影响，父亲只喝茉莉花茶和高沫。母亲常年只喝白水。我少时是孟浪之人，上体育课渴了，便跑到自来水龙头下一顿痛饮，那时好多女生亦如此，倒有脚踏实地的朴素温暖。

有野气的人日子过得逼真亲切，那清冽冽的凉水回甘清甜，自喉咙流到胃里，真是凉。少年不觉得，热气腾腾的血性很快平息了那凉。那个镜头，竟是再也不忘。少年时不自知，亦不怜惜自己，反倒是那不怜惜，让人觉得亲切、自然、不矫情。

上大学亦不喝茶。一杯热水捧在手里，或者可乐、雪碧、啤酒。我一向拿啤酒当饮料喝，并不觉得醉，只觉得撑，一趟趟上卫生间。几乎没人仰马翻的时候，也不上瘾。但后来，茶让我上了瘾。特别是去了泉州之后，我每日早起，每每泡了早茶才开始工作。空腹喝清茶，就一个人。大红袍、绿茶、白茶、普洱……但以绿茶居多。早上喝普洱容易醉，茶亦醉人。

泉州真好，那么安宁的小城，风物与人情都那么让人满足。泉州有一种自足的气场——刺桐花开的老街上，不慌不忙的人们，特色小吃多如牛毛。散淡的阳光下，到处是茶客。丰俭由己。有时是紫檀红木，有时是粗木简杯。

没见过比福建人更喜茶的了。泉州人似乎尤甚。早晨起来第一件事便是喝茶，与朋友谈事仍然要喝茶。从早喝到晚，茶养了胃，更养了心，泉州出了梨园戏，骨子里散发出幽情与文化的梨园戏，就着新茶，最好是喝铁观音，美到惊天动地了。

我是从泉州回来才早晨喝茶的，这一场茶事，应情应景，烦躁的心情会随着一杯茶清淡下来。早晨的心情因为有了茶香便有了慵懒，粗布衣服，素面，光脚走在地板上。有时盘腿坐在三十块钱淘来的蒲草垫子上。

打开收音机，放一段老唱段，然后一杯杯喝下去。我的茶事从一开始就是老境，因为人至中年才如此迷恋茶，像老房子失火，没有救药——茶是用心来品的，没有心境，再好的茶亦是枉然了。

起初我喝绿茶。龙井、碧螺春、台湾高山茶。龙井是名仕，明前茶用透明高杯沏了，宛如一场翠绿的舞蹈，那养眼的瞬间，却又伴着无以言表的灿香。那是只有龙井才有的大气的香。又清冽又妩媚，像那个养育它的城——那放纵又收敛的书生之城。它裹了江南的烟雨妩媚，却又掺了风萧萧易水寒，杭州城的大方不是其他城市所能比——能不忆杭州？而我忆它最好的方式是泡一杯今年的新茶，看着小叶子一片片立起来，清清澈澈间，全是迷人的清气。龙井，是"仕气"味道极好的绿茶。

碧螺春的传说有关爱情。情爱到底是薄而浅的东西——有时，它竟不如一杯碧螺春来得真实，它另一个名字怪可爱——"吓煞人香"。也真吓煞人，香得不真了，但自有别具一格的清润脱俗，它与江南贴心贴肺。

高中同学老胡自保定来看我，带了酱菜，我最喜那瓶雪里蕻，名"春不老"。有一天早晨，"春不老"就着炸馒头片，然后沏了一壶碧螺春。吓煞人的香和"春不老"，凑成一对，倒也成趣，滋味是南辕北辙的。我喜欢得很。

西泠八家之一丁敬有闲章两枚：自在禅，长相思。我亦求人刻了两枚。自在禅要配好茶，而长相思可以放在心里闲情寄美。

我心中的好茶可真多：太平猴魁。哦！这名字，惊天动地的好！像怀素的书法，他披了最狂的袈裟，却有着最宝相庄严的样子，他用自己的样子颠倒众生。我第一次看到太平猴魁时简直惊住了！或许，那是茶本身最朴素的样子，它真像一个高妙的男子，怀素或米芾，人至中年，却又保存着少年天真。那身材的魁伟，前不见古人，后不见来者。那滂沱之相，那清猛之气，一口咽下去，人生不过如此，了得了。

六安瓜片亦好，但立秋之后，我不再喝绿茶，绿茶寒凉，刮肠胃的油。秋天亦凉，不适合雪上加霜，秋天时，我喝乌龙茶和红茶。

因为杀青不彻底，有了半发酵茶的乌龙茶。我喝得最多的是铁观音和台湾高山茶。但郁达夫说铁观音为茶中柳下惠，我倒爱那非红非绿、略带赭色的酒醉之色，实在是与色或情有几丝联系。有一阵迷上台湾高山茶，喝到快迷上了，那种冷冽冽的香像海棠，我总想起褚遂良的字来，便是这种端丽，高山茶喝了半年换了大红袍。

我顶喜欢"大红袍"这三个字，官架十足，摆明了的骄傲和霸气。男人得很。大红袍是岩茶，乌龙茶的一种。因了闽地的高山雾重阳光寡淡，那岩骨花香生于绝壁之上，以其特有的天姿让人倾倒。翠色袭人，一片沉溺。我喜欢大红袍，那卷卷曲曲一条索肥美壮观清香悠长之外，却又如一张古画，气息分外撩人，却不动声色。好男人应该不动声不动色，应该是最起伏得道的行书，一下笔便是标杆与楷模，让身后人万劫不复。

顶级大红袍色汤极美，从橙红到明黄，这是醇厚之美，一口下去，荡气回肠，肝肠寸断，简直要哭了。那种醉心的归属感，配得上冬天的一场场雪，没有彻骨清凉，只有温暖如初。

乌龙茶中的水仙和凤凰单枞亦动人，不事张扬的个性，茶盏中的润物细无声。两个名字像姐妹花，总让我想起唱越剧的茅为涛，本是女子，却英气逼人。水仙茶的气质总有逼仄英气，个性里有醇厚和仁心，亦有清香绵延。这茶，可以喝到半醉而书，写下山高水长物象万千，"非有老笔，清壮何穷"。这是李白的诗句，可以配给乌龙茶。

绿茶是妙曼女子，乌龙茶是中年男子，红茶是少妇，普洱是六十岁以后的老男人，白茶是终身不婚的男人或女人。最符合我的，自然是红茶。

小言从斯里兰卡为我带来红茶，我掺了祁红，又放了滇红，然后加上牛奶与核桃仁煮。在冬天的下午，奶香一直飘荡着，都不忍心去干什么事情了。

穿了个白长袍发呆，自己宠爱着自己。

红茶细腻瓷实敦厚，正山小种也好。喝惯了茶，胃被养坏了，沾不得凉。

加奶的茶还有湖南的茯茶，一大块粗砌的茶砖，用刀剁下来，放了盐与花椒，再加上牛奶煮啊煮。M煮的好喝，她公公煮的更香，我每次都要喝几大碗，那种两块钱一个的大粗碗。坐在她乱七八糟的家里，喝着刚煮好的茯茶，觉得还原了茶原本的气质——茶本就这么随意，本来是这一片片树叶子吗，本就这么衣食父母。何必那么道貌岸然的杯杯盏盏？然后又日日谈什么禅茶一味？真正的禅茶一味，全在这杯粗瓷碗湖南的茯茶中，不装，不做作，直抵茶的本质。

M一家离开霸州后，我再也没喝过那么好喝的茯茶了。

如果白茶清淡似水，普洱则浓情厚谊了。白茶太淡，无痕真香，总在有意无意间弹破人世间的佛意，但我仍喜普洱。普洱是过尽千帆走遍万水仍然宅心仁厚，仍然表里俱清澈。所有戏，大角必然压大轴。毫无疑问，普洱在我的茶事中必须压大轴。

普洱是颜真卿的字，一直用力地用命来书写，那是神符，那是标度，那是尊重与敬畏，那也是人书俱老。好东西必须直抵性命。

我第一次喝普洱并不觉美妙。只觉被发霉味道袭击，加之凛冽视觉的冲击，那浓汤让人觉得似药。忍着咽下去，那醇厚老实的香气缓慢地升上来——一个好男人的好并不是张扬的。我几乎一瞬间爱上这叫普洱的茶。

第一次沏普洱失败。茶汤分离慢了，汤不隽永了，有了浊气，损了真味。以后沸水鲜汤，把那一饼饼普洱泡得活色生香了。

朋友 R 只喝普洱。他泡普洱是铅华洗尽的淳朴与端然。好普洱让人上瘾。让人上瘾的都难戒，它们慢慢让你熨帖，在洌而酽的茶汤里，做了自己的终南山隐士。

R 说，普洱茶可以把人喝厚了。绿茶可以把人喝透亮了，红茶可以把人喝暖了，白茶可以喝清了，乌龙茶把人喝智了。

人生应该越来越厚吧，那一点点苦尽甘来，那步步惊心的韵味，那情到深处的孤独，都需要一杯普洱在手。

春风秋月多少事，一杯清茶赋予它。有事无事吃茶去，繁花不惊，长日清淡，赏心两三，唯有伊人独自。有浅茶一盏，门前玉兰开了，头一低，看到杯中伊人，各自都是生命的日常与欢喜，足矣。

册页晚

册页，多么空灵的两个字。读出来有氤氲香气。似本来讷言女子，端坐银盆内，忽然张嘴唱了昆曲。她梳了麻花辫子，着了旗袍，她素白白的眼神，有着人世间的好。在她心里，一定有册页，她一页页过着，每一页都风华绝代。

车前子有书《册页晚》，这三个字放在一起更美，是天地动容，大珠小珠落玉盘，魏晋之风。一个晚字，多么寂寥刻骨。

人至中年，所有调子全轻了下来，喜欢守着一堆古书、几方闲章、几张宣纸、一方墨过日子。MP4里放着的是老戏，钢丝录音的效果裹云夹雪，远离了圆滑世故，是一个人仰着头听槐花落，低着头闻桂花香了。

闲看古画，那些册页真端丽啊。八大山人画荷，每张都孤寂，又画植物，那些南瓜、柿子、葡萄、莼菜……让人心里觉得可亲，像私藏起来的小恋人，总想偷吻一口。

册页是闺中少女，有羞涩端倪。不挂于堂前，亦不华丽丽地摆出来。它等待那千古知己。来了，哦，是他了！不早不晚，就是这一个人。

那千年不遇的机缘！册页，深藏于花红柳绿之后，以黯淡低温的样子有了私自的气息。

多好啊，最好的最私密的东西都应这样小众。

去友家品册页。

极喜他的书法，深得褚遂良真味。那书法之美，不在放纵在收敛，那起落之间似生还熟，有些笨才好，有些老才好，有迟钝更好。最好的书家应该下笔忘形、忘言，浑然天成。

他打开册页刹那，我便倾倒。

那时光被硬生生撕开了，似京胡《夜深沉》最高处，逼仄得几乎要落泪。

行书，柳宗元《永州八记》。

仿佛看见柳宗元穿了长袍在游走，他放歌永州，他种植、读书、吟叹……那册页被墨激活了，每一页都完美到崩溃。我刹那间理解李世民要《兰亭序》殉葬，吴洪裕只想死后一把烧了《富春山居图》，他们爱它们胜过光阴、爱情、瓦舍、华服、美妾……他们融入了自己的魂灵于《兰亭序》和《富春山居图》。

那自暴自弃有时充满了快意。

屋内放着管平湖的古琴声，茶是老白茶。屋顶用一片片木头拼接，像森林，老藤椅上有麻披肩。黄昏的余晖打在册页上。

要开灯吗？

哦，不要。

这黯淡刚刚好。

这水滞墨染，这桃花纷纷然，这风声断、雨声乱，这杜鹃啼血。

车前子说得对，册页晚。

看册页，得有一颗老心。被生活摧残过，枯枝满地、七零八落了。但春又来，生死枯萎之后，枯木逢春。那些出家的僧人，八大、渐江、石涛……他们曾在雨夜古寺有怎样的心境？曾写下、画下多少一生残山剩水的册页？

在翻看他们的册页。看似波澜不惊，内心银瓶乍裂——他们的内心都曾那么孤苦无援，只有古寺的冷雨知道吧？只有庭前落花记得吧？

满地黄花堆积，憔悴损，守着窗儿独自怎生得黑？

那册页，有金粉寂寞，簌簌而落，过了千年，仍闻得见寂寞。

他们把那些寂寞装订成册，待千年之后遇见知音把玩，也感慨，也落泪，也在纸磨之间看到悲欢、喜悦、落花、流水、光阴碎片。同时闻到深山古寺流水声、鸟语、花香，那古树下着长衫的古人面前一盘棋，我只愿是他手上那缕风，或者，棋上一粒子。足矣。

那泛黄的册页被多少人视为亲人？徐渭的册页让人心疼。那些花卉是在爱着谁呀？疯了似的，没有节制地狂笑着。它们不管不顾了，它们和徐渭一样，有着滚烫的心，捧在手心里，然后痴心地说："你吃，你吃呀。"

本不喜牡丹。牡丹富贵、壮丽，一身俗骨，怎么画怎么写都难逃。众人去洛阳看牡丹，我养瘦梅与残荷，满屋子的清气。

但徐渭的牡丹会哭呀。那黑牡丹，一片片肃杀杀地开，失了心，失了疯，全是狂热与激荡，亦有狠意的缠绵——爱比死更冷吧，他杀了他的妻。痛快淋漓。失了疯的人，笔下的牡丹全疯了，哪还有富贵？

金农的册页里，总有一个人——一个女人。一个人心里有暖，笔下才有暖。金农的哑妻是他的灵芝仙草，点染了他册页中的暖意。哦，他写的——忽有斯人可想。这句真是让人销魂，金农，你在想谁？谁知！

谁知！

这是黄庭坚在《山谷集》卷二十八《题杨凝式书》中夸杨凝式的——"谁知洛阳杨风子，下笔便到乌丝栏。"

此时，正听王珮瑜《乌盆记》，那嗓音真宽真厚，那京胡之声便是乌丝栏，约束着余派的声音，停顿之处，全是中国水墨画的留白。谁知白露写下册页晚？谁知晚来风急心平淡？

看册页要在中年后。

太早了哪懂人间这五味杂陈的意味，看晚了则失了心境。

中年看册页像品白露茶。

春茶苦，夏茶涩，及至白露茶，温润厚实，像看米芾的字，每一个字都不着风流，却又尽得风流。风樯阵马，每一朵落花他全看到此中真意，每下一笔，全有米芾的灵异。

翻看册页的秋天，白露已过，近中秋了。

穿过九区去沃尔玛，人头攒动的人们挑选着水果、蔬菜，这是生活的册页。每一页都生动异常，每个人脸上表情都那般生动，身上衣、篮里菜，瓜菜米香里，日子泛着光泽。这生活册页更加可亲，一页页翻下去，全是人世间悲欣交集、五味杂陈。

走在路上，总以为是那个冠盖满京华、斯人独憔悴的人，灯火阑珊处，猛一回头，看见斑驳的光影中，早已花枝春满。

在那一页写满我姓氏的册页里，我看到蒜白葱绿、红瘦黄肥，看到人情万物、雪夜踏歌，亦听到孤寂烟雨、禅园听雪，而我在一隅，忽有斯人可想，可怀。

此生，足矣。

手卷

人到一定年龄，是往回收的。收到最后，三两知己、一杯浅茶、一段老戏，或许再养条狗儿、猫儿，就着那中国的水墨，把生活活成自己的样子。而这中国书法或绘画最好是手卷，那私密性极高的手卷。

多美啊！手卷！

中国式的大美，沉稳、安定、老道，散发出低调无声的光芒。

高不过三十厘米，长度是任意的，十米、二十米，那里面写满了一个人的心思，画满了一个人的心情……也许因为过长了，那舒展的意味更让人欢喜了。

最撩人心处便是一边打开一边卷起。

最好是落雨的夜晚，一个人。哦，或者两个人吧！已经知己到不能再知己了，他们双双站立在迷幻的灯前，烛影正好。此时，他一寸寸打开手卷，像一寸寸打开她……都舍不得看了，连呼吸都停了。

他们不敢惊动了手卷，那里面藏着浮生六世的好。

他手持手卷的样子可真好。

那么娴熟地打开着手卷——只给她看。有些东西只能给一个人看，那是他们之间的孤意与深情。

那手卷是被怜惜的处子，小心打开每一寸时，都有浓艳得化不开的情绪。

去友家，众人喧哗，欣赏着斗方、条屏甚至册页。

及至酒后，众人失散了。

她忽然小声对我说："你慢走一步。"

我留下，与她饮茶。

女书家一般难逃小女儿姿态，但她有中性之姿，抽烟、盘腿、穿汉服，举手投足间，是汉人风范。

先喝白茶，又红茶，最后一泡是太平猴魁。

茶亦醉人。

她起身，去紫檀箱子中取东西。

是手卷。

"不给他们看。"她忽然露出小女儿姿态。

那手卷是她用心写了的。

她抄写经卷《金刚经》《心经》《地藏菩萨本愿经》。

那一字字，全是一脉天真。人书俱老好，但人至中年有天真气亦好。

"写了十天才写完。"

那是多美多安静的十天呢！

她净了手，铺了陈宣，染了旧墨，一字字写，连佛教音乐和风的声音都写上了。那手卷里，有一个人的沉静似水，有孤意，有枯瘦，有欢喜。看多了这样的手卷，会多了些宽放的东西。一个女子经过时光淬炼，对人世、方物有了审视与判断。她闻得到纸上的竹香、字里的孤独，她在一个人看手卷时有了自我的肯定与满足。

因为我知道，有些东西宁可老死在其中，不能说，一说就破。因为有些方物，本身就有来路不明的美。

见过一卷残破的手卷。被火烧过了，那残缺史添加了它的丰泽与骨感。纸张十分薄脆了，仿佛不堪一击，却与我魂魄相连。

有时觉得，那人生何尝不是手卷？一寸寸打开，不知未来。当身体的残山剩水和命挣扎时，其实已经看到了未来。

病入膏肓的Z，每天输血、输液，瘦弱到连说话都艰难。因耻骨长了肿瘤，坐不了，亦躺不了，只能斜斜坐着，连眼神都是微弱的。

为她煲汤。M从青海带来的牦牛肉，放了枸杞、红枣、萝卜、核桃仁、薏米、小麦……她喝不了两口，便用力咳了起来，那纸杯里是一口口咳出来的血。

她亦落泪——落泪亦费力，那眼泪似没有温度了。我与M几乎不当她面落泪，在走廊里放声大哭。

这人生的手卷已到了头。Z的眼神中，全是不舍——很多的时候，人生尽是不甘，那不甘里有孤傲亦有认命。

临中秋了，超市里人头攒动。我买了水果和蔬菜往回走。Z问我："雪，你变了，你不再有从前那种一意孤行的生活了吗？"

我对Z说起了祖母，她们并不识字，一生幸福、安宁，寿终正寝。在每个春天来的时候，把榆钱放到面里做成好吃的面食吃。

而萧红、张爱玲那样凄苦的人生于艺术是难得，于生活而言，是深不可测的悲凉。

我不要。

人至中年，我展开自己的手卷，愿意平淡富足，每一天都平淡似水，每一天都刻骨铭心。

管道局医院的太阳仿佛有重量，砸在Z的头上——她那么要强的人，已经多日不洗发，一件男士衬衣披在肩上，我坐在台阶上陪她晒太阳，说一些高兴的事。

M在没结婚之前，我多次反对她结婚。她结婚之后，我又反对她生孩子，说她不适合做母亲。她做了母亲之后，我说，再生两个孩子吧，一辈子有三个孩子是幸福的。她开始穿裙子，母性之光蔓延得到处都是。在M自己的手卷上，开始的狂野、放纵、任性变得湿润、澄澈、明了、从容。"他叫我收余恨、免娇嗔、且自新、改性情，休恋逝水，早悟兰因……"蓦地想起《锁麟囊》中这句戏词，恰是收稍。

中秋去看姑姑，她拿出爷爷的书法赠予我。姑姑六十岁，瘦，身体不好。她还喜欢弹钢琴，穿漂亮衣服。她趴下，拉开柜子最后一个抽屉。在抽屉的最里面，她拿出了一幅书法作品。

那是爷爷唯一留世的书法。他本来不想留一个字，是父亲执意裱起来，爷爷去世前给了姑姑，只说："留个念想。"

我家原本姓刘不姓王。祖籍山东济南。爷爷几岁时随自己的母亲改嫁到霸州王家，遂姓王。这是我中年后才知晓的，只觉得隆重。

姑姑送我出来，落泪。她是舍不得爷爷的这书法作品。她不懂书法，却想着这是父亲留给她的念想。

我在深秋的夜晚打开。

"华夏有天皆丽日，神州无处不春风。"这是爷爷唯一留世的书法作品。他写了一生，并无知己，沉浸在自我世界中，从不想自拔。

我忽然想落泪，又觉得眼泪多余。在爷爷一生的手卷中，尽是孤独。他没一个朋友，也不要。每日只是写字，字是他唯一的情人。那延伸在血脉中的孤寂，早已蔓延给他孙女。

爷爷去世时八十岁。只对母亲说："我今日不吃饭了，不舒服。"第二日，溘然长逝。

老子说，知其黑守其白。人生手卷参差太多，涂涂抹抹亦多，在山河岁月中，都寻找着圆满，却在支离破碎中找到花枝。

是夜，打开友送我的手卷。上面是一笔一画写成的《心经》，胡兰成有书《心经随喜》，随喜二字好。

色不异空，空不异色。

不生不灭。

乃至无老死，亦无老死尽。

这卷手卷，我看至天明。

普洱

我本来不想写普洱的。怎么写呢？像写一个格调太高的人，无法下笔。又像让我写《兰亭序》或唱《牡丹亭》，极致的美，有时是极致无措和手忙脚乱。

我少年时哪里喝过茶呢？不过是中等人家，祖父虽习书法，亦不喝茶，父亲虽为读书人，亦喝的是茉莉花茶。家中无茶香，渴了，有母亲用大茶缸晾好的白开水。如果在学校，刚下了体育课，一身的汗水，便会极速扑到那水龙头下喝个痛快——那是我的少年，没有茶影。

青春里也无茶。可乐、雪碧、矿泉水……碳酸饮料如同摇滚乐、尼采、欧美小说、达利、毕加索，二十几岁时，以为沉溺于西方文化，倒是与碳酸饮料相辅相成。我初听"普洱"两个字，已经老大不小，以为在说一个人的名字。后来我和我的学生T说："你有多幸运，二十多岁便洞悉了所有茶的秘密。"她跟在我身边多年，一眼望去便能说出是哪种茶，并且能品出大概多少年了。

亦忘了第一次喝普洱是什么时候，尝上一两口便喷了出来——怎么像发了霉？我喝茶从绿茶开始，龙井、雀舌、六安瓜片、太平猴魁，那明前的龙井真像妙龄女子，翠生生的绿啊！颠倒众生的年轻和轻佻啊。那味道也真是轻盈，像在舌尖上跳舞——没有办法地沉溺，这是天生的诱惑。

后来是红茶，祁红、滇红。

有一年下雪，喝了一个冬天的红茶，加了奶，香极了。红茶是属于女人的，软软的香，没有铿锵之气，喝多了容易醉，也容易迷失味蕾。白茶也喝过一段时间，三年成药七年成宝，用炭火煮了，和光阴染在一起，像临书法旧帖，也好。但是，到底还少些什么，到底是什么，说不清。

再后来是乌龙茶。铁观音、阿里山高山茶、冻顶乌龙……喝了有几年，迷恋那沉郁的香，香得快要支撑不住了——人年轻的时候，总贪恋个好看的，太早遇上普洱，像太早遇见一个好男人，不会走到一起，一定要过尽千帆，一定要尝遍了那娇嫩、芳郁、香气。

再一回头，看见了普洱，哦，真命天子出现了，第一口下去，就是它了！眼泪快出来了，因为终于遇到了。不易呀！那舌上的红茶、绿茶、白茶，那轻飘飘的香气都显得孟浪轻浮起来，原来，茶人的最后一站是普洱。也只能是普洱。阳关三叠、大漠孤烟、霜冷长河，这一路下来，终于到了最后一站。普洱，在这里等了你多少年。它不慌，它不忙，为了遇见你，就在这里痴痴地等，直到等成了一棵老茶树。

那陈旧的茶香，让乾隆皇帝着了迷，这个爱写诗的皇帝写道："点成一碗金茎露，品泉陆羽应惭拙。"《茶经》中未写到普洱茶。《红楼梦》中也写到普洱，因为它又暖又能解油腻。

喝惯普洱的人，再难喝别的茶——味同虚设，不如不喝吧。章含之在乔冠华离世后，有人问她是否会再爱别人，她答：爱上过一个大海的人，怎么可能再去爱小溪呢？喝过了普洱茶的人，舌尖上、喉咙里、精神上都有了记忆的 DNA。那是一种绵长、醇厚、曲径幽深的古味儿，那是无法言说只能意会的好——像恋人爱到深处，未提及对方半个字的好，可眼神里、心窝里全是好与妙。

号级茶、七子饼、印级茶、老茶、生茶。熟茶、大叶茶、古树茶……一入普洱深似海，想一口辨出是哪一年、哪一树的茶，甚至谁泡的茶，功夫也。

杀青、揉捻、晒干、压制。

每一饼生普洱会在时间中渐次发生微妙的变化，那些变化千差万别，因为一场风，因为一场雨，或者因为多看了它一眼，或者因为一声叹息，都令味道有着千般的不同。放久了的古树茶。

像经了坎坷有了阅历的人。亦像京剧行当中的老生，错骨不离骨的筋道与醇厚。绿茶放一年便成了树叶子，顶级的龙井也不过如此，暗淡得让人心酸。乌龙茶放上几年也不再光鲜，当初的浓郁的香气变为浊气，味同嚼蜡。红茶则多了土腥。唯有普洱，光阴是它的知己，又是它的情人，在时光里沉溺、转化，时光越久，那不可言说的味道越浓烈——在水泡开一款老普洱的那一刻，获得重生。茶与人两两相知，至死不忘。

朋友W，原是上海小混混，少年时与人拼刀，曾剁掉别人三根手指。中年后经商，发财后只习茶喜茶，每日与普洱为伴。在南昌自己开一间"无相壶"，只与三两知己喝茶，只喝生普洱。

他说："喝茶让我心性软下来，在茶中我顿悟了生活的秘密。普洱在某些意义上，有宗教的意味。"是啊，原始森林、草长莺飞、鲁莽草率，普洱是野蛮的趣味，那漫长的光阴里，奇妙的微生物们做了些什么？转化的过程无人洞悉，从不洁不净、大俗、大乱，走到至洁至清、大雅、大净。只有普洱，这是传说中的化腐朽为神奇吗？

在南昌的日夜，与W每日喝茶，秉烛夜游，他拿出"八八青"、中茶牌红印圆茶、"七子黄印"、"七五四二"……我不知深浅，只觉味道醇厚，后背冒了汗，心窝里是热的、熨帖的。我听着W谈少年时如何穿喇叭裤飙车，在黄浦江边追女孩子，乐得前仰后合……茶中人生，是真正的趣与味。

茶托是日本买来的铁打出，壶是日本京都乡村收来的老铁壶，屋内的花儿散发出清新的野气……一屋子的器物都与一款款老普洱相得益彰，普洱在两个喝茶人中间游荡，成为通向灵魂的隧道。

还有一次在长江边喝茶。中观书院的袁老师请喝二十世纪七十年代的普洱。应该是"七五四二"。外面有雎鸠在叫,长江里的芦苇被风吹起来,书茶院放了南宋的曲子。袁老师泡老茶,还加了牛蒡,可不得了,有惊天动地的香。那香是说不清、道不明的,我居然喝醉,茶亦醉人。一个人跑到长江边吹风,江边的夹竹桃开得真狂野呀!

普洱原来有一颗狂野的心,被时间收了心,渐渐变得那么敦厚、优雅、老练,看似世故,却是人世间人情练达的世故,怀了一种天真的世故,练达到让人起了敬重。那天地之间,原本应该有一款叫普洱的茶,让我们的生活变得贴心贴肺,可亲、可怀、可敬。

袁老师送我一饼"七五四二",回来后与茶友同喝。茶友说:"这茶与酒放在一起了,有酒香。"我笃定说没有,她说一定有。打电话给袁老师,袁老师亦说没有,然后挂了电话。袁老师是爱茶迷茶之人,珍藏茶有一间特殊的屋子,又干燥又通风。但过了一会儿,袁老师又打来电话:"小禅,那款普洱的确是和酒放在一块儿,顶多一小时。那天咱们去'渔人码头'吃饭,茶放在后备厢里,后备厢里有一箱子茅台酒……"我听了暗自笑了,朋友的舌尖上的味蕾真"毒"啊!

后来与友梅子喝茶,她中年后开始迷恋普洱,每日五更天起来泡茶,喝得通透了才开始一日的工作。普洱茶成为她日常生活中的必需品,每喝到一款老普洱便会高兴好久。普洱茶让很多中老年男人折服,因为恰好映衬了他们浑厚的气场,又磅礴又低调,又内敛又含蓄——那种化骨绵掌一样的冲击力绕着喉咙转,在精神的贮藏空间里找到一种肯定和踏实,除了普洱,任何一款茶都不能赋予这种意义上的心灵地貌。

普洱,在与光阴的耳鬓厮磨中,幻出了无数种可能,那种奇妙的香气,是书法中的人书俱老,是戏曲中的炉火纯青,是齐白石几十岁以后的随意泼墨,是让时光点了石成了金。

茶人延延每年都要在云南的深山里待上半年。二月就上山了,去西双版纳的山里寻找老茶树,每发现一棵老茶树都似找到久违的自己。她自己在云南有一片茶山。茶成为她生命的一部分。素衣素面，仿佛自己也是老茶树上的一片树叶。

"那些老茶树成了精呢！"她说当地的茶民并不以为然，家中都有大水缸，把茶人拣出来的黄叶放进水缸里，浇一锅水进去，那便是当地人的茶饮了。普洱从云南运出来，再经过时光之淬、文人茶人之品，走向了真正的自己。

常年与普洱打交道的茶人，身上会生出茶气。那茶气是清新的、醇厚的、立体的，文化养心普洱养身。冬天的午后，三五知己品一款陈年普洱，佐以古琴、古老器物，再佐以一场大雪，人生快事，不过如此。那是普洱的快雪时晴贴，那是我的银碗盛了我的雪。

七子饼中有一款"雪印青饼"。

有一日在上海喝到，再看到那名字，仿佛与自己邂逅。留声机里是低缓的大提琴演奏，窗外是上海滩和黄浦江，心窝和后背都是热的。人至中年遇到普洱，恰恰好。太早，我哪知珍惜？这样的珍贵和饱满不适合猛浪的少年；太晚，我品不出那气韵和力度。中年恰恰好。听雨江湖、花开富贵、枕上思、身边人，就着一杯老茶，就这样闲闲散散喝下去，喝它个天荒地老，喝它个日久天长。

如果我有一款小禅私藏茶，我就叫它银碗盛雪吧！那银碗里盛的是我的光阴，那饼茶里装了人世间的清欢与滋味，在空灵的禅意里，我愿意，与茶，同老，同销魂。

那一杯茶里，也尽是人间的真味矣。

柒
多情人不老

底气

八岁之前，我一直在农村。

那并不是我的选择，那是母亲替我的选择。生下我不久，母亲再度怀孕，我与弟弟只差一岁，不得已，母亲将我送到乡下外婆家，外婆那年不到 50 岁，母亲在城里带着弟弟，我被扔到了乡下。

有记忆开始，便是广阔天地。

北方的农村都壮阔，河北尤是，华北平原一望无际的麦田、玉米地、谷子、棉花、黄豆、芝麻，还有茄子、西红柿、黄瓜、豆角、南瓜……北方所有农作物我如数家珍。那时我多厌恶他们。弟弟每回来都穿了新皮鞋，我穿的永远是外婆自己做的布鞋。油灯下，她一针一线纳鞋底儿，窗外不远便是麦田，呼呼的风吹进来麦香。院子里的鸡和鹅全睡了。猪圈里的猪也睡了。我央求外婆给我讲故事，她的故事那么少，乏善可陈。只会讲从前有座庙，庙里有个和尚……但村子中果真有小土庙。常有人去上香，也有果品。外婆总是拿了盘子中的贡品给我吃。"小孩子家，馋。"她这样解释。哪里能洗呢？只是衣服上蹭蹭。没干没净，吃了没病。外婆总这样说。

她那时还要去地里干活。总要带上我。玉米地里有清香，外婆剥了新玉米给我吃，有米白色鲜嫩的汁液儿，玉米秆是清甜的，一个人坐在地里吃呀吃。玉米地里随处可以大小便。并无厕所概念。村子里有唯一的公厕，里面爬满了蛆和苍蝇。人进去的时候"嗡"的一下。我习惯了那种轰轰烈烈的脏。多年后与乔叶聊天，她亦有农村生活经历，她说："那是我们的底气与宝藏。"不言自明。那邋邋遢遢的厕所，那一望无际的庄稼，哺乳的女人毫无遮拦的给孩子喂奶，那乡村里的野气……一个人的乡村记忆是这样敦厚、诚恳，甚至那些脏乱差，都成了日后的丰沛与温度、格局与气象。这一切，天注定。

酷暑的下午，翻看毕飞宇的《苏北少年"堂吉诃德"》，几度心酸，苏北少年与华北少年同样孤独。要盼望过年穿新衣、吃肉，要盼望周末、母亲带来奶粉和红糖……物质的匮乏总是刻骨铭心。外婆背了玉米去碾子上碾。我跟在后面，只说再不喝玉米面粥与山药蛋粥，也不吃她蒸的窝头，贴的饼子。她便笑：那给丫头烙烧饼吃，她便和极少的白面。少得可怜的一小块，我几乎看不出她要干什么。顶多一个馒头的样子。她把那块面揪成饺子皮那样大，然后一个个擀圆，再撒上芝麻。那些芝麻真像跳舞，我仿佛看到了他们与面终于颠沛到了一起。极薄的一张，然后放进烧热的锅里，然后一定要用花秸来烧。麦收过后，被碾压过的麦秆被称为花秸。这是多么美好的名字。

麦收过后，村子外面有无数的花秸垛。在更远的北方，就叫麦秸垛。铁凝小说三大垛中便有一篇《麦秸垛》。每一个在乡村生活过的人都是幸福的，在漫长的人生中，那是丰沛厚实的滋养。那些花秸的火苗是轻的，烙饼和糊饼最好。不糊。劈柴用来炖肉，火硬。外婆用那些花秸烧火，烧出了又薄又脆的圆饼喂养了我。我在外婆的背上走东家串西家，听张家长李家短，看他们养的猫狗鸡鸭……有一次还被狗咬了，流了很多血，腿上现在还有疤，那时候不打狂犬育苗，咬了也就咬了。外婆再也不去那个人家，并且还让对方带着上了药。

乡村的天空是低的。特别是秋天。仿佛云伸手可捉。秋天的棉花地里，外婆背了袋子去拾棉花。白白的棉花一朵朵扔进袋子里，拾满了，便倒在路边的棉花垛上，我躺在棉花垛上看云。盼望母亲快点接我回城里，我要穿红布鞋，梳小辫儿，吃冰棍。我不知那时的光景是奢侈的。只觉得一日日的好无聊。每天去地里看鹅，运气好能抢个鹅蛋。有时和邻居的铁蛋、二丫玩，玩一会儿便打了起来，各不相让。

我盼着说书人快来。

麦收或秋收过后，村里便来说书人，说《三侠五义》《西厢记》……我坐在板凳上听着听着就睡着了，月亮爬上来露水湿了衣裳，外婆抱我回家。醒了说书人不见了，我便怅怅然。忆起他穿的长衫和他的声调，怪迷人的，盼着长大与说书人游走江湖。这样的想法让我会兴奋很久。

隔壁的书枝喜欢我，她二十多岁，常带我去玩，每次都去见一个三十多岁男人，我回来便告诉外婆，外婆不让我再去了。过几天，书枝投了井。捞上来直挺挺的。我第一次见到死人，亦不怕。只觉得书枝的衣裳还那么好看。书枝的母亲不哭，感觉丢死人了，丢死人了。我后来才知道书枝与已婚的柳先生有私情并且有了身孕。那柳先生是乡村的老师，语文数学都教，白面书生。我也喜欢柳先生，白白净净的，手上总有粉笔末，好闻。书枝那天死，我没哭。大概是吓得。但后来开始发烧。外婆说我吓着了，便到邻村找老王婆给我招魂儿。老王婆招魂有术，比大夫管用。

她快 80 岁了，满脸皱纹。身上有跳蚤，头发里散发出桂花油的油腻味。我疑心她至少一年没有洗头发了。我每十天洗一次，外婆用花秸烧了水，给我烫头发，水很热，我尖叫、反抗。外婆不管。她说这样不长虱子。长大后有我同龄的女人说："我一天不洗澡都受不了。"我从来沉默。在乡村，十天能洗澡是奢侈的。

老王婆把手放我额头上，然后口中念念有词，大概意思是把我的魂招回来。我昏昏沉沉。叫了魂之后，去乡村小卖部买一袋动物饼干，七毛钱一斤。外婆舍不得，转脸便说："回来必须和你妈要钱。"母亲那时在灯泡厂上班，挣几十块钱。我便说："我妈没钱。"我总和外婆吵架——现在，没有这样的机会了。外婆去世多年，她没有花上我挣的钱就走了。

那时我的梦想是开一间老张家的小卖部。小卖部在大队的一间小破屋里，但里面有花生米、糖果、纸片……如今看起来廉价而不卫生。很多年前，那是一个孩子的天堂。长大以后，我依然对小卖部无限喜欢，对花生米抱有过分的热情——我的饮食结构保持着童年的习惯：喝粥，吃咸菜、炖肉、花生米，炒几个小菜。有几年我甚是洋气，喝咖啡，吃西餐。我在西湖边、上海外滩，要一杯上百元的咖啡，穿着几千块钱一件的衣服，身上每件东西都有或大或小的牌子。那几年我虚荣极了。并且摆出小资的姿态，无论文字还是人。自八岁之后我离开乡村进入城市，并且定居在城市。多数时候我每天穿行于国内的一线城市。那些洋气无师自通。没有人看出我在乡下待过八年。我也试图表明：我是地道的城里人。

但不是。

我与别的女子去西藏旅行，他们对酥油茶大呼小叫，对一年不洗澡的藏民不理解，对住的旅馆抱怨不是24小时热水。我倒头便睡，并在旅途中渴了就喝山涧的水。那8年对于我的心里装备足够了。

中年以后，我选择棉、麻不过百十块钱的衣裳，我记得小时候躺过的棉花垛，记得棉花的温暖。从此以往，我自己腌咸菜，与外婆一样卷起袖子干活，蒸一锅纯碱的馒头，炖一锅红烧肉，定期去乡下走走。这么多年，我依然喜欢乡下的味道。尽管失掉了从前的朴素、淡然、但仍旧比城市好很多。

那些村里的老人还能认识我，他们叫着我的乳名。说庄稼越来越少了，这里成了开发区，很多年轻人去住楼房了，外婆家的坟地怕是也要挪了。

铁凝、陈丹青、乔叶、毕飞宇……我忽然想起他们的农村生活经验，只不过他们是更能记得细节的少年，我是童年，已经很好了，这是老天爷的筛造，这样的生活经验可以是一辈子的生活底气——最苦的我都见过了还怕什么？

有了这样的底气，多么的自足——不是每个人都有这样的幸运，然后有这样的底气可以丰满地过一生。

手艺人

越来越感觉自己就是一个手艺人。
只是匠气不重。
写文字的人，其实内心非常泛滥，但表面上一定清凉冷冽。
我们的手艺在心里。

小时候最爱去看弹棉花。外婆拿着自己的旧棉絮去弹棉花。听，"弹棉花"三个字就这样美。到邻居老张家，老张穿灰扑扑的衣服，一身的棉絮，连脸上都是，睫毛上也是。满屋的蜘蛛上也挂了棉花丝，整个屋白花花的，什么都看不清。在我童年的心里，倒像一个童话。

我那时的梦想，不过是要跟着老张弹棉花。

那个纺车响时有远古的味道，一声声慢而迟钝。我后来也去石家庄的棉纺厂看过几千台机器一起轰鸣。不，我一点也不喜欢。我喜欢那间弹棉花的屋子，一个人和那木头的纺车，来来回回地响着，再有一个长长的扑打棍子，打在棉花上，扑哧扑哧，我简直迷恋到要死。

那时起，我就羡慕手艺人。
还有补碗的手艺人。

这一行的手艺人现在几乎看不到了。十岁以前我一直住在乡下，每天来的手艺人让我非常有盼头。谁家的碗碎掉了，不会扔，一定要等补碗的手艺人来把它补起来。

一个粗瓷碗值得了多少钱呢?他却细致地补着——我一直难以忘记他的长相,个子极矮,黑而且瘦,背微驼。补碗时会唱着小曲儿,异常的动人。我看着他,他偶尔抬起头跟我说:"跟我学补碗吧,长大了,有饭吃。"我答应得很快,因为觉得弹棉花和补碗这两件事都好,带着很奇妙的东西。

他补的碗真好,把碎的碗对齐,然后用铁丁把两边铆住,裂缝要用七八个这样的铆子,真像做完了开膛破肚的碗,留下一串疤痕。后来看到剖宫产的女子,肚子上爬着一条蜈蚣一样的疤痕,想起他补的碗,就是这样的。

可惜后来没有人再把碗拿去补了,碎了就是碎了。补碗的手艺人早就死了吧,当然,这个手艺早就失传了,谁还会去补碗呢?我们早就用纸和塑料这些替代品了,永远不会碎,永远不用补,完美到近乎可恶。

还有那些做秤的、制陶的,还有那些老油房、剃头人,还有吹糖人的、拉大片的……那些手艺人去了哪里呢?匠人本身有一种无比的宁静在心里。我认识苏绣传人张蕾,一张绣品要绣几年,一针一线全是静气,一针也不能错,那样绣出的耶稣如真神降临。

写字亦是弹棉花吧。

我把那些散落在浩渺烟海中的文字用一根细亮的珠线穿起来,它们有时黯淡无光,有时又闪亮着岁月的光芒。而我的飞扬跋扈终于安静下来,是谁说过:"当走过的路越多,对这个世界就越谦逊。"

喜欢一个写字的女子,名叫朱天文。她是更好的手艺人,不用电脑,不接电话,也不受访,极少与朋友见面,就是写啊写啊写啊,"像个好的手艺人"。她说,准备写三十年,写到七十岁,能写完父亲留下的稿纸——他父亲朱西宁自印自裁的稿纸,一页可以写五百个字。

我不知道可以写到多久。我没有父亲给我留下的稿纸,我只有一台寂寞的电脑,在打开它时,放一段昆曲,然后那些文字会寻我而来,让我编排它们，让它们在我的手指上跳舞。

我喜欢它们跳得精美的样子。

朱天文提到张爱玲，说她用她高超的文字技艺滑翔着，飞过去，飞的姿势还那么好看，因为她的技艺太好了。

我知道我没有那么好的技术飞翔，但是我是个手艺人，认真的手艺人。我懂得退让，懂得有一点点应该有的天真、幼稚，有一些不谙世事的纯粹，亦有一些洞察细节的苍茫眼光……

很庆幸，我成了一个敏感、脆弱、喜欢一些小小伤感与惆怅的文字手艺人，可以发现片段之凋之美，可以在华丽与堕落中不断自省与沉溺，在与时间的抗衡中找到支点。

在许多年的梦中，我一直梦到弹棉花，我仿佛还是那个六七岁的少年，站在棉花坊，看到那弹棉花的棍子打下去，白白的棉絮飞起来，像雪花一样，而弹棉花的人带着满足站在一边……

于一个写字的人来说，所有的所有全会成为过往，唯有文字魅力永存。

一个人行走在黑夜里，常常想起王小波写过的一句诗："走在寂静里，走在天上。"多美呀，走在寂静里，走在天上，那是一种文字手艺上的大美吧。一个人，行者无疆。

而我愿意像那个弹棉花的人，把手艺当成享受，一针一线地绣着这张叫作"人生"的底子，不嫌它质地或许粗糙，我把那些文字绣上去的时候，可以看到里面开出一朵花来，颓灿、满足，而且带着追忆往昔的淡淡心酸。

孤独俨然

孤独的气息是可以闻得到的。真的——即使隔得再远,它就如同绿妖缠身,扑面就来了,哪怕在人群中都没有用。这东西说来就来,刹那之间就可以席卷很多物质——那些貌似强大的快乐,那些繁花似锦,那些不小心的破绽……

一个人的心里山山水水越多,越容易对一草一木动情,也越无情——奇崛的个性总会有自己也参不透的刹那。

"听雪庐"三个字是我喜欢的,老祖寺的印禅法师为我写了这三个字。行书。很散淡,不刻意。不刻意的书法作品是很少的,大多数都着了功利的痕迹——一个出家人应该断了许多念头了,所以,字也就懒散,一懒散,孤独的气味就有了。

人到最后,都会和自己的内心有一场交付——或早或晚。我来得早了些,早早洞悉了人世悲欢……有时候字可是俗世中一个混沌的人,可是明白了,是回不去的。命里注定,有一根弦被系在光阴的此岸,要用文字渡它到彼岸。

这些文字是用钢笔写的。那种写硬笔书法的笔,是一个叫小慧的女子从阳泉为我买来的。

"姐,你知道阳泉吗?"她拉了十二年的二胡,知道我唱程派,特地学了《锁麟囊》中的《春秋亭》给我拉。我们第一次配合是中央电视台来家里录我,她拉琴,我唱戏……那天雾极大,我们去阳台上唱"何处悲声破寂寥……"

她知道我不再用电脑后给了我两支钢笔。第一支是她用过的，我们还去超市买了英雄的黑色钢笔水，四块钱；第二支是写硬笔书法用的，是她从阳泉买给我的。她同时带来的还有两个紫砂锅、阳泉小米，山西醋……她的个子那么小，是怎么拿来的呢？现在想起，心里忽然有些难过。特别是一个人的时候，最想念的人是给你温暖的人。

后来我就用小慧给我的钢笔写字了，写得很踏实。笔和纸仿佛有了肌肤之亲似的，像久违的亲人，或者如胶似漆的恋人，让我想起十六七岁时，一个人在稿纸上写啊写，弄得手上有很多墨水……这么多年忽地就过来了。真快。

上午和 M 在烈日下走着，才五月天就热成这样了。她抱着孩子，用 MP4 大声放着一些流行歌曲，她说我脸色太差，从长沙回来后就赶去沈阳签售。人前总是光芒夺目，人后却是黯淡的。

"你看法桐叶都这么大了……得齐齐心了……人不经老的……"

我们吃了烧饼夹夹、老豆腐，一直在烈日下走啊走……十多年了，她依然如少年，我依然如年少，那些骨子里的东西永远不会改变，到死也变不了。

有一些人的品质是古琴，是箫，是中国山水画的留白，在心头即是在天涯，寂寂之花永远怒放。

M 是，我也是。

我们去娘家吃了羊杂、烙饼、茴香馅的包子……母亲种的茴香长了出来，茂盛极了。上个大集，她和母亲买来的。

我和 M 散淡地说着话，孩子睡着了，母亲忙前忙后，父亲给我刻录湖南大学讲座的光盘。有人说《平复帖》上有讽讽蚕食的声音，但我分明看到挺多时光扑杀过来，凛凛的。

有时候，时光中的俨然孤独是可以怒放的。

少年游

十三岁那年,家乡的城墙还没有拆。

我每天骑着一辆破自行车去城墙上玩,城墙破烂不堪,有很多野草在风中飘荡。我十三岁,不懂得何谓闲寂之寞,一明一灭一尺间,只觉得一个人乱逛是那么好,城墙下面有很多类似窑洞的洞,传说总有偷情的男女被逮到。

我对那些洞充满了好奇。

有一次从家里拿了手电筒进了洞里。我自小便胆子大,不知害怕。有一次与外婆走进坟地,半夜仿佛有鬼狐,外婆吓得乱跑,我仍然镇定。这种镇定仿佛天生,即使现在依然如此。

但那天一无收获。我盼望洞内有妖有魔,至少有偷情的男女也好。可惜什么也没有,只有随地的大小便。不小心踩到,腻歪得很。

家里亦不当我是女孩子。那时父亲在无线电厂,母亲在灯泡厂。弟弟倒是女孩性情,家里养了鸡,他记得每天把鸡找回家,把鸡下的蛋放在抽屉里。他面目清秀,小我 岁,极得母亲宠爱。

穿过一条胡同就到橡胶厂了。橡胶厂有许多大丽花,开得艳极了,我掐了大丽花便去爬橡胶厂的水塔。一阶阶的梯子,好像有天梯那么高。底下是花花的流水,狭窄的井内只有我一个人在爬啊爬。

后来也有人爬,爬到中间摔下来摔死了。

每次我都顺利爬到顶部,然后坐在高高的水塔上吹口琴。这是我一个人的天空，一个人的秘密。

暮色四合。

风真大啊，口琴声传了很远。我不知道什么叫作孤独，却从小不合群，亦不爱穿花裙子。那时刚流行牛仔裤，就永远穿着那条牛仔裤，在小城的水塔上，耷拉着两条瘦腿，吹刚学会的《甜蜜蜜》。

成绩差透了，几乎不学。班里有保定来的运动员插班，十五六岁，游泳、打乒乓球。特别是那些游泳的女孩子，个子好高啊，"那里"好大啊，每次看都会害羞。我又瘦又小又黑，自卑极了。

同桌娟儿，一米六九，白得像空气，但头发极黄。她说："长期游泳训练闹的。"她晃动着两条长腿："你会游泳吗？"

我摇头。她笑我："旱鸭子。游泳蛮好玩的，像鱼一样。"我跟在她身后，像陪衬。她真高啊——我只到她肩膀，她躲在墙角抽烟，风把烟头吹得闪亮闪亮的。

"要不要抽？"

我点头。她递给我，我抽了，咳起来，惊天动地。她鬼魅地一笑："你还没来例假吧？"我又点头，她打了个响指："你还是小屁孩。"我极不高兴这个叫法，狠狠地踩着她扔的烟头，直到把它碾得粉碎。

我带娟去爬水塔。她居然不敢，我得意极了，一个人爬上去，吹口琴。

春天，与娟去看山茶花。种花的老人在村子里。两个人骑自行车，要骑几个小时，娟上次去那村子偷过一次，这次带我偷。

正是晌午，院子里铺天盖地的花。芍药、迎春、茉莉、山茶花……园子里无人，我和娟掐了很多，像强盗一样地摘啊摘，少年的心那一刹多么邪恶。只想摧残，掐了个满怀满抱。

有人喊："小孩子不许掐花。"

我们疯了似的跑啊跑，跑丢了一只鞋。脚被野蕨扎破了，但空气中弥漫着一种罪恶却又诱惑的味道。春天、花、少年、麦浪……所有的气息融合在一起时，性感极了。这性感如此浩大，花真是盎然，因为足以销魂，因为足以动人。

日本人正冈子规写下俳句：山茶花啊，落了一朵，落了两朵。

我们把花散落得到处都是。田埂上，空气里，大地上。车筐里没有几朵花。成堆成堆的少年记忆，也只能摘这么几朵。一人自打花野来，二人自打花野来……

娟和体育老师去看电影，带着我。

体育老师好帅，有洁白牙齿与乌黑头发，还有鹿一样的长腿，还有好听得不得了的普通话。

电影院里。黑暗中，我扭过头去，看到体育老师和娟的手缠在一起。黑夜中，我的脸红成一块布。黑夜中，我的心脏像风箱呼哒呼哒地跳。

那天，我一个人爬上城墙吹口琴，吹着吹着眼泪掉下来。那天晚上的星星真多啊，怎么数也数不清。

不久娟退学了，体育老师调走了，我再也没有见过娟。

过了些日子，我去文化馆听戏。

那时晚上总有一堆人在唱戏，有话剧、河北梆子、京剧《花为媒》《大登殿》《四郎探母》。每天晚上，我都站在角落里听他们唱，他们唱得真好听。我想学唱戏，想跟着戏班子到处走，但我只是想想而已。大多数时候，我在文化馆中的图书馆看小说。张承志、铁凝、王安忆。《北方的河》《哦，香雪》。

时光像凝固的豆腐，软软的。

院子里有两棵马缨花，老人们叫它们鬼树、精灵树，学名叫合欢树。院里有人弹吉他，门外有人唱戏。

这一年我十三岁。

在少年时，我便呈现出孤僻与特立独行，和男生打架实为平常。

有一个叫许兵的坏男生把死老鼠放进女生书桌里，所有女生都尖叫，包括十六岁的娟。我走进全是男生的教室，把死老鼠一只只从女生书桌里拿出来，然后放进许兵的书包里。窗外的女生看傻了眼，屋里的男生吹着口哨。我从来没有那么得意过，许兵走到我面前，忽然露出坏笑："你真哥们儿。"

很多次同学聚会时，他们提起这一幕，我一笑了之。

彼时我已经长发飘飘，喜穿布、麻、棉的裙子，没人认为我是敢提死老鼠的女生，但我是。我知道我骨子里是怎样的人。娟不知道我后来长到了一米七二，并且成了作家。许兵成了我的好友，我们一起驾车去沙漠旅行。

还有电影院。十三岁时的电影院，两毛钱一张票。院子中有很多梧桐，那些桐花在四月间开得贱贱的。有一次，看到极美的一朵花落在雨水里，发了半天呆。逃课去看电影《幸福的黄手帕》《雷雨》……还有录像厅，香港激光影碟，不良少年、蚊子血、啤酒、暧昧的笑、方言、大卷发……永远的武打片，外面的音响震天动地。我迷恋《上海滩》中的周润发与赵雅芝，并且要找一个周润发这样的男人浪迹天涯，对外面世界的向往已至极限，快呀快呀，去流浪，晚了来不及了。

多年之后，仍然怀念录像厅那复杂的气息与味道。街上有拖拉机嗒嗒经过，偶尔还有马车、牛车。提着双卡录音机的时髦青年，戴着从广州买来的蛤蟆镜，操着不流利的粤语满街跑。盗版磁带满天飞。街上流行黄裙子。

庙会来了，壮观极了。南方的小商品唰啦啦全过来了，那么多五颜六色的夸张样式。空气中充满了蠢蠢欲动，连橡胶厂看门人都知道邓丽君了。

街上有人跳迪斯科，舞曲叫《路灯下的小姑娘》。很多老人摇头、叹息，看不惯穿着包臀裤子的少年。

我骑着破自行车穿行于大街小巷，并且一手扶把，一手吹口琴。

我的成绩持续糟糕，无可救药。父母从不过问，自生自灭。弟弟依然老实听话。每天收拾家务，洗碗拖地喂鸡喂狗，等父母下班回来。我四处飘荡，游手好闲。

已经开始流行穿球鞋，假货到处都是。看到了一只红色、一只黑色的球鞋，唤作"匡威"，庙会上极显眼。只有三十五号、三十八号，"没有三十七号，三十七号的昨天卖了，你要昨天来就好了……"。才不要听到这样的话，问卖家哪里会有。他说你去天津看看吧。哦，天津。

天津离小城七十公里，亦不算远。但八十年代的距离和现在不一样。七十公里是一个遥远的距离，去天津是件很大的事情。

怀揣着二十块钱去了天津。二十块钱在当时是个大数目。我和父母谎称是要交学费。骗人！其实我只是想要有双匡威球鞋。不认识天津，那时也没有导航仪。只知道一路向东走国道，边骑边打听。骑了多半天，终于到了天津。

去了天津百货大楼和劝业场，都没有卖匡威球鞋。但天津之大吓住了我。我以后要住天津这样的城市。在回来的路上我想明白了一件事，住天津这样的城市要学习好，考上大学，才能离开小城。

我决定好好学习。

我骑到家已经半夜了，满天星光。父母急得派人去找我，星光下望着还年轻的父母，他们没有骂我，接过我的自行车。我把握得皱皱巴巴、全是汗水的一把钱又交给母亲。那是二十块钱，我一分没花。

后来很多年我一直穿球鞋，匡威牌的。

十三岁过去以后，我上了初二，我转了学，亦开始努力学习。

我再也没考过第二名。

忽然开了窍似的，再加上些许努力，成绩永远是全年级的第一名，掷地有声的第一名。

初二的暑假，我长高了近十厘米。从前我在第一排，开学后在最后一排。上初三时我继续疯长，并被招到校篮球队。又细又高的个子，像一根棍子杵在那里，日影中又薄又扁。

我投篮真准啊，三分球一投一个准。我真瘦啊，风钻进肥大的裤腿里，像养了一万只鸽子——我再也没有去爬橡胶厂的水塔。我一米七了，我见到男生开始低头。

我来例假了。裤子弄脏了，星星点点的红，男生笑话我，我低下头快跑，脚下有风，生怕人追上。

沉默、无语、腼腆、羞涩、自卑。我怎么这么高啊——比男生还要高。平胸，头发黄，两条长腿像鹤，除了学习成绩好，一无是处。

每天上学路过父子三人开的打铁铺子。铁花飞溅，三个人光着膀子，一锤一锤地砸着。我觉得自己是那块铁，被越打越硬。我不与任何同学来往，只是读书。每日一个人骑着自行车满城转。

那时开始拆城墙了，父亲从无线电厂辞职，下海经商，经营无线电，家里渐渐富裕起来。母亲一箱箱地买水果和饼干，这个会过日子的女人有了钱，开始大把花钱。父亲有了摩托车，家里有了索尼录音机，还有冰箱、彩电……小城之中，我家几乎是第一个拥有这些洋玩意的人家。

照现在的话说，我家那时是暴发户，我是富二代了。

初三毕业，我以第一名的成绩考上高中。班里还有一个男生考上高中。只有我们两个人考上。他又黑又胖，长期第二名，是我的对手。多年以后，是我的亲人，如兄长一样体贴爱护我。他是山西人，在外婆家寄读，初中三年，存下了一生的友谊。我日后在山西的旅游，平遥、王家大院、祁县、太谷……他总亲自带着游览。

彼时，我们已近中年，并且带着孩子去对方家里住。他介绍我时，总是说："我妹子。"但少年时我们还动手打过架。他在我后桌，挤得我与华没有了地方，我便一脚踢断了他的凳子。他后来笑说："我妹子从小脾气就坏。"他依旧胖、敦厚，操着山西方言和我说话，偶尔有几句听不懂，他便笑。

上高中后，我的学习成绩沦为中上等。一中有图书馆，整天借书还书，偶尔去文化馆看期刊，读到"行行重行行，与君生别离"。又读到"思君令人老，岁月忽已晚"。忽然黯然，忽然落泪。所谓情窦初开，大抵如此。自己忽如那远行客，因为读了许多杂书，显现出与旁人不一样的气息来——上有弦歌声，音响一何悲。亦不知为何忧伤起来，站在一中的合欢树下发呆：那个白衣少年始终不曾来。

当时，我的家境是同学中最好的，有两辆铃木牌自行车，一红一白，在校园骑，扎眼极了，招摇极了。那时很多农村的同学没有自行车，便借给她们骑。只借给女生，因为那时男生女生之间不说话。

同桌阿文家在南孟，一次次借给她骑自行车，她怕弄脏弄坏，我说随便骑，没事的。那时因为家在城里，便不住校，时常领着同学去家里吃饭、喝咖啡、听歌。

父亲有了钱，买了 JBL 音响，要一万多。母亲开始打麻将，家里开了流水宴，总有人来吃饭。大鱼大肉，纸醉金迷。富足的味道让人难忘——父母晚年家道没落，但因为富裕过，眼神总是淡定，一粥一饭也亦常知足，并不觉得粗茶淡饭不好。母亲见到谁有几十上百亿亦不心惊，她打牌输掉很多钱，但输了也就输了，真是所思在远道。父亲仍然潜心研究天文地理宇宙，闲了吹吹笛子拉拉二胡，家里养了几只猫。

他们常去菜市场拾鱼肠子，他们富足过，有山河定的心态，并不觉得富贵人家有多好，一副"君亮执高节"的样子。千金散尽了，素衣粗粮亦是动人。许多同学还记得第一次喝咖啡这种东西是在我们家，母亲倒忘却了。她依旧粗枝大叶，山河更移与她无关。人生非金石，但母亲有金石气。

十七岁，冉冉孤生竹。我有了心思，喜欢下雨天。读张爱玲、杜拉斯、席慕蓉，给《河北文学》投稿。文艺女青年加文学女青年，四顾何茫茫。"燕赵多佳人，美者颜如玉。"并非说我，我依然又瘦又高。有两个女同学极要好，每天一起吃饭散步，翻墙去电影院看电影。那时一中的墙可真低。

人生忽如寄。

日记写了几大本，里面有一个人的名字。学习沦为中等。

那时少年们却有朴素之美。天地浩荡间，朴为未雕之木，素为未染色之布，昼短苦夜，并不知华年易逝。在操场上发呆、跑步，看男生踢足球，院子里的合欢树开了花，雨来了，落了一朵，又落了一朵，终至缤纷。

周日与同学去北京，爬长城游故宫，买了明信片寄给笔友。

那时流行写信，八分钱邮票，天南地北的写信。吾有一笔友，在南方。男性，重庆读大学，自然是信来信去，心照不宣的暧昧，但从来不说什么，也没什么可说。没什么可说却总洋洋洒洒写好几页，流水账一样。以文学、青春、校园的名义抒情，真真"既来不须臾，相去千余里"，觉得远方有个人懂得。

十七岁发表处女作，在南方《春笋报》上，一时兴奋得难以自持。那是四月五号的春夜，与友在操场上走了一夜，相当于秉烛夜游，直至天亮。

一夜成名。被人指认是那个发表了文章的女生，那个年代还有光芒。谢烨在火车上遇到顾城，一见倾心。诗歌有巨大魅力，我订阅了《诗歌报》《诗神》《诗刊》，每每自诩为诗人，非常文艺地忧郁着——棉布长裙、白球鞋、长发。我终于从十三岁的中性少年成为一个地道忧郁的少女。但我不自知这是做作，以此为荣。全国各地的读者来信滋养了我的虚荣心。我得意极了。

那些读者来信足有几麻袋，我一直留着它们，直到现在。它们已经发了黄，有些字迹已经相当模糊——那些当初给我写信的少年们，你们去了哪里？你们还好吗？"永结无情游，相期邈云汉。"

文工团有唱评剧的女人，名声坏透了，总是传言她和多少男人睡过觉。但美艳透了，烫着大波浪，穿着旗袍……每次路过文工团，我总会张望一眼，企图遇见她。

有一次真的遇见了，她坐在一个男人的摩托车后面，搂着那个男人的腰。摩托车音响里放着《冬天里的一把火》，两个人穿过老槐树嗖嗖地过去了。

街上有弹吉他的少年，港台电视剧的打扮，鬓角是烫过的。改革开放的春风吹到小城，有钱的人越来越多了，人们的脸上露着春风一样的笑容。书店里有了尼采、弗洛伊德、黑塞。

八十年代有从容、放纵、宽厚……街上依然有马车、牛粪，手写的信每天铺天盖地装进邮箱——从前的光阴真慢，不用说从前，八十年代就这样慢。忧郁的少女骑着白色自行车，飞驰在霸州的大街小巷，她渴望流浪、野性、自由、纯真如童话的爱情。以为一切是地老天荒、至死不渝。

其实没有什么能永垂不朽。

城里来了歌舞团，有男子蒙上红布唱崔健的《一无所有》，还有女人唱《黄土高坡》，很多人去了深圳、珠海……我们班主任便填了表，准备去深圳的私立中学教书。我们以为他说说而已，刚毕业的大学生都这样豪情万丈。没想到我们毕业后，他真的走了，一去二十几年，再也没有回来。他成了新深圳人，操着一口流利的粤语。

那年我十八岁。

一个月后参加高考，落榜。一个人骑自行车去看大海。在海边失声痛哭，任海水将自己淹没。

后来把那次远行经历写了篇文章——《十八岁那年我曾远行》，被疯狂转载、阅读，算是励志读本。其实我只是厌倦了小城，对远方充满了遥不可及的想象，我想尽快离开小城，越远越好，永远不要再回来才好。

在海边，我捡了一个瓶子，写下了自己的梦想，然后狠狠地将瓶子扔进了大海。

那一瞬间，我哭了。

赶集记

Z老师又来给我拍照片，他已经拍了我七八年。我说胖了不拍了。他说："那怎么行？我准备拍你到八十岁，这件事才有交代。"

Z老师已来过霸州几次，拍过我的小学、中学、高中学校，还有我出生的院子。拍过霸州的街道、供销大楼、人民商场。这次，Z老师准备去拍霸州的集市。

我自小便随大人赶集，霸州逢周一、周六为集。

世事变迁，集市却仍旧热闹，保持着最初的朴素、粗糙、动人、别致、土气、地气。

总之，每每有机会，我便回乡赶一次大集，总能淘到一些好东西——是真正的惠而不贵。

集市，依旧有民间的真气，人们脸上的表情有世风的干净与义气。我自己更是这样，随着年龄的增长，愈加不喜欢那些华丽的、张扬的、空洞的、乏味的人或事了，那种厚朴与素静更让我觉得踏实。

我从集市上买回农民自制的咸菜，手工盖帘（摆饺子用的）、二手斯伯丁篮球、粗瓷碗、老太太亲手做的老虎布头鞋，还有用柳枝编的"升"、八块钱一个的小板凳，通辽的大烟叶（哦，我把它们挂在了墙上的老窗户上），以及各种各样的小吃。

Z老师是北京人，只赶过地坛庙会，这样鲜活的集市让他兴奋起来。

三月小阳春。花市上的花儿都有"香气"。卖迎春花的老妪脸上有灿烂知足的笑意。仙客来、杜鹃、茉莉……花市自有民间的质朴与野气。

我挑了一盆二十块钱的鸟巢蕨，对蕨类植物一向固执偏爱——它们身上稳妥干净的气息让我倾慕。鱼市上的鱼儿很多，Z老师的女儿上大三，看着鱼儿就乐。亦有鱼贩子吆喝着卖白鲢：两块钱一斤喽！香菜一捆只要一块钱，还有大蒜，十块钱可以买一大串，足有一百头。Z老师说霸州真适合养老，丰俭由人，每月有一千块便能过得极舒服了。

桥洞中卖咸菜的女人每次赶集都来。她自家腌的咸菜干净别致，味道清脆。特别是小乳黄瓜，翡翠碧绿，里面的姜片、蒜片极多，那脆生生的劲儿让人欢喜。每次都买几斤回廊坊，吃完再去买。她已认识我，笑着说："来了？"那些咸菜朴素动人，她站在阳光里，围裙上的小鸟儿似乎要飞起来。

有处理粗瓷碗的，两块钱一个。买了几只，倒似杭州"不器家"的东西，有古朴天真之姿，但"不器家"的价格是集市的二十倍不止。

火车呜呜地从桥上经过。京九线跑了多年，人们早已习惯。第一次看见火车的时候，人们跳起来打招呼，好像里面坐了自家亲人似的。

到了真正热闹的地方，Z老师极兴奋。卖烟叶的，卖小马扎的，卖大头炸糕的，卖布匹的，卖各大农具、粮食的……远远望去，五颜六色的集市生动异常，随意极了，亲切极了，一如未经打磨的好光阴，几千年停留在这里，还人们一种自然而然。

卖烟叶的男子操着浓重的霸州话，很耿直。大叶烟的叶子真漂亮，我用来装饰墙了。他说通辽的烟叶好，又蹲下教我卷烟卷。拿了一寸宽、二寸长的小白纸，撒上碎烟叶，然后用两个手指慢慢卷，临了，用唾沫一沾……特别是他用唾沫沾的时候，生动极了。我卷了一根，点着抽。火车呜呜地从旁边经过，春风在耳边吹着。

亦爱看卖农具的，锄头、耙子、笸箩。还有卖案板的，男人在刨板子，木头花卷卷地落在脚下，Z老师自然是喜欢这里。

卖布的女人四十几岁，地摊上的布论斤卖，十五块钱一斤。Z老师说："霸州大集真有意思，布居然论斤卖！"上次与剑锋赶集，他买了阴丹士林蓝布，那种蓝非常有民国范儿，他说要做个对襟的袄，然后唱戏穿。我买了块宝蓝色的灯芯绒布，铺在小茶几上。前年去欧洲还带回一块手工大毡子，铺在沙发上。

我对布有一种说不出的依赖，布很温暖我。我一直喜欢买布。在廊坊，东安市场是很大的布料市场，我买过每一家商户的布，用来做披肩、旗袍、沙发靠垫、窗帘、被罩，或者乱铺到哪里。

"虹莲。"——我忽然听到有人喊我名字。Z老师说："小禅，有人叫你真名呢！"我回过头去，看到一个头发白了的女人站在阳光里。她矮而胖，围裙上有很多油污，身后挂满了廉价的衣裳。

"王文花。"我没有犹豫便叫出了她的名字，她也很激动，Z老师也很激动。王文花是我的初中同桌，那时我十四岁，与文花同桌，那几乎是三十年前的事情了。

Z老师为我们拍了很多照片，但文花一直很局促很拘谨，周围的人看着我们。我抱了她一下走开了，我的穿着打扮会让她不自在，尽快离开会比什么都好。

整个春天，我手机里一直放着一首歌——《虞美人》，邓丽君唱着"春花秋月何时了……问君能有几多愁，恰似一江春水向东流"。我和H说："李煜写下这首词便抱着必死的决心了。春花秋月哪有个完呢？"

在春光里，遇见初中的同桌，她在集市上摆摊设点，手上还有冬天的冻疮。

十四岁那一年，她美如海棠，现在的她仍旧朴素得体。突然想起黄永玉的一句话：美比好看好，但好，比美好。只要文花感觉到自己好，就是大好。

我穿行于那些灿烂的花被面之间，Z老师捕捉着我与风的镜头。

集市的热闹与朴素恰恰应和了我的心境——远离了华丽与浮躁，慢下心来，写字、画画、一个人旅行……在时间的旅行上，一直有着自己的态度。

Z 老师拍我帮助卖炸糕的翻油中的炸糕。女人把手里的面捏成一个团，然后把红豆沙放进去，小心地放进油里……我用筷子小心地翻着炸糕。

我自小便喜欢吃这种又黏又香的东西，吃进去觉得心里踏实、温暖。老板给我吃了一个，我站一旁替她吆喝着，Z 老师便笑我孩子气。

我倒是宁愿这样孩子气。

Z 老师买了红薯与大枣。他的女儿钰泽欢喜着。我买了鸟巢蕨。集市正热闹，我的心这样老了——因为越来越喜欢热闹，越来越怕一个人待着。孙犁先生在《书衣文录》中写道：老了，对书的兴趣渐渐淡了、远了，也记不住了。

我少时顶喜欢清静凛冽，现在却一切相反——集市的热闹有人间的喜气，虽然这喜气像大红缠枝莲被面画了牡丹，看着艳俗而扎实，却自有一份安静从容。忽然想起杨凝式，他写《韭花帖》时，想必也是这样欣喜的心情？

但感觉是这样好，一切都这样好。踏踏实实地过日子，慈悲喜舍，那宽敞明亮的集市上，自有一片天真。我喜的，恰是这无穷无尽的天真。

怜香伴

"《怜香伴》。"

我在电话中听到这三个字的发音时,觉得非常灵动,带着伤感的磁性。

她说:"去看,你一定喜欢。"

我有些犹豫,她又加上一句——"不看你会后悔"。

是李渔的名作。李渔,一直是我欣赏的那种文人类型,活出了一种细腻的质感——四百年前,他自己有小戏班子,研究豆腐的几十种吃法,倡编的《芥子园画谱》,成为几百年来绘画界最传统的教科书。

而《怜香伴》不怕禁忌,把两个女子的缠绵与爱恋写到了极致。

2010年5月11日。我坐在保利剧院看这出北昆剧团的演出。这是一种非常奢侈的行为——我要从廊坊赶到北京,然后花上几百块钱买一整场演出的票,只为看一出《怜香伴》。仅仅因为李渔,因为一句——"我嫁给他,其实是因为你"。

导演是关锦鹏,他并不掩饰自己的性取向。文化顾问李银河更是两性关系专家(她与王小波的情书《爱你就像爱生命》我一直珍藏)。关锦鹏是我一直推崇的导演,从《胭脂扣》《画魂》《红玫瑰与白玫瑰》《蓝宇》……

他把人性的破碎细腻地刻画出来,破碎感比完美感更让人心动。而爱情,从来充满着破碎的气息——《怜香伴》。两个女孩子,一个崔笺云,一个曹语花，只因崔闻了曹的美人香，又私会了诗文，从而倾心……也许所有爱情都是人性的，大概真的没有男女之界？

我从来没有见过如此唯美的舞台设计——足够空灵也足够妖气，简明扼要的几个白色框子，几块散乱石头，粗麻布上用灯光打出第几场第几出。

两个女子，美丽得近乎妖气，郭培的服装设计，毛戈平的化妆——都冲着妖气而去。她怜她，她更怜她——为了终生厮守，最好的方法是嫁给同一个男子。她和她的爱情，看着如此妖艳而缠绵——昆曲的笛声中，曹语花懒懒地倒在崔笺云的怀里——她们是彼此的天上人间。

相思可以成疾——枕上的相思叫欲，心里的相思才叫情。曹语花想崔笺云，想到肝肠寸断，扬州城那场情事，居然三年后更浓更烈更不能忘，病成相思灰了。而崔笺云更是从扬州一路追到北京城，只为相思已经刻骨。

那男人范介夫倒成了女子的陪衬——在真正的爱情面前，一切都是道具，都是陪衬了。

男旦版《怜香伴》更是惊艳。两个柔艳的男子，有中性之美——我喜欢这种中性，更像人类的最初。

整出戏颓荡出一种迷离的气息——也有人会接受不了，毕竟是同性之恋。但那种妖娆之美，散发出一种特别氤氲的气息——略带阴性，柔柔美美——散发出一种甜腻而纯美的气息。

崔笺云说："让我们好吧。"

曹语花说："我们好吧，做姐妹吧。"

崔笺云说："嫡亲的姐妹也不能日日在一起，也有间隙，只有做了夫妻，才能枕上共眠，才能生生世世……"

不是吗？有比夫妻更亲更近的吗？骨中的骨，肉中的肉，这样的亲，亲到拥你入眠。这样近，同闻人世烟火。朝夕相处，亲得不能再亲。

不，一点也不觉得窒息。

像感知一片粉，一片你早就喜欢的暗粉——像崔笺云穿的粉，曹语花穿的明黄，都那样妖艳亮丽。何况，是一对丽人——因为闻了美人香，因为才情，而相互吸引。这世上，因了灵魂吸引生死相许，远比肉体相亲珍贵很多。

昆曲，本身就是前世今生的一种物质。看了《怜香伴》，忽然觉得《牡丹亭》俗了。《牡丹亭》里的生死还关乎情欲，而《怜香伴》只关乎灵魂。

真正的白雪容不下任何尘埃，容纳她的只能是雪。

散了戏，我往外走，看到很多女子来看，还有很多是两个女子结伴而行——我想，我懂她们，一个灵魂吸引另一个灵魂，也许就是怜香伴。

就是卿怜我来我怜卿呀。

过年记

离 2014 年还有几日，我便回了故乡，空气中已经弥漫着过年的味道。

也许是年龄长了，我愈发喜欢过年了。喜欢那种俗气的热闹，即便家长里短，也有一种轰轰烈烈的地久天长。

腊月二十三，小年一过，年味便浓烈得化不开了。腊月二十六的故乡大集总是铺天盖地地热闹，这一天仿佛所有人都在集市上似的。大前年我和马小强去赶集，买了虎头布鞋、伊拉克蜜枣、花生油……

前年我和 L 去赶集，买了骨质瓷的唐山碗、盛饺子的盖帘、手工木筐。去年我和剑锋去赶集，买了斯伯丁篮球、阴丹士林布、手工馒头。

有时候我觉得是为这个集市而早回家过年的。我去的洋气的地方越多，越是想一个人在故乡的大街小巷乱逛，和那些不认识的人用方言聊天。他们可能是理发师、小贩、手工艺者，也可能是在街边发呆晒太阳的老人们。故乡的方言有一种霸气的铿锵，不容置疑的语气——年轻的时候，我常常为自己的方言感到羞愧难当。特别是我操着一口流利的普通话在机场遇到老乡时，他如果还是个大嗓门，我简直想钻到旮旯里去。

但我现在极少说普通话，大部分时间在说家乡话。我的孩子开始时不会说家乡话，后来我慢慢教会了他。

民间的味道浓郁而诚恳，年，像等待一瓶贮藏多年老酒的开启，浓香味儿扑鼻……给父亲买了"张一元"的高沫，拎着走在通往家的小巷里。

父亲一个人在听音乐。这个一辈子热爱孤独的老人有与生俱来的"宇宙感",他研究天文、地理、音乐、计算机,自己动手做木工活儿。每次回家,他会拉二胡给我听。父亲临摹了柳公权的《玄秘塔》碑帖给我,然后说:"等我不在了,你留个念想。"他那些研究宇宙、时间、能量的书有一排……

终其一生,我赶不上父亲的一角……外科医生打开卡尔维诺的大脑说,这个人的大脑构造太奇特了,明显和别人不一样。我觉得父亲的大脑构造肯定也奇特。

我很少与父亲聊天。这个下午是个例外。腊月二十八,爆竹声轰隆隆地响着,我们父女有一搭无一搭地聊着,猫在打呼噜。今年可真暖和,父亲只穿了件球衣,面色好极了,简直不像七十二岁的人。

他嘱咐我,以后他要是没了,给他写挽联时就写这两句:一生探索有成果,半世奋斗无辉煌。我笑着应了,内心却有凄凉。但亦没有笑他。父亲把自己活成庄子一般,对生死早已笑谈。他一辈子热爱科学,却在小城无知己。我说他至少要活到九十岁,父亲说:"九十可不行!"他笑嘻嘻地抱起猫:"我得争取成为百岁老人。"

晚上,朋友来看我,提了老白茶和香油。老白茶泡了有药香,熏得一屋子都香了。我近一两年茶瘾极大,每日不喝茶觉得少了些什么似的。茶成了生活的一部分,而且越喝越上了大瘾。正月初十就要去西双版纳看老茶树了,去看新旧六大茶山,想想就高兴。

夜里十一点忽然来了一只猫。我和T都非常惊喜,T说猫是招财的,然后给猫剪了指甲洗了澡,我给猫起名"羊百万",T说我羊年肯定得发财。

晚上读了资中筠《闲情记美》和卡尔维诺《看不见的城市》,又下楼转了一圈。广场上很多人放孔明灯,还有跳广场舞的人们,清冷中有一片又一片的喜悦充盈着、蔓延着。

腊月二十九。在婆婆家蒸馒头，好多年不蒸了。刚结婚时每天蒸，手艺好极了。纯碱的手工馒头。今年又蒸了，放碱的时候有一点犹豫，但效果还是不错。又炖了牛排和猪肉。婆婆是老年合唱队的队长，在客厅里唱着歌。

这个一年到头去唱歌的老人，年轻时是一个美人。1964年，她毕业于杨村师范，现在儿孙满堂，仍然每天坚持做手工活。电脑里全是她的演出录像——婆婆对生活的热情之高让人羡慕，但她又朴素——仍然穿着十年前我丢掉的旧衣，而且说："又不坏，扔了可惜了……"我听她唱了一天歌，愉悦得很。

腊月三十。男人们照样去上坟。每年都是这样。三十的中午饭他们要在村子里吃。外面的人回来了，村子里隆重地招待外面回来的人——他们觉得那是一件非常体面的事情。我去看奶奶，就是婆婆的婆婆，住在五叔公家。奶奶九十八岁了，从民国活到现在，出来进去仍然极方便。

朋友苏砚从苏州带来了"汤婆子"，让我交给老太太。我见了奶奶，奶奶穿着大红衣裳，牙齿掉光了，却仍然精神。握着奶奶的手，感觉奶奶的手是凉的——老人的血液循环到底是慢的。

准备年夜饭，我亲自下厨。油焖大虾、青菜豆腐、鸡蛋青椒……外面有人在放烟花，"春晚"进入倒计时了。

一家八口，热闹地吃完。与弟妹说家常，她仍然教小学，脸上闪着朴素的光泽。

我们守夜至凌晨，几乎没看"春晚"。几年没看电视了，电视里出来的人大都不认识。愈发觉得又安静又好。忽然想一个人听戏曲和交响乐，除夕到底是良宵。

年前，三奶奶去世了，于是羊年不贴春联也不拜年。这是老家的风俗。饺子是羊肉白菜馅儿的，香油放了足有一斤。每年都是我和面、煮饺子，今年也不例外。

吃了饺子，我便回了娘家，两家离着一公里，近得很。弟弟一家也在，自然穿得喜气洋洋。侄女在谈恋爱，男友是江苏人，一脸的粉色和甜蜜。母亲的三个侄子来拜年，齐声喊我"大表姐"。大表弟在做零工，二表弟在教育局上班，三表弟当厨子。母亲甚爱三个侄子，高声招待着，拿水果、沏茶。

他们亲热地交谈。空气中有强烈的化不开的鞭炮味，而屋里的人新衣新面，美成在久。父亲仍然一个人在书房待着，不参与大众的热闹，而与他的书中故交、页中素友交谈。他自有他的华枝春满。

初一又是雨水。老树画了新画，并且题了诗：细雨飘然而至，春来不言离愁，有麦香青于野，有你在我心头。雨水节气，天色阴下来。弟弟准备了丰盛午餐，孩子们打闹着。我与弟弟聊着闲天，弟弟让我老了回家住，"还是回家乡的好"。我说："那当然！"

M 发短信说："老了以后，我回霸州陪你，一起变老。"那是我们的约定。华姐也盼着我快回家乡。我说："老了一定回来。"

大年初二。

惊喜，大雪纷飞。

我推开窗户深呼吸。广场上空无一人，漫天飞雪。去雪中狂奔，只我一人。空气清甜明亮。雪地里有鞭炮碎屑，像一地碎了的心，惊艳极了。2014 年没有一场这样的鹅毛大雪。我站在大雪里，想起木心那句诗："我是一个在黑暗中大雪纷飞的人哪。"一个人在天地间听雪，心里惊喜极了。

我决定去拜谒李少春先生。《野猪林》是李少春先生的经典剧目，裴艳玲也和李少春学过戏，人称李神仙。有人说李少春坐新中国成立后戏曲界的头把交椅，这话不为过。我恰有幸与先生同乡，今日如此大雪纷飞，当拜谒先生。此为天意。

李少春大剧院前的雕塑是《野猪林》中的林冲——他一个人在大雪纷飞中夜奔。雪太大了，太厚了。剧院门口的广场上只有我一个人，我在雕塑前深深三鞠躬。这雪来得恰恰好，好得像一场隆重的私奔。多么壮丽、硕大，甚至，夹裹着多么隆重的神秘意味，这雪是为李少春先生下的吗？这一切皆是天意吗？

母亲带我去看大舅、二舅。大舅病得极重，母亲亦说大舅生死："我常去看你大舅，让他坚持着，可千万别赶在过年死，给孩子们添堵……"话语又无情又寻常。人们面对死亡远不是影视剧中那样抒情，只是日常中的麻木与淡然。

大舅躺在床上，眼神已涣散，亲戚们热烈交谈，仿佛不知这还有一个行将告别世界的人。我塞给大舅钱，他用手握着钱，仍然有力气。

二舅母在扫雪，雪地里的二舅母那么瘦弱单薄，她照看表弟、表妹的四个孩子，还有很多活儿，春天还要给杏花授粉，每年我来看她便是个隆重的节日。她蒸馒头、炖肉、烙烙饼、炸油饼，买下的菜能堆半个屋子。我也帮着扫雪，和二舅母聊着天，说着今年的收成。

表弟更胖了。因为做厨子，便炒得一手好菜。他每月挣七千块钱，仍嫌不够花，三个孩子还小，花销大得很。表弟妹也更瘦了，在一个面馆上班，每月三千块钱，抱怨物价太高，简直捉襟见肘。

屋子里只有一个火炉。炕上躺着猫，四个孩子在水泥地上打闹着。墙上贴着毛主席的画像，二舅母说是在大集上买来的。

窗花是"福"字，帘子是赤红色的，刺绣了牡丹。屋子中有一种热气腾腾的氛围，灶膛里的火苗正旺，屋外有化雪的声音。母亲高亢地聊天，对来串门的邻居报以高涨的热情与诚恳。

午饭开始。

表弟炒了几十个菜。

众人围坐，说着人世间的艰难，但又快乐地吃着。

屋外的雪开始化了，化雪的声音好听。

二舅在给人看门，每个月一千五百元，初二不放假。表妹也没有回来，在一个饭店里给人端盘子，但发了短信给我：姐，杏花开的时候，我给你打电话啊，你一定要来看杏花，咱家包了几十亩杏树呢。

晚上和大姐躺着聊天。大姐说今天可真好，下雪了，年头肯定好。

大姐又给我看她的手机，是老款的诺基亚，只能打电话发短信的那种：你看，你给我发的短信我都留着呢，想你的时候，我就看看。雪老师，你要经常回来啊，我想你……

我给大姐买了件新毛衣，灰色，白领子。我让大姐梳了个麻花辫子，然后给大姐照相。

大姐看着自己的照片说："显着年轻呢。"

我和大姐站在窗前看烟花，满城烟火正灿烂。我跟大姐说："大姐，好日子还是来了，好日子在后头呢。"

捌
相对月明中

幽 兰

"幽兰"两个字读出来,是有一种清香的。

有些文字,天生是带着植物的气息的。那么干净,那么透亮,脉络清晰。

他告诉我:"你知道吗?胡兰成后来葬于日本,墓上只两个字,'幽兰'。"

心里一惊,在别人看来,也许倒是胡兰成污辱了这两个字。因为胡的口碑实在是差,几乎九成是骂。但越读他,亦越迷他——他的文字倾情,花不沾衣,幽情动早,少年就老掉了。

美,惊动光阴天地了。

人间慈悲,是过尽千帆,仍然有幽兰之心。越老,越活出一种幽兰之境。

人说空谷幽兰。

那绝境处才是空谷。

低微,空无……是八大山人水墨中的孤山与凋枝,是四僧笔下的静寺与孤僧,是那春天一回头在人群中看到白衣黑裤的少年。

多少佳篇美辞说过幽兰?说出的幽兰还有芬芳,而说不出的幽兰,是在早春里,一个人,做一朵自由行走的花,愈行愈远愈无声了……

听班得瑞的《安妮的仙境》,想必里面是有幽兰的,那音符是安静的。

有一次,我和冬、虹去天津的大胡同,在又脏又乱的电梯间,刹那听到了仙乐——是恩雅的声音。早春，海河上的冰还没有化，很多无所事事的男人在钓鱼。恩雅的声音像早春的幽兰，仙风道骨，连一点人间烟火气也不想赐予。可是，足够了！在这又乱又热闹的大胡同里！突然听到恩雅的天籁之音，我们顿时感到仿佛与神同在。

我倒极爱这烟火里的幽兰了。

幽兰还是，月白风清的晚上，一个人，点了一支烟。抽或不抽，不重要。与时间做缠绵的情人，懒懒地倒在蓝色的沙发垫上，笑到万籁俱寂。

自己和自己缠绵成一株别样的植物。最好是兰吧。有清凉的懒散和美意，有些许的孤零和寂好。似读六朝的古书，没了年龄，没了性别，亦没有时间……

张岱说："人无癖，不可与交，以其无深情也；人无疵，不可与交，以其无真气也。"但有真气之人甚少。天地茫茫，水太浊，人亦太浊，那真气游荡着，不易附于人身。

深情亦少，慢慢地冷漠麻木，慢慢地变成僵硬的一块石头或木头。不为所动。哪怕爱情。

不，一切不是浮云。

那真心的花儿，那为谁刮起的一夜春风，那耀眼的花蕊，那密密麻麻的美丽——那不动声色的爱与哀愁。

笔笔存孤，迷恋崇尚生气、真气。张岱又说："盖文之冰雪，在骨，在神。"人又何尝不是？那幽兰，是一脉蓝幽幽的经络，伸展着，散发着妖一样的媚。

如果光阴把一切席卷而去，最后剩下的，一定是一抹幽兰。

如果爱情把一切席卷而去，最后留下的，也定是带着蓝色记忆的最初的心动。

幽兰的本性，就是真心。就是无意间的那个好。

幽兰是曲终人散后，江上数峰青。那数峰青中，有人是最青的那一枝，尽管素面薄颜，却难掩干净之容，似纤手破开新橙，有多俏，有多妖，亦有多么素净与安好。

那心底深处的幽兰，其实早就见到过无限的美，无限的妙。——天地空间，宇宙茫茫，曾经似《圣经》中《出埃及记》那样，一意孤行，浩瀚汹涌磅礴……米开朗琪罗画那些穹顶壁画，画那些《圣经》中的美与寂静，年年如此，再下来时，背已驼掉了，但他的心中长满幽兰。

到欧洲的人，去看那些穹顶时，往往被震撼到无语。

陈丹燕在自己的欧洲系列散文中写过一句话："颓败但有一种直指人心的美。"这句话真好，幽兰就是这种味道。

明明过期了，明明颓败了，然而天地大美见过，甜腻也见过，萧瑟也尝过……是时候收梢了，是时候和所有的过去道一声晚安了。

就这样感觉到光阴的脆弱。以幽兰之心——像陆小曼的晚年，受尽了一生的颠簸与流离之后，把前半生的奢华用后半生的寒酸来偿还。素衣裹身，冷心缠绕，哪管别人冷箭射来，不发一言。在晚年，她把自己过成一朵看似妖柔实则敦厚的兰花，不卑不亢之间，完成了人生的轮回。

就像张岱，是这个世界最懂的看客。

他站在台下，看完高台上热烈的演出，驾着自己的夜航船，去西湖的湖心亭赏雪了。

我们穷尽一生，不过是走向内心的幽兰——走到了，推门进去，看到自己内心里，那浩瀚的、温暖的故乡。

涕泪潸然，这幽兰鲜艳着——说不出，说不出呀。只闻一语，便石破了，天惊了。

茱萸

"茱萸"这两个字真美，像一个女孩子的名字。这个女孩子美得很有古意，可她不自知。但这就更美，很多事物因为不自知便有一种大美。

路边和我住的院子里有很多茱萸，但我起先不认识。很多年来，我路过它们亦没有多留恋。秋冬时，树枝上结很多密密麻麻的小红果子。因为树叶快掉光了，那小红果子挤在一起，便有一种惊艳。

秋冬时，我常采来插在瓦罐或瓶子中。插了几年仍然不知道它叫茱萸。

有时候我看书写字画画，累了便瞅上它几眼——那些红的果实干了瘪了，死在枯枝上，却美得更惊心。日本的枯萎美意影响我颇深，残荷、破旧的瓦罐、枯枝、旧家具、枯山水……日本还仿佛生活在南宋。我也生活在南宋，自己的南宋，一个人的南宋。至少，这些茱萸是知道的。

2013年冬天，旧友来访。我们喝茶、聊天。从安吉老白茶喝到大红袍、太平猴魁，然后是铁观音、台湾高山茶。喝到天黑，她突然说："你也喜欢茱萸吗？你看，你的屋子里插了很多枝茱萸，你肯定是在等一个人呀——'遍插茱萸少一人'。"

那一刻石破天惊，原来我插了很多年的干枝叫茱萸。我曾以为茱萸离我极远，我曾想，到底怎样的植物才能配得上这两个字呢？一刹那我有些不能自持——那每天陪我悲欣的怎么可能是茱萸？众里寻茱萸千百度，原来茱萸在我每天经过的路上，被我折下来插在了很古旧的瓦罐里。

仿佛旧人重逢，又惊又喜。

"茱萸"两个字有古意，好像来自春秋或者更早。无论它写起来还是读起来都让人心里动几下——有些中国字就是有这种本事，让人一见钟情，让人念念不忘，让人心生怜惜。

为了这两个字，简直想去唐代了。就当那个倾国倾城的玉环吧，长生殿里与他窃窃私语——连天上的星斗都嫉妒了呀！春天里花儿正盛开，鸟儿羡慕着这一场盛大的情事。而李白必手持茱萸，写下千古名句：云想衣裳花想容。

茱萸的姿态真好——不蔓不妖。太招摇的花儿我不喜欢，像化着浓妆的女人。其实最朴素的干净才最妖气，最简的也最单。人书俱老是境界，但有些人，一生下来就老了。有些植物，一长出来便干净、贞烈，比如茱萸。

与茱萸相依的冬天，我看霍春阳画残荷、画竹、画梅、画石头……那些残荷真有风骨，绝不是败象，他画出了荷的精神与态度。茱萸也是有态度的，不温不火的，像润了多年的玉，又似把玩了多年的珠，美得敦厚、朴素。年龄和审美紧紧相连——我少年时喜欢的狂放与花红柳绿已经悄然淡出视线，那些张力极强却使轻缓的、温润的东西更加如化骨绵掌。

我连吃辣都收敛了许多。

更多的时候，我愿意是这一枝茱萸，在年轻的时候满场风华，有鲜翠欲滴的丰泽与容颜，中年后有了风骨，老年后干枯了仍然那么有神韵有姿态——任何的潦倒我都拒绝。我曾和 R 说，到老了我也要穿旗袍，把头发梳得好好的出来唱戏。像那支插在瓦罐中的茱萸，比花枝圆满更让我心生欢喜。

与茱萸在一起的时候，我煮粥、擦地、听戏、发呆……粥的香味扑出来，弄香了这个冬天。这个冬天不冷，第一场雪下得极薄，前日与老卢、阿颖去天津滨海剧院看河北梆子《徐策跑城》，"银达子"的徒孙王少华演徐策。"银达子"三个字响铃一样，河北梆子张力极强，高腔极多。唱反调时鼓声低沉，我差点哭了，但到底忍住。王少华唱得极有穿透力，我几乎忘却了鼓掌。这种情不自禁的忘却真好，就像我忘却曾经与茱萸每天相遇、路过。

少年时经常和同学去花园偷花，那时根本不在意那些花儿的艳丽与美。随随便便就扔掉了，亦不可惜。我一向对艳丽的花不疼惜，从不。那些朴素低调的小花，抑或不开花的植物更让我心疼——就像我疼惜那些自卑的女子，她们羞怯的眼神、低温的态度让我怜爱。

少年时，我每每张嘴说话便脸红，更自闭到不与人交流。即使现在，仍然不是喜欢高谈阔论的人，那些低温的事物总在不经意间袭击我。

关键是，我情愿被袭击。而茱萸身上具备了这所有的品质。而遍插茱萸唯少一人。那一人，在我心里。我心里，到处是茱萸。

枯木

春日。万物都欣欣然。我去看枯木了。

去年冬天落雪，我便一个人跑到永定河两岸看枯木。那些枯木在残雪中美到让人震撼。残雪中有麻雀在觅食，有乌鸦在枝头，还有那些筑在枯木之间的鸟巢。

枯木——那些死掉的老树。几百年了，还站在那儿，任风雨侵蚀、腐蚀、磨损。那不明来历的残缺之美让人震撼，心里咯噔一下。还不算完，还有说不出的沧海桑田，仿佛庞大的孤独在这里膨胀，你听得见呼呼的声音。

这永定河两岸，这寂寥无人的黄昏。你一个人，足够了！承担风的寂寞、残雪的凛与冽，还有那些思念的弧度。你想念一个人——多么好！多么恰如其分的想念。时间弯曲了，在你手上，碎碎的一把时间。你终于想起了一切。

可怜无定河边骨，犹是春闺梦里人。R告诉你，永定河就是无定河。你惊住，一问再问，她很肯定：绝对是。

你突然想落泪。为这千古之谜！为无定河边骨，也为这永定河。

那些枯木知道，那些枯木下的故茔知道。树死了，魂儿还在，它们的身体焦了，苍老得好像不堪一击，黄昏中像一个国破家亡的人，老了，病了……想起写下《湖心亭看雪》的张岱，晚年穷困潦倒时再游西湖，大概便是这永定河边的枯木，心如死灰，身如死灰。连掸掉残血的意念也灰飞烟灭了。

春去春又回。

再跑去看枯木。它们更老了、更朽了，只剩下这残山剩水了，像年老失修掉了颜色的老屋，又像被光阴晕染了颜色的古画，保存着那残缺的、无法复制的美。那四周的青翠与它们无关。

槐树开花了，柳树飘绿了，还有香椿。只有枯木，在永定河两岸保持着颓败的丰仪。

那时人书俱老了，那时摧枯拉朽了。有喜鹊站在枯木枝头叫着，一声比一声高亢。枯木下还有一位老人坐着发呆，他拿着收音机，在听京东大鼓。那是董湘昆唱的京东大鼓。这个老人去年不在了。民间的艺术总那么动人，京东大鼓、老人、枯树、新绿、远处的梨花，是永定河的山水旧画：一笔笔描下来，全是人间深意。

人早早晚晚会活成一块枯木。与江山无猜、与天地无猜、与时间无猜。没有计较了，没有风声鹤唳，也没有花红柳绿。只活成这有了风骨的枯木，心寂寂，身寂寂，但断然有了空间与时间的绝世风姿，端然于田野上，或者立于永定河两岸，任雨打风吹，千年风雨。

那枯木的风姿有些似胡杨，但胡杨多了野气。它们在光阴中踉跄地老了，猝不及防地老了，一夜之间老了。春天的枯木在那些郁郁葱葱的绿树间更显苍茫了。没有一丝绿意，完完全全地枯死了。像爱一个人彻底到只求同死于一日，他拉着她的手，她的心是甜蜜的。

秋天的时候，我也来看过它们。风吹得那些活着的树树枝摇摆，树叶纷纷落下，地上一片金黄。但枯木依然那样沉默古朴，粗壮的身躯有了远意。它与那些落叶相互体贴、安慰，却并不凄凉——凋落比盛开更有意味，枯枝比繁茂更有况味。日本人原本爱看落樱，把自家花园弄得极萧索，他们喜欢枯山水胜过青绿山水。像中国画，古了旧了才通透圆润，却不失一脉天真。那新画还有生气，还有茫然，还有慌张。

那枯木是晚年的马尔克斯，老年痴呆了，但依旧在台风中心。那些枯树，永远活在风、雪、飞鸟的心中。它们与时间对峙，不怕老了，亦不怕被摧残了，那桂花香味的少年，早已满目黄愁，你的心是一段段枯木，在天地无猜间，自成一意孤行的风姿。

多么好。

我又来看这些枯木了。那些枯木不再逢春了，却自成风骨。在心里为枯木画素描，每一笔都老了。像弘一法师晚年的书法，由中年秀雅转向晚年简而清。他的书牍已经字字清正，不食人间烟火，但如枯木一样，天籁一样疏朗清明——没有人比弘一法师更像这枯木。他与天地合一，心神俱老。

这个春天，你站在枯木边，不言不语。你的粉衣与枯木似情人一般。你知道，这个暮春的黄昏必属于你。你独立于时光之外，又在时光之里，与枯木成为唯一的知己。

三角梅

很晚才知道三角梅。

北方人相比较于南方人而言，见的花少很多。特别是冬天，冬天的北方一片萧条、荒芜，是倪瓒的山水画，那种枯淡与清幽，分明又有着凛冽与寒气。

人到中年才有机会去体味南方的冬天。

几乎有一种贪婪与惊喜。

几乎不相信还是冬天似的——花正艳着，草正绿着，鸟叫得极清脆，那叫声仿佛有颜色，草绿的颜色。而空气中的湿润实在有让人清澈的感觉。浑身充斥着一种绿幽幽的妖气，像喝到一杯纯正的龙井，或者，又听到一段正宗的荀派唱段。

那南方的阴柔之气，像荡漾在书法笔墨中的游丝软缎一样，刹那心惊。

最惊之处，在于屋顶墙内伸出的那一枝枝三角梅。

艳极了。似一个人怒了，发了脾气，完全不管了，不顾了。烈极了，高调看着自己的绽放！三角梅，委实如一个偷欢的女子——半夜跳墙出来，光着脚奔向情人。全然没有端丽的架势——可分明有着赴汤蹈火的动人与烈焰。

在大理、昆明、泉州……越往南，三角梅越开得茂盛热烈，赴死似的开着，开了还不容易落，兀自开着——任由别人笑它痴笑它傻，就那样拼命地开着。

2012年12月28日，在泉州师院有一场讲座，我漫步于泉州师院，到处是这盛开的三角梅、羊蹄甲。有时是在白墙下，闻着花香，一句话也不想说，好像哪句话都是多余的，就这样痴情地与花缠绵吧！多好啊！这一场相约！多香呀！这一场倾城！

师院团委书记傅老师是地道的泉州人。他带我去他家里，泉州南安乡下。那天晚上正好是菩萨的生日，家家户户都要请客。

傅老师家也不例外。宽敞的大院子，闽南风格的建筑——砖是闽南红，房顶正中有雕塑，两只凤凰似要飞起来，凤凰上面是一只雄鹰。雕塑右边是穆桂英骑着战马，左边是秦叔宝提刀跨鞍……只感觉有魏晋之风。月亮挂在树梢上，又大又圆又亮，分外动人。

傅老师的父亲喜欢种花养草，屋外有三角梅，馥郁芬芳。三角梅下支着大锅，里面煮着羊肉汤……那汤的香气和三角梅的香气混合在一起，分外动人。

傅老师介绍着房子：1975年建的，1986年建成，一共建了十多年。你看，这些图案都是用红砖一块一块磨出来拼成的……我摸着那些红砖，它们光滑、生动、朴素、自然……福建的红土被烧制成这些结实的红砖，一栋栋老建筑分外简洁、明快，像马蒂斯的画，色彩那样饱满。门上贴着对联：天增岁月人增寿，春满乾坤福满门。横批上贴着：版竹传家。我问傅老师："这是什么意思？"他说："这是我们的姓氏，我们从中原来，门上挂着版竹传家的全是中原姓傅的。"

屋子里供奉着祖先牌位。傅老师跪下磕头，有虔诚的眼神和动人的面容。坐在三角梅树下吃饭——一桌子闽菜，海鲜的做法亦是生动，牡蛎用鸡蛋炒了，虾用清水煮了，有一朵三角梅落在煮好的白萝卜排骨汤里。偶尔下几滴小雨，是那种缠绵的下雨，并不是要来惊扰，是来添惊喜的——民间的动人之处让花儿的盛开成了一道甜品，不是可有可无。人在花下，菜香在花下，那人仿佛是隔了年代的人，那花亦沾染了古气。

第二天，去清净寺里发呆。那穆斯林的老寺院，因为被火烧成断壁残垣，倒有一种安静清澈的气场。坐在旧石上发呆，看穆斯林文字刻在石碑上，墙外的三角梅，与残破的石头形成鲜明对比——像一个人的内心，既热烈又清冷，热烈时可以灼伤人，清冷时似大寒天气。

在泉州的半月，忽然明白为何弘一法师在泉州待十四年，又为何选择圆寂在泉州，那"悲欣交集"四字其实有交代有说明。陌生街巷，人声嘈杂的闹市。那带着低贱和俗气表情的三角梅会扑啦啦地飞出来——一回头，看到这红红的一簇簇花，心里有再多的悲和怆都会温暖起来。

而在那一回头刹那，你让我如何不动容不落泪呢？我与那些花儿就在南方的街巷里遇见，找寻着那些和我劈面相遇的三角梅，只这片刻相遇，我们都等待了一世。

仙人掌

看章诒和先生写文章，总感觉沧桑、老辣、酸楚……无论是《伶人往事》还是《往事并不如烟》，心里不是滋味。有一次，看她与贺卫方一起出的书《四手联弹》，她写了一种植物——仙人掌。

心里砰的一声，像被什么击中了，打碎了，却刹那间明白她文章的大气从何而来——一个阳台上种满了仙人掌的女人，饱经了人世沧桑。

她少年时看马连良先生的戏，父亲是高官，出身于书香门第，曾在监狱里待过很多年……这样的女子，心里如何会温暖？她会种荷花养牡丹吗？会养兰花种梅吗？养些仙人掌，这些带刺的、不易死的植物是最好的选择。

人的性情是和植物一脉相通的——娇气的女子养百合花，富贵的人养牡丹，孤傲的人种梅、莲，淡泊的人种菊、竹，心里全是荆棘的人才会种仙人掌。

仙人掌是几乎不会死的植物，无论条件多么恶劣。在干燥的沙漠中，在一望无际的草原中，在岩石夹缝间，仙人掌，它都最卑微也最倔强地生存着——它浑身是刺，它戒备森严，它不信任任何人……长这一身刺是为了抵御，更是为了自卫。

我少时顽皮，与伙伴追跑，一不小心扑倒在仙人球上。扎了满手的刺，我用针一根根挑出来，满手的血，那小小的刺，扎在肉里，连心都是揪在一起的。从来，仙人球、仙人掌都是不被看好的植物，甚至有些时候是讨人厌的——去南方，很多人家为了防贼，把高大的仙人掌扎成一排墙……它们高大地站在那里，全是刺，时刻准备扎向谁似的。仙人掌，它充满了敌意与戒备——但这个世界让它心凉心碎。

它是京剧中的言派，一派苍凉，一句"白虎大堂奉了命"唱出来，不由人珠泪滚滚。又是茶中的大麦茶，贫贱而野性十足，一口下去，有底气十足的麦香。

我养了一盆仙人球。有人告诉我，放在电脑旁可以防辐射。长期写作，眼睛极度怕光，我放了很久。突然有一天，仙人球开了一朵小黄花，十分孤傲又十分卑微的样子……我看着这朵小黄花，读着章诒和先生的文字，鼻子酸了——纵然浑身是刺，也要为了这光阴开出花来，哪怕不好看，哪怕人前卑微，人后落泪呀。

我想起晚年的张爱玲。几乎不与任何人来往——她说："沾着人就沾着脏。"这句话是仙人掌一样的话，都是刺——心里得多凉才能说得出这样的话来呀！没有比仙人掌更难看的植物了，不仅不娇媚，不仅不讨好，反而一身是刺满心傲骨。在遍地是仙人掌的云贵高原，很多农民是嫌弃它的，连种花的人都少种仙人掌，可我喜欢仙人掌。

因为它的倔强与固执——裴艳玲先生说"不以颜色媚于斯"。这是《钟馗》中的一句戏词，裴先生也是仙人掌，浑身是刺，遇到不对眼的人不顺心的事，便会破口大骂，毫不留情面。有人说她是仙人掌，她说："我只扎狠心的人。"

年纪越大，越较起真来了。我本以为会渐渐圆滑，反倒不是。谈历史书，谈周恩来弥留之际听的是越剧《黛玉葬花》和《宝玉哭灵》，那么绝的曲子。有一次，我去鲁迅笔下的鲁镇，戏台上有一个女子正唱《黛玉葬花》。

冬天，台上只有她，台下只有我，扑鼻心酸。每个人都曾经有一段人生是仙人掌——再不堪、再难过也要活下去。

你知道我写的不是《黛玉葬花》和《宝玉哭灵》。我写的是仙人掌，我写的是人心。

富贵竹

富贵竹的名字真难听。植物一旦染上富贵就变得秽起来。但富贵竹是清秀的植物,却有个恶俗的名字,就像一个又俊逸又飘幽的白衣男子,却姓钱,又叫二狗子或富贵。富贵竹就担上了这样的恶名。

起初不知它叫富贵竹,大街小巷,总有叫卖这种竹子的人,推着一车这种竹子,一块五一支,十支十五块,卖竹的人说:"插到水里就能活……"

果然。

几乎是随意一插。粗糙的瓶子,配上这低贱的竹子——才一块五一支。它一节节向上挺拔着,叶子像绽放的绿色小蛇,生机勃勃的样子。

就这样随意地活了,养过很多花花草草,最终留下来的是这富贵竹。知道它的名字是在一个饭局上。

一个朋友买了十支富贵竹。她说,明天朋友的茶店开张,买些"富贵竹",吉祥。"它们叫什么?"我惊讶地问。

"富贵竹呀。"

我几乎失望了,些许绝望。这样一支支挺拔秀气的植物,随意插在水中就能活的植物,怎么可以叫富贵竹?就像我不能容忍一个长相英俊的男子姓钱或姓孙。

有一段时间我几乎冷落了它们——因为它的名字。

偏执的处女座。

但一个春天之后,丁香落落,海棠落落,杏花落落,梨花落落……连蔷薇和樱花都黯淡下去了,可是,富贵竹依然如故,一样的姿态,不温不火,从前是那样骄傲,现在如故。从前是那样卑微,现在如故。那一刹那,我站在几支富贵竹面前,感觉自己是势利的——怎么能因为它的名字就冷落了这样倔强地活着的植物呢?

无论春天来不来,它不凑这个热闹。无论冬天来不来,它一意孤行还是这个样子。不沾土,在水中不染尘。这样的植物,有着干净的真气,似信奉宗教的素食主义者。又似一个人久待之后,不喜热闹了,就这样活着,以一贯的姿态——花红柳绿,与我何干呢?

曾认识一位朋友,几乎与世隔绝地活着。朋友三三两两,练练书法,看看古书,弹弹古琴——几乎从不施脂粉。她亦有俗气的名字,叫红艳。世上有多少如红艳一样的女子呢?有千万人叫红艳,但只有一人,如富贵竹一样,花开花落,宠辱皆不惊。她穿着自己缝的汉服,游走在自己的时间之中。一个不用电话、不用电脑的女子。

每每想起富贵竹的秉性,就会想起她。世上的人,总有一种植物就是自己前世的化身。有人是那热烈的花,有人是那绿幽幽、孤单的、绿色的不开花的植物,而我是野草,我想我是野草,野火烧不尽,春风吹又生。

后来我养了很多富贵竹,几乎每个粗糙或精致的瓶子中都有富贵竹,特别是从一个家居店中淘得一个蓝色的近乎和水晶一样的蓝瓶子,那竹忽然也变得不一样了。

那一刹那,我不仅原谅了它叫富贵竹,还觉得"富贵"二字如此温暖——人到一定年龄,慢慢往回收的时候,是会喜欢又富又贵、又吉又利的事物,还是一种回收。只有富贵,才能让人活得从容,无忧,并且有闲情雅致,从容于那些更闲情雅致的事情。

T有时管我叫王二美,有时叫王富贵,这两个名字我都爱听。算命先生说我是大富大贵的人,我也爱听,就像我喜欢富贵竹,并且连它的名字也欢喜上了——中年以后,就富贵吧。

古画

真的。有时候想想，喜欢古画主要是喜欢那些旧光阴吧？

那惹了许多风雨、沾了许多烟霞的古画，曾经多少人在它面前赞美、叹息、落泪？曾经多少人用手触摸过？多少人在青灯前大雪后在上面题了字钤了印？

古画是冷雪古寺中的美人，是卷了一身光阴的老书生，是结了无情游的孤鸟，还是落在眉宇间的胭脂泪，虽然旧了残了破了，虽然成了一座荒城，但展卷的刹那足以动容。

古画有一种颓迷的气场——大雪纷飞的夜里，一个人独坐。那古画中的人儿亦独坐，房前屋后松枝落了满地，书童睡了，桌上散落棋子三两，他卧于松下，听松花落……那绢或宣纸上的人儿依然活着，时光成了尸骸，但那份气息缠绕在谁的颈上，竟然这样泣不成声了——那个听松花落的人是我，是我啊！或者，那江边听雪的人是我，那渔舟唱晚的人是我，那在风中吹箫的人是我，那在黑暗中大雪纷飞的人是我……我不分男女，我没有年龄，我在古画中站了一千年。

古画有鬼气，那里面的树成了树精，更苍劲更拙朴了。那里面的人枯坐成了仙，千年来容颜不老。那里面的茶不曾凉，棋还没有下完，那里面的雪一直簌簌地下啊下。

古画因了这些气息，看一眼便是银瓶乍破，但又不动声色中闻惊雷，你听得见在风里笑，闻得见花儿雨中哭，那槐花香啊，那些诡异的说不出的气场啊，分明是黄公望在画着富春山，沈周在描摹山水、倪瓒在听雪，王维在月下痴禅……

古画亦有暮气。感谢时光吧，一点点把当年的新画染黄染旧，那颜色恰恰是刚刚好的沧与桑。但古画又是赤子，一把沧海仍旧朴素动人，不哗众取宠，不媚不俗，而那富贵的牡丹，亦有不一样的从容。

观古画的晚上，可放古琴曲。最好是管平湖的《少年子弟江湖老》。再燃一炷莲花香，你与古画合二为一，你惊喜地落泪，你黯然销魂了。此时无计可消除了。古画成了你的知己、情人、亲人。你刹那明了为何吴洪裕要把《富春山居图》一把火烧了陪葬。

来吧，古画，不浪费每一秒，一起去死吧。死于时光之箭。这样的夜晚，你只能独自享受那份沸腾的孤独。

某一日，我听九十岁的俞振飞唱《游园惊梦》，只觉得人心都碎了，人声俱老。又一日听裴艳玲六十七岁唱《翠屏山》，依然那样高亢，但毕竟是老了——他们是古画，光阴里泡泡，血水里滚滚，泪水里蹚蹚，才有了味儿，有了断肠感。

我与母亲要了一床旧被子。被面是蓝孔雀，老了旧了，蓝孔雀"死"在了上面。那被子是外婆活着时候一针一线做的，外婆离世有二十年了，被面都麻了，有些地方有了残破——但它残破得这样动人，我都舍不得了。

就像喜欢那些古画，有时甚至舍不得看了。因为看了会心疼——那些说不清的心疼就是古画的迷人之处，她是一个迟暮美人，因为迟暮，更多了无限的诱惑与魅力。

其实古画亦是孤独的男子，一直期待有人懂他赏他，这个人不分性别，或者只是一株植物，相看两不厌。那独坐于孤舟上的老翁看似不动声色，内心却已波澜起伏——这一生，谁不愿意被懂浸泡着？

不忘初心。那古画记得画它的人如何用了情用了真，所以，在漫长的千年，它不过是在用孤独等待一个人来再念初心。

哦，在相遇的刹那，各自展开人书俱老的笑容。原来，原来已经过了千年啊！

风物

"风物"两个字有气。一说出来就动人了。立刻会想到那些有风情有情调有景致的东西。或者想到日本——那个国度的气息有简洁干净的美，朴素低调却又有致命的吸引力。

樱花、木屋、雪国、千纸鹤。草不着色、纸不印花、木不上漆，淘来的日本小柜子，简单到一丝纹饰亦没有，那小小柜子有着地老天荒的朴素。

八大山人的册页中有风物，桃子、荔枝、石榴……寥寥几笔，俱是风物神姿。那亦是其姿态——孤洁高寒。齐白石也画风物，却是民间的情怀，每一寸都是活生生的。白石老人大抵知道这一切本是俗物，放在生活和日常中才能彰显它们的性格和命数。

侯孝贤的电影《海上花》，长三书寓里的风物更迷人——昏黄的老灯、老丝绸、老家具上的暗花、笛子、酒杯、歌声……这也是风物，懂得情调的人，自会把一切安排得妥帖。

野地中采来的小野菊、望日莲、荷叶、枯枝，插在那些破旧的瓶子中，或者残缺的瓦罐里，有着相互映照的美。

父母住的小院总会长出野花。晚饭花最盛，还长了一棵桃树。母亲说明年就能结桃了。母亲的侠义倒像民国时的人，又长了一张天圆地方的脸，笑起来似弥勒，七十岁了仍然风风火火，自己烧菜煮粥做饭，牙齿一颗不少。她蒸的包子个头大，摆在盘子里占满了，又要客人多吃，那小屋里满是笑声与热情。盆子里装着西红柿、沙果、苹果，母亲切了西瓜，召唤着大家吃啊吃啊……这样的情义附在那些瓜果蔬菜里，都有动人的光泽了。

我喜欢淘东西，隔三岔五去吕家营、高碑店、观音堂，那里贩卖旧家具、旧古董。

陶瓷做的石凳。上面是缠枝莲的图案，用来盛米的"斗"，古旧敦厚。买了三个，每个只要八十元。雕龙图案的大柜子，可以放很多衣服，那龙像要飞起来，又因为旧，阳光打在上面时，像前生用过的物件。

我对风物的痴迷几乎到了耽美的程度。喝水的杯子是景德镇瓷，暗淡的汝窑。用来沏茶的是日本铁壶，日本的铁艺精致得让人动容。茶杯是中国台湾晓芳窑。整个下午，可以在这些茶器中留恋。

又有一些黑胶唱片。郭颂的歌、豫剧、河北梆子、评剧、意大利歌剧。这些笨拙的黑胶唱片有着动人的朴素之美，声音是难能可贵的清澈。

人至中年，对于朴素清简的风物有了依赖和痴迷。那些烦琐的、富丽的，犹如我对牡丹的态度。很多人去洛阳看牡丹，从来没有生出过那样心思。几株枯枝、一枝瘦梅足以吸引我。

常常写字的红大方桌上，放着三枝枯了的莲蓬，蓝印花布的杯垫，一块朴素的小石头，里面种了一枝绿萝，还有一盏马灯——从旧货市场上淘来的。身后是老衣柜，唱机里放着黑胶唱片。

黄昏的时候，我亲手去摘院子里的蔬菜、花朵，并且亲手种下樱花树、玉兰，等待春天来时，它们在窗前绽放。

玖
春风十里柔情

越南记

十年前我想去越南，只因为越南这两个字吸引我。

孤僻的人总是有奇异的想法，单为越南的名字好听便心心念念了。像一个女孩子叫桢楠，越南的名字倒像一个男孩儿名字，干净、挺拔。深邃的眼神，植物一样的清香。

越南的香气是清香的，是电影《青木瓜之味》中的香气，是杜拉斯在西贡遇见中国情人的香气——那是少女与少男的香气。在杜拉斯的《情人》中，越南有迷乱的情欲，那情欲又都是带着朴素与天真的。

电影中，越南少女穿着奥黛，纤细的腰露出动人的一截。她们的笑，亦带着香气，牙齿素白，桃花红杏花白，美得清澈动人。

但我却与越南一直擦肩。

M亦是喜欢越南的女子。我们相约一起去越南，躺在床上说着话，月光打进来，我们说坐着火车去越南。又有一次她去南宁采访，半夜给我打电话：你先飞来南宁，然后我们去越南，近极了。她的声音中有迫不及待的渴望。

那次我有事没去成。后来我又有机会去越南，和M说了，她便哭闹："不是说一起去吗？你怎么能一个人去呢？"她的质问铿锵，又有千万委屈。那时她未婚，犹如少年般。

再后来在越南出了好几本书，长篇小说《刺青》《无爱不欢》《人生若相守如初》……那边联系我的编辑中文乏善可陈，叫我"作者"，这两个字真生动。那亦是第一次收到美金版税，后来将一部分给了一个叫 B 的女孩儿，她去英国读书。

亦没有想到多年后才去了越南。越南像一棵槐花树，落了一地的花，香气一直袭人。

及至真来了越南，不过是验证那香气而已。我只闻到奶香扑鼻。正是十月，越南女子展颜一笑，那是奶花树，每年十月开花，奶香的花？哦，是，一团团的小百花映衬于绿叶间，整条街全是奶花树，一片雪白。穿了奥黛的女子站在花树下，上衣是淡黄色，裤子是白色。她站在那里就是散文，就是诗，就是越南。

我连一丝陌生都没有，仿佛来过多次。河内的老房子，那些法国殖民时期的老房子，被刷成黄色，那黄色和这个稍显黯淡的城市居然妥帖——我重新闻到八十年代气息，闲散、幽静、没有慌张，人们在西湖边聊天、散散步，恍惚间我仿佛到了杭州西湖边南山路。街边到处是参天古树，越南人告诉我，这些黄花梨从前用来烧火，后来大批中国人来买木头，从此价值不菲。

摩托车铺天盖地，密集到令人恐惧。夜晚的河内，摩托车的海洋，它们亮着灯，穿行于这个城市。街边的三轮车夫揽着生意，那是陈英雄的三轮车夫。人坐在前面，车夫在后面，三轮车的格局不同，景观便也不同。

铺天盖地的还有百叶窗，那是法国人留下了的印迹。白色、蓝色、棕色……风情万种的百叶窗，美到让人窒息，让人有偷窥欲望——那窗子里住着十八岁的少女珍玛琪，她在窗前等待中国情人。

越南曾是法国殖民地，法国人在越南盖房子、喝咖啡、吃面包、给小费，给越南留下挥之不去的法国气息，它与越南本地气息杂糅在一起，形成了难以名状的美感——又寂寞又销魂，又失落又慈悲。

更喜欢西贡。它现在叫胡志明市，愿意叫它从前的名字，西贡。湄公河边，热带雨林。像积木一样的房子——长十五米，宽只有四米，每幢有四五层。密密紧紧地排着——那些门和窗真美得素然。百叶窗，仍旧是百叶窗，多以蓝色为主。那些越南人支开桌子，在自家门口吃饭、打牌、聊天、喝茶。越南人喝茶加冰，大冰块泡在茶里。看着不像茶，但到底是茶。

西贡的风是热的，咖啡馆飘出幽香。亦去菜市场逛，很多水果没有见过，有着热带水果的热烈。那些生动饱满的水果，像性欲极强的女子，垂涎欲滴。

在西贡街边散步，像走在八十年代。时间是慢的，像从前一样慢。要了一杯咖啡，越南咖啡，香气袭人。听两个越南女子聊天，她们穿了奥黛。我的审美里，奥黛比旗袍更好看。她们说话像在唱歌，越语中有不急不缓的跳跃音符，那么美，有不动声色和面无表情的美。像越人歌，心悦君兮君不知。

越菜加有咖喱。淡淡黄夹在糯米饭中，香得浓艳。米线也好，鸡汤里加上长亮白的米线，又佐以香菜、香葱、小米、鸡丝……越南酱油亦有香气。我在河内街头吃米线，周围是一群群的越南人在吃米线。

坐木船去游热带雨林。木船被漆成蓝色。那蓝色是明媚而忧伤的，像怀斯的画，也似凡·高的《星空》。热带雨林中的水椰子垂到水里，摇船的男子露出洁白的牙齿，指着岸上房子说："那是我们的家，我有两个孩子，一男一女。"

他唱越南歌给我听，越歌有清简之味，可闻竹香。我们用不流利的英语交流，他请我抽烟，我们一起唱歌。

越南的空气是散的、慢的，润的生活都是慢的。慢可以生出无聊的细菌来，那细菌滋生出的气息是散淡的颓。我在河内坐三轮车游西湖，亦觉得是在自己的杭州城。

路边有金山寺。这三个字让人想起白素贞，但到底是越南。

在西贡的老邮局寄了一张明信片。法式建筑的老邮局那么美，电扇转着，说着各国语言的人在那里寄信。

又在教堂外坐着发呆，看着摩托车鱼一样穿行。身边走过越南女孩，她回头，我亦回头——我迷恋这刹那交辉的光芒。她展颜一笑，牙齿极白，如贝。

离开越南的时候我做了一个决定，一定再来，住上几个月，租辆自行车，骑遍河内、西贡的大街小巷。

广州记

广州真是个好玩儿的地方。我上次去广州还是 2006 年，转眼过去八年了，真快。

M 在《南方都市报》当记者，每日里活色生香地描写广州：早茶、粤语、沙面、肠粉、榕树、三角梅、木棉花……后来 M 也离开了广州，去青海结婚、生子……

我住在了沙面。从前的租界。殖民地时期各国的领事馆，比外滩的房子更洋气：红的、绿的、黄的……大叶榕和小叶榕都有上百年了，纵横交错的须子与根纠缠在一起，像一个有趣儿的老头，老了但仍然有趣味。那些老教堂、老房子、老树，都像被时光拧了一把似的，分外颓散，却散发出格外迷人的气息。

整整七天，我都住在沙面，白天去广州的老街老巷转，晚上再回沙面喝猫屎咖啡、散步，与遛弯儿的广州人聊天，那些住在沙面的人遛狗，我们在参天古树下走着，榕树的须子缠住我的长裙。

这已是十一月，北方已飘雪，广州依然 25 度。桂花香扑到衣裳里，广玉兰的大叶子神秘幽荡，月亮升上来，星星落在肩上，沙面有条不长的塑料跑道：我便在那里跑步，直至凌晨。

广州的精彩是从早茶开始的。哦，广式早茶太有名了，说说都要流口水：豉汁凤爪、豉汁排骨、陈村粉、红豆桂花糕、艇仔粥、云吞面、沙河粉、及第粥、双皮奶、榴莲酥……成千上万种，不在广州住上一年，吃不完的，就是住上一年，也吃不过来，广州人太会吃了。

沙面附近的陶然轩、兰桂坊、侨美食家早茶都好。特别是侨美食家，每次去都人头攒动，以广州本土人居多，以老人居多。晨练完之后，约了三五人喝早茶，大多是老伴儿，面前一份报纸，手边放大镜，一份虾饺、一碗菜粥，茶有大红袍、普洱、铁观音……茶位费每位十八元，喝与不喝都一样。一进门便看到蔡澜照片在墙上笑着，美食家与帅东家的合影。吃出花来也是本事。

我每日要喝生普。滚水沏了，先喝茶再点餐。早茶持续到下午的两点半，然后又是下午茶、晚餐、夜宵，我疑心广州人二十四小时全在吃东西，他们太会吃了。但他们仍然干、瘦。这大概只能说与气候、基因有关。

我爱吃泮塘马蹄粉，据说对眼睛极好。肠粉也好，白如雪、薄如纸，又嫩又滑。虾饺更好，水晶一样，一咬全是虾仁。烧卖上有肥嫩的猪肉粒，又黏又糯。甜点是榴莲酥与蛋挞，要个双皮奶……每天扶着墙从饭店出来，反正周围全是说粤语的人，我们北方人管那叫鸟语。不重要。但的确像鸟儿在鸣叫，很悦耳，很绿色，荡漾极了。

广州人早茶要吃到十一二点，一款早茶怎么也得百八十。广南是先富起来的那帮人，有钱，又有闲，广式早茶越吃越会繁花似锦了。

之后我去珠江两岸闲逛。我住沙面宾馆，对面便是白天鹅宾馆。白天鹅——我少年时代便向往这个酒店，那阵刚改革开放，中国第一家涉外的五星酒店，全国人民都知道广州有个"白天鹅"。那阵有个电影叫《一个女演员的梦》，取景便是在白天鹅。可惜我去时白天鹅楼址一片漆黑，正在装修。广州现在连六星、七星全有了。但白天鹅在那，八十年代的记忆在那。

珠江两岸很多人在唱戏、拉小提琴、打太极、跳集体舞。只不过，唱戏的是粤剧，我想起《胭脂扣》如花与十二少初相遇，也是唱的粤剧，忧伤极了。粤剧有一种特别明媚的忧伤在里面，也说不清，但就是听了想哭。就像北上广三个城市，北京是男人，上海是女人，广州很中性，人到中年，有丰富的性经验与生活经验，时而妩媚时而阳刚，但就是有那么一股子说不清的劲儿，像荷尔蒙时不时跳出来。这种带着点邪恶的罂粟气息的劲儿，只有广州有。

在那些公园和街巷里，到处有唱粤剧的人。有时是一个人，对着树唱。仿佛树听得懂似的……还有两个老女人，在老榕树下对着 VCD 唱《梁祝》。都有七十岁了，顶着一头白发，顶多一米五，深情看着对方唱《梁祝》……我快哭了，就坐在榕树下听她们唱。我听不懂，但知道必是深情款款。

又去西关游荡。小吃一条街，吃了酸奶、红豆粉，坐在塑料椅子上看花儿。广州的花儿真多，每家屋子的窗台全种花，三角梅居多，也有木棉花、杜鹃花、桂花、玉兰……卖花的人也多，春节时有花市，家家买金橘，意味来年大吉大利。西关老街的老人不会说普通话，就那样直愣愣说着粤语。我指指点点，要了一碗濑粉吃，又要了酸梅汤、茯苓糕，闲散地走在老建筑和教堂里。

广州教堂真多，大概和传教士来得早有关系。广州人做买卖也灵活，随便提起一个市便不得了：东莞、佛山、汕头……我又吃了几顿潮汕菜，看了广州博物馆的潮汕老房子和潮汕木雕。潮汕地区有意思，据说女人吃饭仍不上桌，老房子仍旧保持宋代以来的中原气息。我便计划着去潮汕了……那里还有很多客家人，语言不懂没关系，有眼神，而且还能比画呢。

又去上下九晃悠。那些骑楼建筑真好，下了雨在廊下走，慢慢逛街，十块八块的衣裳也有卖。上下九在多年前相当于"香港"两个字，洋气得不得了。附近有批发市场，简直万人空巷，仿佛每寸空气全是钱。拉货车的小伙子永远在跑，大小包裹被扛在肩上放入车里运往全国各地。街边小吃二十四小时在炒河粉。教堂安静矗立，冷眼喜欢这个三十年来的热火朝天。

大时代每个铺位只有一米，月租金五六万，批发衣服的姑娘们包里全是厚厚的钱，浓妆之下是疲倦。我在"大时代"门口买了块七块钱一斤的烤红薯，又花一百八十元买了一个真皮棕色双肩包，十五块钱高仿香奈儿珍珠项链，觉得自己心脏突突地跳。太快了，太快了，快得要窒息了。

又去珠江新城。新得那么光芒四射。广东博物馆、广州图书馆、广州大剧院、海心沙、小蛮腰……风情各异的建筑，设计独特、别致，四季酒店常常有阿拉伯的富翁在喝下午茶……新城新得彻底而华丽。

我在新城喝咖啡。星巴克，焦糖玛奇朵，又要了一款新出炉的核桃面包。窗外是车水马龙，高楼耸立，到底是广州。

来了广州当然要去中山大学。

红墙绿瓦。985 院校大都去遍，唯遗漏了中山。近乡情怯，因为陈寅恪先生。他最后二十年在中山，双目失明，双腿不便，却用七年时间口述，写下《柳如是别传》。南明的那一段悲歌，那个时代知识分子的气节，他也是写自己时代的气节。

他没有应邀北上，也未跟随蒋介石去台湾，留在中山大学任教。中山大学因为有了陈先生，格外不同。

那些老树也真是美。白千层。一进校门便是两大排白千层。问很多学生、路人，这叫什么树，几乎无人知晓。难道这么美这么粗壮、苍老的树没有人去追问吗？终于知道，赶紧去百度，桃金娘科，又高又粗又美。这是我第一次见到白千层树，简直被震撼到了。每当我想起中山大学，我第一想起陈寅恪先生，第二便想起白千层了。

当然还有栎树、榕树、玉兰……中山大学的树都成了精，是够老了。我想，陈先生是不是舍不得离开这些树呢？如果我，肯定是舍不得的。

终于到了先生故居。三层红砖小楼，二楼是他育人教书的地方。几张书桌，窗外是绿树、草地，静谧得很。也走了那条"陈寅恪"小路，白色的，那是他还有微弱视力时所修，只为他走起来方便。因为也有眼疾，内心便格外寂寥，呆坐了一会儿，看到墙上先生与妻子的照片，十分端庄。

只有内心安宁的人才会有那样的端庄，真是说不出的好。

我在中山大学逛了很久。在红砖绿瓦的老房子里发呆，在那些白千层、栎树、榕树下发呆，日头一点点沉下去沉下去……

晚上，我去吃了海鲜。黄沙的海鲜市场。那里的海鲜又鲜又正宗，大闸蟹只要二十元一只，蟹膏肥美。清蒸了吃，还有刀鱼、大虾、扇贝……自己亲手挑了，直接去后厨……空调和电扇开着，我家人来电话，说北方下了雪。我坐在电扇底下，吃螃蟹喝小酒，闻着窗外桂花香，美不胜收。广州如果是一出戏的话，压大轴的便是夜游珠江。如果是一首曲子，高潮也在夜游珠江。

八十八元一张门票，上了游轮。夜色中的珠江两岸一片灯火。老建筑，新建筑交相辉映，珠江的风吹起头发，粤剧在婀娜地唱着，那些霓虹灯闪得妖媚而放荡。夜色里的广州像一只兽，气咻咻地喘着，仿佛要吞噬你……这样的夜色，足以用性感二字来描述。我点了一支烟，看它和广州夜色一样明明灭灭，动人极了。

沙面，夜宵。又吃了很多又甜又黏又糯的广式小吃：蜜汁餐包、鲜虾云吞面、生滚菜心烂粥、鲍汁腐皮卷……我吃得很饱了，但好像仍然没有饱，我真想吃一锅酱油酱的排骨、纯碱大馒头、玉米粥、咸菜……我有一副北方的肠胃，我想念我的北方了。广州，到底是人家的广州。

回到北方后，我开始煲汤了，随便几片青菜叶子或者骨头便让我煲成了汤。有一天我走在L城街上，看到有一家小店写着广式小吃。我走进去，点了一个皇鸽仔饼，一个XO酱炒萝卜糕，尝了却不是记忆中的味道。有些东西，只有在本地吃才有那个味儿。

是夜，我梦见广州。在沙面的榕树下点了老火白粥和枣蓉糕，吃得口水都流了出来。树下有唱粤剧的女子，像是如花。我穿了件白衣，还留着一头长发，醒来时有些伤感，很快过去。

我还会再去广州，只为广州的活色生香。

日本记

我第一次去日本，并不感到讶异和陌生，在飞机上就想到许多关键词：三岛由纪夫、川端康成、清少纳言、紫式部、小津安二郎、三浦友和、山口百惠、胡兰成、金阁寺、寿司、芥末、俳句……

年少时墙上贴满山口百惠的剧照，在电影院里看《绝唱》，喜欢那种枯寂冷静。后来又读过许多日本的文学作品，里面有空旷的清冷禅意，特别是俳句。在精神层面上，我对日本是熟悉的。禅修、读书、远行，樱绽放，忽暮年。日本的作家们喜欢时光的远去、樱花的掉落，以及人生的枯萎、壮美。

"雀儿也在梅枝上开口念佛哪！"

朋友素莲在日本待过六年。家中陈设受日本影响极大，榻榻米、花草、器皿。她说："你身上的气息与文字有日本的味道，你会喜欢日本……"

飞机上的空姐低眉而笑，细细的眼睛，她们胸前有名字：松本、横山、相泽。让人想起二十世纪八九十年代，电视上铺天盖地是日本广告：松下、日立、索尼、东芝、NEL、雅马哈、尼康。每一家几乎都有日本电器。

周围的日本男人有四五个在看书，口袋书，安静地看。午餐送来后静静吃完，再看。不与人交谈，直到飞机落地。

第一次觉得飞机餐不难吃。三文鱼、酱牛肉、鱼饭、寿司、面条。面条极少，配了青豆、芥末，惊喜的是还有一条塑料小鱼装了酱油。只有拇指那么大，剪了小鱼的嘴酱油流出来，洒在面上，极好吃。我个人偏爱芥末，去北京东三环松子和东四环爱晚亭吃日本料理时，总爱多叫一份辣根，那种辣味钻鼻子的感觉真好。像和一个人谈恋爱，到高潮了，弄不好鼻涕眼泪全下来了，过后又觉余味无穷。

飞机降落在大阪，机场并不大。坐船去神户，Portopia酒店。朋友W来接，她在日本住了快十年，穿着简洁、朴素，手上有青筋脉络，十分瘦。笑起来也似日本人那样安静——她嫁了日本人，从此不工作，只在家带孩子煮饭，无事去学茶道、喝咖啡。

她曾是有名的文艺女青年，唱过许多摇滚歌曲，身上的刺青被洗掉了。她生了一儿一女，老公在松下公司上班。我不愿意住她家中，于是住酒店。住酒店有一种踏实感——不用打扰别人，也不要被别人打扰。

她介绍大阪机场，是全世界第一个填海造的飞机场。日本地少海多，很多地方在填海。

早早睡去。

总在路上，并无失眠，睡在哪里都一样。

早餐分两个楼层。三十层是西餐，二层是日餐，选择日餐。

被侍者领进去，安排靠窗位置。

吃了寿司、纳豆、圣女果、番茄汁、味噌汤，又要了一杯冰水。我的胃病好了以后，喜欢喝茶与冰水，拒绝任何饮料。越来越挑剔，无论是美食还是人。

我们去了大阪，走了一条樱花路，九月虽然不是樱花季，但亦美得壮观。她说，四月的时候樱花全开了时，简直美得让人寸步难行。我知道那种寸步难行，在西农、武汉大学，最好的季节我都去过，美得果真让人寸步难行。

"二战"后，大阪被重修。在城里坐着发呆，与她聊旧事。我们上大学时一起爬墙头、醉酒、被男生背回宿舍、失恋、发神经、弹吉他……仿佛昨日。俱是平静诉说，没有波澜，她来日本留学，为躲避一场错误的爱情，未想到在此生根发芽。而且已将过去遗忘大半，云淡风轻地在讲。

九月的天气，初秋的素喜。久别重逢的旧友，坐在樱花树下忆旧。我们的少年都已不在，时光老去，慢慢享受安宁的时光。

去心斋桥闲逛，吃关东煮、日本面。还有一家螃蟹店，沾了生鲜和辣根，汤亦好得让人想再来一碗。在榻榻米上喝了些清酒。她又点神户牛肉，价格不菲。

神户牛肉全世界有名，神户牛品质纯良，所有母牛均为处子，听音乐、喝啤酒、泡温泉，工作人员还为其按摩。

养一头牛如养一个婴孩，三年后杀掉。牛的智商相当于三四岁的孩童，自知死期会落泪。为避免牛们神经紧张，牛肉僵硬，先令其喝啤酒使其醉之，然后卧温泉池中浸泡。半梦半醒之间将其电击而死，瞬间而亡。

友人说时神情甚是慈悲，但神户牛肉果真好吃。五分熟，只撒盐，不放任何多余材料，还原牛肉的本来面目。

在心斋桥药妆店买了很多面膜和眼药水，又淘了一只银镯。W身上俱是黑白灰棉麻，身边走过的日本女子大多为此打扮。棉、麻。黑、白、灰。中等个子，化精致的妆。W在国内穿绿色军裤、球鞋、染绿色头发、抽烟、酗酒。现在的她与从前判若两人，说话声音极低，笑起来亦从容。

街边草席上的人在吃面，竹帘子飘来荡去。每个小茶肆都有禅意。自动贩卖机买了一瓶法国依云水，比国内便宜很多。W说："日本人很奇怪，日本制的东西都贵，进口的倒便宜。"

在心斋桥的许多小街小巷逛，看到日本老人。他们几乎都在工作。酒馆、咖啡店、书店、药妆店……为你服务的人可能已经七十多岁。穿着优雅、朴素，银发飘飘，自有安静的力量。

黄昏街头，"谁家莲花吹散，黄昏茶泡饭"。

她开车带我去海边吃烧烤，牡蛎、鲍鱼、鱼片、清酒，又要了辣根和味噌汤。这天是中秋节，烧烤的小伙子是大连人，他说："今天是中秋节呢，中秋节快乐啊。"我与W吃了抹茶点心充当月饼，"每年中秋和春节还是有些伤感……父母不在了，也不愿意回去了……"

W喝得有些薄醉，唱起日本歌：草蒲花呀，乍经霜露，忽绽放，忽枯萎。华给我发来图片，是月亮，家乡的月亮。华说："这是咱家的月亮，你在日本记得吃月饼啊！"

日本在下雨，满街的人在撑着透明雨伞，这是个热爱素色的民族。

我想念故乡的月亮。

W喝醉，至凌晨，有了露水。两个人回酒店，又泡了温泉。日本人睡得晚起得早，特别是日本男人，极少下班回家，回家太早会被邻居和妻子不耻。W说她丈夫也是这样，每天和朋友喝些小酒才回家。大概要到半夜。凌晨五点即起，每天只睡四五个小时。

以后十余天，小酒馆中遇见许多男人在喝酒。面前一杯啤酒，一盘毛豆而已。喝到半夜，坐地铁回去。每日，每夜。W每天为丈夫放洗澡水，如日本女人一样妥帖。晨起为丈夫准备早餐和便当，便当午餐在公司吃。日本几乎没有早餐店铺，W说想念北京的油条、豆汁、褡裢火烧，那是她的前尘旧事。

京都。

来日本毋宁说是要来看京都。

东都洛阳的标本。

东都已不在，洛阳化成春水逝。

整个京都像一首旧唐诗。用美形容实在不够，古朴优雅沉静。旧宅、小巷、竹窗、木板、木屐、穿和服的少女——花开之暮，归去来兮。

只有春云似客意，夜来为雨满长安。

整个京都的调子是低的、暗的，像颜色清浅的水墨画，但好极了。又说不出哪里好。禅意在日常，街巷、空气、味道。东山花东路，忽遇雨。

在廊下避雨，遇见穿白色和服少女，廊下映出她的安静，盘了发，在九月之雨中矗立。她不说话，本身就是一首诗，一阕词。

片刻，又过来一位穿黑色和服的少年。两个人在伞下细声细语地说话。久久注视他们，他们亦知道我在看他们，更像一幅画似的站着。W折了枝山茶送我，像带着风，我拍了这恋爱中的男女，他们与京都合而为一，彼此映照。

与W在京都闲逛。小街小寺，俱是入眼风物人情。门帘、粗瓷碗、清酒、寿司、鱼片。淘了几件日式衣服，清雅极了。有人坐在树下发呆，有人在咖啡厅里聊天。

咖啡厅老人居多。日本老人经历了日本高速发展期，有很多积蓄。打领带，穿着整洁、高雅、体面。尤其女子，妆容极精致。

W亦化了淡妆。

"日本女孩子都要上化妆课。"

W今天穿黑白格子上衣，黑裙子，系带皮鞋。"你不知道京都的春天有多美，这个古都有一种让人不忍再看一眼的气场，因为太美了……"街上几乎没有垃圾桶，垃圾自己装进包里自带回家。整个城市干净、古典，绿植到处都是。许多旧宅摆满盆栽鲜花，又小又茂盛。菊花开得到处都是，散漫而颓迷，极想堕落。

京都的艺妓极有名，《艺伎回忆录》大部分在京都拍摄。在日本很多小说中写到艺妓，不觉得俗气，只觉得是情色的山水画，那般灵动又那般销魂。

京都，金阁寺。金阁寺名气太大，以至于快离开京都才去。金阁寺的名字与三岛由纪夫的名字密不可分。华丽、璀璨、销魂蚀骨，这是对金阁寺的描述。昭和二十五年，二十一岁的僧人林承贤放火烧掉它，连同自己，连同供奉的国宝一同化为灰烬。

这样的故事不是令人惋惜，而是令人震撼。如同那迷恋《富春山居图》的吴洪裕，一生不娶，视此画为妻为子为至宝，临终交付侄儿吴静庵，一定随他一样化为灰烬，定在坟前烧掉。

侄儿果然听话，扔进火堆，随即又拖出，这是人间至宝，却已经烧成两截，小半在浙江博物馆，大半在台北"故宫博物院"。他宁可让它殉葬，亦不愿它留在人间。像李世民以《兰亭序》陪葬，美到极致的东西，仿佛毁灭比存在更有意义。

那小僧人点燃金阁寺的那个刹那，一定以为是人生最美的刹那。

就像三岛由纪夫写下《金阁寺》之后的自杀，震惊世人。

三岛由纪夫自杀前给每位亲人朋友写信，告之自杀讯息。仿佛去做一场时间的旅行，并不悲恸，亦不自怜。那好像是一场隆重的仪式，一场久违的盛宴。

彼时，日本已明令禁止剖腹自杀，他仍然选择了最古老最有武士道精神的死亡仪式——剖腹。

十七个月后，作家川端康成也突然自杀身亡，以采取含煤气管自杀的方式离开了人世，未留下只字遗书，继三岛由纪夫而去。

那些日本的樱花知道，他们的赴死其实是赴一场久违的约会。与时光的约会，与樱花的约会，这是这个民族与生俱来的绝望。

在中国戏曲学院当教师时，一直推荐他们看三岛由纪夫和川端康成的作品，还有紫式部和清少纳言。日本作家有天生的绝望与悲伤感。2000年日本发行过一张两千元的日币，背面是紫式部的照片，还有一段《源氏物语》的文字。

也许因为自身是写作者，便对这些作家格外关注，因为每个写作者都注定会孤独。孤独是他们通向灵魂深处的桥梁。

另一个朋友素莲在日本生活了六年，深受日本影响，无论着装还是饮食。芥末我喜吃，少年时一口也不能沾，否则鼻涕眼泪全来了。胡兰成从国内逃到日本，长期与川端康成来往，不知他后来是否喜欢吃芥末了。胡兰成也适合生活在日本，有那个趣味和调调。

趣味和调调很重要。胡兰成晚年文字愈发人书俱老——不能说与日本的生活无关系。他的墓亦在京都，但上面一字未着。

隔日，与W参加一对青年男女的婚礼。女子一身素白，男人黑西装，简直像在办丧事。结婚前日要去神社里拜拜，日本人有意思的地方在于他们认为天地万物皆有灵气，皆可以一拜。有拜狐狸的神社，亦有拜乌鸦的神社，让人心生敬畏。

很多古寺的古木多，乌鸦也多。一对夫妻穿了笔挺的正装在叩拜。双手洗了，舀了水，先洗左手，再洗右手，再把水倒在左手掌心里喝了，所谓净水净心。眼神亦是最虔诚的。真好。

东京是我自己去的，W没有再陪。

坐了东京地铁与新干线：五十多个出口，问了十遍八遍才出来。差点弄丢。

在银座逛街，银座后面的小街也可爱。一家温州人在卖日本铁壶。买了一把，万把块人民币，准备用来煮普洱和老白茶。一想就美得心慌。假如年轻时来日本一定买电器和化妆品，中年再来，买了铁壶煮茶更重要。

晚上去新宿。果然灯红酒绿。日本色情业繁荣昌盛，但都似乎理直气壮。正好下雨，雨中的男男女女，雨中的纸醉金迷……转了又转，觉得这是个不可捉摸的国度。

在新宿晃到半夜，回酒店睡觉。日本人爱鞠躬，所有人见了你微笑鞠躬，那种被尊重的感觉非常久违。

深夜，用铁壶煮了普洱，就着这些日本的小吃，一个人听雨。

我不以为在日本，我以为是在唐朝的长安或者洛阳，我是一个白面书生，穿了唐装，一个人在雨夜里，饮酒放歌写诗作画，这样一想，心里就咯噔了一下。

冷瘦诧寂的八大

在八大故居听雨的时候,我是有些恍惚的。但十一月底的南昌也阴冷,雨从早晨开始下,我撑了一把伞来看八大。

这简直是上天注定的雨天,冬雨。也恰巧是我独自一人,来赴一场约会似的。八大是孤独绝凉的,是冷瘦侘寂的,世人皆知他,然又有几人真知他?

院子里香樟树和桂树极多,特别是香樟,几百年了,朴拙地活着,阴雨天,八大站在院子里,眼神是瘦的,精神也是瘦的。我站在桂树下发呆,想他当年如何悲苦卓绝。每一张画都有放纵、不甘、恨意,都有触目惊心的孤独。孤独是有体积有重量有面目的,越是一个人,越张牙舞爪地来了,成群结队地来了,它们欺负八大呀。

恰逢明末,王孙贵族流落街头。去为妻儿乞讨,再一回头,已是永诀——妻儿再也不见。他隐于古寺,遁了空门,写诗、画画,静听光阴一路残杀过来,笔下孤独绽放蔓延,那些鱼、鹰、鹿、孔雀全翻了白眼看世间,那些莲花全失心疯了,不要命地开着——这荒沙遍野的孤寂如死灰沉沉、简素、老朽、幽暗、冷瘦、节制……但那是八大的黄金时代。于艺术而言,愈是孤独愈是绽放,那种孤绝似冷刀出鞘,闪着寒光的美。一时间,惊艳了那个欲倾的时代。

在新馆里,我看到他的真迹,真想落泪。那荷残得风骨飒飒,墨也疯了,泼得啊,到处都是了。我连叹真是好。看画的保安伸过头来:我天天看着它，说价值一个多亿，实在看不出好在哪里……他揣起手，直摇头。我在那画前像个孩子，硬生生地不知所措，只想他活过来，我当书童也好，看他画画、孤独、发痴……

更喜欢那旧馆，前后两进的四合院。四面有廊，中间的池子里有水、有花，还有一棵高大的柏树。我不确定它是否是柏树，但葱绿极了。那么好的嫩绿，春天似的。屋檐上灰色的瓦，雨很大，流水声萧瑟动人。也恰好只有我一个人，陪着八大在听雨。

雨声淅沥，我录了一段视频发给朋友，告诉他，这是八大院子里的雨，他的魂儿也在，在屋子里画画呢！朋友那里是北方，正刮风下雪，听了雨声说，仿佛一屋子的湿气呢，可真好。

我就在那老院子里听雨，没有芭蕉，但有一种孤绝和动人直指人心。看似薄情，实则深情。恰到好处的孤独与深情，绝不温暖，但足以心仪。

我在游廊里走着，听着雨声。冬天的雨声似金属，一声声极饱满——我舍不得放弃每一声落雨的动人与美妙。这是与八大共处的时间，他的孤独，我的孤独，一切恰如其分的好。这雨声里的蔓延，这整个上午的销魂。

齐白石、吴昌硕……他们都学八大但学得不好，八大不仅有孤绝，八大还有一脉天真。这一脉天真并不是每个人都可以学去，那是历经了国破家亡、妻离子散后的苍老的天真，那是最清澈最干净的微笑，那是只有八大才有的荒凉的真意。

那一水濯寒瘦枯的山水，是八大心中的风景了，非至中年，哪里能对这样的山水动容？人生得意时要在牡丹花前笑，要指点江山写诗作赋呢。哪里会有心里这些寒山瘦水？那个一生都在大雪纷飞中行走的人，就是八大。

有时候一个人听戏，听裴艳玲唱《夜奔》，会想起八大来。他一个人在夜奔，满上头的孤鹤与残雪。他拄着拐杖，一个人走啊走，一直走到八十岁——历经劫难的人往往都长寿。他早已把挫折与伤害做成花朵别在自己衣襟上了，并且知道如何自己与自己取暖，露出干净温暖深情的微笑。越是受过伤害的人，愈是渴望温暖，并且能露出最温暖最深情的笑容。

可惜我那么晚才开始看八大、读八大。年少时，一路只觉繁花似锦，看那牡丹盛开，花团之外的白衣老人一闪而过，我从未留意他的孤独。

直到中年，孤独亦那么隆重袭来，扑到八大画前，内心烈火被熄灭，但分明不动声色中俱是暗流涌动——说遇见的总会遇见。就像我刻意选择冬天、雨天来与他叙旧。

八大是我的故交。王祥夫老师肯定也来过，他坐在这里抽了一袋烟，我坐在这里听了一上午的雨。雨真好听，听一上午也不烦。雨也没有要停的意思，有些湿润，但恰恰好映衬那份寂寥。真正孤绝的人都寂寥，随时随地，不分季节。

"那个疯僧人……"有人管他叫疯子。他自己立于悬崖边上唱歌，中国画都是心迹画，每张画都是画自己，稍微一用力，便是晴天响雷一样的孤独。

我在南昌一个叫"无相壶"的地方喝了很多的茶："文革砖""八八青""九九绿大树""八三八二"……也正好在下雨，这些老茶厚道、醇正、绵长，那时我特别想叫一个人来与我一起喝申时茶。这个人，只能是八大山人。

我也喜欢他的另外的名字：雪个、个山、道朗，特别是雪个。那些印章也真是美得陡峭：朱文、白文，都好得逼仄。

我就这样在他的故居里听雨，听了一个上午，没有听够。我约了他再来听，雨前摆一壶陈年普洱，挂杯是"西瓜香"，我们一起看着扑面的雨，发呆，不说一语，一言不发。